Peter Rose

I.N.R.I.

Frohe Botschaft eines armen Sünders

Peter Rosegger: I.N.R.I. Frohe Botschaft eines armen Sünders

Erstdruck: Leipzig, Verlag von L. Staakmann, 1905 mit der Widmung: »Wilhelm Kienzl, dem Dichter-Komponisten des »Evangelimann« zugeeignet vom Verfasser«

Neuausgabe
Herausgegeben von Karl-Maria Guth
Berlin 2021

Der Text dieser Ausgabe wurde behutsam an die neue deutsche Rechtschreibung angepasst.

Umschlaggestaltung von Thomas Schultz-Overhage

Gesetzt aus der Minion Pro, 11 pt

Die Sammlung Hofenberg erscheint im Verlag
Henricus - Edition Deutsche Klassik GmbH, Berlin
Herstellung: Books on Demand, Norderstedt

ISBN 978-3-7437-4137-9

Bibliografische Information der Deutschen Nationalbibliothek:
Die Deutsche Nationalbibliothek verzeichnet diese Publikation in der Deutschen Nationalbibliografie; detaillierte bibliografische Daten sind im Internet über www.dnb.de abrufbar.

Unser dunkler Weg nach jenen Gärten, wo die Wasser des Lebens funkeln, führt uns zunächst in eine große Stadt. Dort pulsiert der Herzschlag der fiebernden Zeit. Vor dem Gerichtsgebäude auf dem weiten Platz ist große Menschenansammlung, die Wagen der elektrischen Trambahn stocken. Deren sechs oder acht stehen schon in der Reihe, und den Wachleuten will es nicht gelingen, die Menge zu durchbrechen. Alles drängt sich teils aufgeregt haftend, teils gelassen sich vorschiebend – gegen das Gerichtsgebäude hin, und immer neue Zuströmungen kommen von den Straßen her. Jeden Augenblick ist zu erwarten, dass dort oben der Staatsanwalt heraustreten wird auf den Söller, um die Entscheidung öffentlich zu verkünden.

Alles erging sich über den Angeklagten, der so Unerhörtes hatte vollführen wollen.

»Er wird zugesagt!«, rief einer. »Der fährt in den Himmel mit hanfenem Lift!«

»Man sei nicht kindisch!«, sagte ein anderer mit großartiger Überlegenheit. »In längstens einer halben Stunde geht er als freier Mann zum Tore heraus. Den lassen die Geschworenen nicht fallen.«

Viele stimmten für den ersteren Sprecher, noch mehr für den letzteren.

»Wer glauben kann, dass der freigesprochen wird, der ist ein Narr!«, rief jemand laut. »Denkt nur, was er getan hat, tun hat wollen!«

»Etwas Herrliches hat er tun wollen!«

Ein leidenschaftliches Raten und Wetten begann. Guten Beobachtern konnte es auffallen, dass die feinen Tuchröcke die Verurteilung erwarteten, während die Arbeiterkittel und das zerfahrene Straßenvolk mit Heftigkeit den Freispruch verlangten. Ein umfangreicher Herr fragte laut über die Köpfe hin, wer mit ihm zehn Dukaten wetten wolle, daraufhin, dass das Scheusal baumeln werde.

Ein ausgehungertes Männlein erklärte sich zur Wette bereit. Der Stattliche wandte langsam seinen Kopf mit dem Seidenhut, und als er den Spärlichen sah, murmelte er schläfrig: »Der! Der will mit mir um zehn Dukaten wetten! Lieber Herr, gehen Sie mal heim zu Muttern und bitten Sie sie um ein Zweipfennigstück.«

Gelächter. Aber es wurde unterbrochen. Wie ein Windstoß, der in die Wellen der See gräbt, so fuhr es jählings in die Menge. Auf dem Söller des Gerichtsgebäudes war ein Mann erschienen. Er hatte einen dunklen kurz geschnittenen Vollbart, das Haupt mit der hohen Stirn war unbedeckt. Mit gemessener Gebärde trat er vor bis an die Brüstung und erhob die Hand – Achtung gebietend. Und als das Gesurre sich dämpfte, rief er mit dünner Stimme, jedes Wort scharf hervorstoßend: »Der Angeklagte, Konrad Ferleitner, ist mit einer Stimmenmehrheit von zwei Drittteilen der Geschworenen schuldig gesprochen und im Namen Seiner Majestät des Königs verurteilt worden zum Tode durch den Strang.« –

Nach dieser Verkündigung blieb er noch eine Sekunde stehen, dann trat er ins Haus zurück. In der Menge gellten einzelne Ausrufe.

»Märtyrer machen! Schwärmerblut steckt an.«

»Ein Schwärmer bloß! Wenn das ein Schwärmer ist, dann bin ich ein Spitzbub'!«

»Warum denn nicht?«, lachte ein wildhaariger Kopf.

»Auseinander!«, herrschten die Wachleute, die mit aufmarschierenden Truppen verstärkt worden waren. Die Menge drängte nach allen Seiten zurück, und die Wagen der Trambahn hatten freies Geleise.

Neben demselben Geleise rollte einige Minuten später ein geschlossener Wagen dahin. Im Fenster des Wagens sah man das Blinken eines Bajonettes. Rudelweise lief der Straßenpöbel diesem Wagen nach, aber er rollte rasch über das Pflaster hin, das unter den Hufen der Pferde Staub gab, und entschwand endlich in der langen Pappelallee, die nach dem Strafhause führt. Etliche blieben schnaufend stehen und fragten sich nun, weshalb sie so toll gelaufen waren. »Heute geschieht's ja noch nicht. Man liest es doch erst in den Blättern, wenn's geschieht.«

»Glaubst du? Ich sage dir, das ist nur für Geladene, für Ehrengäste! Die Zeiten sind vorbei, mein Lieber, wo das Henken öffentlich war. Das Volk muss überall zurückstehen.«

»Geduld, weiser Zeitgenosse! Wenn erst die Henker gehenkt werden – das wird ein Volksfest sein.«

Die Gestalten verschwanden im Straßengewoge.

Im Wagen, der die Allee dahinrollte, zwischen zwei Gendarmen saß gefesselt der schmächtige, eingeknickte Mann. Seine Schultern wogten auf und nieder, so schwer ging das Atmen. Er hatte heute sein schwarzes Gewand angezogen, und an dem Halse wie an den Händen

sah man weißes Linnen. Das Haar war rötlich-braun, er hatte es sorgfältig gekämmt, Backen und Kinn ganz glattrasieren lassen. Er hatte
auf diesen Tag vertraut, der würde ihm die Freiheit geben oder sie nach
nicht langer Zeit in Aussicht stellen. Sein fahles Gesicht mit den einge-
sunkenen Wangen zeigte etwa vierzig Jahre an, aber er konnte viel
jünger sein. Im Auge lag ein blaues, schwärmerisches Feuer, aber es
war voller Schreck. Geradezu schön wäre sein Gesicht gewesen, dieser
Schreck entstellte es. Die gefesselten Hände auf den zusammengepressten
Knien, die Finger ineinander gekrallt, das Haupt jetzt gesenkt, dass das
Kinn sich in die Brust grub – so war er in sich eingebrochen. Er zog
die Beine noch enger an sich, dass die Gendarmen bequemer sollten
sitzen können. Einer derselben blickte ihn von der Seite an und
mochte denken, wie denn das möglich ist, dass dieser sanfte Mensch
ein solches Verbrechen begangen hat. –

Man fuhr entlang der hohen Mauer des ausgedehnten Gebäudes, an
dem sich das Tor nun öffnete. Im Hofe wurde der arme Sünder aus
dem Wagen gehoben und durch das zweite Tor in einen engen Hinter-
hof geführt. Dort nahm man ihm von den Händen das Eisen und
hierauf wurde er durch gewölbte Gänge entlang geführt, an denen hin
und hin Pförtlein mit vergitterten Fensterchen waren. Der dunkle Weg
ging in Krümmungen dahin, dort und da von einer Lampe beleuchtet.
Die Luft wurde frostiger und dumpfiger. Hoch oben die Mauerlücken,
durch die noch blasses Taglicht schimmerte, wurden immer seltener,
bis endlich Nacht und Gruft war. Vom Kerkermeister wurde der Ankömmling in Empfang genommen, einem grautruppigen Alten mit
stark vorspringenden Stirnknochen und Gesichtszügen, die ein bestän-
diger Unmut ins Grimassenhafte verzerrt hatte. Freilich Unmut darüber,
wenn man – selber blutunschuldig – sein Leben im Kerker unter
Räubern und Mördern und sogar – was noch das Schlimmste – unter
»blindlings Eingenähten« zubringen muss! Kaum sah er die schwankende
Schattengestalt des Gefangenen um den Pfeiler kommen, und er wusste,
was es geschlagen. Zwölf hat es geschlagen bei dem armen Kerl. Aus
Ärger darüber, dass solche Leute sich so dumm erwischen lassen, hatte
er ihn stets harsch angeschnauzt. Heute geleitete er ihn schweigend in
die Zelle und vermied beim Absperren das Rasseln des Schlüsselbundes.
Aber das konnte er nicht lassen, durch das Guckloch lugte er noch,
was der arme Mensch drinnen nun wohl tun werde. Und da sah er,
wie der Verurteilte auf die Ziegelfliese hinfiel und bewegungslos liegen

blieb. Dem Kerkermeister wurde bange und er schloss das Türchen wieder aus, am Ende war der Mann doch klug genug gewesen, um schnell zu sterben. Dann war's misslungen. Der Sträfling bewegte sich ein wenig und flehte, ihn jetzt allein zu lassen.

Und dann war er allein. War wieder in diesem dumpfen Raume, der eine Holzbank und einen Strohsack und auf dem Brett einen Wasserkrug hatte, Dinge, die er während der langen Untersuchungshaft hundertmal stumpfsinnig angestarrt, nichts denkend als: Sie müssen mich freisprechen! Aus Brettern, die den Strohsack gestaut, hatte er sich selbst eine Art von Tisch gezimmert, eine Arbeit, die der Kerkermeister derb gerügt, aber nicht zerstört hatte. – Hoch in der Wand ein Fensterchen mit gekreuzten Eisenstangen; von dem kam etwas Widerschein einer gegenüberstehenden Mauer herab. Der obere Teil der Mauer war jetzt von der Sonne beschienen – die Steine sandten barmherzig den Widerschein. Dann war durchs Fenster noch zu sehen der Rand eines steilen Ziegeldaches und ein Schornstein, und dazwischen blinkte ein dreieckiges Stück blauen Himmels herein. Das war der Reichtum dieser Zelle. Konrad wusste nicht, dass er gerade diese Kammer einem besonderen Wohlwollen verdankte. Das kärgliche Licht von oben war ihm wochenlang ein Trost gewesen, gleichsam eine Verheißung: Sie werden dich wieder freilassen ins Sonnenlicht! Tropfenweise war diese Hoffnung niedergesickert in seine einsame Seele. Und heute? Das bisschen Widerschein war ihm ein Hohn geworden. Er wollte keine Dämmerung mehr. Der Tag war auf ewig vergangen – so dürstete er nach Nacht, Nacht, Nacht, die so schwer und dunkel wäre, dass er von seinem Elende auch inwendig nichts mehr sähe. – Denken konnte er jetzt gar nichts. So dumpf, so taumelig, als ob man ihn mit einer Keule aufs Haupt geschlagen hätte.

Als der Kerkermeister vorübertrabend wieder durch das Guckloch schaute und der Mensch immer noch auf den Ziegeln lag, wurde er zornig. Heftig polternd öffnete er das Pförtchen: »Zum Sakermenter noch einmal! Sie Nummer Neunzehn! Hören Sie! Ist Ihnen was?« Das letztere Wort war beinahe zu weich gesagt, dass so ein dummer Junge am Ende noch glauben könnte, man hätte Mitleid mit ihm. Das gibt's nicht. Selber gesät, selber geschnitten.

Der Gefangene hatte sich rasch aufgerichtet, blickte verstört um sich. Als er den Kerkermeister erkannte, tastete er nach dessen Hand. Die hielt er fest und sagte dann heiser: »Ich möcht was bitten. Rufen Sie mir einen Priester!«

»Na also! Doch endlich!«, knurrte der Alte. »Diese Herren Gottesleugner! Zuletzt kriechen sie doch zum Kreuz.«

»Ich bin kein Gottesleugner«, entgegnete der Sträfling gelassen.

»Nicht? Na, das macht weiter nichts. Den Beichtvater sollen Sie schon haben.«

Den Beichtvater hatte Konrad zwar nicht gemeint. Mit Gott in Ordnung kommen? Es dürfte an der Zeit sein. Vor allem verlangte es ihn nach einem Menschen. Ein anderer kommt nicht. Mit dem Verworfenen will keiner was zu tun haben. Jeder dankt Gott, dass er nicht auch einer ist. Aber der Geistliche muss.

Nach einer halben Stunde – der Verurteilte fuhr zusammen, denn vor jedem Geräusch an der Tür erschrak er – kam jemand. In die Zelle trat leise ein Mönch. Er huschte in Sandalen daher. Der matte Fensterschein zeigte einen Greis mit langem, grauem Bart und froh blickenden Augen. Seine Kutte aus rauem Tuch war um die Mitte mit einem weißen Strick zusammengehalten. Am Strick hing ein Rosenkranz. Nach der Hand des Sträflings langend grüßte er: »Darf ich sagen: Guten Abend? Ich brächte ihn gern, wenn Sie ihn annehmen wollten.«

»Ich habe Sie bitten wollen, Pater – Weiß nicht, ob Ihnen bekannt ist, wie es mit mir steht.«

»Ist mir bekannt, ist mir schon bekannt. Aber heute ist der Herr näher bei Ihnen, als etwa noch gestern.«

»Ich hätte«, sprach Konrad zagend, »noch mancherlei zu sagen. Aber nicht beichten. Beichten nicht. Einen Menschen möchte ich bei mir haben.«

»Sie wollen Ihr Herz erleichtern armer Freund.«

»Sie kommen wohl nur zu mir, weil es Ihr Beruf ist. Es ist ja nicht angenehm. Trösten sollen und nicht wissen wie. Für mich gibt's nichts mehr.«

»Gehen Sie mir mit solchen Reden. Sie haben, wenn ich verstehe, mich noch nicht als Beichtvater rufen lassen. Wohl nur als Menschen, nicht wahr? Und als solcher komme ich freiwillig. Bekehren kann ich Sie doch nicht. Bekehren müssen Sie sich selber. Denken Sie einmal, ich wäre Ihr Bruder, den Sie lange nicht gesehen haben. Und jetzt kommt er auf einmal her, findet Sie an diesem Ort und weint Sie fragend an, wieso das habe geschehen können.«

Der Gefangene saß nun auf der Bank, hielt die Hände gefaltet, blickte starr auf den Boden hin und murmelte: »Ich habe einen Bruder gehabt. Wenn der noch lebte, ich wäre nicht da. – Er war älter als ich.«

»Also haben Sie wohl keinen Verwandten mehr?«

»Meine Eltern starben, als ich noch nicht zwölf Jahre alt war. Rasch nacheinander. Der Vater hat die Mutter nicht überleben können. Ich habe sie überleben können. Meine Mutter – eine gute, arme Frau. Immer heiter, fromm. Aus dem Dorfe draußen. Eine glücklichere Kindheit kann kein Mensch haben. Ach na – verzeihen ...« Seine Worte erstickten.

»Fassen Sie sich! Halten Sie die Kindheit nur fest in der Erinnerung! Sie ist ein Licht in solchen Tagen.«

»Es ist vorbei«, sagte Konrad, sein Schluchzen überwindend. »Mein Pater, mich kann diese Erinnerung halt nicht trösten, nur noch schwerer anklagen. Wie kann aus einem solchen Segen ein solches Unglück kommen? Wenn ich jetzt niederknien dürfte vor meinem Gott – nur danken! Danken, dass sie diesen Tag nicht erlebt hat.«

»Nun, nun!«, sagte der Pater. »Es haben noch ganz andere Mütter an ganz anderen Söhnen etwas erlebt.«

»Will auch alles Unserer Lieben Frau aufopfern.«

»So ist's recht. – Und jetzt erzählen Sie mir etwas. Denn wohl frühzeitig unter fremde Leute, gelt?«

Verworren brachte er es hervor.

»Nachdem mir Vater und Mutter gestorben, bin ich in die Lehre gekommen. Zu einem Tischler. Auch noch eine schöne Zeit. Nur zu viel zusammengelesen hab ich dem Meister, so allerhand Zeug, und spintisiert darüber. Und kein Unrecht aushalten wollen, oder was ich mir so hab eingebildet. Einen närrischen Fantaster hat mich der Lehrmeister geheißen – und fortgeschickt. Und nachher halt die Wanderschaft – München, Köln, Hamburg. In Köln zwei Jahre bei einem Meister. Bei dem, wenn ich geblieben wäre! Wollten mich nicht fortlassen – auch eine Tochter ... Ja, und dann nach Hamburg. Das war schon 's Unglück. In den Verein bin ich eingeführt worden. Schutz gegen Volksverräter hat es geheißen. Erlöser sein, das Leben wagen. – Ganz langsam ist es in mich gekommen, ganz nach und nach, wie ich so recht erfahren muss, was das für ein Elend ist unter solcher Tyrannei. Als Knabe hab ich einmal einen Hund niedergestochen, der auf der Gasse armer Leute Kinder biss. Ein Herrenhund. Bin dafür auf die Bank gelegt worden, aber es hat gar nicht wehgetan – immer im Gedanken:

Von der Bestie hast du sie befreit! – So ist es wieder über mich gekommen jetzt bei jenem Verein. Ich kann's nicht sagen, was in mir vorgegangen. Bin ganz irr und wirr. Bei Gericht ist ja so alles ausgesagt worden, die ganze schreckliche Geschichte. Nur ja hab ich gesagt mit hundert anderen, nur ja hab ich gesagt und gedacht: Dich trifft's nicht. Und hat mich doch getroffen, als ob unser Herrgott nicht anders gewollt hätte. Auf mich, just auf mich ist's gefallen, wie sie das Los haben gezogen ...«

»Diese Geschichte kenne ich, armer Mensch.«

»Ich nicht. Seit dem Augenblicke, als sie mir den Revolver aus der Hand genommen, ist's dunkel gewesen. Nichts habe ich erfahren, erst heute habe ich gehört, dass er lebt. Und mir haben sie gesagt, dass –«

»Was haben sie dir gesagt?«

»– dass ich sterben muss.« Dann fuhr er den Priester heftig an: »Er war ja ein Unglück. Ist es denn wirklich ein so großes Verbrechen? Sagen Sie mir das!«

»Mich deucht, das brauche ich Ihnen nicht mehr zu sagen.«

»Gut. Dann ist's recht. Dann geschieht mir recht. Den Willen dazu habe ich ja gehabt, und sie sagen, der gilt fürs Werk. Ist in Ordnung. Heißt es nicht: Leben um Leben? So steht's ja in der Schrift. Aber auch nur das, nicht mehr. Sie sollen mir's nehmen. Aber – unversehens, plötzlich sollen sie's tun. Wie ich ihm wollte. Sonst steht's ungleich. – Sagen Sie mir noch, geistlicher Herr, ob es feige ist, so Angst zu haben. Ich habe so Angst – was mir bevorsteht. Diese Todesangst steht nicht in der Schrift, die nicht. Die mich heute abgetan haben, sie sahen doch aus wie Menschen. Gut, dann sollen sie bedenken, dass sie mich tausendmal hinrichten, statt einmal. Warum lebe ich denn noch, da sie mich vor drei Stunden umgebracht haben! Schnell! Von rückwärts! Wenn sie so viel Barmherzigkeit hätten. Da hat heute einer gesagt, ich hätte die Pflicht zu sterben. Mein Gott, mich deucht, ich habe das Recht zu sterben, und dass sie mir das Recht nicht in der ersten Stunde angetan haben, das ist ihr Verbrechen. Es wäre jetzt vorbei. O Gott, mein Gott, wenn's vorbei wäre!«

So hatte er aufgerast und die Hände gerungen und gebrüllt vor Qual. Im Antlitz plötzlich blass wie Lehm; als ob der Herzschlag stillstünde, so erstarrten seine Züge.

»Armer Mensch!«, sagte der Priester und legte den Arm um seinen Nacken und zog das Haupt an seine Brust. »So sollst du nicht, so nicht.

Schau, wenn wir ein Leben lang Sünder waren, sollen wir denn nicht einige Tage lang Büßer sein? – Sage mir, Bruder, hast du nicht ein wenig Verlangen nach geistlichem Trost?«

»Wie sehr, wie sehr!«, stammelte der arme Sünder. »Und so hätte ich gleich bitten wollen –«

»Sie sehen, ich bin bereit –«

»Um ein Evangelienbuch möchte ich Sie bitten. Wenn's sein kann.«

Der Mönch schaute ihn an, dann sagte er gelassen: »Ein Evangelienbuch wollen Sie haben?«

»Ich möchte gern darin lesen. Meine Mutter, sie hat so ein Buch gehabt, da hat sie gern vorgelesen und ausgelegt. Es wollte mich anheimeln, wenn ich jetzt darin lesen könnte.«

Hierauf der Pater: »Ich will Ihnen was sagen, lieber Freund. Das Evangelium ist ein sehr gutes Buch, nicht umsonst nennt man es die Frohe Botschaft.«

»Mein Gott, ja, was bedürfte ich jetzt notwendiger, als eine frohe Botschaft!«

»Wer sie versteht. Aber mit diesem Buche ist es eine eigene Sache. Unter zehn Lesern kann's kaum einer verstehen. Und der eine versteht's auch nicht. Es ist ein zu tiefsinniges, ich möchte sagen, ein zu göttliches Buch; wie es heißt, mit sieben Siegeln verschlossen. Daher muss es erklärt werden von Fachleuten. Einzelnes daraus wollte ich gelegentlich ja gerne mit Ihnen durchnehmen, einstweilen gebe ich Ihnen etwas anderes zur Erbauung, aus dem Sie Trost und Frieden schöpfen können.«

Konrad deckte mit der Hand sein Gesicht zu, dann sagte er kaum vernehmlich: »Am liebsten wäre mir doch das Evangelium gewesen.«

Und hierauf der Mönch mit Ernst: »Freund, Sie sind der Kranke, und ich bin der Arzt. Und der Arzt muss am besten wissen, was dem Kranken frommt. Sie können sich dann auch für das Sakrament vorbereiten.«

Weil der arme Sünder weiter nichts mehr sagte, so verließ ihn der Priester, nachdem er noch ein paar gütige Worte gesprochen. Und eine Stunde später brachte der Kerkermeister ein Paket Bücher herein: »Das schickt der ehrwürdige Bruder, damit Sie ein bissel eine Unterhaltung haben.«

Unterhaltung! Der Witz war grausam, Konrad lachte schrillend auf. So lacht ein verzweifeltes Herz, das sich nicht schützen kann vor den

Bildern des letzten Ganges, die immer krasser herandrängen. – Was schickt der Pater? Schlichte Gebet- und Erbauungsbücher. Zwischen Blättern, deren Inhalt besonders beachtenswert, als Betrachtungen der vier letzten Dinge, Buß- und Sterbegebete, auch Gebete für die armen Seelen im Fegefeuer, waren Papierstreifen gelegt. Der seelenunkundige Seelsorger hatte dem Trostlosen statt Leben – neue Todesangst geschickt. Konrad suchte nach Brot, wie er es bedurfte, er blätterte in den Büchern, begann immer wieder da und dort zu lesen und legte allemal die Sachen betrübt aus der Hand. Noch eifriger durchwühlte er sein Gedächtnis, um Bilder der Kindheit auszugraben. Ganz besonders die Mutter, die seit vielen Jahren geschlafen, sie stand wieder auf, um ihrem unglücklichen Kinde Beistand zu leisten. Ihre Gestalt, ihre Worte, ihre Lieder, ihre heiligen Erzählungen aus dem Leben des Heilandes auf Erden – sie kamen friedlich heran zu seiner Seele. Da ward er plötzlich inne: Ganz hat mich Gott noch nicht verlassen. – Wie er sonst getobt hatte vor Verzweiflung: Als nun aus vergangenen Zeiten diese lieblichen Schatten erschienen, flossen erlösende Tränen.

In der Nacht nach der Verurteilung hatte er nicht eine Stunde geschlafen. Er betete, er träumte, und dann kam wieder die grause Angst, die an seinen Gliedern rüttelte. Immer wieder musste er die Augen aufschlagen nach dem Fenster, ob es etwa schon zu tagen beginne. Frühmorgens, wenn es zu tagen beginnt – so hatte er oft gehört – da kommen sie ... Im Fenster war immer noch die dunkle Nacht. Siehe, dort im kleinen Himmeldreieck steht ein Sternlein. In früheren Nächten hatte er es nicht gesehen. Es steigt gleichsam aus der Dachscharte heraus und leuchtet eine Weile freundlich durch das Fenster herab. – Das Auge war gebannt an diesen Funken, bis er sachte hinter dem Gemäuer verschwand. Als es endlich graute und an dem Pförtlein der Schlüssel rasselte, begann Konrad zu beben an Händen und Füßen. Es war der Kerkermeister, der ein Bündel Zwilchkleider brachte.

Als Konrad tonlos fragte, ob es das Galgengewand sei, harrschte der Alte: »Was schwatzen's denn? Das Hauskleid ziehen's an!«

Der Sträfling trat an den Profossen, klammerte vor dessen Augen die Finger beider Hände aneinander und sagte: »Nur das eine, wenn ich wüsste – wann, *wann*? Die Ungewissheit ist nicht zu ertragen!«

»Ei, diese Ungeduld!«, spottete der Alte. »Ja, mein Lieber, das geht bei uns nicht so schnell. Sie sind doch erst gestern aufgesagt worden. Nun also! Noch nicht einmal die Tafelfreiheit ist herabgelangt.«

»Die Tafelfreiheit?«

»Dass Sie Speiszettel machen dürfen, verstehen Sie. Ist noch kein Befehl da. Auf vierundzwanzig Stunden sind Sie also noch bombenfest sicher. Aber wenn Sie etwas gern essen – ich mach schon einmal eine Ausnahme. Und jetzt machen's vorwärts mit dem Gewand! Über Ihre eigenen Sachen«, er deutete auf die Kleider, »können Sie testamentarisch verfügen. Haben Sie wen? Nicht. Wüsste arme Leute. Aber machen's, machen's! Jetzt kommt die heiße Zeit, da ist der Zwilch nicht schlecht.«

Dieses gutmütige Geplauder des sonst so rauen Kerkermeisters war dem armen Menschen besonders unheimlich. Recht angeschnauzt und gescholten, das hätte schon eher eine Lebensdauer in Aussicht gestellt, die nicht mit Stunden gemessen wird. Ob er's weiß? Und nur aus Mitleid nicht sagt? Oder aus Bosheit? Sonst war der Alte leicht zum Zorne geneigt, und wenn er in die Hitze kam, da schlug er mit den Armen in der Luft umher und bedrohte die widerspenstigen Sträflinge schlechthin mit dem Davonjagen. Jetzt kein Galgenhumor und kein Gepolter mehr. Mit einer fast wehmütigen Gelassenheit blickte er manchmal auf den armen Sünder, der in so große Betrübnis versunken war. – »Armer Teufel!« – Plötzlich wurde es ihm zu arg, und heftig fuhr er los: »Jetzt hören's aber einmal auf! Das hätten Sie wissen können. Gehen's, sein's gescheit, ich kann das Gejammer nicht leiden. Freilich ist's nicht leicht, das Sterben, sollten froh sein, wenn Ihnen wer hilft dabei. Übrigens wer weiß, ob Sie's derleben. Gescheit sein!«

Als nachher wieder das dunkle Schweigen um ihn war, versuchte der Gefangene es neuerdings mit den Büchern. Der Pater hatte für unterschiedlichen Geschmack vorgesehen. Die »Andacht des heiligen Rosenkranzes«, die »Gebete zum Herzen Maria«, »Der Tod, das Gericht, der Himmel und die Hölle«, die »Geschichte der heiligen Theresia«, »Die sieben Himmelsriegel« und »Ablassandachten für die armen Seelen«. Welch eine Fülle von Erbauung! – Der Tischlergeselle war stets ein Bücherfreund gewesen; drei Esel, so hatte er scherzeshalber einmal berechnet, würden die Bücher nicht ertragen können, die er seit Kindeszeit durchgelesen. In alle Zeiten und Räume der Welt hatte er hineingeguckt und in alle Bereiche des Menschenlebens. Jetzt fragte er sich einmal, was ihm davon Brauchbares geblieben war. Verworrenheit, Ratlosigkeit, sonst nichts. Über alles nachgedacht, über nichts ins Reine gekommen. Das könne man überhaupt nicht, war es in einem der Bücher zu lesen, und das hatte ihn damals beruhigt. Auch derlei kirchliche Schriften hatte er gelesen, hatte sich dem aus der Kindheit her trauten Wortklange flüchtig hingegeben, tiefer ging es nicht. Nun sollten sie sich bewähren, und nun ließen sie ihn im Stiche. Er blätterte und las und betete und suchte und fand nichts für seine Not. Unmutig schob er die Bände von sich, dass etliche über den Tischrand auf das Ziegelflez fielen.

In der Nacht, die nun folgte, hatte Konrad einen Traum, so lebhaft und licht, wie noch nie. Zuerst war ein dunkles Land, und er hatte sich verirrt. In kalten, feuchten Felsen tappte er umher und konnte sich nicht zurechtfinden. Da tasteten seine Finger einen Faden, den ergriff er und folgte ihm durch die Finsternisse dahin. Die Gegend wurde heller und heller, der Faden führte ihn in das sonnenbeschienene Heimatstal, in den Ort mit den alten Giebelhäusern, in das Vaterhaus, das unter Obstbäumen stand, und der Faden, an dem seine Finger immer noch unwillkürlich entlang glitten, führte hinein in die Stube, wo er hervorgesponnen war aus dem Spinnrocken der Mutter. Und sie saß dabei und spann den Faden, und hatte ihr blasses Gesicht mit den zarten Fältchen und den guten Augen, und als der Knabe nun neben ihr war, erzählte sie Geschichten vom Heilande. Er hörte ihr zu und war ein seliges Kind. – So hatte er geträumt. Und beim Erwachen, da war wiederum nichts als die Kerkerzelle, nur die milde Stimme der Mutter klang noch in seinem Ohr: »Mein Kind, du musst dich an Jesus halten.«

Täglich wurde Konrad auf eine halbe Stunde lang in den Hof geführt, der schmutzig und sonnenlos war. Aber diese halbe Stunde fürchtete er. Zweckloses Erregen des Lichtdurstes. Und die rohen und frechen Mithäftlinge, mit denen er da zusammenkam! Lieber allein in der stillen Zelle sein.

Während seiner Haft hatte er oft um Arbeit gebeten. Der Bescheid war immer gewesen, dafür sei in der Untersuchung nichts vorgesehen. Zudem – Arbeit sei eine ehrende Begünstigung, und es müsse sich erst zeigen, wer einer solchen würdig wäre. Jetzt aber sei nicht mehr die Zeit zum Arbeiten, vielmehr zur Vorbereitung. Was soll er nun beginnen, um über diese Tage hinwegzukommen? Oder was soll er tun, um die Fliehenden festzuhalten? Manchmal siehe – da blitzte es über den Fußboden hin. Dann war's wieder weg. Hoch oben an der gegenüberliegenden, manchmal von der Sonne beschienenen Wand war ein Fenster, dessen Flügel, im Luftzuge bewegt, den Widerschein in den Kerker geworfen hatte. Konrad war erschrocken über diesen Himmelsfunken; dann suchte er auf dem Ziegelfließ umher wie nach einem Goldstück, das sich verrollt hatte.

Da kam der Besuch. Ungeahnter, erschreckender Besuch. In Begleitung des Kerkermeisters erschien, stramm und ernst aufgerichtet, die Gestalt des Gerichtspräsidenten.

Konrad fühlte es wie einen betäubenden Schlag, er konnte nur noch denken: »Die Stunde ist da!« – Dieser Mann, der das Urteil ausgesprochen hatte so kalt und seelenlos, als wäre er eine Maschine, die bei dem Druck auf die Taste wortähnliche Laute hervorbringt. Der Präsident befahl dem Kerkermeister, dass er hinausgehe. Der Alte zögerte – was denn das wieder wäre! Der Herr musste seinen Befehl wiederholen, bis er ging. Und als der Richter allein war mit dem Sträfling, beugte er sich nieder; seine Hand tastete, denn sein Auge hatte die Dunkelheit noch nicht überwunden. Dann sagte er freundlich: »Konrad Ferleitner! Ich komme Sie zu fragen, ob Sie etwas wünschen.«

Der Angesprochene rang krampfig die Hände, sein Körper wurde gestoßen von den wilden Pulssprüngen, die nach unregelmäßigen Zwischenpausen in harten Doppelschlägen pochten. So heftig war das, und dabei stöhnte der Arme Worte hervor, die der Richter nicht verstehen konnte.

»Fassen Sie sich!«

Als er dem Lallen des Gefangenen das Wort »Beichtvater!« entnahm, da fiel es ihm ein, der arme Mensch könne glauben, die Justifizierung sei da. »Ferleitner!«, sagte er. »Setzen Sie sich setzt einmal zu mir da auf die Bank. Sie glauben am Ende gar –. Nein, so weit ist es noch nicht und kommt's *vielleicht* auch nicht. Ich will Ihnen sagen, dass an Seine Majestät die Bitte um Begnadigung gestellt wird.«

Konrad schaute wie verträumt auf; das blasse Licht zeigte, wie schrecklich eingesunken und fahl seine Wangen waren. »Begnadigung!«, sagte er tief gedämpft. »Um meine Begnadigung? Ja – warum haben Sie mich denn verurteilt?«

Diese Frage schien den Richter zu verblüffen. Delinquent scheint sich allen Ernstes unschuldig zu fühlen. »Sie waren selbst dabei, Ferleitner, und haben gehört, wie die Geschworenen nach den Tatsachen entschieden haben. Danach mussten die Richter Sie verurteilen, da gab es keine Wahl.«

»Um Begnadigung? Den König?«, fragte Konrad, der mehr verwundert als getröstet war, sich doch aber wegen der unsicheren Beine auf die Bank gesetzt hatte.

»Der Verteidiger hat's gewagt. Dass Sie von dem Wahne gerettet sind, davon hat uns Ihr ganzes Wesen überzeugt. Weiter wünschen wir ja nichts. Sie sehen doch nun ein, Ferleitner, dass man Unrecht mit Unrecht nicht aus der Welt schaffen kann. Unrecht durch Unrecht bekämpft, wird nur noch mächtiger. Zum Verzeihen einer solchen Tat oder Absicht gehört ein großes Herz. Hoffen wir einstweilen, unser König habe es. Dem Kanzler geht's ja besser. Na, wollen halt sehen. – Unterschreiben Sie das Schriftstück.« Er zog ein gefaltetes Blatt hervor, dann Tintenfläschchen und Feder. Konrad beugte sich auf den Tisch hin und im Hinschreiben seines Namens stöhnte er auf.

»Ach ja«, sagte er. »*Wenn* ich noch einmal ins Tageslicht sollte kommen! Nicht den Gedanken mehr. Soll's gehen in der Welt wie es will. Ich wollt mein Handwerk treiben und mich um weiter nichts kümmern. Nur –«, und das sagte er leise, unsicher: »Nur Gott will ich nicht mehr vergessen.«

»Natürlich ist die Wahrscheinlichkeit nur mäßig«, sprach der Richter. »In gewissen Fällen, wo es sich ums Ganze handelt ...«

»Es ist also doch sehr unsicher?«, fragte Konrad. »Aber mein Gott, wie kann man das ertragen? Wenn diese Zeit noch verlängert werden soll – wie ist denn das zu ertragen? Diese schreckliche Ungewissheit!«

»Es soll eine Zeit der Hoffnung sein.«

»Wie lange kann es denn dauern?«

Der Richter zuckte die Achsel. »Es kann drei Wochen dauern, aber es kann auch doppelt so lang dauern.«

Ganz zutraulich fragte nun Konrad: »Glauben Sie, Herr Richter, dass ein Mensch das aushalten kann? So wochenlange Todesangst?«

»Haben Sie ein klein wenig Vertrauen!«, mahnte der Gerichtspräsident. »Muss es nicht jeder Mensch aushalten, das Ungewisse? Der Richter so gut wie der Gerichtete?«

»Aber was soll ich denn anfangen? Was soll ich denn hier tun, die fürchterliche Zeit? So lebendig begraben!«

»Ihnen eine bessere Kammer anzuweisen, das liegt leider nicht in meiner Macht. Es ist ja nicht die schlechteste Zelle dieses traurigen Hauses, die Sie hier innehaben. Aber vielleicht haben Sie einen andern Wunsch, der erfüllt werden kann. Sprechen Sie ganz offen, Ferleitner.«

Damit tat er seine Schrift zusammen und barg das Schreibzeug in die Rocktasche. Konrads Auge hing an diesen Bewegungen. Er konnte es noch immer nicht fassen, dass der schreckliche Mann jetzt so liebreich mit ihm sprach. »Mit der Kammer«, sagte er dann, »es ist ja alles da, was man braucht – wenn man nichts tun und nichts mehr sein darf, was braucht man denn? Wenn der Mensch nicht frei ist – alles andere ist einerlei. – Aber eins – eine Bitte hätte ich wohl doch, Herr Richter.«

»So sprechen Sie«, sagte dieser, und während er Konrads Hand fest in der seinen hielt, brach es aus ihm hervor: »Sehen Sie, es ist hart, zu denken, dass alle, die man aburteilen muss, glauben, man sei ihr persönlicher Feind. Sie meinen, das wäre so leicht hingesprochen im Gerichtssaal, und ahnen es nicht, wie unsereiner mit sich fertig wird. Nicht allein der Angeklagte hat schlaflose Nächte, auch manchmal der Richter. – Wir Leute vom Recht haben – aber außerhalb des Berufes – eine Vereinigung gegründet, um solche, die wir schuldig sprechen müssen, zu halten und zu ermuntern, dass sie nicht trostlos untersinken. Also vertrauen Sie, lieber Ferleitner, soweit ich Ihre Lage erleichtern kann, soll es geschehen.«

Da sagte Konrad – dabei starrte er aus das Ziegelflez nieder –: »Ich möchte bitten um Schreibzeug.«

»Schreiben wollen Sie?«

»Wenn ich bitten dürfte um Papier, Feder und Tinte. In früheren Jahren habe ich gerne meine Gedanken aufgeschrieben – so wie es halt gehen mag. Ich habe ja nicht viel gelernt.«

»Und wollen jetzt an Ihre Bekannten schreiben?«

»O nein. Hätte ich ihrer, so würden sie froh sein, von mir nichts mehr zu hören.«

»Oder eine Rechtfertigung?«

»Nein.«

»Oder gar Ihre Lebensbeschreibung?«

»Auch das nicht. Dazu ist mein Leben wohl nicht gut genug. Ein solches Unglück sollt' man vergessen und nicht aufschreiben. Nein, ich wüsste vielleicht etwas anderes zu schreiben.«

»Schreibzeug sollen Sie haben«, sagte der Richter. »Und etwa fehlt sonst noch was? Ein besseres Bett, wie?«

»Ich danke. Da bin ich zufrieden, wie es ist. Wenn sonst nichts wäre, als dass das Lager hart ist –«

»Doch wohl auch die vorgeschriebene Reinlichkeit?«

»Wenn man immer so warten muss und denken – jetzt – jetzt kommen sie. Herr Richter, da schläft man halt nicht gut.«

»Peinigen Sie sich nicht immer mit solchen Vorstellungen, Ferleitner!«, mahnte der Richter den neuerdings in Erregung geratenen Menschen. »Keiner von uns weiß, was ihm in nächster Stunde bevorsteht – und man lebt doch gelassen dahin. Benutzen Sie diese Zeit«, setzte er launig bei, »nur für die Verurteilung sich durch ein Dichterwerk zu rächen. In alten Zeiten haben es große Geister auch so gemacht.«

Antwortete Konrad: »Ich kann kein Dichterwerk schreiben und ich habe mich auch nicht zu rächen. Verdient habe ich den Tod. Aber dieses Warten auf ihn! Die Pein in der Hölle kann nicht größer sein.«

»Die Hölle, dachte ich, geht uns nichts an. Denken wir bloß an das Fegefeuer, in dem wir sitzen. Soll ihm ja der Himmel folgen, wie es heißt. Haben Sie also kein Anliegen? Nicht doch an jemand etwas zu bestellen?«

»Niemand, niemand!«

»Ein Glück, um das Sie viele Schicksalsgenossen beneiden würden. Mit sich selbst wird ein Mann fertig. Wenn es Sie beruhigt, Ferleitner, das kann ich Ihnen sagen, in unseren Augen sind Sie kein Bösewicht. Nur ein armer Verführter. – Das ist für heute genug. Ihr bescheidener Wunsch soll sofort erfüllt werden.«

Nach diesem seltsamen Gespräche zwischen Richter und armem Sünder hat der Präsident die Zelle verlassen. Er war nicht befriedigt. Hatte er zu wenig gehört oder zu viel gesprochen? Dieser kindliche Mensch, den Eidestreue zum Mörder machen sollte. – Im Vorgange sprach er mit dem Kerkermeister und legte ihm einiges aufs Gewissen.

»Auch muss ich Ihn aufmerksam machen, dass der Mann schwer krank ist. Sei Er nicht hart gegen ihn.«

Der Alte war unwirsch.

»Zu Gnaden, Herr Präsident! Hart sein mit so einem armen Teufel! Wenn er euch nachher derbarmt, warum denn selber so grob sein?« Dabei rieb er mit dem Lodenfetzen an einem Lampenschirme, um den Ruß loszukriegen. »Gleich zum Tode durch den Strang. Mag noch so butterweich gesagt werden, tut doch weher, als wenn unsereiner einmal mit den Leuten sakermentiert – was gleich übel vermerkt wird. Nur probieren! Krank! Natürlich ist er krank, der arme Teufel. Wundert mich so, dass die Doktors nicht schon da sind und kurieren. Dass er gesund genug wird zum Gehenktwerden.«

»Lass Er's gut sein, Trapser.«

Der Kerkermeister ließ von seiner Arbeit ab, stellte sich soldatisch auf und sagte: »Herr Präsident, ich bitt um meinen Abschied.«

»Wie? Ihren Abschied wollen Sie?«

»Ich bitt gehorsamst um meinen Abschied.« Kerzengerade blieb er stehen. »Wissen's, ich bin die sechsundzwanzig Jahr her viel gewohnt worden dahier. Siebzehn hab ich henken lassen. Geradaus siebzehn, jawohl, Herr Präsident. Vierundzwanzig wären ihrer gewesen, sind aber sieben begnadigt worden zu lebenslänglichem Kerker. Tragen heut noch an der Gnade. Wissen's Herr Präsident, is ist ein Schindermetier, Herr Präsident! Aber dass ich's sag', den Ferleitner, den hab ich bisher nit erlebt. Was hat er denn getan, ich bitt Ihnen! Er hat ja nichts getan. Schaun's, da hätten wir doch ganz andere Galgenstricke auf Lager. Einen Bankier Deckblatt, hat sechs Familien ruiniert und die siebente zum Selbstmord getrieben. Acht Monate. Einen Studiosus Kraekel, hat zwei Duellmorde auf dem Gewissen. Sechs Monate. Aber der da – weil er eh nix 'troffen hat, möcht ich sagen –. Kurz und gut, mir graust.«

»Noch immer bei Temperament, alter Bär, und bei Humor! Gott erhalte ihn!« Dabei ein wohlwollendes Achselklopfen. Das Abschiedsgesuch war wieder einmal abschlägig beschieden. Der Präsident war gemessen davongegangen.

Doch das Grollen des Alten wollte sich noch lange nicht legen. »Alter Bär! Alter Bär! Das ist allemal seine ganze Weisheit. Will euch den alten Bären schon zeigen. Jesses, bei uns geht's zu!« Er siffelte dahin, schrillte derb mit dem Schlüsselbund, damit die Häftlinge Vorkehrungen treffen konnten, ehe er pflichtschuldig durchs Guckloch sah, wie die Herrschaften sich die Zeit vertrieben. Dann ging er und besorgte einen großen Tintentiegel und einen Pack Kanzleipapier für Numero Neunzehn.

»Wird's reichen?«

»Ich danke, ich danke«, sagte Ferleitner. »Nur brauch ich auch noch eine Feder.«

»O nein, mein Lieber, o nein! Das kennen wir. Seit sich vor fünf Jahren auf Numero Dreiundvierzig der Notar mit einer Stahlfeder abgestochen hat, geb ich keine mehr.«

»Aber ohne Feder kann man doch nicht schreiben.«

»Das geht mich nix an. Ich kann's nit einmal mit der Feder.«

»Der Herr Präsident hat mir eine zugesagt«, erinnerte Konrad bescheidentlich.

Da fuhr der Alte neuerdings auf: »Wissen's, dieser Präsident, der geht mir jetzt schon bis da herauf!« Er legte seine Hand waagrecht ans Kinn. »Er brockt ein und unsereiner soll nachher allemal alles auslöffeln.« Dann kaum verständlich in seinen Bart: »Ich sag' just einmal das, wenn sie einen wochenlang hängen lassen, ehe sie ihn hängen, so ist das ein – ein – Herrgott, ich kann nit mehr ordentlich – ich finde keine schönen Worte nicht! Wenn einer da auskneift, kein Wunder!«

»Töten werde ich mich nicht«, sagte Konrad gelassen. »Sie sagen, ich hätte Hoffnung auf den König.«

»Und da wollen Sie ihm schreiben. Wissen's, helfen wird das nit viel, aber Sie können's tun. Haben ja Zeit. Immer einmal ist es doch gut, dass wir eine lange Bürokratenbank haben. Wissen's, trösten's Ihnen, mir tun's auch unrecht. Mir geben's meinen Abschied nit. Na, bei uns geht's zu!«

Dann ging er und brachte einen Tiegel mit rostigen Stahlfedern. »Aber, dass Sie mir keine vertun!« Denn es waren lauter Federn, mit denen Todesurteile geschrieben worden; der Alte hatte eine Sammlung von solchen Malefizsachen und hoffte, sie einmal an einen reichen Engländer verkaufen zu können. »Befehlen Euer Gnaden noch etwas?« Mit diesen Spottworten verließ er die Zelle und polterte und fluchte den Gang entlang. Die Gefangenen glaubten immer, er fluche über sie.

Der Gerichtspräsident schritt, die Hände auf dem Rücken, durch sein großes Arbeitszimmer. Doch ein verdammt kritischer Fall! Wäre der Kanzler an dem Tage nicht aufgegeben gewesen, so hätte das Urteil anders gelautet. Das Gnadengesuch! Ob es andere Folgen haben wird, als dem armen Menschen die Qual zu verlängern? Ob es am Ende nicht doch besser gewesen wäre –? Es könnte alles vorüber sein. – Aus dem Nebenzimmer kam ein alter Beamter und legte ein Aktenbündel auf den Tisch.

»Herr Gerichtsrat, auf einen Augenblick. Das Gnadengesuch an Seine Majestät ist abgegangen?«

»Ist abgegangen.«

»Was halten Sie davon?«

Der Gerichtsrat hob die Achseln und – ließ sie wieder fallen.

Konrad kauerte da und starrte auf den Tisch. Hier lag alles – Papier, Tinte, Federn. Was wollte er schreiben? Seine Traurigkeit herausschreiben, wie fängt man das nur an? Er hob sein Gesicht, als suche er nach etwas. Der Blick fiel durch das Fenster auf die Mauer, deren oberer Rand im Abendsonnenschein leuchtete. So glühen die Alpenspitzen. Ach Welt, du schöne Welt! – Drei Wochen noch. Oder doppelt so lang. Dann –. Das Herzklopfen tat ihm weh, es schlug wie Hammer an die Schläfen. Da denkt man immer an den einen – kam es ihm plötzlich zu Sinn – es gibt doch auch noch andere Scharfrichter! – Das Abendmahl war da. Eine Blechkanne mit Reisbrei und ein Stück Brot. Er verzehrte es gleichgültig, doch bis auf das letzte Krümchen. Dann kam die Nacht, und auf dem Fleckchen zwischen Dach und Schornstein stand wieder der Stern. Mit Andacht schaute Konrad zu ihm auf, die wenigen Minuten, bis er verschwunden war. Dann die lange, lichtlose, trostlose Nacht. Und das nennt man leben. Und um dieses Leben bittet man den König. Wenn ein König Gnade gibt, so sei es Sonnenschein. Nein – es ist viel verlangt. Wer zu seinem Bruder sagt: Du Racker, der ist schuldig. Und wer die Absicht hat, zu töten? – Die Güte, die er vom Richter erfahren, hatte ihn zwar ein wenig gestärkt, aber der letzte seiner ringenden Gedanken war allemal: Hoffnungslos!

In der folgenden Nacht bekam Konrad einen andern Besuch. Seine Mutter. Im Sonntagskleide, wie einst, wenn sie zur Kommunion ging. Und sie hatte jemanden bei sich. Sie trat ans Lager des Sohnes und sagte: »Konrad, hier bringe ich dir einen guten Bekannten.«

Als er nach ihrer Hand tastete, war sie nicht mehr da. Hingegen stand mitten in der dämmernden Zelle der Herr Jesus. Sein weißes Kleid ging hinab bis zum Boden, seine langen Locken lagen über den Achseln, sein helles Gesicht war gegen Konrad gewendet. – –

Als der arme Sünder am Morgen erwachte, war sein Herz voller Wonne. In dieser Nacht war ihm gut gewesen. Flink sprang er vom Lager auf: *Himmelsgestalt, dich lasse ich nimmer!*

Ein bisher kaum Bewusstes war ihm klar geworden, ganz plötzlich. Er will sich zum Heiland flüchten. Er will sich versenken in Jesus, in dem sich alles vereint, was je seine Seligkeit gewesen war und werden muss – seine Mutter, seine schuldlose Jugend, ferne Gottesfreude, seine Ruh' und Hoffnung, sein ewiges Leben. Jetzt weiß er's: Seinen Heiland will er festhalten. Ein Buch über Jesus will er schreiben. – Nicht etwa, als ob er ein schriftstellerisches Werk leisten möchte, das kann er nicht, das liegt ihm fern. Aber so recht lebendig vergegenwärtigen will er sich den Herrn, recht mit ganzer Seele hineinspinnen will er sich in die Heilandsgestalt, dass er einen Freund habe in der Zelle. Dann vielleicht schwindet seine Bangigkeit. In früheren Zeiten hat er sich gerne ein Anliegen so vom Herzen geschrieben, nicht allemal gerade in Briefen, auch oft ganz für sich selbst. Manches, was ihm sonst nicht klar und fassbar werden wollte – mit der Feder in der Hand gelang es ihm, sein inneres Auge zu stärken, dass dämmernde Anbilder fast wesenhaft wurden. Manchen Kameraden und frohen Genossen hatte er sich so gleichsam erschaffen auf seinen Burschenreisen in der Fremde, wenn ihm bange werden wollte. So will er nun in seiner Verlassenheit versuchen, den Heiland zu sich zu laden in die Armensünderzelle. Kein äußerer Behelf ist zur Hand, aus sich heraus muss er ihn erwecken. Aus kindlichen Erinnerungen, aus den Resten des Schulwissens, aus den Bruchstücken seiner Bücherbelesenheit, vor allem aus den biblischen Erzählungen der Mutter, will er es wagen, den Herrn Jesus so lange zu bitten, bis er kommt.

Und nun begann der zum Tode verurteilte Ferleitner eine Schrift zu schreiben, soweit es ihm gegeben war. In der ersten Zeit wurde sein Träumen und Denken und Gestalten gar oft unterbrochen durch Verzagtheit und angstvolle Erregung, die ihm die Pulse rasen und wieder den Herzschlag fast stillstehen machte. Dann kauerte er im Winkel und weinte und stöhnte und rang vergeblich mit der Gier nach irdischem Leben. Wenn es ihm aber doch wieder gelang, sich zu sammeln und er neuerdings die Feder ergriff, dann kam sachte die Beruhigung, die immer länger anhielt. So ereignete es sich, dass er oft stundenlang schrieb, dass seine Wangen sich röteten und sein Auge zu leuchten begann; dann wandelte er mit Jesus in Galiläa. Erwachte er plötzlich aus seinen Gesichten und fand sich in der Kerkerzelle, so kam wohl die Traurigkeit, aber es war nicht mehr der Sturz in die Hölle, er war schon stark genug, um sich auf seine Insel der Seligen zurück zu retten. Und so schrieb er und schrieb. Nicht danach fragte er, ob es der Heiland der Bücher war. Sein Heiland war es, wie er in ihm lebte, wie er ihn und gerade ihn erlösen konnte. So vollzog sich bei diesem armen Sünder im Kleinen, wie es sich bei den Völkern im Großen vollzieht: Wennschon nicht immer der historische Jesus zum Heilande wird, so wird doch der geglaubte Heiland zum historischen, indem er durch das Gemüt der Menschen die Weltgeschichte leitet. Der im Buche steht, ist es nicht für jeden; der im Herzen lebt, ist es. Solches ist auch das Geheimnis von des Heilands ewiger Kraft, dass er für den einen Menschen gerade der ist, den derselbe Mensch braucht. In den Evangelien lesen wir, dass Jesus zu verschiedenen Zeiten und verschiedenen Menschen in anderer Gestalt erschienen ist. Das soll uns eine Mahnung sein, jedem gerade seinen Jesus zu gönnen. Wenn es nur der Jesus der Liebe und des Vertrauens ist, dann ist es der rechte.

In diesem Dichten und Schreiben des Gefangenen geschah es auch manchmal, dass vom Fenster herab ein breiter, welcher Lichtfunke in die Zelle flog, über die Wand, über den Ziegelboden, über das Tischchen zuckte und dann wohl gar ein Weilchen liegen blieb auf dem weißen Papier. Und so war es, dass Licht kam in diesen einsamen Raum, aber noch unsagbar mehr Licht ins Gemüt des Schreibenden.

Der Kerkermeister bekam von der Schrift wenig zu sehen. Sooft der Schlüssel rasselte, wurde sie rasch verborgen hinter einem Laken – wie der Kindliche sein Liebstes verdeckt vor unberufenen Augen. – Als der Wochen fünf oder sechs vergangen waren, lagen Hunderte von beschriebenen Blättern da. Konrad legte sie in einen Umschlag und schrieb darauf hin:

I.N.R.I.

Wenn's dunkel ist in der Welt, da schaut der Mensch gern immer einmal gegen Morgen hin. Dort geht das Licht auf. Alle Lichter gehen dort aus dem Osten herauf. Auch die Menschengeschlechter sollen gekommen sein von jener Seite her. Da ist ein uraltes Buch und ist der Anfang darin beschrieben und die erste Menschheit. Aus dem Volk der Juden ist dieses Buch gekommen und die alten Juden sind das Volk Gottes genannt worden. Denn sie haben über sich gesehen einen einzigen, ewigen Gott. Und große Männer sind in diesem Volk aufgestanden, mit heiligen Lehren. Der größte hat Moses geheißen und es steht geschrieben, dass er die zehn Gebote herabgebracht hätte zu den Menschen. Aber die Juden sind gesunken und immer tiefer gefallen und dann schwer geknechtet worden von fremden Reichen. Im Elend wie wir, in Fluch und Verzweiflung sind sie gewesen, und das hat gedauert tausend Jahre und länger. Von Zeit zu Zeit sind Propheten erschienen und mit einer lichten Gnade haben sie kundgetan, dass ein Heiland würde kommen, der die Juden in das Reich der Herrlichkeit führt. Auf diesen Heiland haben sie gewartet hundert Jahre und viele Hundert Jahre. Oft ist einer gewesen, den sie dafür gehalten haben, und waren doch betrogen. Und als endlich der rechte erscheint, der rechte große Heiland – den haben sie nicht erkannt. Denn er ist anders gewesen, als sie ihn gedacht haben.

Soll ich anfangen zu sagen, wie in Winterabenden meine Mutter mir, dem Knaben, erzählt hat, dass es gewesen sei? Soll ich mir es vorsagen wie einer, der sich selbst wecken will um Mitternacht, ehe der Herr kommt? Soll ich ohne Schrift und Lehr aus meinem armen wirren Haupte hervorsuchen, was an Bruchstücken etwa noch darin erhalten geblieben, was verschüttet ist worden in der Welt Irr und Wirr, und was jetzt, dieweilen es so dunkel ist worden, wieder aufblitzt und hoch zu leuchten anhebt wie in der Nacht die Sternenkrone! Soll ich die heiligen Gestalten rufen, dass sie mir beistehen in meiner letzten Tage Angst, dass sie mich umkreisen mit ihrem ewigen Rosenlicht – und kein Geist des Verzagens zu mir mag kommen? – Es ist gar ein schmaler Weg zwischen den Mauern dieser harten Burg, auf dem ein wenig Licht zu mir kann dringen.

Wie Gott will. Dankbar zufrieden will ich sein mit dem blassen Abglanz des Himmels, der durch die Mauerlücke zu mir kommt vom heiligen Osten her. – O Gott, mein Vater! Lass aus fernen Ländern und aus vergangenen Zeiten die Botschaft zu mir kommen, so wie sie mein einfältig Herz kann fassen und verstehen. Nach Gottes Wahrheit dürste ich, und was mich stärkt, tröstet und erlöst, das wird für mich ja Gottes Wahrheit sein. Du blasses Licht! Sollst du der Mutter Erbschaft und Segen sein? O meine Mutter! Sprich herüber aus der Ewigkeit zu deinem unglücklichen Jungen – sprich herüber!

Habe ich doch immer dich gesehen in dem Weibe, das zur harten Winterszeit übers Gebirge hat müssen, weit weg von heim. Und so will ich anfangen.

Das Judenland ist zur Zeit unter der Herrschaft der gewaltigen Römer gewesen. Da hat der römische Kaiser wissen wollen, wie viele ihrer wären, und hat im Judenland eine Volksaufschreibung angeordnet. Alle Juden sollten in ihren Geburtsort kommen und sich dort angeben beim

Amtmann. Da hat in dem Städtlein Nazareth in Galiläa – das ein gebirgiges Gebiet des Judenlandes ist – ein Zimmermann gewohnt. Schon ein älterer Mann, der ein junges Weib gehabt hat, von dem noch heute ein Volkslied singt:

>»Schön weiß als wie Kreiden,
Schön mild als wie Seiden;
Ein wunderschön Weib,
Voll Demut dabei.«

Arme Leute, aber fromm und fleißig und gehorsam. Kein Mensch hätte nach ihnen gefragt in der weiten Welt und das römische Reich wäre ohne diesen Zimmermann nicht zugrunde gegangen. Ob man nicht vielmehr sagen könnte: *Wegen* des Zimmermanns ist es später zugrunde gegangen! Im Lande Galiläa haben Leute aus aller Welt gewohnt, auch eingewanderte Barbaren aus dem Westen und aus dem Norden. Und sind die Abstammungen oft schwer zu unterscheiden gewesen. – Unser Zimmermann ist gebürtig aus dem südlichen Judenlande, der Stadt Bethlehem, die in noch älteren Zeiten auch die Heimat des Königs David gewesen war. Joseph, der Zimmermann, soll nicht ungern davon gesprochen haben und auch durchblicken lassen, dass er von David abstamme, dem großen Könige. Schöner – mag er wohl gedacht haben – ist's freilich, wenn man von unten hinaufkommt, als von oben herab. Oder ist es doch anders? Kommt nicht der Mensch von unten hinauf und Gott von oben herab? David war in seiner Jugend Hirte gewesen; man sagt, er habe als solcher mit einem Steinwurf einen feindlichen Führer getötet, weshalb er dann so hoch hinaufgekommen ist. Nun ja, und weil der Zimmermann Joseph gerne wieder einmal sein Heimatsstädtl gesehen hat, und weil er gerne auch sein liebes Weib einmal hat hinführen wollen, um ihr seiner Jugend Land zu zeigen, so ist ihm die Volksausschreibung ganz recht gewesen. So haben sich die zwei Leutlein zusammengetan und sind nach Bethlehem gereist. Drei Tagreisen oder länger, und wird's wohl geplagt haben. Hat ein Handwerker noch heute nichts zum Besten, so kann man sich's bei Meister Joseph, der immer mehr auf gute Arbeit als auf gutes Geld gesehen hat, leicht denken. Ein Bündel Nahrung mögen sie von heim mitgetragen haben und die Ehegesponsin wird wohl oft haben rasten müssen unterwegs. Der Weg ist unsicher in dem Steingebirge und haben sie durch das verdächtige Land der Samariter reisen müssen. Aber Joseph denkt nicht dran. Und kommen endlich nach Judäa. Wo sie auf alte Denkmäler stoßen, da bleibt er gerne stehen, erstens um zu schauen, wie sie gebaut sind, und zweitens, um der großen Männer und Taten der Vorzeit zu gedenken. An einer Stadt namens Bethel haben sie eine Nacht zugebracht, und in derselben Nacht hat Joseph von einer Leiter geträumt, die er vor sich stehen sieht und die von der Erde bis zum Himmel reicht. Joseph denkt noch, wenn's die Sprosseln halten, so könnte man da hinaufsteigen; dieweilen sieht er schon, wie von oben ein weißer Engel herabsteigt, ganz langsam immer tiefer herab bis zu Joseph; und wie dieser die Hand nach ihm ausstreckt, ist er nicht zu sehen. Er wacht auf, der Traum steht ihm groß und süß vor der Seele, und ist es der Platz gewesen, wo einst der Patriarch Jakob die Himmelsleiter geschaut hat, und dass die Leiter gleichsam stehen geblieben ist, damit zu allen Zeiten zwischen Himmel und Erde Engel auf und nieder steigen können. Sind dann wohlgemut fürbass gezogen. Aber wenn Joseph auf der Steppe die Schakale schreien hört und im Sande die Beduinentapsen sieht, so wird ihm bange. Doch denkt er, der Engel, der herabgestiegen ist, wird wohl neben ihm schweben, denn das Fächeln der Fittiche glaubt er manchmal an seiner Wange wahrzunehmen.

Der Boden, auf dem sie wandern, ist starr; die Kräuter, vom Froste versengt, liegen welk dahin. Auf dem Libanongebirge, das den Reisenden aus der Heimatsgegend ferne noch nachschaut, liegt Schnee, und auf den Niederungen des Landes Juda sinken aus trüber Luft weiße Flimmerchen nieder, sodass die Steine und die Rasen weiß werden. Als sie an einem Brunnen rasten, blickt das Weib nachdenklich in den Tümpel und sagt: »Siehe, Joseph, was sind das auf der Wasserfläche für wunderbare Kräuter und Blumen?«

Und sagt Joseph: »Du hast das wohl noch nie gesehen, Maria? Du bist jung und hast der kalten Winter noch wenige erlebt. So weißt du auch nicht, was diese Blumen bedeuten. Höre mir zu! In der Morgenröte steht eine Jungfrau. Mit ihrem Fuße steht sie auf dem Mond und um ihr Haupt kreisen die Sterne. Und der Schlange, die unsere ersten Eltern hat verführt im Paradiese, zertritt sie den Kopf. Siehe, und um diese Jungfrau wirbt der Frühling und bringt ihr seine Rosen. Und um diese Jungfrau wirbt auch der Winter, und weil er keine anderen Blumen hat, so lässt er ihrer auf der Wasserfläche und auf den Fenstertafeln wachsen. Aber sie sind starr und kalt, und die Jungfrau, die geheimnisvolle Rose, von der ein Prophet gesungen: ›Selig werden dich preisen alle Geschlechter!‹ – sie hat den Frühling gewählt ...«

So erzählt Joseph, dessen Bart so grau ist wie die Blumen auf dem Eise. Maria hat die Mär gehört und geschwiegen.

Am dritten Tage liegt vor unseren Wanderern die Königsstadt. Herrlich auf dem Berge prangt sie mit ihren Kuppeln und Tempelzinnen. Zur Zeit sitzt der Judenkönig Herodes dort auf dem Thron und glaubt zu herrschen. Aber er herrscht nur, soweit ihn die Fremden herrschen lassen. Diese Stadt, die sonst der Stolz des auserwählten Volkes gewesen, jetzt wimmelt sie von römischen Kriegern, die alle Straßen mit Lärm und Rohheit erfüllen. Joseph führt sein junges Weib wegsab gegen Felshänge hin, wo die Gräber der Propheten sind. Dort überkommt es ihn so, dass er plötzlich die Hände gegen Himmel streckt: »Allmächtiger Jehova, wann kommt der Messias?« Sein Schrei widerhallt in den Höhlen, sodass Maria sagt: »Du sollst nicht so stürmisch rufen, Joseph. Die Toten wachen doch nicht auf, und Jehova hört auch ein demütiges Beten.«

Maria hat bei sich erwartet, dass sie in Jerusalem einkehren und übernachten würden. Joseph meint, er möge das nicht, in dieser Stadt habe er keine Verwandten, bei denen er Herberge nehmen könnte, und für Fremdherbergen sei er nicht genug besilbert. Auch gefalle ihm hier das fremde Wesen nicht, es plange ihn schon nach dem lieben Bethlehem. Das sei nur etliche Wegstunden noch fern, ob sie es ermachen könne?

Maria neigt mit dem Haupt Ja und strengt ihre letzten Kräfte an, weiterzukommen. Aber als sie unter der Stadtmauer erschöpft zusammensinkt, sagt er: »Wir wollen doch bleiben, dass du dich ausruhest, und ich dir morgen den Tempel zeigen kann.«

Am Steinbühel ist ein Mann, der nagelt zwei Holzbalken zusammen. Joseph versteht was von solcher Arbeit, aber dieses Ding leuchtet ihm nicht ein. Er frägt also was das werden soll?

»Wer's braucht, der will's nicht«, antwortet der Arbeiter. Da kommt es Joseph zu Sinn, ob das nicht etwa gar ein Henkerpfahl soll werden?

Maria fasst ihn am Arm: »Gehen wir, Joseph, gehen wir nach Bethlehem.« Denn ihr ist bange geworden.

Sie wanken die Straße hinab. Nach einem Trunk an der Quelle des Josaphattales sind sie erfrischt. Weiterhin in den grünen Auen von Juda weiden Lämmer und Ziegen, und Joseph hebt an, von seiner Kindeszeit zu reden. Sein ganzes Wesen ist frisch und freudig. Die Heimat! – Um die Abendstunde liegt vor ihnen auf der Anhöhe das leuchtende Bethlehem.

Eine Weile stehen sie da und betrachten es. Hernach geht Joseph in die Stadt, um das Amt und die Zeit der Ausschreibungen zu erfragen und um eine Nachtherberge zu suchen. Vor dem Tor, unter den zackigen Fächern einer Palme sitzt das junge Weib und schaut hinaus. Die abendliche Gegend – alles fremd – und doch trautsam – das Kindeseden ihres Joseph. – Wie lärmend war es in Jerusalem gewesen und wie friedsam ist es hier. Fast so still und gottesfeierlich wie ein Sabbatabend in Nazareth! Das liebe Nazareth! Wie weit, wie weit! – Manchmal eine Schalmei der Hirten klingt herüber von den grünen Hügeln. Dort an dem Ölbaum lehnt ein Jüngling, der windet aus Zweigen einen Kranz und singt:

»Meine Freundin! Sieh, wie schön du bist! Deine Augen sind Turteltauben in lockendem Haar, deine Lippen sind purpurne Rosenknospen, und deiner Brüste zwei atmen wie junge Gazellen, die unter Lilien weiden. Getroffen hast du mein Herz, wie süß, o bräutliche Schwester, ist deine Liebe!« –

Dann schweigt er und leise rieseln die Blätter im Abendhauch.

Maria schaut nach Joseph aus. Er will nicht kommen. Und der Sänger singt wieder: »Wer bist du, leuchtend wie Morgenröt', schön wie der Mond und rein wie die Sonne? Evas göttliche Tochter ...« Und immer wartet Maria unter dem Palmbaum und horcht – und hebt es an, ihr leise weh zu werden. Enger zieht sie den Mantel um sich und sieht, am Himmel stehen schon die Sternlein. Joseph will nicht kommen. Und am Hügel der Sänger: »Aus Isaias Stamme wird ein Reis entsprossen ...« Und eine zweite Stimme: »Selig, selig werden sie preisen alle Geschlechter!« – So haben Hirten die Lieder ihrer alten Könige und Propheten gesungen.

Endlich kommt Joseph langsam geschritten aus der Stadt. Die Beschreibung sei morgen von der neunten Stunde an, das füge sich recht wohl. Aber Nachtherberge? Bei reichen Verwandten habe er vorgesprochen; hätten sich recht gefreut, hätten aber leider ein Hochzeitsfest im Hause, und da möchte müden Wandersleuten im schlichten Gewand leicht unbehaglich sein. Das habe er wohl verstanden. Dann sei er zu ärmeren Verwandten gegangen, die hatten sich noch mehr gefreut, aber ein Jammer wäre es, dass ihr Dach so klein sei und ihr Herd so schmal. Die öffentlichen Herbergen seien schon alle überfüllt mit Fremden. Leute aus Galiläa scheine man hier überhaupt nicht sehr hoch zu halten, weil dort allerhand heidnisches Volk lebe – als ob einer, der in Bethlehem geboren, ein Heide sein könne! Und nun wisse er nicht, was werden solle.

Maria stützt das Haupt auf ihre Hand und schweigt.

»Dir zittern die Hände und Füße, Maria!«

Sie schüttelt das Haupt, es wäre nichts.

»Komm, Weib, wir wollen zusammen hineingehen. Strolche sind wir doch nicht, dass sie uns den Unterstand verwehren könnten.«

Also sind sie zu zweien in die Stadt gegangen. Da wird der Herbergsvater grimmig. »Ich habe es Euch schon gesagt, Alter, für solches Volk gibt's in meinem Hause keinen Platz. Bietet Euer feines Töchterlein anderswo aus.«

»Das ist nicht meine Tochter, Herr, die ich ausbiete, es ist mein Eheweib, mir von Gott anvertraut, das ich beschützen werde!« Dabei zeigt er seine Zimmermannshand aus. Das Tor wird zugeschlagen vor ihrem Angesichte. Ein Obstverkäufer hat das mit angesehen, der dehnt seinen braunen Hals und fragt nach ihrem Pass. »Wenn ihr mir den Passierschein weiset und drei Silberlinge, so nehme ich euch auf um Gottes willen. Denn wir alle sind Fremdlinge aus Erden.«

»Wir haben nichts Geschriebenes, sind aus Nazareth in Galiläa zur Aufschreibung gekommen, weil ich vom Stamme Davids bin.«

»Vom Stamme Davids! Ei, ei, da seid Ihr arg gepurzelt!« Lachend geht der Obsthändler seines Weges. Es ist wahr, denkt Joseph, ein kleiner Mann empfiehlt sich nicht mit dem Hinweis auf große Vorfahren. Er will in Zukunft den David sein lassen.

Maria rät nun, doch wieder hinaus vor die Stadt zu gehen. Vielleicht wäre bei den Ganzarmen und Ganzfremden Barmherzigkeit zu finden. Und als sie – Arm in Arm – hinabkamen auf steiniger Straße gegen das Tal, lässt das Weib sich nieder auf den feuchten Rasen.

Joseph blickt sie forschend an. – »Maria! Maria! – Was ist das?«

Ein Hirte kommt gegangen, der sieht die Leute und hört die Bitte um ein Obdach:

»Mein Weib ist krank. Die Leute wollen uns nicht haben.«

»Dann müsset ihr eben zu den Tieren gehen«, sagt der Hirt froh. »Komm mit. Gerne teile ich mit euch mein Haus. Die Erde ist mein Bett, der Himmel ist mein Dach. Und die Felskluft ist mein Schlafgemach.«

Und hat er sie hingeführt zu einer Höhlung, die zwischen bemoosten Felsen in den Berg hinein ist, und vornüber hat sie ein Dach aus Binsengeflecht. Da drinnen ist ein Rind, Heu wiederkäuend, das es aus der Krippe gefressen hat. Daneben steht ein brauner Esel und beleckt das Rind an seinem großen Kopfe. In der Krippe liegt noch trockenes Gras und im Winkel ist eine Schicht von dürren Blättern.

»Weil ihr nichts Besseres habt, so lasset euch hier nieder und ruhet wie ihr könnt. Ich will zu meinem Nachbar schlafen gehen.« So sagt der Hirte und geht hin. Es ist schon dunkel geworden.

Das junge Weib hat sich niedergelassen auf das Laub und hat einen Seufzer getan aus banger Brust. – Joseph schaut sie an – und schaut sie an. Da schlägt an seine Wange leicht der Fittich des Engels. – »Joseph! Gräme dich nicht. Erhebe dein Herz und bete. Es ist das Geheimnis aller Ewigkeiten, und du bist auserwählt, der Nährvater dessen zu sein, der vom Himmel kommt. –«

Er blickt um sich, weiß nicht, woher diese Gedanken kommen, diese Stimmen, dieser wundersame Gesang.

»Du bist müde, Joseph, du solltest schlafen«, so spricht Maria. Und wie er friedsam schlummert, betet sie in ihrem Herzen: »Ich bin eine geringe Magd des Herrn. Es geschieht nach seinem Willen.«

———————

Um Mitternacht ist es, da sehen die wachenden Schäfer einen hellen Stern. Ein seltsamer Stern, haben um diese Zeit noch keinen solchen gesehen. Er funkelt so stark, dass die Hirten lange Schatten machen auf der Au. Und etliche wollen gesehen haben, dass andere Sterne des Himmels anfangen zu wandern gegen den einen hin, dass sie ihn umkreisen. Und da hebt es an, dass aus dem neuen Sterne weiße Fünklein sprühen und erdwärts fliegen, erdwärts herab, und bleiben stehen in den Lüften, und sind es Kinder mit weißen Flüglein und güldenem

Haar. Und singen liebliche Weisen, dem hohen Gott zur Ehr' und den Menschen zum Frieden.

Zur selben Stunde bringt ein Knabe die Nachricht, vor der Felsenhöhle des Hirten Ismael stehe ein großer, weißer Jüngling und drinnen auf dem Laubwerk ruhe ein junges Weib und habe an der Brust ein Kindlein. Und hoch in den Lüften höre man singen.

Die Mär verbreitet sich rasch in den Bergen um Bethlehem Hirten, die aufrecht stehen, wecken die Schlafenden. Überall ist ein süßes Schauern und ein großes Verwundern. – Ein fremdes, armes Weib und ein nacktes Kind! Was nützt da Singen! Da gehören Windeln und Decken und Milch. Der eine sucht den Pelz eines geschlachteten Schafes hervor; der andere hat getrocknete Feigen und Trauben und in einem Schlauch roten Wein. Noch andere Hirten bringen Milch herbei und Brot und ein feistes Zicklein, jeder etwas, als gingen sie mit dem Zehent zum Amtmann. Ein alter Schäfer kommt mit einem geflickten Dudelsack daher, und als etliche darüber lachen, sagt Ismael: »Soll der gute arme Isaak etwa Davids güldene Harfe bringen? Er gibt, was er hat, und das ist oft mehr als güldene Harfen.«

Als sie hinabkommen, sehen sie nicht mehr den Stern und nicht die Engel, aber sie finden die Höhle, den Vater und die Mutter und das Kind. Es liegt in der Krippe auf dem Heu, und davor stehen die Tiere und glotzen es an mit ihren großen, pechschwarzen Augen. Der Hirten Mitleid mit diesen armen Leuten ist so groß, dass keiner denkt, ein gutes Werk wolle er verrichten, etwa dass ihn die Leute loben und Gott dafür segne; keiner blickt scheelsüchtig auf den Nachbar, ob dieser mehr gibt oder weniger – ihr einziges Empfinden ist Erbarmen.

Auch aus der Stadt sind Leute herbeigekommen, denen stellt sich am Eingang der Grotte ein eckiger Hirte entgegen, stemmt seinen Stab wie einen Speer und sagt: »Bethlehemiten, euch lasse ich nicht vor, er schläft.«

Abseits steht ein Greis, der spricht traumhaft also: »Die Stadt hat ihn verstoßen. Ich habe immer gesagt, dort ist kein Heil. Es ist bei den Armen unter freiem Himmel. Hier geschehen Wunder; die Menschen werden barmherzig. Was bedeutet das?«

Weiter unten in der Felskluft kauert ein armer Sünder und wühlt mit den dürren Fingern, als wollte er sich hervorgraben aus der Tiefe. Mit glasigen, glotzenden Augen schaut er gegen die Höhle hinauf, wo das Kind ist. Aus seiner Brust quillt wie ein blutiger Brunnen ein Gebet um Gnade. – Die ihn sehen, sie wenden sich schaudernd von ihm. Für den Brudermörder Kain haben sie ihn gehalten. –

—————

Durch die Wüsteneinsamkeit Arabiens reitet auf trägem Kamel ein Fremder. Im Dunkeln sind alle Menschen Mohren, dieser bleibt es auch im Scheine des Sternes. Ein unerhörter Stern hat den Mann hervorgelockt von den Ufern des Indus. Alle Kalender des Morgenlandes hat er befragt, keiner hat den Stern ihm deuten können. Balthasar aber ist ein Mann, der fremde, passlose Sterne nicht schlechthin laufen lässt. In den Schoß Gottes versteckt sich keiner vor einem indischen Gelehrten, nicht einmal Gott selber hat einen Pass für die Lande der Weltweisen. Vielen von denen ist die Welt durch und für sich allein, der Mensch muss, wie aus dem Schlamm die Lotosblume, aus sich selber emporwachsen zum Licht. So meint Balthasar und fühlt sich als ein missratenes Leben. In solche Weisheit webt sich morgenländischer Glaube. Wenn der Missratene redlich trachtet und sein Fleisch züchtigt, so kann's in einem nächsten Leben besser gehen. Denn er muss so oftmals geboren werden und den Körper züchtigen, bis dieser zusammenschrumpft, sündenrein und willenlos wird. Dann löst die Seele sich auf und wird nicht wieder geboren, denn das letzte Ziel ist – Nichtsein. Nur das Schlechte lebt. – Seit Jahrhunderten verkommen Indiens Völker an dieser Lehre. Dem Weisen aber liegt sie nicht Balthasar denkt: Wenn man sich durch ein paar Dutzend Leben hinangehungert hat, dann müsste auch etwas Rechtes werden. Wie, oder ist das Böse gut genug, um zu bestehen, und das Gute schlecht genug, um aufzuhören? – Balthasar sucht nach besserem Rat. Er sucht im Weltall einen Haken, um eine neue, gedeihlichere Lebensweisheit daran zu hängen. Als er dann am Himmel den neuen Stern gesehen, lässt er ihn nicht mehr aus den Augen. Zwar – auch der wandert den Weg von Ost nach West, den alles geht. Was nur dort sein muss, im Sonnenuntergang, dass alles dahin wandert, auf Erden wie am Himmel? Müsste ein besonderer Stern nicht gegen den Strom schwimmen? Allerdings, dieser neue Himmelspilger nimmt einen ungewöhnlichen Weg, er lenkt mehr gegen den Norden der Barbaren hin. – So hat der Weise des Ostens die duftenden

Gärten Indiens verlassen und folgt dem Sterne. Auf der Wanderung schließen sich ihm unter reichem Gefolge noch zwei Fürsten des Ostens an, die auch suchen, ohne zu wissen was.

Da ist es in einer Nacht, dass sie am Himmel noch ein seltsames Sternbild sehen. Eine Gruppe, die allen drei Weisen bisher unbekannt gewesen.

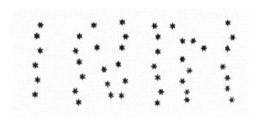

Lange betrachten sie dieses Sternbild und Balthasar meint, es sehe aus wie ein Schriftzeichen. All ihre Weisheit setzen sie dran und können es nicht deuten, so hell es auch leuchtet. Schreiben die Götter hier nicht eine Botschaft? – Wer kann sie verstehen? Grauenhafte Erscheinung, von keinem Wissen und keinem Glauben heimlich gemacht! In der nächsten Nacht haben sie das Bild nicht mehr gesehen, ihr Leitstern aber geht vor ihnen her und weicht keiner Sonne.

Eines Morgens, als es anhebt zu tagen, reiten sie auf der Straße von Jericho. An der Straße liegt ein Mann auf dem Angesicht, den fragt der Mohr, warum er so tief im Staube sei.

»Ich bin im Staub«, antwortet der Mann von Juda, »weil ich mich in Demut üben muss, um nicht in den Hochmut zu geraten. Wir sind über alle Maßen groß geworden in diesen Tagen. Der Judenkönig ist geboren, der gottverheißne Messias.«

Da erinnert sich der Weise aus Indien, dass die Juden seit alten Zeiten ihren Messias erwarten, den königlichen Befreier aus der Knechtschaft.

»Dächte ich doch«, sagt er, »ihr hättet den König Herodes.«

»Das ist der rechte nicht«, antwortet der Mann im Staube, »Herodes ist, ein Heide und kriecht vor den Römern.«

Jetzt ziehen aber vom Libanon her Wolken, die verdecken den Stern, und die Reisenden wissen nicht wohin. In dieser Ratlosigkeit wendet Balthasar sich gegen die nahe Königsstadt Jerusalem, dort würde wohl Näheres zu erfahren sein. Im Königspalast fragt er nach dem neugeborenen König. Eine solche Frage ist dem Könige Herodes etwas Neues. Ihm ein Sohn geboren? Dass er nicht wüsste. Er will den Fremden sehen, der solches frägt.

»Herr!«, sagt zu ihm der Mohr. »Es liegt etwas in der Luft. Dein Volk munkelt vom Messias.«

»Köpfen lasse ich es!«, braust Herodes aus, doch sänftiglich setzt er bei: »Köpfen lasse ich es, wenn es nicht auf den Knien liegt vor dein Messias. Ich selber will mich vor ihm beugen. Wüsste ich nur erst, wo man ihn findet.«

»Ich werde noch ein weniges herumsuchen«, sagt der bereitwillige Balthasar, »und wenn ich ihn finde, es dir mitteilen.«

»Tue es, tue es ja gewiss, edler Fremdling. Dann sollst du Rast halten in meinem Palast, solange es dir genehm ist. Liebst du goldigen Wein?«

»Ich trinke schwarzen.«

»Oder blasse Frauen vom Abendlande her?«

»Ich liebe schwarze.«

»Gut, so komm dann, Freund, und berichte mir von dem neugeborenen König!«

Balthasar ist mit den Reisegenossen hierauf weitergeritten, und als er die Stadt hinter sich hat, leuchtet vor ihm wieder der Stern. Er schwebt dahin in den Höhen, und nach Stunden, da sie ihm folgen, neigt er sich sachte erdwärts und steht still über einer Felsengrotte. Und hier finden die Fremden aus dem Morgenlande, die ausgeritten waren, um die Wahrheit zu suchen, hier finden sie die Wahrheit, das Leben, hier finden sie – ein Kind. Ein Kind, so zart und schön, wie eine Rosenknospe im Mondenschein. Ein kleines Kind armer Leute, und ringsum stehen andere arme Leute und geben das Letzte her, was sie haben, und sind voller Freuden.

Der schwarze Balthasar schaut jetzt einmal so drein. Hat er je Augen so leuchten sehen, als in dieser Hirtengrotte? Ihm ist, als sei ein neues Licht und ein neues Leben da – aber er kann es nicht verstehen. Und in den Lüften ist ein seltsamer Gesang – mehr Ahnung als Wort: »Selig werdet ihr sein! Ewig werdet ihr sein!«

Die Fremdlinge horchen auf. Was ist denn das? Selig werdet ihr sein! Und *ewig* werdet ihr sein!? – Wir wissen doch nur von der Seligkeit im Nichtsein. – Bei diesem neugeborenen Kind das erste Mal kommt ihnen der Gedanke von ewiger Wiedergeburt.

Goldenes Geschmeide legen sie der armen Mutter hin. Und ist ihnen auf einmal so wohl und frei ums Herz, und so wundersam. Sonst haben diese Fürsten und Weisen nur im Nehmen Freude gehabt, heute ist sie im Geben. Sonst hat Balthasar sein Ziel nur in sich selbst gesehen, hat sich eingesponnen in eitel Einsamkeit, hat alle Welt verachtet und nur sich selbst geliebt. Und urplötzlich jetzt diese Freude an der Freude armer Menschen. Und dieses wehe Leid über ihr Leiden! Es fröstelt ihn unter seinem seidenen Mantel, und als er ihn auszieht, um das Kind damit einzuhüllen, wird ihm warm.

Sie alle legen Gaben hin, edles Gold, kostbares Räucherwerk und heilsamen Balsam. Aber sie schämen sich der Gaben vor den königlichen Geschenken der Hirten, die zwar nur Geringes, doch alles, was sie besessen, dargebracht haben.

In seinem Freudgefühl will Balthasar nach Jerusalem eilen, um dem Herodes zu sagen: Den Judenkönig habe ich zwar nicht gefunden bisher, aber ein armes Kind habe ich gefunden, und wer es ansieht, der ist selig, er weiß nicht wie. – Nun wollen aber Könige nicht sowohl selig, als vielmehr gewaltig sein. – Aus dem Hintergrunde der Höhle tritt ein Jüngling hervor und der sagt zu Balthasar: »Kennst du den, zu dem du jetzt gehen willst? Den Kaiser Tiberius, wenn er könnte, würde er erwürgen, geschweige ein hilfloses Kind, das vom Volke geliebt ist, wie eines Königs Sohn.«

»O Kind!«, sagt Balthasar. »Du hast das Unglück, der Liebling des Volkes zu sein. Darum hassen dich die Großen.«

»Fremdling, gehe nicht nach Jerusalem. Sage nichts von diesem Kinde.«

Die Fremdlinge, denen es nicht mehr geheuer vorkommt in dem Lande, das einen Kaiser und einen König hat – und soll doch keiner der rechte sein! – besteigen ihre Kamele. Noch einen Blick auf das Kind in der Krippe, dann reiten sie fürbass auf den Steinen der Wüste. Allem Gestirne entgegen, dem Osten zu geht ihr Lauf, sie träumen von einer neuen Offenbarung, nach der sie fürder liebreich und ewigkeitsfroh leben möchten.

Dieweilen ist der König Herodes friedlos, wachend und schlafend. Nicht, als ob ihm seine Gemahlin, seine Brüder erschienen, die er hat ermorden lassen aus Argwohn, sie könnten ihn um den Thron bringen. Anderes macht ihm Sorgen. Der neugeborene König! Diese Botschaft verschweigt ihm zwar sein Hofstaat, aber er hört sie aus den Wänden seines Palastes, aus den Balsamsträuchern seiner Gärten, aus den Kissen seines Lagers. Wer hat das Wort zuerst ausgesprochen? Von wannen kommt es? Ein neugeborener König! Wo? Dass er doch eilends hingehe, ihm huldige, ihm ein Angebinde mache mit seidener Schnur. – Und eines Tages ergeht in Bethlehem der Befehl, jede Mutter, die ein junges Knäblein hat, solle dasselbe nach Jerusalem bringen in den Königspalast, der König wolle den Nachwuchs seiner Untertanen sehen, um Hoffnung zu fassen für die Befreiung des Judenlandes, er wolle die Knaben beschenken, ja er wolle zur großen Überraschung des Volkes noch etwas Besonderes tun. Das gibt keine geringe Erregung unter den Weibern, und das Letztere legen sie sich dahin aus, als ob der kinderlose König den schönsten der Knaben zu seinem Sohne machen wolle. Dieweilen jede Mutter ihr Kind für das schönste und wohlgeartetste hält, so nimmt jede das Knäblein, das sie hat, und trägt es nach Jerusalem in den Palast des Königs Herodes. Und die nicht kommen wollen, sie werden gesucht von Söldnern.

Unglückseliger Tag, der deinen Namen, o Herodes, durch ewige Zeiten tragen wird! Rasender König, der den Gegenkönig töten will und blindlings die zukünftigen Hüter seines Reiches ermordet! Der das Mannesgeschlecht vernichtet, das einst die herrliche Stadt hätte schützen sollen vor der Zerstörung!

»Heil unserem Könige, er lebe!«, rufen die Mütter im Hofe des Palastes, da stürzen aus allen Pforten Schergen hervor, entreißen den Müttern die Kinder und schlachten sie hin. Es ist nimmer zu beschreiben und keiner soll's versuchen, wie die unglücklichen Mütter wahnsinnig gerungen haben werden mit den Wüterichen, bis sie selbst in Ohnmacht oder tot hingesunken sind zu den Leichen ihrer Lieblinge. – Bebet, ihr Menschen, vor diesem grässlichen Bericht des herodianischen Kindermordes, doch verzaget nicht. Der, für den sie durch Gottes Ratschluss ihr Blut vergossen haben, wird es wettmachen in unendlichem Übermaße.

———

Er, auf den Herodes es abgesehen, war unter den Knaben nicht gewesen. Denn Maria hatte kein Verlangen getragen, ihr Kind dem Könige zu zeigen.

Sie sind verborgen geblieben mit ihrem allergrößten Schatz. Sind verborgen geblieben lange Zeit. Durch den Blutschnitt haben sie das Knäblein aufgenommen in die Gemeinschaft des Volkes, das der Väter Gott sein Volk genannt hat. Dieses Kindes Stammbaum reicht hinauf bis zu Abraham, dem die Verheißung ist gemacht worden. Aber wenn ich es nach der Schrift lasse herabsteigen von Abrahams Stamme, Ast um Ast, so kommt es endlich an bei Joseph, dem Manne Mariens. – Und hier ist es, wo die Botschaft mit harter Hand uns ablenkt von aller irdischen Wesenheit – dem Geiste zu, aus dem Maria ihn geboren hat, Ihn, den wir mit heiliger Ehrfurcht nennen: *Jesus.*

Nun ist es geschehen in einer Nacht, dass Joseph aus dem Schlafe fährt und erwacht. – »Steh auf, Joseph, wecke sie und fliehe!« – Eine Stimme hat's gerufen hell und deutlich – zweimal – dreimal.

»Fliehen? Vor wem? Da uns doch die Hirten behüten«, wagt Joseph zu sagen.

»Der König will das Kind. Tut euch eilig zusammen und fliehet!«

Joseph blickt auf sein Weib und das Kind. Mondlichtweiße Gesichter. Und diese Wesen hätten einen Feind auf Erden? Fliehen! Wohin, dass der König euch nicht kann erreichen? Durch das ganze Judenland reicht sein Arm; ins liebe Nazareth dürfen wir am wenigsten zurück, dort sucht er uns am sichersten. Sollen wir nach der Gegend, wo die Sonne aufgeht? Dort sind die wilden Männer der Wüste. Oder dahin, wo die Sonne untergeht? Dort sind die unendlichen Wasser, und wir haben kein Fahrzeug, um in jene Lande zu segeln, wo Heiden leben, die milderen Herzens sind als die finsteren Fürsten Israels.

»Wecke sie auf!«, ruft die Stimme deutlich und dringend. »Führe sie nach dem Lande der Pharaonen.«

»Nach Ägypten, wo die Väter einst als Sklaven gelebt und nur mit Not entkommen sind?«

»Säume nicht, Joseph! Geh zu dem Volke, dessen Glaube Wahn, aber dessen Wille gerecht ist. Dort, wo die Wellen des Nils das Erdreich bringen und segnen, dort wirst du Frieden haben und Erwerb finden, Sicherheit für dein Weib und Lehre für das Kind. Ist es Zeit, so wird euch Gott heimgeleiten, wie er einst Moses und Josua hat geführt zurück über das Meer.«

Joseph weiß nicht, wessen Stimme das gewesen; er forscht auch nicht und zweifelt nicht, seine Seele ruht vertrauend in den Armen des Herrn. Seine Hand legt er auf die Schulter der Geliebten und sagt sanft: »Maria, wach auf und erschrick nicht. Sammle die wenigen Dinge, die wir besitzen, in Säcke, ich packe sie auf das Tier, das uns Ismael geschenkt hat. Dann nimm das Kind. Wir reisen.«

Maria streicht das lange, seidenweiche Haar aus dem Gesicht. Befremdlich ist ihr der plötzliche Entschluss des Eheherrn, der Aufbruch in eitel Nacht, aber sie sagt nichts. Sie sammelt das arme Eigentum, sie nimmt das schlummernde Knäblein in den Arm und setzt sich auf das Lasttier, das die Ohren spitzt darauf hin, was das für ein Tagewerk werden soll, weil es so grausam früh beginnt. Verzärtelt hat es sein früherer Besitzer nicht, so steht es mit den kurzen Beinen fest und wohlgemut. Noch einen dankbaren Blick auf die Felsenhöhle, deren Gestein weicher ist als die Herzen der Bethlehemiten. Joseph nimmt Stock und Riemen und geht leitend einher neben dem Tiere, das seine ganze Welt trägt und seinen Himmel, und – den Himmel der ganzen Welt.

Nach langer Strecke wollen sie rasten unter Palmen, es ist unweit Hebron. Aber das Lasttier will nicht stillstehen, und so lassen sie ihm freien Lauf. Da reiten herodianische Kriegsknechte des Weges; sie sehen auf dem Sande sitzen ein braunes Weib mit einem Kinde.

»Ist es ein Knabe?«, rufen sie ihr zu.

»Ein Mädchen«, antwortet das Weib. »Fremdlinge sind eben vorübergezogen, die haben, deucht mich, einen Knaben bei sich, wenn ihr sie wollet einholen.«

Da sausen die Reiter vorwärts. Die Flüchtlinge aus Nazareth sind mittlerweile auf schlechten Straßen, voller Mühsal und Kummer. War nicht einst auch Jakobs Lieblingssohn also nach Ägypten geschleppt worden wie jetzt dieses Kind? Was soll denn das werden? Auf kahler Steppe gewahren sie hinter sich die Verfolger. Kein Baum, kein Strauch, um sich zu verbergen. In die Kluft einer Felswand flüchten sie, aber Joseph sagt: »Was soll uns dieses Versteck? Sie müssen uns schon gesehen haben.« Als sie aber drinnen sind gewesen in dunkler Spalte, da ist von der bemoosten Wand eine Kreuzspinne herabgekommen, hat in Eile ihre ganze Brut und die entfernteren Anverwandten zusammengerufen, auf dass sie eilends ein Gespinst weben über den Eingang in die Felsenkluft, ein Gewebe, das stärker sei als die ehernen Gitter im

Salomonischen Tempel an der Pforte zum Allerheiligsten. Kaum der Schleier fertig ist, sind die Schergen schon da. So sagt der eine: »Am Ende sind sie in dieses Felsenloch gekrochen.«

»Ah was!«, ruft ein anderer. »Seit David, dem Hirten, ist da hinein niemand mehr gekrochen, Ihr seht doch die dichten Spinnenweben!«

»Wahr ist's!«, lachen sie und sind fürbass geritten.

Zu dem braunen Weib im Sande aber, das sein eigenes Knäblein verleugnet und die fremden Wanderer verraten, tritt jetzt, wie aus Grüften gestiegen, ein Greis. Woher dieser gekommen, das weiß er wohl selbst nicht. Er liebt die einsame Wüste, die Heimat großer Gedanken. Die Wüstenräuber fürchtet er nicht, denn er ist stärker als sie – er ist hablos. Bisweilen verlangt es ihn, ein Menschenantlitz zu sehen, dass er darin lese, ob die Seelen der Geschlechter aufwärts trachten oder niederwärts sinken. Dieser Greis nun tritt an das Weib heran, das sein Knäblein verleugnet und die Flüchtlinge verraten hat. Und er spricht: »Tochter des Uria! Zweimal hast du deinem Sohne das Leben geschenkt: einmal durch die Lust und einmal durch die Lüge. So wird sein Leben eine Lüge sein. Er wird atmen, ohne zu leben, er wird nicht sterben können!«

»Hosianna!«, ruft sie.

»Er wird Jerusalem fallen sehen!«

»Wehe!«

»Er wird Rom brennen sehen!«

»Hosianna!«, jauchzt sie.

»Er wird die alte Welt versinken sehen. Er wird die nordischen Barbaren siegen sehen. Er wird rastlos wandern, wird verhärtet sein und verachtet überall, er wird des Weltelends grenzenlose Verzweiflung leiden und nicht sterben können. Er wird die Menschen beneiden um ihre Todesangst und um ihr Recht, zu sterben. Er wird erleben, wie sie aus höchster Blüte süßes Gift saugen und daran vergehen, und wie zwölfjährige Knaben aus Überdruss sich selbst den Tod geben. Er ist der Lüge Sohn, und soll verbannt bleiben ins Reich der Lüge. Er wird unter des Alters Mühsal einsam wimmern und nicht sterben können. Selig preisen wird er die Kinder, die durch des Herodes Würgerhand gestorben sind, und mit den Zähnen zerfleischen das Andenken des Weibes, das ihn durch Lüge gerettet hat.«

»O halte ein«, schreit das Weib, »wann wird er erlöst werden?«

»Vielleicht einst, wenn die ewige Wahrheit kommt.«

———————

Unter bleigrauem Wolkenhimmel liegt die Wüste. Ihre gelbe wellige Standfläche ist wie ein erstarrtes Meer, das kein Ende hat und fern im Gesichtskreise scharf an die dunkle Himmelsscheibe grenzt. An manchen Stellen dieses Sandmeeres ragen graue, zerklüftete Felskegel hervor und stumpfkantige Steingeschiebe, oder auch Blöcke und Platten, wovon etliche eben wie ein Tisch sind. Zwei solche Platten liegen fast nahe aneinander, die eine ist zum Teil mit gelbem Flugsand bedeckt, die andere ragt höher aus dem Boden hervor. Auf jeder dieser Steinplatten liegt ein Mann ausgestreckt. Der eine, ein derbsehniger Körper, liegt auf dem Bauche und stützt mit den Fäusten seine schwarzwolligen Backen, dass er halb erhobenen Gesichtes hinstarren kann über die öde Wüstenfläche. Der andere, eine kleinere Gestalt, liegt auf dem Rücken, bedient sich der Arme als Kopfkissen und richtet sein Antlitz dem düsteren Himmel zu. Beide sind in Gewandung der Beduinen und mit Waffen versehen, die in den Kleidern stecken oder an denselben hängen. Über das Haupt mit dem wolligen Haar hat jeder ein Tuch gelegt. Die Gesichtsfarbe ist braun wie die Rinde der Pinie, die Augen sind groß und funkelnd, die Lippen wulstig und rot. Die Nase des einen stumpf und plump, die des anderen lang und scharf gebogen. Also sehe ich diese Männer der Wüste.

»Dismas«, sagt der mit der Stumpfnase, »was siehst du am Himmel?«

»Barab«, versetzt der andere, »was siehst du in der Wüste?«

»Du bist ein wahrer Säulenheiliger geworden seit einiger Zeit«, sagt Barab. »Wartest du auf Manna, das vom Himmel fallen soll? Weißt du, dass mir die Eingeweide krachen? Ich will zur Karawanenstraße hinab.«

»So geh. Ich will nach der Oase von Scheba«, sagt Dismas.

»Dismas, ich hasse dich«, knurrt der andere.

Dismas schweigt und schaut unverwandt in den Himmel hinein, der so mild-sonnenlos wie heute schon lange nicht gewesen ist.

»Seit damals, als du mir nicht beigestanden bist, da ich den Zug der Morgenländer habe anhalten wollen mit meinen Knechten, seitdem hasse ich dich. Er hat viel Räucherwerk und kostbare Spezereien mit sich geführt, und Gold. Mit einem Griffe hätten wir Habe gewonnen für manches Jahr. Und du –«

»Wanderer, die den Messias suchen! An solchen vergreife ich mich nicht.«

»Du suchst ihn wohl auch, frommer Straßenräuber?«

»Natürlich suche ich ihn auch.«

»Ha, ha, ha!«, lacht der Stumpfnasige auf, bohrt sein spitzes Kinn in die Faust. »Den Messias! Das Märchen traumseliger Greise. Alle Schwächlinge träumen und – glauben. Siehst du denn nicht, dass keiner mehr Zeit hat, um auf den Messias zu warten, dass alles jagen und streiten muss um sein bisschen Leben!«

»Also hab ich's auch gehalten viel Jahr' und Tag'«, antwortet Dismas mit Trauer. »Meine Herde verlassen, um dir zu folgen, Seide und Geschmeide erobert in der Wüste, und die Tage sind geschwunden trotzdem. Mit allen Schätzen kann man sie nicht eine Stunde aufhalten, in Wohlleben fliehen die Tage nur noch rascher. Nicht erkämpfen das Leben, aber festhalten, denn es ist eine Wonne zu sein. Oh, vergebens – die Tage schwinden. Also habe ich gemeint, nicht mehr auf die vergängliche Stunde bauen, sondern auf eine Zeit, die ewig währt. Und die kann nur der bringen, den Gott sendet.«

Barab tut, als presse er sein Angesicht in den Stein, und sagt mit lüsternem Behagen: »Wir haben nur das Leben, das wir haben, und ein anderes gibt's nimmer.«

»Wenn es so wäre, wie du sagst«, versetzt Dismas, »so müssten wir dieses eine Leben groß machen. –«

»Wenn es so ist«, sagt Barab, »dass kein anderes Leben kommt, dann müssen wir dieses eine ausleben. Es ist Natur, und ihr zu entsagen Wahnsinn. Nein, genießen will ich. Genuss ist Pflicht.«

»So denken schlechte Menschen«, sagt Dismas.

»Es gibt keine schlechten Menschen«, rief Barab. »Und auch keine guten. Genosse, betrachte nur einmal das Lamm, es tut niemandem etwas zuleide, es lässt sich lieber vom Löwen zerreißen, als es den Löwen zerrisse. Ist es deshalb gut? Nein, bloß schwach. Und der Löwe, der das Lamm tötet und frisst, ist er deshalb böse? Nein, bloß stark. Und darum hat er recht, den Schwachen zu verzehren. Die einzige Tugend ist Stärke und die einzige Wohltat ist, die Schwachen auszurotten.«

Als dieser Mensch so gesprochen hat, wendet der andere sein Angesicht herüber und sagt: »Was sind das für unerhörte Reden? Derlei Reden habe ich noch nie gehört. In wessen Herzen sind sie geboren?«

»Nicht im Herzen sind sie geboren«, sagt Barab. »Das Herz ist dumm, Dismas! Wenn ich in den Höhlen der Wüste wohne und tatlos sein muss, da forsche ich. Die Steine zerschlage ich und forsche. Die Pflanzen der Oase pflücke ich und forsche. Tiere und erschlagene Menschen zerstückle ich und forsche. Und finde, dass es anders ist, als die alten Schriften sagen. Es gibt nur einen Messias: die Wahrheit. Der Mensch ist ein Tier, eines wie das andere eine elende Kreatur – das ist die Wahrheit. Ha, ha, ha!«

Durch Dismas' Körper geht ein Schaudern. Wie widerlich ist ihm dieser Mensch! Und doch fühlt er sich ihn gebunden durch des Gegners Willensgewalt und durch der Jahre Gewohnheit Oft hat er von ihm fliehen wollen und ist immer wieder zurückgekehrt. Nun richtet er sich auf, hebt die Arme gen Himmel und ruft: »O Herr in den heiligen Höhen, rette mich!«

»Rufe nur die Sterne an«, sagt Barab mit höhnendem Lachen. »Da kommst du an die Rechten. Die wissen nichts von dir und nichts von deinem Gott. Sie sind aus gemeinem Staube. Sie selber und alle Wesen auf ihnen leben in demselben schmutzigen Streite wie unsere Erde und alles auf ihr. Ein ungeheurer Kehrichthaufen mit Ungeziefer, sonst nichts.«

Dismas sitzt mit gefalteten Händen auf seinem Stein, blass wie ein Leichnam.

»Barab, mein Genosse«, sagt er endlich, »aus dir spricht der böse Engel.«

»Warum lobst du ihn nicht, Dismas, warum jauchzest du nicht? Meine Botschaft hat dich doch erlöst. Der du arglose Wanderer überfallen, getötet und beraubt hast – die ewige Hölle wäre dein Teil. Meine starke Botschaft reißt die Hölle ein. Verstehst du das?«

Dann der andere: »Ich habe in der Wüste einen Propheten gehört: Einer von Gott verhängten Verdammnis könne man entkommen durch Buße. Deiner Verdammnis, Barab, nimmer! Kein allmächtiger Herr! Alles nur wüster, ewig wirbelnder Kehrichthaufen, und kein Entkommen. Furchtbar, furchtbar!«

»Wisse, Dismas, dein Klagen unterhält mich nicht«, sagt der andere, auf Knien und Ellbogen sich stützend wie ein Vierfüßler. »Was Wichtigeres liegt mir an. Hunger habe ich.«

Dismas springt von seinem Steine auf und schickt sich an zu fliehen. – »Wenn er Hunger hat, dann wird er mich ja töten und verzehren.«

Barab hatte eine lauernde Stellung angenommen und starrt mit Adleraugen hinaus in die Wüste. Dort zwischen Felsklötzen ist ein rotes Fähnlein sichtbar geworden, das bewegt sich und kommt näher. Es ist das rote Gewand einer Frau, die auf einem Lasttiere sitzt und, näher besehen, ein Kind auf dem Arme trägt. Nebenher geht, am Stabe mühsam hinkend, ein Mann, der leitet das Tier.

»Dismas, da gibt's Leute!«, zischt Barab, den Griff seiner Waffe fassend. »Komm, verbergen wir uns hinter dem Stein, bis sie herankommen.«

»Aus dem Hinterhalte willst du diese waffenlosen Leute überfallen? Wüstenlöwe, du!«

»Du wirst mir helfen!«, sagt Barab kalt.

»Wir nehmen, was wir brauchen für heute, nicht mehr. Nur so helfe ich dir, du weißt es.«

Die kleine Gruppe ist näher gekommen. Der Mann und das Lasttier waren tief im Sande, der stellenweise vom ruppigen Gestein losgefegt, stellenweise in hohen Schichten zusammengeweht ist. Der Führer bringt das Tier in hastigeren Lauf, denn er hat an diesem sonnenlosen Tage die Richtung verloren, hält es aber geheim, um die Frau nicht zu ängstigen. Seine Augen suchen den Weg. Bis zur Oase von Descheme soll es noch gehen an diesem Tage. Nun sieht er oben auf den Steinblöcken zwei Männer stehen, die hoch hineinragen ins Firmament.

»Gelobt sei Gott«, sagt Joseph aus Nazareth, »diese Männer werden mich weisen können.«

Bevor er noch fragen kann, steigen sie rasch herab. Der eine fasst den Riemen des Lasttieres, der andere ergreift den Arm Josephs und sagt: »Was ihr bei euch habt, das müsset ihr uns geben.«

Das blasse Weib auf dem Tiere sendet einen flehenden Blick gegen den Himmel. Das Knäblein auf ihrem Schoße schaut mit seinen hellen Augen drein und fürchtet sich nicht.

»Wenn ihr Brot mit euch führt, so gebt uns davon«, spricht Dismas, der das Tier hält.

»Tor!«, ruft Barab, der Stumpfnasige. »Alles, was da ist, gehört uns. Ob wir etwas geben wollen, das ist die Frage. Ich schenke Ihnen das Wertvollste – das Leben. Ein so schönes Weib ohne Leben wäre ein Grauen.«

Dismas langt nach einem Sack.

»Wozu das, Bruder!«, sagt Barab. »Wir geleiten sie in unsere Burg. Es könnte der Samum brüllen. Bei uns sind sie geborgen über Nacht.«

Reißt dem Dismas den Riemen aus der Hand und führt das Tier mit Mutter und Kind zwischen den Steinen hinab zur Höhle. Joseph sieht die Waffen der Männer und folgt mit Betrübnis.

Als die Schatten des Abends kommen, also, dass die Sandwüste fahl wird und der Himmel dunkel, als die Steinblöcke und Felskegel dastehen wie finstere Ungetüme, sind die Wandersleute in den Tiefen der Höhle verwahrt. Vor ihr liegt das Lasttier, legt sein großes Haupt auf den Sand und schläft. Daneben kauern die Räuber und zehren an ihrer Beute.

»Die Gäste wollen wir ebenso brüderlich teilen«, sagt Barab. »Du sollst den Alten und das Kind haben.«

»Es sind Vater, Mutter und Kind«, spricht Dismas, »sie gehören zusammen, wir wollen sie schützen.«

»Bruder«, sagt Barab, der wegen der leichten Beute guter Laune geworden, »deine Würfel. Wir wollen spielen einmal um den Esel.«

»Gut, Barab.«

Dieser schleudert die achteckigen Steinchen mit den schwarzen Punkten, sie fallen auf den ausgebreiteten Mantel. Der Esel ist sein.

»Fürs Zweite um Vater und Sohn!«

»Gut, Barab.«

Die Würfel fallen. Barab jubelt auf. Der Gewinn ist des Dismas.

»Fürs Dritte die Frau.«

»Gut, Barab.«

Dieser schleudert die Würfel, sie fallen auf den Mantel.

»Was ist das? Die Würfel haben keine Augen! Dismas, lass die Scherze! Du hast die Würfel verwechselt.«

Doch als er sie in die Hand nimmt, sind an den Steinen wieder die schwarzen Punkte. Sie würfeln das zweite Mal und das dritte Mal. Wie vorher, die gefallenen Würfel haben keine Augen.

»Was bedeutet das, Dismas, die Würfel sind blind!«

»Mich dünkt, du bist es, Barab!«, lacht Dismas. »Trinke einmal von diesen Tropfen. Und dann lege dich schlafen.«

Bald hernach taumelt der Kraftmensch in den Sand neben das Tier hin und schnarcht.

Als es so ist, schleicht Dismas in die Höhle und weckt die Fremden, um sie dem Wüstlinge zu entführen. Für den Gewaltfall kann er es mit dem Barab nicht wagen. Mit Joseph hat er seine Not, doch endlich sind sie unter dem Sternenhimmel. Maria mit dem Kinde auf dem Tier, Joseph führt es. Dismas schreitet voraus, um ihnen den Weg zu zeigen. Schwerfällig geht's dahin in der Nacht, keins spricht ein Wort. Dismas ist versunken in Gedanken. Vergangene Tage, da auch er so in den Mutterarmen geruht, wie dieses Kind, und da auch sein Vater sie so durch die arabische Wüste geführt! Manches heilige Wort der Propheten war in sein Räuberleben geklungen und will nimmer verstummen.

Als sie stundenlang durch Sand gewatet, über Steine geklettert sind, leuchtet im Osten das goldene Band. In ihm stehen die dunklen Büsche und Bäume der Oase von Descheme.

Hier überlässt Dismas die Wanderer ihrer sicheren Straße, um zurückzukehren in seine Höhle. Als er mit einem Segenswunsch für ihre weitere Reise sich wendet, trifft ihn aus den leuchtenden Äuglein des Knaben ein Blick. Ein Augenstrahl, vor dem er heftig erschrickt. Ein Schreck der Wonne. Nie bisher hat ihn ein Kind, ein Mensch, so angeblickt, so dankbar, so glühend, so liebreich angeblickt, wie dieses Knäblein, das holde lockige Haupt nach ihm gewendet, die Händchen ausgestreckt in Kreuzesform als wollte es ihn umarmen. – Alle Glieder beben ihm, als sei ein Blitzstrahl niedergefahren an seiner Seite, und ist es doch nur ein Kindesauge gewesen. Mit beiden Händen den Kopf haltend, so flieht er davon, und weiß nicht, warum er flieht, denn am liebsten wäre er aufs Knie gefallen vor diesem wunderbaren Kinde. Aber wie ein Gericht ist etwas in ihm, das ihn fortstößt, davonstößt – zurück in die Schauer der Wüste. –

Auf der Oase haben unsere Flüchtlinge Rast gehalten, der Tage drei. Maria sitzt gerne unter dem Ölbaum auf dem Rasen nahe der Quelle und lässt den Knaben niederlangen mit den zarten Ärmchen, um eine Blume zu pflücken. Er langt hin, reißt sie aber nicht ab, sondern streichelt sie mit seinen zarten Fingern.

Und wenn das Knäblein dann eingeschlafen ist zwischen Blumen, da kniet die Mutter davor und schaut es an. Und schaut es an und schaut es an und kann ihr Gesicht nicht wenden. Dann langt sie nieder nach dem runden weichen Händchen und schließt es in die Faust, dass nur die Fingerspitzchen hervorlugen, und diese führt sie zu ihrem Mund und küsst sie, und im nimmersatten Küssen des weißen Kinderhändchens rinnen ihr still die Tropfen über die Wangen. Und schaut mit ihren großen dunklen Augen in die leere Luft hinaus – bangend vor den Verfolgern.

Joseph geht in der Nähe herum zwischen Bäumen und Büschen, aber immer so, dass Mutter und Kind in seinen Augen bleiben. Er sammelt Datteln für die weitere Reise. –

Siehe, und jetzt steigen mir neue Gesichte auf, da sie weiter wandern hinein in die starre, vom Samum durchfegte, von Sonnenstrahlen durchglühte Wüste. Maria ist voller Frieden und hüllt in den Mantel das Kind, dass es ruhe wie in der Muschel die Perle. Es liegt an der warmen Brust und trinkt die Mutter aus. Dem Joseph will manchmal bange werden, da fühlt er an der Wange das Fächeln des Fittichs. Dann ist er wohlgemut und führt die Seinen vorüber an zischenden Schlangen und brüllenden Löwen.

Nach vielen Tagen sind sie in ein blühendes Tal gekommen, das zwischen den Steingebirgen daliegt und ein lauteres Bächlein hat. Hier ruhen sie unter der Dornhecke und betrachten einen Berg, der hoch über den anderen emporragt, schauerlich wild. Er ist kahl und felsig von unten bis oben, und tiefe Schründe furchen nieder von oben bis unten, sodass der Berg gegliedert ist gleichsam aus aufrecht stehenden Blöcken, anzuschauen wie die zehn Finger von zwei aneinander gestellten Riesenhänden. Auf der Matte weidet ein Einsiedler seine Ziege, zu dem geht Joseph hin und frägt nach dem Namen des merkwürdigen Berges.

»Ihr reist durch die Gegend und kennt den Berg nicht?«, sagt der Einsiedler. »Seid Ihr ein Jude, so beuget Euch zur Erde und küsset sie. Es ist das Erdreich, das die Ewigkeit herabgeschwemmt hat vom Sinai.«

»Das – der Berg des Gesetzes?«

»Siehe, wie er die Finger ausstreckt und schwört. So wahr Gott lebt!«

Joseph beugt sich zur Erde und küsst den Boden. Maria blickt in ehrfurchtsvollem Schauer auf den starrenden Berg. Der kleine Jesus schlummert im Schatten des Dornstrauches. Dieser trotzige Fels und dieses liebliche Kind. Dort oben der finster Drohende, und hier –?

Joseph will sich ergehen in Betrachtungen, wie es nur gewesen sein mag in jener fernen Stunde, da auf den Zinnen Moses von Jehova die Gesetztafeln empfangen. Da senkt sich langsam eine Wolke nieder auf den Gipfel des Berges, gleichsam das Geheimnis verhüllend. Joseph schämt sich seiner Vermessenheit und schweigt. Bevor sie weiterziehen, schneidet er aus dem Dornbusch einen Stock, entlaubt und entästet ihn, sodass es ein Pilgerstab ist für die weitere Reise. Immer neue Gefahren ziehen herauf. Und eines Tages kommt ihnen ein Wüstenjäger nachgelaufen. Vor seinem Tigerfelle erschrecken sie nicht, aber vor dem, was er berichtet. Wären sie aus dem Judenlande mit ihrem Knaben, dann möchten sie eilen, in das Land der Ägypter zu kommen, denn die Schergen des Herodes seien ihnen auf den Fersen. So haben sie keine Rast, bis sie endlich in das Land der Pharaonen kommen würden. Aber statt an den Grenzen desselben, stehen sie eines Tages am Meeresstrande. Sie sind vor Staunen stumm. Da liegt es und peitscht mit seinen Gischten die schwarzen, zackigen Felsblöcke, und liegt dahin in einer glatten und matten Tafel, so weit das Auge reicht.

Einmal in der Vorzeit, da sind die Flüchtlinge jenseits des Meeres gestanden, hinter sich die Feinde. Jetzt erhebt Joseph seine Arme und ruft zum Gott der Väter, dass er auch heute das Meer zerteile und Durchgang gewähre. Der Glaube an der Vorfahren Gott ist stark. Er ruft gleichsam die Väter selbst und stellt sie uns zum Beistand, und sind wir mit ihnen Eins und stark in dem gleichen Glauben. Aber das Meer liegt da in seiner ungeheuren Ruhe und zerteilt sich nicht. Über die Heide her kommen sechs Reiter gesprengt, aufgrölen sie vor Lust wegen des Fürstensoldes, als sie die lange Verfolgten erblickt, die vor dem Gewässer stehen und nicht weiter können. Eilig nahen sie dem Strande und sind daran, die Schlinge auszuwerfen nach diesem Menschenpaar, das den kleinen Judenkönig mit sich soll führen. Da sehen sie, wie die Flüchtlinge hinabsteigen zwischen den umgischteten Zacken und wie sie hinausgehen auf die Fläche des Meeres. Der Mann führt das Lasttier, auf dem das Weib mit dem Kinde sitzt – wie sie auf der Wüstenfläche gezogen, so ziehen sie gemessenen Schrittes über das Wasser hin.

In blinder Gier nachreiten wollen die Söldner, da stürzen die Pferde in Meerestiefe und die Verfolger sind früher drüben als die Verfolgten – aber nicht in Ägypten, sondern in der andern Welt.

———————

Die arme Zimmermannsfamilie aus Nazareth steht auf dem Boden des alten Ägyptens. Wie sie über die See gekommen? Wohl auf einem Fischerschiffe, denkt Joseph, aber es ist wie im Traume gewesen. Nun tut er seine Augen auf und sucht die Berge von Nazareth, und sieht den dunklen Hain von Palmenbäumen mit geschuppten Schäften und schwertlangen Blättern. Und sieht das Tor mit den steinernen Ungeheuern, die auf dem Bauche liegen, zwei Pranken vorstrecken und ein riesiges Menschenhaupt in die Lüfte heben. Und sieht im gelben Hintergrund die Dreiecke der Pyramiden. In der Luft fremde Düfte, überall abenteuerliche Gestalten mit grellem Lärm, und jeder Schall sticht schrill und spitzig in die Ohren. – Dem Joseph fällt es aufs Herz. Die Heimat verloren. Eine stockfremde Welt, in der sie werden zugrunde gehen müssen.

Maria, die immer gelassen ist, aber innerlich glühend im Kinde aufgeht, sieht einmal seinen Stecken an und sagt: »Joseph, das ist wohlgemut, dass du dir zur glücklichen Ankunft eine Blume an den Stab gesteckt hast.« Da blickt Joseph auf seinen Stock und ist verwundert über die Maßen. Aus dem Stabe, den er am Sinai geschnitten, sprosst lebendig eine schneeweiße Lilie hervor. – Joseph, die Reinheit blüht! – Was nützt alles Mühen, wenn ihm bange ist! Das Kind hebt er zu sich herauf, und wenn er in dieses sonnige Angesichtlein schaut, da sind alle Schatten dahin. Freilich, Schatten haben sie noch genug erfahren im Sonnenlande, wo sie dem Sonnengott einen ähnlich stolzen Tempel erbaut haben, wie daheim die Israeliten dem dunklen Javis.

Für die Judenleute, die des Landes Sprache nicht verstehen, die nur durch ihre schlichte, sanfte Wesenheit sprechen können und durch ihre stumme Dienstwilligkeit, ist es wohl kümmerlich hergegangen die langen Jahre ihres Aufenthaltes in diesem Lande. Für das Zimmerhandwerk ist in dem fast holzlosen Lande keine Aussicht gewesen. Nahe der Königsstadt Memphis, am Nilufer haben sie sich aus Schilfrohr und Schlamm eine Hütte gebaut, bei welchem Baue des Zimmermanns Fertigkeit so gar nicht hat glänzen können. Aber besser ist er doch geworden als die Wohnhöhlen anderer armer Leute dem Flusse entlang. An die Fischerei hatte Joseph gedacht, doch der Fischkorb, den er geflochten, ist so ausgefallen, dass die Nachbarn Lebensmittel bringen, damit er auch ihnen solche Körbe flechte. Und bald von der Stadt kommen sie heraus, um die Körbe zu kaufen, und wenn Joseph seine Ware einmal auf den Markt tragen will, wird sie ihm unterwegs schon abgenommen. Also ist die Korbflechterei sein Gewerbe geworden und er denkt daran, dass einst der kleine Moses auf dem Nil in einem

Korbe Rettung gefunden. Und wie seine Arbeit bald beliebt wird, so werden es auch er und Maria, und sie müssen gestehen, dass es sich hier am Nil besser leben lasse, als in dem armen kleinen Nazareth, dass es wirklich Fleischtöpfe gebe in Ägypten. Wäre nur auch das stille Herzweh nach der Heimat löschbar gewesen.

Als der kleine Jesus auf den eigenen Füßchen zu wandeln beginnt, wird er von den Frauen der Nachbarschaft umworben, mit ihren Kindern Kameradschaft zu pflegen und Spiele aufzuführen. Der Knabe jedoch ist zurückhaltend und ungewandt bei Leuten. Er geht lieber, wenn es Abend ist, allein am Ufer des Stromes entlang, beschaut die großen Lotosblumen des Schlammes und die Krokodile, die manchmal aus dem Wasser hervorkriechen und ihre schrecklichen Mäuler gegen Himmel auftun, als wollten sie Sonnenlicht trinken. Er bleibt oft länger aus als er soll, kommt dann mit geröteten Wangen heim, erregt von einer Freude, und sagt sie doch nicht. Weint er dann seine Feigen oder Datteln verzehrt hat und im Körbchen liegt, da sitzen daneben noch Vater und Mutter und sprechen von der Väter Land oder erzählen der Vorfahren uralte Geschichten, bis er eingeschlummert. Auch unterweist Joseph den Knaben in der jüdischen Schriftkunde, aber bald zeigt es sich, dass dabei er der Empfangende ist; was er mühsam aus der Rolle liest, das sagt der kleine Jesus lebendig aus dem Innern heraus. So wächst er heran wie ein schlankes, zartes Reis, lernt die fremde Sprache, beachtet die Sitten und tut wohlgemut mit, soweit sie ihm gefallen. Vieles ist in ihm, was niemand hineingelegt hat; obschon er wenig spricht, die Mutter merkt es. Und einmal fragt sie den Joseph: »Sage mir, sind auch andere Kinder so wie unser Jesus?«

Antwortet er: »Soweit ich ihrer kenne – er ist anders.«

Als Jesus schon heranwächst, hat sich eines Tages etwas zugetragen. Joseph war mit dem Knaben auf den Platz gegangen, wo die Schiffe landen, um Körbe feilzubieten. Da entsteht im Volk eine Bewegung, Soldaten in grellen Gewändern und mit langen Spießen traben heran, dann zwei Herolde, in ihre Hörner stoßend, als sollten mit den schneidenden Tönen die Lüfte zerrissen werden; und hinterdrein kommen sechs pechschwarze Sklaven, die einen goldenen Wagen ziehen. Im Wagen sitzt der Pharao! Mit köstlichem Gewande bekleidet, im schwarzen gewickelten Haar einen funkelnden Reifen – ein blasser Mann mit durchdringendem Auge. Des Volkes Jubelgeschrei ist groß, er beachtet es nicht, wie ermüdet lehnt er im Kissen. Jetzt aber hebt er

48

ein wenig sein Haupt, in der Menge ist ihm ein Knabe aufgefallen, das Söhnlein des fremden Korbflechters. Ob ihn die Schönheit berückt hat, oder das Fremdartige – er lässt anhalten und befiehlt, das Kind möge ihm vorgeführt werden.

Joseph kommt mit dem Knaben ehrerbietig herbei, legt seine Hände kreuzweise über die Brust und verneigt sich tief.

»Das ist dein Sohn«, spricht der König ihn in seiner Sprache an.

Joseph nickt schweigend.

»Du bist ein Jude! So wirst du mir diesen Knaben verkaufen.«

Und hierauf Joseph: »Pharao! Obschon ich der Enkel bin des Jakob, dessen Söhne ihren Bruder Joseph an Ägypter verkauft haben, so verdiene ich nicht den Spott. Wir sind geringe Leute und das Kind ist unser Augapfel.«

»Ist auch nur in Gnaden gesagt, das vom Verkaufen«, spricht der König. »Ihr seid Untertanen und der Knabe ist mein Eigentum. Nimm ihn, Hamas.«

Der Diener will schon Hand an den Kleinen legen, der ruhig dasteht und entschlossen auf den König blickt. Joseph fällt auf die Knie und macht in Ehrfurcht seine Vorstellung, dass er und seine Familie nicht ägyptische Untertanen seien, dass sie als Fremde hier weilten und den allmächtigen Pharao um Gastrecht anflehten.

»Davon weiß ich nichts, guter Mann«, sagt der König und sieht des Knaben zorniges Gesicht. Darüber lacht er: »Mich dünkt, Judenjüngling, du willst mich zerschmettern. Ei, lass mich noch ein wenig leben im schönen Ägypterlande. Ich will dir nichts zuleide tun, dafür bist du ein viel zu schönes Kind.« Er stockt nun, und in einem andern Ton spricht er: »Warte doch, und sieh ihn einmal näher an, den Pharao, ob er wirklich so arg böse ist und ob es denn so schrecklich ist, in seinem Palaste zu wohnen und ihm den Becher zu reichen, wenn ihn dürstet. Wie? Seid ruhig, Alter, es soll euch keine Gewalt angetan werden. Knabe, du sollst freiwillig an meinen Hof kommen, du sollst die Erziehung und die Schulen mit den Kindern meiner Großen teilen, ich will dich nur manchmal um mich sehen, weil du eine so feine Gazelle bist. Geh mit deinem Vater jetzt nach Hause, morgen will ich anfragen lassen, merke, nur anfragen, nicht befehlen. Wer gewaltsamer Beute satt ist, weiß freiwillige Hingabe zu schätzen. Du hast es gehört.«

Als die Menge hört, dass der Pharao mit diesen armen Leuten so unerhört wohlwollend spricht, wie sie es noch nie vernommen, da bricht sie wie toll in ein Freudengeschrei aus. Die Palmenhaine gellen vor des Volkes Jubel, als der König auf seinem zweiräderigen Goldwagen weiterfährt, ein langes Gefolge von Soldaten, Zimbelschlägern und Tänzerinnen hinter sich herziehend. Joseph flüchtet mit dem Knaben durch enge Gassen, um den Leuten zu entkommen, die sich herandrängen wollen, um den kleinen Liebling des Pharao zu sehen und zu liebkosen.

In seiner Hütte ist an demselben Abend ein sorgenvolles Beraten gewesen. Der Knabe Jesus neigt zum Pharao, ohne zu sagen, weshalb. Sie sind entsetzt darüber. Die zwei Handwerkersleute können sich nicht vorstellen, dass der jungen Seele das kleine Leben zu enge wird, dass sie sich stärken will an Papyrusrollen der alten Weisen, an den Geisteswerken der Pharaostadt. Und noch weniger können sie ahnen, dass ein tieferer Grund ihren Knaben auf den Schauplatz des großen Lebens führt.

Joseph meint, die Schriften der Königlichen Sammlung wären freilich etwas. Aber Maria hat zu den Schriften kein sonderliches Vertrauen, und ein noch geringeres zu Pharao. »Wir haben es doch«, sagte sie, »schmerzlich erfahren müssen, wie gut es Könige mit uns meinen. Kaum der Gewalt des Herodes entkommen, sollen wir in die Pharaos fallen. Sie spielen alle das gleiche Spiel, nur jeder mit anderen Mienen. Was der zu Jerusalem mit Macht nicht hat vollführen können, das will der zu Memphis durch List vollenden.«

Sagt Joseph: »Misstrauen ist sonst nicht deine Art, liebes Weib. Doch danach, was wir haben erleben müssen, ist es kein Wunder. Ein wahres Verhängnis ist sie für uns geworden, diese Mär vom jungen König der Juden. Wer sie aufgebracht, kann den Jammer nicht verantworten.«

»Überlassen wir das dem Herrn, mein Joseph, tun wir, was an uns ist.«

»Mich dünkt, Maria«, sagt Joseph, als er mit ihr allein spricht, »mich dünkt, du hältst doch dran, dass unser Jesus zu großen Dingen bestimmt ist. Dann musst du auch denken, dass eine Korbflechterhütte dafür nicht der rechte Ort sein wird. Es hätte wohl guten Lauf, am Hofe des Pharao – wie Moses. Dann wissen wir auch, dass der Ägypterkönig kein Freund des Herodes ist. Doch, daran denkt er nicht, er will dem Kinde wohl – und das kann niemand besser begreifen, als wir. Hat er nicht gesagt, dass unser Liebling wie die Kinder der Großen gehalten werden soll?«

Da meint sie endlich, entscheidend für sie wäre das, was dem Knaben zugutekommt. Er sei über zehn Jahre, und wenn er aus der Lehmhütte in den Palast gehen wolle, so könne man ihm das nicht verdenken.

Dieses Wort hat Jesus gehört. »Mutter«, sagt er, und stellt sich vor sie hin, »ich will nicht aus der Lehmhütte in den Palast gehen. Aber ich möchte die Welt sehen, die Menschen, wie sie leben. Ich verlasse nicht meine Eltern, um zum Pharao zu gehen – gehe ich hin, so bleibe ich doch bei euch.«

»Du bleibst bei uns«, sagt die Mutter, »und ich sehe es, du bist heute schon fort.« Aber sie will es ihm nicht merken lassen, wie ihr ist. Er soll sie nicht weinen sehen, das soll ihm seine Freude nicht verkümmern. Und dann haben sie erwogen, dass er ja nicht weit fortzieht, nur vom Nil in die Stadt, dass ihm der Pharao Freiheit zugesichert hat – er kann die Eltern besuchen, kann zu ihnen zurückkehren, wann er will. Dass es nicht mehr dasselbe Kind sein wird, das jetzt davongeht! Maria denkt daran, wie das zu sein pflegt zwischen Mutter und Sohn. Immer mehr gibt der Jüngling sich fremden Menschen, und immer weniger von ihm bleibt der Mutter. Bleibt ihr, die ihn schmerzvoll geboren hat, die mit ihrem Leben ihn genährt hat, die ein Recht auf ihn hat, wie so heilig und ewig keines mehr sein kann. Sachte aber unabänderlich trennt er sich von der Mutter, und was sie ihm noch tun, geben und sein will – freundlich entschieden lehnt er es ab. Selbst ihren Segen über ihn muss sie heimlich beten – kaum, dass sie mit zitternder Hand sein Haupt darf berühren.

Am nächsten Tag um die Hochsonnenstunde steht vor der Hütte eine königliche Sänfte. Zwei Sklaven haben sie herbeigetragen, wovon einer alt und gebrechlich ist. Maria, als sie die weiche Sänfte sieht, ruft aus, in ein solches Pfühl ließe sie ihr Kind nicht steigen. Da lächelt der Knabe ein wenig, sodass in seinen frischen Wangen zwei Grübchen entstehen, und sagt: »Was denkst du, Mutter, dass ich in diese Kissen kriechen werde? Ja, wenn der kranke Sklave hineinsteigt, dass ich statt seiner tragen kann!« Damit ist der Aufseher dieses kleinen Zuges nicht einverstanden. Es stehe in des Knaben Willen, zu bleiben oder mitzukommen.

»Ich bleibe«, sagt Jesus, »und ich werde zum Pharao gehen, wann ich will.« Die Sänfte kehrt leer zurück in den Palast.

Am nächsten Tage ist der Knabe entschlossen. Seine Eltern geben ihm das Geleit durch den Palmenhain in die Stadt. In seinem ärmlichen

Gewändchen geht er zwischen Vater und Mutter dahin, Joseph gibt ihm gute Worte und wiederholt sie. Maria schweigt und ruft die himmlischen Mächte an, das Kind zu beschützen. An der Pforte des Palastes wird nur der Knabe allein eingelassen, Vater und Mutter bleiben zurück und blicken bangend ihrem Jesus nach, der sich noch einmal umwendet, um sie zu grüßen. Sein Angesicht ist fröhlich, und das tröstet die Mutter. Der Vater denkt, dass es unbegreiflich ist, wie ein Kind so sorglos und heiter von den einzig treuen Menschen fortgehen kann – und behält den Gedanken bei sich.

Neugierde, Behagen und Widerwillen zugleich empfindet der Knabe, als er in die Hände der Diener gerät, die ihn in ein weiches Bad führen, mit wohlriechendem Öl salben und ihm ein seidenes Gewand anlegen. Aber er will den Königspalast und sein Leben kennenlernen. Und nun beginnt sich ihm allmählich die Pracht zu entfalten. In den arabischen Märchen, die sein Vater gern erzählt, ist ihm des Glanzvollen und Wunderbaren viel vorgekommen, aber kein Vergleich mit den Herrlichkeiten, die jetzt fast hart und herb an seine Sinne schlagen. Straßenbreite Marmortreppen, tempelhohe Hallen, marmorne Säulen, blendend bunte Kuppeln. Die Sonne kommt zu den Fenstern in allen Farben herein und glüht in Rot, Blau, Grün und Gold an den spiegelnden Wänden. Noch märchenhafter die Nacht, wenn in der Säle Flucht die tausend Lampen brennen und der Wald der Armleuchter wie eine gezähmte Feuersbrunst leuchtet; wenn die Höflinge in den Teppichen und Diwans und Seiden und Flaumen zu versinken scheinen; wenn aus den goldenen Rauchgesätzen die Wohlgerüche sichtbar aufsteigen und das Gehirn berauschen; wenn hundert Aufwärter das Mahl bereiten, das unbeschreibliche, und es auftragen in silbernen Schüsseln, in alabasternen Schalen, in kristallenen Bechern; wenn Jünglinge und Jungfrauen sich umschlingen und einander mit Ranken und Rosen bekränzen; wenn die Fanfaren schallen und die Zimbeln klingen und aus weichen Mädchenkehlen Gesänge wirbeln, und wenn endlich der Pharao hereingeschritten kommt in wogendem Purpur, mit den tausend lebendig funkelnden Sternen der Diamanten – auf dem Haupte den Zackenring, strahlend wie Karfunkel – der Gott! Der Sonnengott! – Unser Knabe aus der Nilhütte schaut hin, wie auf etwas, das wunderlich ist, ihn aber weiter nichts angeht. Nun wird ihm ein Fächer aus schimmernden Pfauenfedern in die Hand gegeben. Andere Knaben haben auch solche Fächer; mit halb entblößten Gliedern schmiegen sie sich an die Tafelnden und fächeln ihnen Kühlung zu. Der junge Jesus soll das dem Pharao tun, aber er tut es nicht, sondern sitzt auf dem Estrich und kann nicht müde werden, dem König in das blasse Antlitz zu schauen. Der König streift ihn mit wohlgefälligem Blick: »Mich dünkt, das ist der stolze Jüngling vom Nil, der nicht zu den Füßen des Pharao sitzen mag.«

»Er wird sitzen zur Rechten Gottes!«, schallt es draußen im Chor. Langsam, wie ein leicht geneckter Löwe, wendet der König sein Haupt, um zu sehen, welch ungeschickter Chormeister den hebräischen Vers in den Gesang des Osiris mischt! Da erhebt sich ein Brausen. Die Fenster, zu denen die Nacht hereingestarrt hat, hellen in rotem Schein. Vor dem Palast hat sich das Volk mit Fackeln versammelt, um dem Pharao, dem Sohne des Lichts, die Huldigung zu bringen. Der König macht dazu eine verdrossene Miene, derlei Huldigungen wiederholen sich zu jedem Neumond, er begehrt sie, und doch langweilen sie ihn. Dem Mundschenk winkt er, nach einem Becher Wein verlangt ihn. Der bringt Rosen auf seine Wangen und Glut in seine Augen. Bei dem tausendfach erschallenden Preisgesang des Osiris singt er mit, und seine ganze Gestalt ist nun Kraft und Sonnenschein.

Als nach diesem üppigen Tage die stille Nacht gekommen ist, so still, dass die Wogen des Nil herüberrauschen zum Palaste, da ruht Jesus hinter Vorhängen aus Eiderdaunen und findet keinen Schlaf. Wie sie in der Nilhütte jetzt gut schlafen werden! Es wird ihm heiß, er steht auf und blickt zum Fenster hinaus. Die Sterne funkeln wie winzige Sonnen. Er legt sich wieder hin, betet zum Vater und schläft ein. Am nächsten Tag, wenn das Fest vorüber ist, will er die Räume finden, wo die alten Rollen sind, und die Lehrer, die ihn unterrichten sollen. Aber es ist kein Fest gewesen, das vorübergeht, es wiederholt sich Tag für Tag am Königshofe.

Da ist es einst nach verstummtem Lärm in öder Nacht, dass im Palast Sklaven umherhuschen, einander wecken und zuflüstern. Jesus gewahrt es, richtet sich auf und fragt nach der Ursache. Da naht sich ihm einer und zischelt: »Der Pharao weint!« – Wie ein geheimnisvoller Samumhauch geht es durch den Palast: Der Pharao weint! – Dann wird es ruhig und über allem liegt die träumende Nacht.

Jesus hat sich nicht wieder in den weichen Pfühl gelegt; auf kühlem Fliese ruht er und sinnt. – Der König weint! – Arabien und Indien, Griechenland und Rom haben ihre kostbarsten Schätze gesandt nach Memphis. Die Schiffe der Phönizier kreuzen an den Küsten Galliens,

Albions und Germaniens, um Güter und Kleinodien zu sammeln für den großen Pharao. Sein Volk umrauscht ihn mit Huldigungen Tag für Tag, sein Leben steht auf der Höhe der schönsten Jahre. Und er weint? – Sollte er nicht etwa im Traume geschluchzt haben, oder auch gelacht? Und die Wächter meinen, er weine.

———————

So ziehen die Tage. Wie der König versprochen, der Knabe ist frei. Doch er bleibt am Hofe, um endlich in den Saal der Schriften zu gelangen. Oft durchwandert er die Stadt, den Hain und geht an den Nil zu den Seinen. An den Schleusen des Stromes, der das Land befruchtet, arbeiten tausend Sklaven, von Aufsehern gepeitscht, manche erschöpft hinfallend und sterbend. Jesus sieht es und rügt die Rohheit bis er wohl auch selbst einen Hieb erfährt. Er zieht hinaus zu den Pyramiden, wo die Pharaonen schlafen, und horcht, ob sie nicht weinen. Er tritt in den Tempel des Osiris und betrachtet die ungeheuren Götzenbilder, die zwischen den runden Riesensäulen stehen in ihrer plumpen, seelenlosen Hässlichkeit. Am unermüdlichsten durchforscht er immer wieder den Palast nach dem Saale der Schriften. Endlich findet er ihn, aber verschlossen; die Hüter desselben jagen in der Wüste nach dem Schakal und dem Tiger. Bei den Geistern ist es dunkel und öde, und der Pracht- und Üppigkeitsstrom des Hofes dringt nicht hinein.

Nun kommen wieder Nächte, da durch die Hallen das Geheimnis rieselt: Der Pharao weint. – Und es geht auch die Mär, warum. Das Weib, das er am meisten geliebt, hat er erdrosseln lassen, und berichten jetzt die Astrologen, dass es unschuldig gewesen. An einem Tage liegt auf dem Diwan der König und verlangt, dass der Knabe vom Nil ihm Kühlung fächle. Heute tut es dieser, denn der Herr ist leidend. Der Pharao ist übel gelaunt und ungeduldig, es ist ihm der Fächer nicht recht und nicht das Fächeln, und als es der Knabe einstellt, ist's ihm auch nicht recht.

Da sagt Jesus plötzlich: »Pharao, du bist krank!«

Der König starrt ihn an und staunt. Der Page tut den Mund auf und spricht den Sohn des Lichtes an?! Als er jedoch im Antlitz des Knaben den traurigen, innigen Ausdruck des Mitleides sieht, wird ihm milde zumut und er sagt: »Ja, mein Knabe, ich bin krank.«

»König«, sagt Jesus, »ich weiß wohl, was dir fehlt.«

»Du weißt es?«

»Du hast nach außen das Licht und nach innen den Schatten. Wende es um!«

Kaum hat der Knabe diese Worte gesprochen, so richtet der Pharao sich auf, schlanker und höher als sonst scheint er zu werden, den Arm streckt er starr nach der Pforte hin und seinem Auge entführt ein zorniger Blitz.

Der Knabe geht ruhig hinaus und schaut nicht mehr zurück. –

Das Wort aber ist zurückgeblieben. Am rauschenden Tage hört es der Pharao nicht; in der Nacht jedoch, wenn das strahlende Leben schweigt und nur das Elend unseliger Herzen lautlos tobt, da hört er es leise hallen von Wand zu Wand bis in sein Gemach: Wende es um! Wende nach innen das Licht!

Schon eine Weile; ehe dieser Tag gekommen, hat Jesus erfahren, dass draußen vor dem Tore Theben, am Fuß der Pyramide Pesy, in einem Grabgewölbe ein gelehrter Greis wohne. Der wolle mit keinem lebenden Wesen zu tun haben, außer einer Wüstenziege, die ihm Milch gibt. So wie er selbst immer im Dunkel seines Gewölbes hockt über unendlichen Schriftzeichen halb verwitterter Steinplatten, ausgegrabener Geräte und Papyrusrollen, so sieht auch die Ziege niemals einen Sonnenstrahl. Beide begnügen sich mit dem Futter, das ihnen ein alter Fellach täglich bringt. – Das ist einer, der hat umgewendet – außen den Schatten und innen das Licht. Nun, als Jesus vom Pharao fortgewiesen ist, sucht er diesen gelehrten Höhlenbewohner auf, um Weisheit zu finden. Der Greis will ihm zuerst nicht Einlass gewähren. Ein junges Blut und Weisheit!

»Werde erst alt, mein Sohn, dann komm zu den Schriften und suche Weisheit.«

Antwortet der Knabe: »Gebt Ihr die Weisheit gerade nur fürs Sterben? Ich will sie fürs Leben.«

Da hat der Greis aufgetan.

Zu diesem Weisen geht Jesus nun jeden Tag hinaus und hört Lehren über Welt und Leben. Auch über ewiges Leben. Der Einsiedler spricht von dem Wandern der Seelen, die im Gange der Zeiten durch alle Wesen der Zeit ziehen müssen, alle Kreise des Seins durchleben, je nach ihrer Ausführung aufwärts den Göttern zu, oder abwärts zu den Würmern im Schlamm. Darum müsse man auch die Tiere lieben, in denen ja Menschenseelen stecken können. Mit tiefer Ehrerbietung spricht er von den Schlangen Kebados und von dem erhabenen Apis im Tempel zu Memphis. In alle Tiefen und Untiefen des Denkens verliert er sich, belegt alles mit den Schriftzeichen und erklärt es für wissenschaftliche Wahrheit. Also trägt der Mann, der im Dunkeln lebt, diesem Knaben – Licht vor. Er spricht von dem allheiligen Sonnengott Osiris, der alles erschaffe und alles zerstöre, dem großen anbetungswürdigen Osiris, an dem jedes Geschöpf sein Auge vollsauget. Dann wieder murmelt er feierlich und geheimnisvoll hieroglyphische Formeln ab, sodass dem lebhaften Knaben die träge Weile wehtut. Auch hier muss man umwenden. So denkt er, geht heimlich hinaus und lässt das Pförtlein offen. Als der Gelehrte seiner trachtet, ist er im Freien und weidet die Ziege, die der Freiheit froh auf dem Rasen umherspringt.

»Warum versagst du der Wahrheit deine Ehrerbietung?«, fragt er strafend.

Und Jesus: »Seht Ihr denn nicht, dass ich Eurer Lehre die Ehrerbietung erweise? Ihr sagt, man müsse das Tier lieben. Deshalb habe ich die Ziege in die freie Luft geführt, dass sie sich weide an den duftenden Kräutern. Ihr sagt, dass man an dem Sonnengott sein Auge anzünden müsse, deshalb bin ich mit der Ziege aus der dunklen Höhle gegangen unter die liebe Sonne.«

»Die Schrift sollst du verstehen lernen.«

»Die Kreaturen will ich kennenlernen.«

Mit Unwillen blickt der Greis auf den Knaben.

»Sage, dreister Menschensohn, unter welchem Zeichen des Tierkreises bist du geboren?«

»Unter dem von Ochs und Esel«, antwortet der Knabe Jesus.

Alsogleich eilt der Gelehrte in seine Höhle, erhebt die Ampel und sucht in den Schriftzeichen. Unter Ochs und Esel! – Er erschrickt. Fern der Waage, fern der Waage! Tief gründet er nach. Auf dem Stein steht es und in der Rolle steht es geschrieben. Er geht wieder hinaus und blickt den Knaben an, aber anders als früher, unruhig, gar sonderlich erregt.

»Höre, Kind, ich habe dir das Horoskop gestellt.«

»Was ist das?«

»Aus deinem Stand zum Tierkreis und zu den Sternen habe ich durch uralt heilige Zeichen dein Schicksal gesehen, dem du so einfältig entgegengehst. Willst du es wissen?«

»Will ich es wissen, so frage ich den Vater.«

»Ist dein Vater Astrologe?«

»Er leitet die Gestirne.«

»Er leitet die Gestirne? Was willst du sagen? Geh, du bist ein Tor, ein gottloser Tor. Du wirst es schrecklich erfahren, was deiner harrt. Dieser Hochmut ist der Anfang. – Sein Vater leitet die Gestirne!«

———————

Aus dem Judenlande ist die Nachricht gekommen, dass König Herodes gestorben. Von seinem Nachfolger, dem jüngeren Herodes heißt es, dass er ein aufrichtiger Freund seines Volkes und milder Gesinnung wäre. So hält Joseph nun die Zeit für gekommen, um mit dem Weibe und dem schlankgewachsenen Sohne in das Vaterland zurückzukehren. Durch Fleiß und Sparsamkeit ist, ohne dass er's eigentlich gemerkt, während der Korbflechterzeit in seinem Wollsack so viel an Geld zusammengekommen, dass er mit einem phönizischen Kaufmann Unterhandlungen anknüpfen kann wegen der Heimfahrt. Denn durch die Wüste wollen sie nicht mehr zurück. Joseph will den Seinen das Meer zeigen. Und dann sind sie nach vieljährigem Aufenthalte in Ägypten stromabwärts gefahren gegen das Meer. Joseph hat Weidenzweige mitgenommen, um unterwegs sich zu beschäftigen. Maria bessert an den Kleidern, damit sie nach guter Art in die Heimat einziehen können. Andere Fahrgäste, die auf dem großen Schiffe sind, freuen sich des Nichtstuns und treiben allerlei Ergötzlichkeiten. Jesus sieht ihnen manchmal zu und ist fröhlich mit den Fröhlichen. Als jedoch das Treiben manchmal in Übermut und Schamlosigkeit ausartet, verbirgt er sich in der Kammer oder betrachtet die weiten Wasser.

Als sie auf dem hohen Meere sind, in einer Mondnacht, erhebt sich ein Sturm. Das Schiff springt mit seinem Kiele gegen den Himmel, um im nächsten Augenblick so tief in den Grund zu bohren, dass die Wellen aufs Deck schlagen, Ballen und Kisten mit sich fortreißen und den Reisenden salzige Gieß ins Gesicht werfen. An den Masten kracht das Takelwerk und flattert losgerissen in den Lüften auf die schwarze See hinaus, die in schäumenden Bergen unendlich heranflutet und das ächzende Schiff zu begraben droht. Die Leute sind wahnsinnig vor Schreck und Angst, flüchten sich taumelnd und kollernd in alle Winkel, um von fallenden Splittern und Balken wieder verscheucht zu werden. Joseph und Maria suchen ihren Jesus und finden ihn auf einer Holzbank ruhig schlafend. Über seinem Haupt donnert der Sturm, kracht der Mastbaum – er schlummert im süßen Frieden. Maria kauert über ihn hin, klammert sich an die Bank, dass sie nicht sollten fortgeschleudert werden können. Sie will ihn schlafen lassen – was weiß Mutterliebe Besseres! Allein Joseph findet, dass es Zeit sei, sich bereitzuhalten. So haben sie ihn geweckt. Er steht am Bord und blickt hinaus in den wilden Aufruhr. Den Mond sieht er fliegen von einer Nebelwand zur andern, aus grollendem Grunde schießen dunkle Ungetüme auf, die krachend sich ans Schiff werfen und es umlegen, sodass die Masten fast hinsinken, von Raubvögeln umflattert. Das Schiff bebt aus Innerstem heraus und schnalzt an allen Enden, als berste es. Jesus hält sich ans Geländer, in seinem weißen Gesicht strahlt das Auge vor Entzücken. Joseph und Maria suchen ihn zu schützen, er weist sie zurück, ununterbrochen in die furchtbare Herrlichkeit schauend: »Lasset mich! Seht ihr denn nicht, dass ich beim Vater bin?«

Es steht von ihm geschrieben, dass er der einzige Mensch gewesen, der auf Erden keinen Vater gehabt, – also ist er der erste, der ihn im Himmel gesucht und gefunden hat.

Andere in dieser Nacht, die den Jüngling also gesehen, sind trotz aller Not fast ruhig geworden. Wenn dem nicht bange ist um sein junges Leben – ist das unsere denn um so viel mehr wert? Ob verlieren oder gewinnen, mutiger greifen sie zu, das Schiff zu steuern, im Getakel die Taue zu strammen, dem eindringenden Wasser zu wehren, bis allmählich der Aufruhr ermüdet. Als der Morgen aufgeht, blickt Jesus noch immer entzückt hinaus auf die hohe See, wo zum Kampf zwischen Wasser und Luft sich auch noch der zwischen Nacht und Licht gesellt hat. Endlich ist's gefunden: im Innern Licht und außen Licht. – Auf dem Vorderkiel bläst der Steuermann ins Horn, er verkündet: Die Küste in Sicht! Fernher über der dunkelgrünen Flut leuchten die Felsen von Joppe.

Als das Schiff zwischen dem klüftigen Steingeriffe dieses Hafens glücklich gelandet ist, steigt unsere Familie ans Land, um von hier aus die Fußreise nach Jerusalem zu tun. Denn es ist um die Osterzeit, die Joseph schon viele Jahre nicht mehr in Salomons Tempel begangen hat. Dieses Fest als Erinnerung an die Heimkehr aus Ägypten hat für ihn nun doppelten Sinn bekommen. So will er auf seiner Reise ins heimatliche Galiläa nach der Königsstadt abbiegen, auch schon besonders, um den jungen Jesus nach dem Leben im Heidenlande zur öffentlichen Gottesanbetung des auserwählten Volkes einzuführen. Als sie aus heimatlichem Boden wandeln, die frischeren Lüfte atmen, die altbekannten Gewächse und Gestalten sehen, die traute Sprache hören, da fassen Joseph und Maria sich an der Hand im stillen Glück. Jesus bleibt gleichmütig. Er findet hier keine Kindeserinnerung, es müssten denn die sein, dass er vom König verfolgt worden war. Mit ruhiger Vorurteilslosigkeit kann er Land und Volk betrachten. Und wenn er seine heimfrohen Eltern sieht: Sonderbar, wie die leblose Scholle über das Herz so viel Gewalt hat! Hält der himmlische Vater nicht die ganze Erde in seiner Hand? Trägt der Mensch die Heimat nicht in sich selbst?

Ihre Habe liegt auf dem Rücken eines Kamels gebunden, so wandern sie wohlbeherzt dahin. Joseph hat im Gurte eine Axt, bedacht, gegen etwaige Überfälle sich zu wehren, hat aber nur Gelegenheit, sie an Holzblöcken zu versuchen, die am Wege liegen, und die er ein wenig anhackt, um zu sehen, ob es frisches Zimmerholz sei. Je näher sie der Hauptstadt kommen, je belebter werden die Pfade in steinigem Gelände. Aus allen Wegen strömen Pilger herbei, um das große Fest an heiligster Stätte zu begehen. Am zweiten Tage nach Sonnenuntergang sind unsere Reisenden auf der Herberge in Jerusalem. Diesmal kann Joseph schon aufrechter stehen als bei der letzten Durchreise vor zwölf Jahren – er hat etwas im Sack! Der erste Gang ist dem Tempel zu. Am Palast des Herodes vorüberkommend machen sie eilige Schritte.

Der Tempel steht in wunderbarer Pracht. Alles Volk füllt den Vorhof unter Hasten, Stoßen und Geschrei, vorwärtsdrängend durch die Säulengänge in das Heilige, dem Allerheiligsten zu, wo zwischen goldenen Armleuchtern die Bundeslade steht. Wohl jeder fünfte ist im Talare des Rabbiten als Schriftweiser seines Platzes sicher im Tempel. Phariten und Sadduziten, zwei gegnerische Parteien in der Gottesgelahrtheit, plaudern miteinander über Tempelzins und Zehent, oder streiten lebhaft über die Gesetze der Schrift, in denen sie nie und nie einig werden können. Joseph und Maria denken nicht daran, dass andere streiten, demütig beobachten sie die Vorschriften, stehen in einer Nische des

Heiligen und beten. Jesus aber steht an der Säule und hört mit Staunen den Streitenden zu.

Am nächsten Tage beschauen sie die Stadt, soweit es im Volksgedränge möglich ist. Auch seines hohen Stammvaters Grab will Joseph besuchen und schiebt sich im Gewühle durch die engen, finsteren Straßen voran, immer umlärmt von Käufern und Verkäufern, Eseltreibern, Lastträgern, von schreienden Rabbiten und dem unendlichen Strome der Pilger. Wie sie nun aber hinabkommen zu Davids Grab, da ist Jesus nicht bei ihnen. Im Gewühle wird er zurückgeblieben sein, denkt Joseph, und verrichtet unbekümmert seine Andacht an der Gruft des königlichen Ahnes. Als sie in die Herberge zurückkommen, wo sie geglaubt, dass er sich einfinden würde, ist Jesus auch hier nicht und er kommt nicht. Da sagt jemand, er habe sich abziehenden Pilgern angeschlossen gegen Galiläa, weil er der Meinung gewesen, seine Eltern seien schon voraus. »Wie er das nur denken kann!«, ruft Joseph. »Wir ohne ihn abreisen!« Eilig machen sie sich auf, um den Sohn einzuholen; doch als sie den Pilgerzug erreichen, ist Jesus nicht darunter, man weiß nichts von ihm, und die Eltern kehren zurück in die Stadt. Dort suchen sie zwei Tage lang. Sie eilen in alle Stadtteile, durchforschen alle öffentlichen Gebäude, wenden sich an alle Aufseher, fragen beim Fremdenamte an, erkundigen sich bei allen Krämern nach diesem schlanken Knaben mit weißem Gesicht, braunem Haare und dem ägyptischen Wollenfez auf dem Haupt. Nichts und nichts. In die Herberge zurückgekehrt, erwarten sie immer wieder, ihn dort zu finden. Er ist nirgends. Maria, der Ohnmacht nahe, hat keinen andern Gedanken mehr, als – er ist in die Hände des Herodes gefallen. Joseph tröstet sie, obschon er selber des Trostes höchst bedürftig wäre.

»Arme Mutter«, sagt er, mit kühler Hand ihr Haupt an seine Brust legend, »wir wollen gehen und unser Leid dem Herrn opfern.«

Und als sie noch einmal in den Tempel hinausgehen, wo viele Lehrer und Schriftweise beisammen sind, finden sie dort ihren Jesus. Mitten unter den weißbärtigen Rabbiten sitzt der Jüngling und führt mit ihnen ein lebhaftes Gespräch, sodass seine Wangen glühen und sein großes Auge feurig blitzt.

Der Rat hat über einen schweren Fall von Gesetzübertretung zu entscheiden gehabt. Ein Mann in Jerusalem hatte am Sabbat Brot gebacken, weil er am Vortage beim Nachbar den Ofen nicht bekommen. Sind denn die Phariten beisammen und führen in ihrem leidenschaftlichen Eifer eine Menge Satzungen an von der Sträflichkeit dieser Übertretung. Der junge Jesus hat ihnen eine Weile aufmerksam zugehört, und plötzlich tritt er aus der Menge hervor. Er stellt sich den Gelehrten vor das Gesicht und frägt:

»Rabbiten! Soll man am Sabbate Gutes tun oder nicht?«

Anfangs wissen sie nicht, ob dieser junge dreiste Mensch einer Antwort zu würdigen sei. Weil es aber auch eine Satzung gibt, nach der in Gesetzessachen jedem Fragenden geantwortet werden muss, so antwortet nun einer kurz und barsch: »Natürlich soll man Gutes tun.«

Frägt Jesus weiter: »Ist das Leben etwas Gutes oder nicht?«

»Als von Gott gegeben etwas Gutes.«

»Soll man also am Sabbat das Leben erhalten oder verderben lassen?«

Da schweigen die Gelehrten, denn sie hätten sagen müssen, das Leben sei auch am Sabbat zu nähren, und ihre Anklage gegen den Mann, der zu seiner Nahrung Brot gebacken hat, wäre hinfällig geworden.

Jesus schreitet rasch die Stufen hinan bis zu ihrem Tische und spricht: »Rabbiten! Wenn euch am Sabbat ein Schaf in den Brunnen fällt, werdet ihr es drinnen lassen bis zum nächsten Tage? Ihr werdet nicht erst denken, heute ist Sabbat, sondern es sogleich herausziehen, ehe es erstickt. Was ist mehr wert, ein Schaf oder ein Mensch? Wenn am Sabbat ein Kranker kommt und ist ihm zu helfen, so tut man's auf der Stelle. Und wenn ihr einen Splitter im Fleisch habt, so wird nicht gefragt, ob Sabbat ist, der Splitter muss heraus. Aber gegen einen armen Mann, der am Sabbat seine Nahrung bereiten muss, kommt ihr gleich mit euren Gesetzen, damit ihr euch höher dünkt, als er ist. Nein, so gilt es nicht. Die Absicht entscheidet. Wenn jemand am Sabbat Brot backt, so werde ich zu ihm sagen: Willst du damit Arme und dich selbst nähren, oder willst du Gewinn haben? Im ersteren Falle tust du Gutes, im letzten Falle entheiligst du den Sabbat.«

Nun sie nichts mehr zu sagen wissen, so erklären sie den jungen Menschen als zu gering, um mit ihm zu streiten.

Jesus, noch erregt, steigt herab zur Menge, wo seine Mutter die Hände gerungen hat über diese Kühnheit, mit der ihr Sohn zu den Greisen und Weisen spricht, und wo sie jetzt die Arme nach ihm ausbreitet: »Kind! Kind! Was treibst du da? Warum hast du uns das angetan? Was haben wir um dich ausgestanden? Drei Tage lang haben wir dich gesucht mit größten Ängsten!«

Nun sagt er die Worte: »Warum habt ihr mich gesucht? Wer etwas zu tun hat, kann nicht immer bei den Seinen bleiben. Ich habe mich um den Willen des himmlischen Vaters zu kümmern.«

»Wo bist du doch gewesen die lange Weile?«

Darauf antwortet er nicht. Andere wollen gesehen haben, wie er zwischen den Säulen stehend aufmerksam den Ausführungen der Rabbiten zugehört, bis er nicht mehr hat schweigen können.

Nicht ohne Herbheit sagt nun Joseph: »Wenn du so gelehrt bist, den ehrwürdigen Männern die Schrift zu deuten, so wirst du auch das vierte Gebot kennen. – Deinen Vater und deine Mutter sollst du ehren, damit du lange lebest in dem Lande, das Jehova dir gibt.«

Jesus schweigt.

»Und dieses Land wollen wir nun suchen, mein Sohn.«

So haben sie sich aufgemacht, um die letzte Strecke zurückzulegen. Über die Weinberge von Judäa und Samaria geht es so mühselig, dass Maria, nahe der Heimat, die Frage tut, ob sie Nazareth wohl je wiedersehen werden. Der junge Jesus macht den weiten Weg sozusagen zweimal, denn er wird nicht müde, nach allen Seiten abzuzweigen, um Datteln, Johannisbrot und Feigen zu sammeln oder ein Krüglein Wasser herbeizubringen, um die Eltern zu laben.

So kommen sie langsam über das felsige Gelände hinan, und als der Saumsteig zu einer Höhung führt, die mit platten Steinen besät ist und mit Rankensträuchern bewuchert, liegt vor den Reisenden die grüne Ebene von Israel. Sie ist umgeben von bewaldeten Hügelzügen. Sie ist besät von weißen Ortschaften und durchschlängelt von schimmernden Flüssen. Jenseits steigt ein Bergzug hinter dem andern auf, wovon das hinterste, höchste Gebirge weiße Schneehäupter emporhebt in den blauen Himmel.

Joseph lässt den Leitriemen des Lasttieres fallen und den Wanderstab, breitet die Arme aus und ruft: »Meine Seele, lobe den Herrn!« Denn vor ihnen liegt Galiläa, die Heimat.

Als sie dann in der Bergmulde das Städtchen Nazareth sehen – ach, wie ist der Ort so klein, und wie still liegt er da zwischen den grünen Höhen! – da muss Maria aufweinen vor Freude.

Die Bewohner von Nazareth sind nicht wenig erstaunt, den verschollenen Zimmermann Joseph mit seinem Weibe und einem bildschönen Jünglinge die Gasse heraufkommen zu sehen. Aber es ist ihnen ein Wohlgefallen, dass diese Leute Gepäck bei sich haben. Nur Vetter Nathaniel zieht ein sehr schiefes Gesicht, in welchem sich das Lachen des Willkommens mit dem Ärger über die Ankunft gar bedenklich vermischt. Vetter Nathaniel hatte sich nämlich breit und behaglich in das Haus hingesetzt gehabt und sich als den Erben betrachtet. Nun heißt es zusammenpacken und wieder ausziehen.

Joseph ist gar vergnüglich, als er seine Werkstatt wiedersieht mit dem Schraubstock, mit Stemmeisen, Richtbrett, Zollstab, Hobel und Holzsäge. Auch das rote Farbenkübelchen ist noch da und die Schnur, mit der die langen Zimmerbäume liniert werden, ehe man mit der Axt drangeht. Vetter Nathaniel behauptet von manchem Werkzeug, es gehöre ihm, bis Joseph auf das J weist, mit dem alle seine Sachen der Ordnung halber gemerkt sind. Als der alte Meister sein Schurzfell umbindet und das erste Mal wieder den Hobel ans Brett setzt, dass pfeifend die geringelten Späne hinausfliegen, da zucken ihm die Adern vor Lust, und jugendlich frisch blickt sein Auge. Und so beginnt der Zimmermann wieder wohlgemut zu arbeiten, nicht bloß in der eigenen Werkstatt, wohl auch in der Nachbarschaft herum, wo es zu bauen oder auszubessern gibt, oder wo sie Tische, Kästen und Blinke brauchen. Der kleine Wohlstand, den er aus Ägypten mitgebracht, soll hier nach und nach vermehrt werden, damit – wenn die Tage kommen – der Sohn gut anzufangen hat. Maria trägt dazu bei, dieweilen sie klug und sparsam wirtschaftet und für die Nazarenerinnen Hemden und Mäntel näht. Jesus hat eine Kammer bekommen, in die er am Feierabend sich zurückziehen kann. Man muss es ihm hier heimlich machen, meint Joseph, damit die lockende Welt ihn nicht gewinnt. Die Fenster der Kammer lassen hell das Rebengelände sehen und einen Berg mit Bäumen und darüber hin Himmel mit zeitweiligen Wolkenzügen vom Libanon her und mit dem aufgehenden Gestirn im Osten. Der erste Blick von Sonne, Mond und Sternen, wenn sie aufgehen, ist hinein in diese friedsame Stube. Auf dem Wandgestell sind die Bücher des Moses, der

Makkabäer, der Könige, der Propheten und Sänger, die Jesus allmählich in Nazareth, in Kana, in Nain und unten in den Ortschaften am See gesammelt hat. Die Galiläer sind gegen derlei Schriften, von ihren Vätern mit Mühe und Frömmigkeit abgeschrieben, gleichgültig geworden; sie haben zu lange vergeblich gewartet auf die Erfüllung dieser Weissagungen, und beginnen zu zweifeln, dass der Juden Messias noch kommen werde. Sie schenken die Pergamente recht gerne dem artigen Jesus des Joseph. Wenn sie doch einmal etwas daraus wissen wollen, so dürfen sie ihn nur fragen, er unterweist sie klar und bündig und oft so eindringlich, dass man's nicht mehr vergessen kann. Das ist bequemer, als selbst ungeschickt nachzuschlagen und mit Anstrengung die schlechten Zeichen zu entziffern, um sie dann erst nicht zu verstehen.

In mancher Nacht bei Vollmondschein liest Jesus in den Schriften. Er hat dieselben Bücher gelesen, wie wir, wenn wir heute das Alte Testament aufschlagen. Also dass es ist, als säßen wir mit Jesus auf der gleichen Schulbank. Er liest von Adam und seiner Sünde, von Kain und seinem Morde, von Abraham und seiner Verheißung, von Noah und der Sühneflut. Er liest von Jakob und seinen Söhnen, von Joseph, den seine Brüder verkauft nach Ägypten, und von seinen Schicksalen in diesem Lande. Und er liest von Moses dem großen Gesetzgeber, von David dem Hirten, Sänger und König, und von Salomons Weisheit und seinem Tempelbau, und von den Propheten, die des Volkes Missetaten gerichtet und das künftige Reich vorhergesagt haben. Also glühenden Herzens liest Jesus die Geschichte seines Volkes. Er sieht, wie diese Geschichte tiefer und tiefer sinkt. Hat er erst gejubelt vor Begeisterung, so schreit er hier über die Entartung zornig auf. Dann macht ihn der Kummer schlaflos und er schaut sinnend, fragend in den gestirnten Himmel hinaus: »Was kann sie aus diesem Elende befreien?«

Die Sterne schweigen. Doch aus Fernen, aus der Stille der Ewigkeit ruft es: So sehr liebe ich sie, dass ich meinen eingebornen Sohn hinsende, um sie selig zu machen.

Am Tage ist es Josephs Sache, dass der Jüngling nicht sehr ins Träumen komme. Jesus muss das Handwerk lernen. Er tut es willig, aber ohne Freude, sein Kopf ist recht oft nicht bei den Händen, und während er zwei Balken zu einem Türkranz falzen soll, klingt in seinem Haupt des Propheten dunkler Vers: Er ist gezählt unter die Übeltäter.

»Was tust du da? Ist das ein Türkranz? Das ist ein Henkerpfahl!« So weckt ihn Joseph, und Jesus erschrickt darüber, wie er die Hölzer kreuzweise genagelt hat.

»So sage mir doch«, verweist Joseph den Knaben, »woran denkst du? Hast du Klugheit im Kopf, so verwende sie auf deine redliche Arbeit. Das einfachste Handwerk erfordert einen ganzen Block und nicht die Späne davon. Und gar die Zimmerei, die den Leuten Häuser baut, Brücken, Schiffe, und dem Jehova Tempel. Dazu ist nicht jeder erlesen, denke, was ein schlechter Zimmermann für Unheil stiften kann. An göttliche Dinge denkst du? Gut, die Arbeit ist auch ein göttliches Ding; in der Hände Arbeit setzt der Mensch die Schöpfung Gottes fort. Sagen doch die Leute, dass du verständig seiest; so lasse doch auch deinen Lehrmeister was spüren davon. Du machst mir die Werkzeuge stumpf und die Arbeit nicht scharf, das muss anders werden, Kind!«

Schweigend lässt Jesus diese Strafpredigt über sich ergehen und arbeitet in die Nacht hinein, um den Schaden gutzumachen.

Joseph hat nachher seinen Kummer dem Eheweibe geklagt. Nicht das ist's, dass der Junge ein schlechter Zimmermann werden könnte. Wenn er nur will, gelingt ihm alles. Aber das ist Josephs Kummer, dass er dem Liebling manchmal so strenge Worte sagen muss. Jedem Lehrling müssen sie gesagt werden.

Maria spricht: »Es wird wohl recht sein, Joseph, wie du ihn leitest. Ich habe freilich Sorge. Wenn ich dieses Kind manchmal so beobachte – es will mir nicht gefallen. So ganz anders, als andere seines Alters.«

»Ich denke auch, dass er anders ist«, sagt Joseph. »Wir sollen freilich nicht vergessen, dass es mit diesem Kinde schon von allem Anfang her eine besondere Art genommen hat. Jehova weiß es, ich kann mir's nicht falzen. – Jetzt liest er zu viel in den Schriften, und das taugt nicht bei jungen Leuten.«

»Und fürchte ich fast, er liest die Gesetze, um sie zu tadeln«, sagt Maria.

»Er wird zu sich kommen. In solchen Jahren treibt der Mensch gern alles aufs Äußerste.« So tröstet Joseph. »Ja, doch ein ganz einziger Junge. Sieh einmal, wenn er mit Kindern spielt. Das größte unter ihnen! Nein, im Grunde möchte ich ihn nicht anders haben, als er ist.«

In Sorge und Glück haben sie also gesprochen, während in der Werkstatt draußen Jesus die Hölzer zurecht falzt. Und als er dann zur

Ruhe gegangen, schleicht Joseph in die Kammer und legt ihm sanft die Hand aufs Haupt.

Also geht Jahr um Jahr dahin. Jesus reift heran in Arbeit und Sinnen und auch in Jugendfreude. Der Sabbat ist ganz sein eigen. Da geht er gerne hinauf zur Höhe, wo zwischen Steinen und Ölbäumen die Schafe weiden, wo der Blick frei ist hinein ins mächtige Libanongebirge und hinaus in die weite Landschaft, die teils grün bewachsen, teils karstig ist bis hinab zum See. Da oben steht er und sinnt. Mit Menschen, denen er begegnet oder die sich um ihn zu schaffen machen, ist er freundlich, lässt sich aber selten näher mit ihnen ein. Manchmal eine muntere Körperübung mit Jünglingen aus Kana, und sei es auch im Ringen drum, wer den andern zu Boden bringe. Da fliegt sein braunes weiches Haar im Winde, da glühen seine Wangen, um nach vollendetem Spiele mit dem Gegner Arm in Arm flink zu Tal zu gehen. Lieber jedoch ist er allein mit sich und der schweigenden Natur. In diesem Frieden kommen die lieblichen Vorstellungen wie Lämmer gehüpft, aber auch die Löwen der titanenhaften Gedanken. Er träumt. Er denkt nicht, aber es denkt in ihm, und dann spricht er manches Wort, vor dem er oft selber erschrickt. Ahnungen weben in ihm, doch ehe er ihrer recht bewusst wird, sind sie von seiner Zunge deutlich ausgesprochen, also dass es ist, als ob ein anderer aus ihm redete. So tritt wie aus geheimnisvollen Tiefen er selbst aus sich ans Licht.

Oft wird er herausgefordert zum Streite, doch nie verteidigt er sich anders als durch Worte, aber diese sind so wuchtig und seine Blicke so brennend, dass die Leute ihn bald in Ruhe lassen. Hat er geschlagen, so weiß er auch wieder zu heilen. Eines Tages, als er den Hohlweg hinabgeht gegen die Steinheide, läuft hinter ihm ein mutwilliger Knabe drein und stößt ihn nieder. Jesus erhebt sich rasch und zornig ruft er dem Knaben zu: »Stirb!« Als dieser das lodernde Auge sieht, wird er totenblass und beginnt zu zittern, dass er dem Umsinken nahe sich an die Steinwand lehnen muss. Jesus tritt zu ihm, legt die Hand auf seine Schulter und sagt freundlich: »Lebe!«

Solch ein Auge wie das seine hat man im Lande nicht gesehen. Im Zorn wie der Blitz, in Güte wie Tauglanz auf der Blume.

Einst geht er hinaus über die Hügel gegen Samaria. Der Tag ist heiß und das Gestein glühend. Er kommt zu einer Gruppe von Feigenbäumen, in welcher ein Brunnen ist. Er setzt sich in den Schatten. Da kommt ein junges, bräunliches Weib herbei mit einem Kruge, um damit aus der Tiefe Wasser zu schöpfen. Er sieht ihm dabei zu und als es wieder bescheiden, wie es gekommen, davongehen will, sagt er: »Gib mir zu trinken!«

Die junge Wasserträgerin streicht ihr schwarzes Haar aus dem Gesicht und blickt ihn erstaunt an.

»Bist du denn nicht ein Jude?«, fragt sie schüchtern.

»Das bin ich«, antwortet Jesus.

»Und du willst von mir zu trinken haben? Weißt du, dass ich von den Samaritern bin, die ihr so sehr verachtet?«

»Ich verachte keinen Menschen.«

»Du sprichst jetzt wohl so, weil du Wasser haben willst und weil du keinen Schöpfer hast, um es aus der Tiefe hervorzuholen.«

»Und wenn du mich könntest verdursten lassen, so wollte ich dich doch nicht verachten. Du bist, wie du bist. Aber ich weiß ein Wasser, das dich anders machen kann.«

Sie antwortet nachdenklich: »Was ist es mit solchem Wasser?«

»Das Wasser in diesem Brunnen liegt wie tot in der Grube, und wer heute davon trinkt, den dürstet morgen wieder. Ich jedoch weiß von einem lebendigen Wasser, das dem, der es trinkt, ewiges Leben gibt, ohne dass er je wieder nach anderem Wasser dürstet.«

Sie sieht ihn neuerdings an, mit Staunen und Wohlgefallen, und sagt leise: »So solltest doch du mir zu trinken geben, anstatt ich dir.«

»Rufe erst deinen Mann herbei!«, spricht Jesus.

»Meinen Mann? Ich habe keinen Mann.«

Da nickt Jesus sein lockiges Haupt und sagt: »Nicht weniger als deren fünf hast du im Kopf. Und den du am liebsten hättest, den kannst du am allerwenigsten haben.«

Das Mädchen errötet und schweigt. Nach einer Weile hält sie ihm den Krug hin: »Also trinke!«

Jetzt weist er das Wasser zurück. »Meine Labe ist, dass ich den Willen Gottes erfülle.«

Sie bleibt noch stehen vor ihm und denkt: Er redet dunkel, so wird's ein Weiser sein. Die Juden haben deren ja viele. Und will ich ihn etwas fragen, das mir lange schon anliegt. Und dann fragt sie: »Du redest von Gott? Die Juden sagen, dass man Gott gerade zu Jerusalem verehren soll. Gehst du denn jetzt hinauf?«

Und Jesus: »Es muss nicht in Jerusalem sein, wo die Juden zu Gott beten, und es muss nicht dort auf dem Berge sein, wo die Samariter es tun. Wisse, man braucht nicht die Statt und nicht den Gebetsriemen und nicht die Schriftzeichen. Überall, wo du auch seiest, kannst du im Geiste und in Wahrheit Gott anbeten.«

»Was heißt das, im Geiste und in Wahrheit?«, fragt sie.

Da deutet Jesus gegen den sonnigen Hügel hin, an dessen Hang die Blumen blühen, auf dessen Höhe die dunklen Pinien zu dem blauen Himmel aufragen und der von hellem Vogelgesang umklungen wird: »Wie ist dir, wenn du das betrachtest, und es ist die Liebe in dir?«

Sie antwortet: »Freudig ums Herz ist mir, dass ich jauchzen möchte und danken für dieses schöne Leben dem, der's gemacht hat, wer es auch sei.«

»Du möchtest jauchzen, du möchtest danken ihm, wer es auch sei! Siehe, und das heißt: Gott im Geiste und in Wahrheit anbeten.«

»Du sprichst immer von Gott«, sagt sie mit Beklommenheit. »Wenn ich nur wüsste, was du eigentlich meinst.«

»Das wissen die von deinem Stamme freilich noch nicht«, sagt Jesus, »aber von uns Juden sollen sie's erfahren. Es wird die Zeit kommen, da viele Menschen Gott also mit dem Geiste und mit dem Herzen anbeten werden. Und dass sie zurück wollen zu ihm, von dem sie ausgegangen. Denn unser Geist ist von Gottes Geist und in Gottes Geist allein kann er sich selbst finden.«

»Ich höre«, fragt die Samariterin, »dass ein Messias kommen soll, der uns das Rechte lehren wird?«

»Er kommt und ist schon nahe«, spricht Jesus.

So haben sie miteinander geredet. Dann geht er weiter und sinnt darüber, was es denn ist, das hier gesprochen worden.

Sie blickt ihm nach, wie er in seiner schlanken Gestalt mit den langen Locken des Hauptes zwischen den Blumen und Sträuchern dahinschreitet. Dann fährt sie sich mit den Fingerspitzen über die Stirn, als sei sie erwacht aus einer wundersamen Seligkeit.

———————

Als Jesus so allmählich zum Manne herangewachsen ist, arbeitet er in seinem Gewerbe schon als Meister. Denn Joseph ist alt und gebrechlich, kann nur noch an der Schneidebank sitzen, den Zimmerern zusehen, und manches Wort hinsprechen, wie es am besten zu machen wäre. Ein junger Lehrling ist da, ein naher Verwandter namens Johannes, den unterweist Jesus im Handwerk und in anderem, was zu bauen ist. Wenn sie zu Nazareth eine Hütte zimmern oder einem Hause das Dach legen, so ist er genau und strenge gegen den Jungen. Wenn sie aber am Sabbat selbander durch die Gegend streichen zwischen den Reben hin, über die Matten mit den Steinen und den Herden, manchmal in die dunklen Zedernwälder hinein, an dem Vorgebirge des Libanon, da sprechen sie nicht ein Wort vom Handwerk. Da beobachten sie die Tiere, die Pflanzen, die Wasser, die Himmel und ihre ewigen Lichter und freuen sich. Bisweilen stehen sie bei armen Gärtnern und Hirten und erweisen ihnen kleine Dienste. Von solchen Leuten lernt Johannes die Schalmei blasen und Jesus singt mit heller Stimme fröhliche Psalmen.

Für Joseph aber naht der Tag zum Sterben.

Halb erblindet liegt er auf seinem Lager und spricht zu Maria, wie sie es halten solle, wenn er nicht mehr ist. Dann tastet er mit seiner kühlen Hand nach Jesus.

»Mein Sohn! Mein Sohn!«

Dieser trocknet mit seinem Mantelsaum dem Sterbenden die Stirn.

»Ich hatte gehofft«, spricht Joseph leise, »aber es soll nicht sein. Noch in Dunkelheit muss ich hingehen.«

»Vater«, sagt Jesus und streichelt ihm zärtlich das Haupt.

»Es ist hart, mein Kind. Bleib du bei mir. Ich habe gehofft, den Messias zu sehen und sein Licht. Aber ich muss noch hinab zu den Vätern in die Nacht.«

»Er wird bald kommen und dich ins Paradies führen.«

Der Greis fasst ihn krampfhaft an der Hand: »Es ist ganz dunkel. Ich fürchte mich. Bleib bei mir, mein Jesus!«

Und dann ist er entschlafen.

Draußen vor den Mauern haben sie ihn begraben. Auf den Hügel steckt Jesus jenen Wanderstab, den Joseph auf der Flucht ins Ägypterland geschnitten und stets bei sich getragen hat. Und als dieser Stab im Erdreich steckt, fängt er an, zarte Zweige zu treiben. Und als am nächsten Tage Maria kommt, um den Psalm zu beten, ist das Grab umsponnen von weißen Lilien, die, aus dem Stabe hervorgewachsen, in vielen Ranken sich ausgebreitet haben über den Hügel.

Nach dem Tode des alten Meisters ist manches Ungemach gekommen über die Familie. Die Leute fangen an, sich mit ihren Arbeitsaufträgen abzuwenden, denn mit dem jungen Meister finden sie kein rechtes Zusammengehen. Ein Mensch, der in so vielem dem Hergebrachten und der Schrift entgegen ist, wird, sagen sie, wohl auch keine rechte Arbeit leisten. Selten sieht man ihn im Tempel unter den öffentlichen Betern, nie sieht man ihn Almosen geben. Des Morgens geht er hinab zum Brunnen und wäscht sich, im Weiteren lässt er alle vorgeschriebenen Waschungen sein. Als der Rabbite von Nazareth ihn darob einmal zur Rede stellt, ist seine Antwort: »Wer soll sich waschen, der Reine oder der Unreine? Moses hat dieses Volk gekannt, als er ihm das Wasser zum Gesetz gemacht. Kommt das Unreine von außen oder von innen? Nicht der Staub der Straßen verunreinigt den Menschen, wohl aber die böse Gesinnung seines Herzens. Ist es ein Gräuel, mit staubigen Händen redliches Brot zu essen? Ist es nicht ein größerer Gräuel, mit gewaschenen Händen dem Bruder das Brot zu entreißen?«

Der Rabbite findet, dass es töricht sei, mit Gesetzfrevlern weiter ein Wort zu verlieren, er wendet sich ab. Doch schon am nächsten Tage lässt er dem Zimmermann sagen, er möchte sich am Sabbat doch einmal hinter den Opferstock setzen, um zu sehen, dass rechtgläubiger Juden wohlgewaschene Hände dem Bruder das Brot nicht entreißen, vielmehr reichen. Als sodann Jesus im Tempel sitzt, merkt er, wie die wohlhabenden Nazarener am Becken die Hände netzen, hernach mit frommer Würde große Geldstücke in den Opferstock werfen und sich dabei umschauen, ob das gute Beispiel wohl auch allenthalben gesehen werde. Als es dunkel wird, kommt auch ein armes Weiblein herbei und legt mit hagerer Hand einen Heller in den Opferstock.

»Nun, was denkst du?«, frägt der Rabbite den Zimmermann.

Jesus antwortet: »Mich dünkt, die hoffärtigen Reichen haben sich gewaschen und geben doch mit unreinen Händen. Sie geben einen kleinen Teil dessen, das sie anderen weggenommen haben, und geben von ihrem Überfluss. Die größte Gabe vor Gott hat das arme Weib gespendet. Das hat alles gegeben, was es besessen.«

Solchermaßen geschieht es, dass Jesus sich immer mehr entfremdet in Nazareth. Nur Arme und Kinder scharen sich noch um ihn; erstere macht er wohlgemut, mit letzteren scherzt er kindlich. Im Übrigen ziehen die Leute sich von diesem Menschen zurück, ihn für einen Sonderling haltend, aber nicht für einen harmlosen. Die Mutter Maria sucht ihn manchmal damit zu rechtfertigen, dass er im Auslande aufgewachsen sei, unter fremden Sitten und fremden Gedanken. Im Grunde wäre er die Seele von einem Menschen, so gütig und hilfsbereit und voller Selbststrenge. Natürlich, eine Mutter! Wann hat je eine Mutter nicht das beste Kind gehabt, man missachtet ihre Worte, bedauert sie, dass ihr Sohn so aus der Art schlage und Ärgernis gebe. Über seine Arbeit wäre schließlich ja keine Klage, wenn er nur hübsch dabei bliebe. Was das für ein Zimmermann sein könnte, bei solchen Fähigkeiten! Nur solle er sich nicht in Dinge mischen, die er nicht verstehen könne, und solle die guten Leute nicht beunruhigen im Glauben ihrer Väter.

Eines Tages gibt es Hochzeit in der Nachbarstadt Kana. Maria und die Verwandten sind dazu geladen, denn der Bräutigam ist ein entfernter Vetter. Als dieser auch Jesus anspricht, geschieht es so, als ob es gerade keine große Trauer bedeute, wenn der Geladene nicht erschiene. Er würde ja vielleicht doch nicht Gefallen finden an den alten Hochzeitssitten und an den Vorschriften, an die man sich zu halten gedenke. Jesus merkt den Stachel, aber der tut ihm nicht weh. Auch er geht also hinauf zur Hochzeit, um fröhlich zu sein mit den Fröhlichen. Als es jedoch gerade mitten in der Fröhlichkeit ist, zieht Maria ihren Sohn beiseite und spricht: »Es wird gut sein, wenn wir nach Hause gehen, mich dünkt, wir sind nicht wohl gesehen hier. Man ist froh darüber, wenn der Gäste weniger werden, denn ich höre, sie haben keinen Wein mehr.«

»Was geht das mich an, wenn sie keinen Wein mehr haben«, antwortet er fast unwirsch, »ich begehre ja keinen.«

»Aber die übrigen Gäste begehren einen. Der Tafelmeister ist in höchster Verlegenheit. Ich dachte schon, ob nicht jemand Rat wüsste.«

»Haben sie Durst, so sollen Wasserkrüge herbeigetragen werden«, sagt er mit Laune. »Ist der Trinker Gott zu Ehren guten Mutes, so wird auch das Wasser zu Wein. Es soll ihnen wohl bekommen.«

Freilich weiß der Tafelmeister bei dem Durste der Gäste sich nicht anders zu helfen, als in großen Steinkrügen vom Brunnen Wasser herbeizutragen. Wie sehr ist er verwundert, als es den Gästen köstlich mundet und sie den Wein loben, der soeben aufgetragen worden. »Sonst«, sagen sie, »pflegen die Wirte zuerst den besten Wein zu schenken, und erst wenn die Zecher berauscht sind und nicht merken, bringen sie den schlechteren. Unser braver Tafelmeister denkt anders und bringt zu den besten Bissen auch den besten Wein.«

Die Verwandten Jesu und er selbst haben aber gesehen, wie die Krüge am Brunnen gefüllt worden, und als sie davon kosten, meinen etliche, das könne nicht mit rechten Dingen zugehen. Jesus trinkt selbst davon und sieht, es ist Wein. Er geht hinaus in die Sternennacht und ist sehr bewegt. – »O Vater«, so spricht er in seinem Herzen, »was hast du mit dem Menschensohne vor? Wenn es nach deinem Willen ist, dass aus Wasser Wein wird, so kann es wohl auch sein, dass man frischen Wein in die alten Schläuche gießt, den Geist und die Kraft Gottes in den toten Buchstaben!«

Auch der junge Johannes geht in die Nacht hinaus, um den Meister zu suchen. »Herr«, sagt der Jünger, als er vor ihm sieht, »was ist das? Sie sagen, du habest aus Wasser Wein gemacht. Schon oft habe ich mir gedacht, du bist anders, als wir alle. Du musst vom Himmel sein.«

»Nicht auch du, Johannes, der dahin trachtet? Kann denn jemand nach oben, der nicht von oben kommt?«

Johannes bleibt eine Weile neben ihm stehen. Es ist nicht immer leicht zu fassen, was er sagt.

Als sie zur nächtlichen Stunde von der Hochzeit nach Hause gehen, klagt die Mutter dem Sohn die Kümmernisse. »Du bist ja doch so gut, mein Kind, und tust den Leuten Gutes, wo du kannst. Warum bist du manchmal nur so herb in deinen Worten?«

»Weil sie mich nicht verstehen«, antwortet er, »weil ihr alle mich nicht versteht. Wenn einer in der Werkstatt das Holz bearbeitet, meint ihr, dann sei schon alles erfüllt.«

»Das Holz? Freilich hat ein Zimmermann Holz zu bearbeiten. Willst du etwa Steinmetz werden? Denke, Steine sind härter als Holz!«

»Aber Feuer geben sie, wenn man darauf schlägt. Das Holz gibt keine Funken, und die Nazarener geben auch keine Funken, selbst wenn der Blitz in sie schlüge. Sie sind wie Moder und feuchtes Stroh. Sie sind nicht fähig der Begeisterung: Lahmes Ärgernis nehmen, das ist alles, was sie können. Aber aus Ärgernissen baut man kein Himmelreich. Ich verachte das Scheit, das immer raucht und nie brennt.«

»Ich fürchte, mein Sohn, du wirst dich noch so arg mit ihnen verfeinden, dass –«

»Dass meines Bleibens nicht sein kann in Nazareth. Willst du nicht so sagen, Mutter?«

»Mir bangt ja nur um dich, mein Sohn!«

»Selig die Mutter, der nichts Schlimmeres wird. Ich bin geborgen.« Er ist stehen geblieben und nimmt sie an der Hand. »Mutter, ich bin kein Kind und kein Junge mehr. Um mich sorge dich nicht. Lass mich sein, wie ich bin, und lass mich gehen, wohin ich will. Andere Aufgaben sind zu erfüllen, als dem Jonas eine Hütte und der Sarah einen Schafstall zu bauen. Die alte Welt bricht morsch zusammen und der alte Himmel stürzt ein. Lass mich gehen, Mutter, lass mich der Zimmermann werden, der ihnen das Himmelreich baut.«

In Kreuz und Krumm streichen die Sternschnuppen dahin am nächtlichen Himmel. Maria lässt den Sohn vorangehen gegen das Städtlein hinab, sie wankt langsam hinterdrein und schluchzt. Sie ist allein und hat keine Macht über ihn, Tag für Tag wird er unbegreiflicher – wohin soll das führen?

———————

In Galiläa unter dem Volk herrscht eine seltsame Erregung, die sich über Samaria und Judäa hin bis Jerusalem verbreitet. Ein neuer Prophet ist erstanden. Deren hat es manche gegeben in jenen Zeiten, aber dieser ist nicht von ihrem Schlage. Wie immer in solchen Zeiten: Zuerst einzelne horchen fieberhaft auf, erregen durch ihre Unruhe andere, erregen Hütten und ganze Ortschaften, die bisher stumpf gewesen. Also horchen alle hin auf den neuen Propheten. Die Alten haben zur Zeit der Fremdherrschaft ja immer gesprochen von dem Könige und Retter, der das auserwählte Volk groß und mächtig machen wird. Von Geschlecht zu Geschlecht haben Ausleger der Schrift die Horchenden, Verlangenden vertröstet. So war nun unter unerträglicher Fremdherrschaft in den Gemütern eine Ungeduld aufgestanden, ein nationales Begehren und ein religiöses Erwarten, wie es bisher in so hohem Grade nie gewesen.

Und siehe! Es gehen durch das Land seltsame Gerüchte. Wie Frühlingsföhn aus dem Libanon, so schmelzen sie Eis, wecken Keime und durchwühlen Herzen. Draußen in der Wüste ist ein Mensch, der predigt ein neues Wort. Lange predigt er den Steinen, weil diese, wie er sagt, nicht so hart wären wie der Menschen Sinn. Die Steine würden bald selbst reden. Die Berge würden stürzen und die Schluchten sich füllen, sodass ein ebener Weg sei für den Heiligen Geist, der einzieht.

Solcher Kunde sind die Menschen begierig. Anfangs sagen einige: »Ich will hinaus und ihn hören, aus dass ich mich ergötze.« Solche kehren gewendet zurück und rufen andere, dass sie auch hingingen, den absonderlichen Menschen zu sehen. Ein grobes Gewebe aus Kamelhaar habe er am Leibe hängen statt eines Mantels, mit einem Gurte zusammengebunden um die Lenden. Sein Haar sei schwarz, lang und wirr, sein Gesicht sei vom Sonnenbrand gebrannt und sein Auge lodere manchmal wie in hellem Wahnsinn. Aber er sei kein Araber und kein Amalekiter, er sei aus dem auserwählten Volke. Am See will man diesen Menschen sogar näher kennen. Eines Leviten Zacharias Sohn, stamme er aus Galiläa, diesem wunderlichen Lande. Die Galiläer haben ihn denn als einen der ihren anfangs lebhaft verspottet und im Nebenblick auf Jesus gesagt, was dieses Galiläa doch für ein gesegnetes Land sei, dass in ihm die neuen Tugendlehrer aufstünden wie Pilze in der Regenzeit! Jesus tritt ihnen lebhaft entgegen, ob sie nicht wüssten, was das besage von einem Volk, wenn aus ihm immer nur Bußprediger hervorgingen?

Des Wüstenpredigers Name ist – ich schreibe ihn – Joanes. Immer mehr Leute strömen zu ihm hinaus und jeder erzählt Wunderdinge. Nach Heuschrecken halte er Jagd und verspeise sie, den wilden Bienen nehme er Honig weg und verzehre ihn. Der Menschen gewöhnliche Nahrung und Sitten scheine er zu verachten. Seit dem bethlehemitischen Kindermorde lebe er in der Wüste, eine Höhle bewohnend, die hoch am Felsenberge ist. Fast sei es, als liebe er mehr die wilden Tiere denn die Menschen, deren Tugendmantel er hasse, weil dieser gewoben sei aus übel riechender Heuchelei und Bosheit.

Sie nennen ihn den Rufer. »Er ist so«, erzählen sie wörtlich, »dass es uns wundert, dass die Rabbiten und Oberpriester schweigen in Kapernaum, Tiberias und Jerusalem. Dem Tode könnten sie ihn überantworten, so redet er. Aber der Rufer fürchtet sich nicht. Eine neue Lehre ruft er aus, und wer sich ihr beigesellt, des Haupt begießet er zum Zeichen des Bundes mit Wasser.«

»Und was ist seine Lehr?«, fragen andere.

»Gehet nur selbst hin!«

Und so strömen viele und immer noch mehr aus Judäa und Galiläa gegen die Wüste hin. An den Jordan hat sich der Rufer gezogen, eine Strecke oberhalb, wo der Fluss in das Tote Meer eingeht. Die sonst so öde Gegend belebt sich mit allerlei Volk, auch Rabbiten und Schriftgelehrte darunter, die sich bußfertig stellen, jedoch den Propheten überlisten wollen. Der Rufer steht auf einem Stein; in der Faust hält er den Zips des Kameltuches an die behaarte Brust gepresst, die andere Hand streckt er himmelwärts und also redet er: »Rabbiten? Wie, auch ihr seid hier? Grauet euch endlich vor dem Zorn des Himmels, den ihr kommen seht, dass ihr Zuflucht suchet bei dem, der Buße ruft? Ihr buchstabenfrommen Heuchler, die ihr den steinigt, der euch mit des Wortes Hauch ein Haar krümmt, und den preiset, der Menschenopfer bringt. Sehet zu, dass eure Buße nicht zum Gerichte wird. Ist sie wahr, so empfanget auf euer Haupt das Wasser, zum Zeichen, dass ihr rein sein wollet in der Gesinnung.«

Solche Worte spricht er. Die Schriftweisen lächeln höhnisch, andere murren ob der Herbheit seiner Rede, knien aber hin. Er nimmt eine steinerne Schale, taucht sie in das Wasser des Jordan und begießt die Häupter, dass die Bächlein niederrieseln über den Nacken und über die Stirn.

Ein Mann erhebt das Haupt und fragt den Rufer: »Gibst du uns Gebote?«

Der Prophet antwortet: »Du hast zwei Röcke und nur einen Leib. Dort an der Eiche steht einer, der hat auch einen Leib, aber keinen Rock. Ich sage kein Gebot. Aber du weißt es.«

Der Mann geht hin und gibt seinen zweiten Rock dem, der keinen hat.

Ein hagerer Alter, ein Zolleinnehmer aus Jerusalem, fragt, was er tun solle, da ja jeder, der an ihm vorbei die Straße wandle, einen Rock am Leibe trage.

»Du fordere nicht mehr des Zolles, als was Gesetz ist. Halte nicht die Hand auf nach Silberlingen und nicht die Augen zu, um verhehlte Sachen zu übersehen.«

»Und wir?«, fragt ein römischer Söldling. »Wir sind unseres Lebens nicht Eigener, wir werden also doch kein Gebot haben.«

»Ihr habt das Schwert. Das Schwert aber ist die Gewalt, der Hass, die Begier, die Habsucht. Hütet euch! Euere Sünde und euer Gericht ist das Schwert.«

Alsbald treten auch Weiber vor und tragen eine sieghafte Miene zur Schau. »Weiser du!«, rufen sie. »Wir haben keine Rechte, so haben wir wohl auch keine Pflichten? Sprich!«

Und der Prophet spricht: »Die Rechte nehmet ihr euch selbst und die Pflichten werden euch gegeben. Des Weibes Gebot ist: Du sollst nicht ehebrechen!«

»Und was sagst du zu den Männern?«, fragen jene.

»Die Männer haben außer diesem noch viele Gebote. Ihr solltet ihnen nicht nachstellen mit den Formen des Fleisches, denn sie haben wichtigere Dinge zu lösen auf Erden, als das Weib zufrieden zu machen. Ihr solltet sie nicht locken mit der Farbe eurer Wangen, nicht mit dem Netze eurer Haare, nicht mit der Fülle eurer Brüste. Ihr solltet der Männer Augen nicht auf euch ziehen durch buntes Gewand und gleißendes Geschmeide. Ihr sollet nicht schillern wie die Tauben, da ihr doch falsch wie die Schlangen seid.«

Des sind die Weiber erbost, und suchen ihm Fallstricke zu legen. Daher lächeln sie süß und fragen: »Dein weises Wort, o Prophet, geht wohl nur die Frauen des Volkes an. Die Frauen der Könige sind ausgenommen?«

Da spricht der Rufer: »Die Frauen der Könige sind nicht aus anderem Stoffe als das Bettelweib, das aussätzig an der Straße liegt. Nie und nimmer sind sie ausgenommen. Die Frauen der Könige sind gesehen von aller Welt, sie müssen das Gesetz doppelt und dreifach strenge befolgen. Wenn aber Herodes seine rechtmäßige Frau, des arabischen Königs Tochter, verstößt und mit seines Bruders Weib offene Blutschande treibt, dann schlage sie der höllische Engel!«

»Ihr habt alles gehört«, sagen die Weiber und wenden sich der Versammlung zu. Dann ziehen sie den Saum ihres Kleides empor, weit über die Knöchel, steigen in den Fluss, dort wo er seicht ist, entblößen ihre braunen Nacken, um sich von dem wilden Rufer begießen zu lassen. Viel mannbar Volk drängt sich herbei, der Prophet aber reißt von der Zeder einen Zweig ab und treibt die heuchlerischen Büßerinnen zurück. Einige freuen sich des, dass die Sünde über diesen heiligen Mann keine Gewalt habe.

Hernach haben sie einen Greis zu ihm gesandt, um zu fragen, wer er denn eigentlich sei. »Bist du der Messias, den wir erwarten?«

»Der Messias bin ich nicht«, antwortet der Rufer. »Aber er kommt nach mir. Ich fege nur seinen Weg, wie der Morgenwind, bevor die Sonne aufgeht. Um so viel, als der Himmel höher ist als die Erde, wird er größer sein, als ich bin. Mein Gebet ist, dass ich würdig werde, auch nur seinen Fußriemen zu lösen. Ich besprenge euer Haupt mit Wasser, er wird es mit Feuer besprengen. Er wird euch sondern nach dem, ob ihr guten oder bösen Willens seid. Mit der Wurfschaufel wird er den Weizen legen in die Scheuer und den Spreu verbrennen. Bereitet euch, das Reich Gottes ist näher, als ihr glaubt.«

Die Menge wird unruhig. Über den Bergen von Galiläa steigen Wolken auf, deren Ränder wie Silber schimmern. Die Luft liegt wie eine Last über dem Tale des Jordan und in den Zedern regt sich kein Ast. Die Fremden aus Samaria und Judäa kennen ihn nicht, den Menschen, der zwischen Steinen herabgestiegen ist und jetzt hinschreitet gegen den Rufer. Er trägt einen Rock aus blauer Wolle, der niedergeht bis über die Knie, sodass man die Füße mit den Sandalen sieht. Für einen Handwerksmann hätte man ihn halten können, wäre sein Haupt mit der hohen, blassen Stirn und den schweren Lockenwellen nicht so königlich gewesen. An der Oberlippe sprosst zarter Bart und sein großes dunkelblaues Auge hat ein so wundersames Leuchten, dass mancher fast davor erschrickt. Und sie fragen sich untereinander: »Wer ist der, mit dem Feueraug?«

So ist dieser Mensch hingeschritten zum Propheten. Die eine Hand gleitet hinab, die andere hält er auf der Brust. Leise sagt er: »Joanes, auch über mein Haupt gieße Wasser!«

Der Prophet blickt dem jugendlichen Mann ins Gesicht und erschrickt. Zwei Schritte tritt er zurück – sie wissen nicht warum. Weiß es er selbst?

»Du?!«, spricht er fast tonlos. »Du willst von mir das Zeichen der Buße empfangen?«

»Ich will Buße tun – für sie alle. Beginne mit Wasser, was mit Blut vollendet wird.« So glauben sie gehört zu haben. Eine nie gesehene Vergeistigung ist in dem Menschen, der so spricht. »Es ist ein Traumwandler! Es ist ein Verzückter!«, so flüstern die Leute zueinander.

»Nein, so ist er nicht, so ist er nicht!«, eifern andere.

»Hat er nicht von Blut gesprochen?«

»Wahrscheinlich. Ein so junges Blut und schon Buße tun!«

»Dabei stolz wie ein Römer.«

»Mit dem Glutauge des Arabers!«

»In Anbetracht seines Haares möchte man ihn eher für einen Germanen halten.«

»Das ist kein Römer und kein Araber und kein Germane«, ruft jemand lachend aus, »das ist der Zimmermann von Nazareth.«

»Derselbe, der aus Wasser Wein macht?«

»Dann glaube ich's, dass er sich so gerne mit Wasser begießen lässt.«

»Über den wäre manches zu sagen. Man weiß viel.«

»Es heißt, dass dieses Menschen wegen der herodianische Kindermord geschehen sei.«

Wie die Menge das hört, wird sie still und betrachtet den Ankömmling mit einer Art von Ehrfurcht. Für den Messias-König hat ihn der alte Herodes gehalten …!

Ein Hauch von Andacht streicht durch das Volk. Denn Jesus steigt in den Fluss. Der Prophet taucht seine Schale in das Wasser und gießt sie aus über sein leicht geneigtes Haupt. Die Ränder der Wolken, die am Himmel stehen, leuchten in Purpur des Abends. Die Augen des Volkes richten sich jetzt nach einem weißen Punkte, der in der Scheibe klaren Himmels steht, zuerst wie ein Blütenflöckchen, dann wie ein zuckendes Fähnchen. Eine Taube ist's, die niederwärts schwebt und im Kreise fliegt über dem Haupte dessen, der getauft wird.

»Mein vielgeliebter Sohn …!«

Die Leute flüstern zueinander: »Wessen ist die Stimme, die da gesprochen: Mein vielgeliebter Sohn?«

»Meint sie nicht den, der eben mit Wasser begossen worden?«

Vielen geht ein Schauer durch den Leib. Das ist ja gerade, als ob er von dem unsichtbaren Gott den Menschen vorgestellt worden wäre!

»Wir wollen ihn selbst fragen, wessen Sohn er ist«, sagen sie und drängen vor gegen den Fluss. Da ist er fortgegangen und über dem Flusse liegt die Wüstenabenddämmerung.

In derselben Nacht sitzt zu Nazareth in ihrer Kammer Maria und näht. Oft schaut sie zum Fenster hinaus, denn sie will nicht schlafen gehen, bevor Jesus kommt. Als er vor zwei Tagen zur Tür hinausgeschritten, hat er sich noch einmal umgewendet zu ihr, sie angeblickt und gesagt: »Mutter, ich gehe zum Vater.«

Sie hat gedacht, er wolle zur Begräbnisstätte hinübergehen, um an Josephs Grab zu beten, wie er es schon oft getan. Denn die Totenstätte ist sehr einsam. Als er nun nicht heimkommt, nicht am ersten und nicht am zweiten Tage, da wird ihr bange. Also hat sie die ganze Nacht gewartet.

Am nächsten Morgen ist es schon laut im Städtchen: »Den Zimmermann hat man beim Rufer gesehen. Er hat sich taufen lassen!«

»Das ist ihm ähnlich. Ein Schwärmer gesellt sich zum andern.«

»Sage doch klüger, zum falschen Propheten. Denn was ist es anders, wenn ein Mensch vorgibt, mit einer Handvoll Wasser Sünden abwaschen zu können?«

Darauf ein sidonischer Eseltreiber, der die Straße gekommen: »Das ist es ja! So weit kommt ihr Israeliten mit euren Waschungen. Das wäre bequem.«

»Ach, was man doch jetzt für Dinge hört. Alles weist auf den baldigen Untergang der Welt.«

»Du«, zischelt dem einer ins Ohr, »ich gestehe dir offen, es wäre kein Schade darum.«

»Auch den Johannes hat's ergriffen. Wisset, was er immer ruft?«

»Der junge Zimmermann, sein Lehrling? Der hat nie etwas Brauchbares gesagt.«

»Wisset, was er jetzt ruft? Er schreitet die Gasse entlang, sein Haar fliegt im Winde. Er breitet die Hände aus und redet immer vor sich hin: ›Das Wort ist Fleisch geworden.‹«

Sie schütteln ihre Köpfe. Maria aber sitzt am Fenster und schaut hinaus.

————

Nur eine kurze Weile nach diesen Tagen, und an den Jordan kommen zwei Söldner, nicht um sich mit Wasser begießen zu lassen, sondern um den Wüstenprediger gefangen zu nehmen und nach Jerusalem zu führen zu dem Fürsten Herodes. Dieser empfängt ihn mit Höflichkeit und spricht: »Ich habe dich zu mir beschieden, weil sie sagen, dass du der Rufer seiest.«

»Sie nennen mich den Rufer und den Täufer.«

»Auch ich will dich hören. Und zwar, dass du widerlegst, was deine Feinde gegen dich gesagt haben.«

»Waren es bloß Feinde, so werden sie leicht zu widerlegen sein.«

»Sie sagen, dass du mein königliches Haus beschimpft hättest. Du sollst gesagt haben, dass der Fürst mit seines Bruders Weib in Schande lebe. Hast du es gesagt?«

»Ich leugne es nicht.«

»Du bist gekommen, um das zu widerrufen.«

»Herr«, sagt der Prophet, »ich bin gekommen, um es zu wiederholen. Du lebst mit deines Bruders Weib in Blutschande. Wisse, das gerechte

Reich kommt. Es kommt mit seiner Gnade und es kommt mit seinem Gerichte. Entsage diesem Weibe!«

Herodes wird blass vor Zorn, dass ein Mensch aus niedrigem Volke so zu ihm redet. Königliche Ohren vertragen das nicht, er lässt den Rufer ins Gefängnis führen.

Aber in der nächsten Nacht hat der Fürst einen schweren Traum. Er sieht von den Zinnen der Königsstadt Stein um Stein in den Abgrund stürzen, er sieht Flammen brechen aus Palast und Tempel und der Sturm eines grenzenlosen Wehklagens heult durch die Luft. Als er erwacht, kommen ihm die Worte zu Sinne: Ihr, die ihr Propheten steinigt! – Da ist er entschlossen, den Rufer freizulassen.

Nun ist es zur Zeit, dass Herodes seinen Geburtstag begeht. Obschon morgenländische Weise einst geraten, den Geburtstag mit Trauer zu begehen, so hat dazu gerade ein Fürst keine Ursache. Herodes gibt zu Ehren des Tages ein Fest, zu welchem er die Vornehmsten des Reiches ladet, um ihnen allerlei Lustbarkeiten zu geben, und sich von ihnen huldigen zu lassen. Er ergötzt sich auf das Königlichste, denn es ist Frau Herodias, seines Bruders Gattin, anwesend und deren Töchterlein, welches so reizvoll aufblüht, als die Mutter ist. Der Reigen, den es vor seinen Augen tanzt, zeigt den geschmeidigsten Gliederwuchs, der vom weichen Kleide, das lose mit goldenen Spangen an den Leib geheftet, neidlos preisgegeben ist. Also tritt im Festrausche der Fürst jugendlichen Mutes zum Mädchen, legt seinen Arm, von dem der Purpurmantel zurückfällt, sodass er nackt ist, um ihren warmen Nacken, hält ihr einen Becher Weines an die Lippen und will, dass sie trinke. Sie lächelt, trinkt aber nicht, sondern sagt: »Mein König und Herr! Wenn ich jetzt tränke aus deinem Becher, so würdest du trinken an meinen Lippen. Diese unversehrten Rosen aber sind meinem Bräutigam zu eigen.«

»Wer ist der Mensch, der sich erkühnt, glücklicher zu sein als der König?«, fragt Herodes.

»Ich kenne ihn noch nicht« flüstert das Mädchen. »Es ist derselbe, der mir die seltenste Morgengabe reichen wird –«

»Und wenn das Herodes ist?«

Das Mädchen hebt sein mandelrundes Auge zum Fürsten und schweigt. Vor dem lustsüßen Glanze dieses Auges vergehen ihm fast die Sinne. »Entzücken, du!«, flüstert er. »Verlange von mir, was du willst!«

Nun ist die Schöne aber vorbereitet von ihrer Mutter, die sich rächen will an Joanes, dessen Bußruf den König-Geliebten von ihr reißen möchte. Das Töchterlein haucht also die Worte: »Ein Gericht an deiner Tafel, o König!«

»Ein Speisegericht? Sprich klarer!«

»In goldener Schüssel ein seltenes Gericht lass deine Morgengabe sein.«

»Ich weiß nicht, was du willst.«

»– – – Das Haupt des Rufers.«

Der König begreift, wendet sich ab und sagt: »Grausamkeit, dein Name ist Weib.«

Da weint sie und wimmert unter Schluchzen: »Ich habe es ja gewusst. Nichts als eine Blume des Feldes ist dir das Weib. Du brichst sie, dass sie Heu werde. Und ist sie Heu, dann kommen die Esel. Diesen Menschen, der dich und meine Mutter tödlich hat beschimpft, du liebst ihn mehr als mich.«

»Nimmermehr! Was du verlangst, soll geschehen, wenn er des Todes schuldig ist.«

»Wann ist der, den der König liebt, des Todes schuldig!«, stöhnt das Mädchen und sinkt in Ohnmacht.

Er fängt es auf, zieht es zu seiner Brust heran – und was ihre Worte nicht vermocht, das hat diese Berührung getan – sie kostet dein Rufer das Leben.

Die Mahlzeit hat schwere Pracht. Aus allen Provinzen das Beste ist da an Leckerbissen und perlendem Wein. An marmornen Pfeilern stehen Harfenspieler und preisen in Gesängen den König. Herodes sitzt zwischen den beiden Frauengestalten und hat um die Stirn einen Kranz von roten Rosen. Er trinkt viel vom Weine und so hastig, dass der perlende Trank niedertrieft von seinem langen, dünnen Barte. Bangt er vor dem letzten Gerichte? – – Um Mitternacht erscheint es. Mit weißem Tuche ist es verhüllt, nur der Schüssel kunstreich geschmiedeter Rand steht hervor. Herodes schauert zusammen und winkt das Gericht dem jungen Weibe zu, das zu seiner Linken sitzt. Mit hastigem Griffe schlägt dieses das Tuch zurück, und siehe! In der Schüssel liegt eines Mannes Haupt mit schwarzem Haar und Bart im Blute, das aus dem Halse noch rinnt. Offenen Auges starrt es auf das Weib hin, welches wollüstigen Grauens voll sich an den Fürsten schmiegt. Da öffnet sich des Hauptes Mund und spricht die Worte: »Gottes Reich ist nahe!«

Entsetzen und Aufruhr: »Wer hat das gewagt?«, rufen mehrere Stimmen. »Es ist des Rufers Haupt, das im Tode noch ruft!«

Da erhebt sich ein Aufruhr im ganzen Palaste, denn dieser Gräuel ist der unerhörteste von allem, was im goldenen Hause je geschehen. Lange verhaltene Wut plötzlich entfacht – so brandet es durch die Stadt, so rasen die Jerusalemiten. Die Frauen werden von Herodes Seite gerissen und auf die Gasse geschleudert zum Hohne des Pöbels. Der Fürst muss fliehen. – Weiter berichtet die Mär, dass er auf seiner Flucht in die Hände des Araberkönigs gefallen ist, der seine verstoßene Tochter schrecklich gerächt hat.

Also haben aus dem Hause Herodes Ruchlose sich vergriffen an dem Zeugen dessen, der nun erscheinen wird.

Jesus war, nachdem die Taufe vollzogen, dahingewandelt am Ufer des Jordan, lange und lange – an eine Zeit hat er nicht gedacht. Dann ist er die Steinberge hinan gestiegen, und als in der Dämmerung sein Auge zu sich kommt und Umschau hält, siehe, da ist er in der Wüste. Die Offenbarung bei der Taufe hat ihn der Erde entrückt. Im geheimnisvollen Gesichte ist der neue Weg betreten, den er verlangt hat zu wandeln. Welch ein Ewigkeitsfrieden um ihn! – Doch er ist im kahlen Gestein nicht allein; nie im Leben so wenig einsam ist er gewesen, als hier in den nächtigen Schauern der Wüste. Ein großes Schweigen redet. Die Sterne am Himmel funkeln und funkeln und scheinen immer noch heftiger zu brennen, je länger sein Auge an ihnen haftet. Mählich niederwärts scheinen sie zu sinken und Sonnen zu werden, und immer neue Legionen rücken nach aus dem Hintergrunde, und immer fliegen sie heran, die großen und die kleinen und die kleinsten, und immer quellen neue hervor aus der Unendlichkeit – ein unversiegbarer Lichtquell vom Himmel!

Jesus steht aufrecht. Und wie er sein Antlitz emporwendet, da ist es, als sei dieses Auge der Brennpunkt alles Lichtes ...

So hat er der Welt vergessen und ist in der Wüste geblieben. Von Tag zu Tag tiefer geht er hinein, vorüber an Abgründen und heulenden Tieren. Die Steine ritzen seine Füße, er merkt es nicht; die Schlangen stechen in seine Ferse, er merkt es nicht. Welcher Quell ihm Nahrung, welcher Felsenspalt ihm Obdach gegeben – wesenlos ist es für den, der in Gott lebt. – Sonst hat er die Welt und ihre Mächte für harte Herren gehalten, und jetzt dünken sie ihm nichts zu sein, denn mit und in ihm ist die ewige Kraft. Der alte, aus der Judenseele hervorgegangene Jehova ist es nicht mehr; es ist der Allumfasser, der Himmel und Erde in seiner Hand trägt, der die Menschenkinder ruft: Kommet wieder! – und der zu jedem Samenkörnlein sich niederbeugt, um es zu wecken. *Gottes* ist er sich bewusst geworden; wem kann da noch etwas widerfahren!

Eines Tages ist er zwischen den Steinwuchten hinabgestiegen zur Küste des Toten Meeres, das schwarz und still dahinliegt und nur am Strande in weiß kräuselndem Schäumen aufschlägt. Weithin verliert die Wasserfläche sich in ein Dunkel, das schwer und schwül die Ferne zudeckt. Am Strande hier ragen zerklüftete Felskloben auf, ihre Hochzinnen glühen so rot wie Eisen in der Esse. Es ist der Abendsonnenschein. Wie Riesenfackeln stehen diese Türme auf, und von ihnen kommt ein rosiger Schein herab auf den kahlen Steinschutt, an dem die Wasser lecken. Vom Gewande nieder ist seit viel Tausend Jahren der feine gelbe Sand gerieselt, wie er nun am Strand in großen, steil absinkenden Feldern liegt. Es ist wie trockner, lockerer Steinschnee, und Jesus, der darüber hin schreitet, hinterlässt die Spuren des Fußes. Der nächste Windstoß verweht sie, wirbelt den Steinschnee auf und fegt die schwarzen Risse kahl. In diesen steilen Sandfeldern, wie sie, von Felskanten unterbrochen, ins Endlose sich hin dehnen, kann man verrutschen und versinken. Siehe die Knochen, die hier und dort hervorstehen, verendeter Tiere Rest, aber auch Gebein und Schädel von Menschen, die etwa als Einsiedler verschmachtet oder dem Löwen zum Raub geworden sind. Solche Schädel mit fletschenden Zähnen mahnen den Wanderer zur Umkehr, wenn er sein Leben lieb hat. Hier ist Tod! – Jesus legt seine Hände über die Brust. Hier ist Leben! Je größer die Einsamkeit, je lebhafter die Nähe Gottes.

Lieber als am Strande ist Jesus auf den Felsenhöhen, wo man die weiten Himmel sieht und die Wolken, die wie heimatlose Völker ziehen und sacht vergehen.

In solcher Steinwüste begegnet ihm eines Tages ein arabischer Häuptling. Ein reckenhafter Mann in dunklem Beduinenmantel, mit grauem Bartwust und einer stampfen Nase im knöchernen Gesicht. Aus den bebuschten Augenhöhlen lauern ein paar unstete Funken. Sein Gürtel strotzt von Waffen, auf seinem Haupt liegt ein eiserner Reifen, der die wüste Mähne zusammenhält. Nicht ohne Wohlgefallen blickt dieser Mann auf den jungen Einsiedler und nennt ihn einen Wurm, der wohl bitten werde, dass man ihn gnädig zertrete. Außer er wolle dem Wüstenkönig zuschwören oder im heißen Gestein verdorren.

Jesus beachtet die rohe Rede kaum. Er sieht in dem Fremdling nur einen Menschen, dem er am liebsten seiner Seele Seligkeit hätte ins Gesicht jauchzen mögen. So voller Liebe, dass er sie allein nicht tragen kann. Nun sagt er: »Ich bin kein Wurm, den man zertritt, ich bin der Menschensohn, der euch das neue Reich bringt.«

»Ah, der Messias! Der Jesus aus Nazareth, nicht wahr? Habe schon von dir gehört. Wo hast du deine Soldaten?«

»Ich werde nicht mit dem Schwerte siegen, sondern mit dem Geiste.«

Der Wüstenmensch schüttelt spottend das Haupt.

»Der will mit dem Geiste siegen! – Aber ich will es nicht verachten. Du bist ein Wortgewaltiger, das ist auch etwas. Höre, Menschensohn, du gefällst mir. Ich will auch das neue Reich, wir sollten zusammengehen.«

Darauf sagt Jesus: »Mit mir gehe, wer will. Ich gehe mit keinem.«

»Freund, kennst du mich nicht?«, fragt der Fremdling. »Ich bin Barab, der Wüstenkönig. Dreitausend Araber folgen meinem Wink. Siehe hinab in dieses Tal. Das ist der Schlüssel zum Messiasreiche!«

Was der Häuptling den Schlüssel zum Messiasreiche nennt, das ist eine Heerschar, die dort in der Ebene ausgebreitet liegt als ein dunkler, weit über die Wüste gebreiteter Fleck, in dem es sich regt und bewegt, wie in einem Ameisenhaufen. Der Häuptling weist darauf hinab und sagt: »Siehe, das ist mein Arm. Aber ich werde nicht siegen mit diesem Arm und du wirst nicht siegen mit deinem Wort. Denn mir fehlt zum Arm das Wort und dir zum Wort der Arm. Mir fehlt der Prophet und dir das Heer. Der König mit dem Sprecher, und wir nehmen Jerusalem! Wisse, ich habe mich verrechnet. Viele Jahre lang ist mein Wähnen gewesen, alle Kraft läge im Körper. So habe ich ihnen die Leiber gefüttert, beständig gepflegt und gefüttert, auf dass sie stark werden sollten. Aber anstatt stark und verwegen zu werden, sind sie feist und feige geworden. Und als ich mit diesem Heer nun aus der Wüste ziehen will, um das Judenland von den Römern zu befreien, da lachen sie mir ins Gesicht und antworten mit dem, was ich selbst sie einst gelehrt: Wir haben nur dieses Leben, nur dieses eine einzige Leben, und das wollen wir nicht mehr auf das Spiel setzen. Und wenn ich frage: Auch für die Freiheit nicht? – so sagen sie: Auch für die Freiheit nicht, weil wir von der Freiheit nichts haben, wenn wir totgeschlagen sind. Träge Bestien sind es, denen die Begeisterung abgeht. Mensch, und nun find ich dich. Du bist ein Meister des Wortes und sagst, man siege mit dem Geist. Komm mit! Steige mit mir hinab und entflamme sie! Unser sind Legionen, unsere Waffen sind stark – nichts fehlt als der Feuergeist, und der bist du. Der König mit dem Eiferer, anders ist noch kein Reich erobert worden. Steige mit mir hinab, sage, du seiest der Prophet, sporne sie an gegen Jerusalem und rufe: Gott will es! Brennen sie erst, dann fahren sie hin wie der Satan, erwürgen die Fremden, und du lehrest in Salomons Tempel den Messias. Lehrest, dass er komme, oder bist es selbst, wie du willst. Dann hast du's erlangt, kannst dein Reich aufrichten und wie einem Gott liegt dir der Welt Herrlichkeit zu Füßen. – Komm Prophet, gib mir das Wort, ich gebe dir das Schwert!«

»Verscheuche dich, höllischer Versucher!«, ruft Jesus aus, seinem Auge entfährt ein Strahl, den der andere nicht verträgt. –

Und dann ist Jesus wieder allein zwischen stillen Felsen, unter dem freien Himmel.

Da jedoch unter diesem heiligen Wüstenhimmel, wo der Vater zu ihm herabgestiegen, sein Geist ganz frei geworden ist, und sein Herz immer lebendiger, glühend vor Liebe – so hat es sich vollzogen. Er verlässt die Wüste und geht hinaus in das fruchtbare Land zu den Menschen. Groß und licht steht es vor ihm, was seines Amtes ist auf Erden.

———————

Im Osten von Nazareth, wo das Land sachte abfällt und zwischen Bergen und lieblichen Gefilden trautsame Ortschaften liegen, breitet sich der See Genezareth, auch genannt das Galiläische Meer. Die Steinberge von Naphtali, die stellenweise steil aus dem Ufer aufsteigen, sollen zur Zeit Davids noch üppig bewachsen gewesen sein. Allmählich, als fremde Kultur die Berge kahl geleckt, war die Fruchtbarkeit herabgesunken auf die Hügel und in die Täler.

Unweit dort, wo der Jordan in den See fließt, zur Linken des Flusses, unter der Sandhöhe von Bethsaida, prangt hart am Ufer des Sees ein Wäldchen von Zedern, dessen Samen einst herabgeflogen sein mögen vom Libanon. An einen der Stämme gebunden, im Schatten auf schwarzem Wasser sich wiegend, ein Fischerkahn. An morschenden Stellen ist er mit Seegras verstopft, die Balken sind mit Olivenzweigen aneinander gebunden. Zwei aufragende, gekreuzte Stangen sind bestimmt für das Segel, das jetzt im Schifflein ausgebreitet liegt, weil der Schiffer darauf schläft. Dieses braune Getriebe aus Kamelhaar ist des Mannes treueste Habe. Fährt er auf dem Wasser, so ist es sein Windfänger, geht er über Land, so ist es sein Mantel, ruht er, so ist es sein Bett.

Ein Zedernzweig hat dem kleinen, ältlichen Mann mit dem Lockenschöpfchen auf der Stirnglatze so lange ins Gesicht gestichelt, bis er aufgewacht ist. Da sieht er auf den Sandsteinen ein junges Weib sitzen. Sie will mit ihrem runden Körbchen davoneilen, da ruft ihr der Fischer lebhaft zu: »Siehe da, Beka, Tochter des Manassus; wohin tragen dich deine elfenbeinweißen Füße?«

»Meine Füße sind geradeso braun wie die deinen«, antwortet Beka. »Lass dein Spotten nur sein, Simon.«

»Was soll ich spotten, du bist Fischerkind wie ich. Nur trägst du mir zu schwer an deinem Korbe.«

»Ich trage meinem Vater das Essen hinüber.«

»Manassus hat heute einen guten Fang getan. Siehe, dort hinter den Palmen von Hium steigt Rauch auf. Er brät sich Fische. Ich aber habe seit gestern um die sechste Stunde nichts mehr gegessen.«

»Ich glaube es wohl, Simon. Die Fische des Sees von Genezareth schwimmen keinem gebraten in den Mund. Wer wie ein Kind in der Schaukel liegt und die Götter sorgen lässt –!«

Simon ist aufgestanden und steht, mit weit ausgespreiteten Beinen das Gleichgewicht wahrend, auf dem schaukelnden Kahn. »Beka«, sagt er, »lass die Götter sein, die sättigen uns nicht, sie essen den Menschen das Beste selber weg.«

»So halte dich an den einen Gott, der die Vögel speist.«

»Und die Juden unter die Römer wirft. Nein, der Jehova steht mir auch nicht an. So bin ich verlassen und stehe allein wie ein schwankes Rohr.«

»Kann ich dafür, dass du allein stehst?«, fragt Manassus Tochter. »Gibt es nicht Töchter in Galiläa, die auch so allein stehen?«

»Beka, mich freut es, dass du so redest«, antwortet der Fischer. »Aber wie könnte Simon ins Reine kommen mit zweien, dreien und mehreren, die da sind und werden zwischen Himmel und Erde, solange er mit sich selbst nicht im Reinen ist? Siehe, und so freut mich auch kein Fischen mehr. Alles ist mir leidig. Oft, wenn ich so daliege und ins Blaue schaue, da fällt mir ein: Wenn jetzt ein Sturm käme und den Kahn hinausjagte auf die hohe See – ins wilde, finstere Grausen hinein, Simon, da wolltest du liegen bleiben und die Arme weit ausbreiten: Götter oder Gott, machet mit mir, was ihr wollt!«

»Lass ein solches Reden, Simon! Der Herr lässt mit sich nicht spaßen. Da nimm!«

So spricht Beka und reicht ihm aus ihrem Korb eine schwellende Weintraube.

Er nimmt sie und sagt zu Dank: »Beka, heute übers Jahr wirst du einen haben, der in dir das süß finden wird, was ich vergeblich bei den Propheten suche.«

Da geht sie brennenden Fußes weg und dem bläulichen Rauche zu, der aufsteigt hinter den Palmen von Hium.

Es ist kein Wunder, dass ihr der Fischer lange nachblickt. Findet er sich gleichwohl bei Menschen nicht heimlich, weil sie keine Tiefe haben für das, was seinen Geist beschäftigt, so spürt er doch eine trostlose Öde, wenn er allein ist. Von der Erde sieht er sich unverstanden, vom Himmel verlassen. Vor den Elementen fürchtet er sich und die Schrift beruhigt ihn nicht. Dann wirft der kleine Mann sich auf sein Angesicht, senkt seine Hand in das Wasser des Sees, und benetzt damit seine Stirn. Dann setzt er sich auf seine Kahnbank zurecht, um das süße Geschenk der Beka zu verzehren.

In demselben Augenblick knistert am Ufer der Sand und ein schlanker Mann mit Reisestock und langem, braunem Mantel tritt heran. Sein schwarzer Bart geht bis an die Brust, wo ein Strick das Kleid zusammenhält; seine hohe Stirn wird durch die breite Decke eines Hutes beschattet, das Auge richtet sich auf den Fischer im Kahn.

»Schiffer, bist du bereit, drei Männer über den See zu fahren?«

»Der See ist groß«, antwortet Simon, auf die Gebrechlichkeit des Fahrzeuges hinweisend.

»Die Männer wollen heute noch nach Magdala.«

»Dann geht die Straße über Bethsaida und Kapernaum.«

»Die Männer sind müde«, spricht der andere. »Sie sind gewandert von der Wüste her, dann über Nazareth, Kana und Chorazin auf weitem Umweg.«

»Bist du einer von ihnen?«, fragt Simon. »Ich sollte dich ja kennen. Haben wir nicht zusammen den Fischzug von Hamath mitgemacht?«

»Es wird wohl so sein, dass wir uns kennen«, sagt der andere ein wenig schalkhaft. Denn sie kennen sich freilich recht gut. Simon ist nur so sonderbar geworden.

Jetzt sagt er: »So euch wirklich gedient ist, fahre ich gerne. Dass mein Schiff schlecht ist, siehst du selbst. Du bist auch erschöpft, Freund, du bist weit gewandert, ich bin im Schatten gelegen den ganzen Tag. Ich habe nicht verdient, etwas zu genießen. Darf ich dir die Traube geben?«

Der Schwarzbärtige beugt sich vor, nimmt die Traube und verschwindet hinter den Zypressen.

Er geht einer schattigen Stelle zu, wo zwei andere Männer sind, beide in langen dunklen Wollenkleidern. Der eine ist noch gar jung und hat ein fast frauenhaft zartes Gesicht mit langem Haar. Er ruht hingestreckt auf dem Rasen, neben am Felsen lehnt sein Wanderstab. – Der andere sitzt aufrecht. Wir kennen ihn. Es ist Jesus, der Zimmermann aus Nazareth. Von der Wüste her ist er durch Judäa und Galiläa gezogen, wo sich ihm verwandte Gesinnungsgenossen angeschlossen haben, ein Kahner namens Jakobus und sein früherer Lehrling Johannes. – Nun stützt er das Haupt auf die Hand, während die andere Hand wie schützend auf dem Scheitel des schlummernden Johannes ruht.

Der Langbärtige kommt rasch herbeigeeilt und ruft lebhaft: »Meister, hier habe ich für dich eine Traube erhalten!«

Der Angesprochene deutet auf den schlafenden Jüngling, dass er durch laute Worte nicht geweckt werde. Dann sagt er leise: »Jakobus! Soll ich dir die Lüge verzeihen der Wohltat willen, die du an mir zu üben gedenkst? Wer weiß von mir? Die Traube ist dir geschenkt worden.«

»So will ich sie auch genießen«, versetzt Jakobus, »gestatte nur, dass ich sie genieße, wie sie mir am besten schmeckt.«

»Tue das!«

»Mir schmeckt sie am besten, wenn ich sehe, dass du dich daran labest.«

Jesus nimmt die Gabe an und spricht: »Wenn wir, mein lieber Jakobus, uns beide daran sättigen, was bleibt für den armen Johannes? Wir sind die Abgehärteten, er ist der Mühsal noch ungewohnt. Ich glaube, dass es von uns dreien jedem am besten bekommt, wenn Johannes die Traube isst.«

Weil der Langbärtige dagegen nichts einwendet, so hat Johannes nach seinem Erwachen die Traube bekommen. Jakobus berichtet von der Bereitwilligkeit des Fischers, so treten sie hin ans Ufer und steigen in den Kahn.

Simon betrachtet die müden Fremden mit Teilnahme und greift frisch zu den Rudern. Die Wellen plätschern und das Fahrzeug gleitet schaukelnd auf dem weiten Wasser, an dem gegen die Mittagsseite hin kein Rand und kein Ende zu schauen ist. Wie die beiden zum Meister reden, denkt er: Ein Rabbite, und sie sind seine Schüler geworden. Auf des Meisters Frage nach seinem Leben und Gewerbe antwortet der Fischer mit Ehrerbietung und setzt nicht ohne Absicht bei, dass er sich eines allzu großen Glückes nicht zu beklagen hätte, da er manchmal tage- und nächtelang fische, ohne etwas zu fangen, ein Erfolg, den er auch erreiche, wenn er im Kahne liege und sich schaukeln lasse.

Der Meister fragt ihn lächelnd, was er wohl etwa zum Menschenfischen sage.

»Weiß nicht, wie das gemeint ist.«

»Du hast ja schon drei in deinem Netz!«, sagt Jakobus im heiteren Tone.

»Davor bewahre mich Gott«, ruft der Fischer, »den wir heute noch um Schutz werden bitten müssen. Seht ihr, dort über den Bergen von Hium tut sich etwas zusammen. Das ist jetzt so schön blau, dass man meint, es wäre sonniger Himmel. Aber die weißen Ränder, die weißen Ränder! In einer Stunde fährt ein anderer!«

»Hisse die Segel, Fischer, und hole aus!«, sagt Jakobus. »Ich verstehe auch was von dem Handwerk.«

»Dann würdest du heute nicht sagen: Hisse die Segel!«, spricht Simon.

»Höre«, sagt Jakobus, »du kennst den Fluss, der aus dem Gebirge von Golan den schwarzen Sand und die roten Fischlein mit den spitzen Köpfen herabträgt an diesen See. An jenem Fluss hat meine Hütte gestanden, du solltest es wohl wissen.«

»Steht sie denn nicht mehr dort?«, fragt Simon.

»Sie steht noch, aber sie gehört nicht mehr mein«, sagt Jakobus. »Ich habe sie verlassen, um dem Meister zu folgen. – Kennst du ihn, Simon?«

Die letzten Worte hatte er hinter dem Rücken des Meisters geflüstert. Dieser sitzt schweigsam auf dem Brette und blickt hinaus auf die stille Wasserfläche. Die Rast scheint ihm wohlzutun, das Lüftchen weht gelinde um seine Locken. Johannes hat vorher wegen der Sonnenstrahlen aus dem Tuche eine Art von Turban gewunden und ihn sich um den Kopf geschlungen. Wohlgefällig schaut er diese Vermummung im Wasserspiegel.

»Für wen hältst du ihn?«, fragt Jakobus, auf Jesus deutend.

Und der Fischer antwortet: »Für wen hältst du *den*?« Er zeigt mit dem Finger ins Weite, er sieht den Sturm. Die Berge sind eingehüllt in graue Nebel, die, von Blitzen durchzuckt, heranwogen. Vor ihnen her wälzen sich die Gischtschlangen des Wassers, in weißen Kämmen spritzend. Ein Windstoß prallt an das Fahrzeug, und aus den Tiefen hervor beginnen die Wasser zu stoßen, sodass der Kahn wie ein Stück Holz hin und her geworfen wird. Weil Simon die Segel nicht gehisst hat, so braucht er sie jetzt nicht zu reffen. Schaumfetzen fliegen über die Segelstangen hin, die Balken ächzen. Nun wallt das Gewölk heran, vor sich her fegend die springenden, donnernden Wellen. Bald ist das Schifflein in der feuchten, wirbelnden Nacht, nur erhellt vom Geflacker der Blitze. Simon hat längst die Ruder losgelassen, die Arme ausgestreckt und ruft: »Jehova.« Die Antwort von oben sind Donnerschläge, da fällt der Fischer auf sein Angesicht und jammert: »Er hilft nicht, ich hab mir's ja gedacht.«

Jakobus und Johannes haben sich an den Meister geschmiegt und suchen den Traumversunkenen zu wecken.

»Was wollt ihr denn von mir?«

»Herr!«, ruft Jakobus. »Du bist so ganz bei deinem himmlischen Vater, dass du nicht siehst, wie schrecklich wir untergehen.«

»Ich habe es ja gedacht!«, wimmert Simon immer wieder.

Jesus blickt ihn ernst an und spricht: »Wenn du immer sagst: Ich habe es ja gedacht! – dann muss es freilich kommen. Denke doch lieber, dass Gottes Engel mit dir sind! Und du, Jakobus! Hast du dein Gottvertrauen auf dem festen Lande vergessen? Gestern am friedsamen Abend, als wir gesessen in der Herberge zu Chorazin, gesättigt und mit allem wohl versorgt, da hast du viel von Gottvertrauen gesprochen. In der Not vertraue.«

»O Meister, ich sehe nirgends Hilfe!«

»Lernet doch glauben, ohne zu sehen!«

Als er so gesprochen, blendet ein Blitz ihre Augen, und nach einer Weile, als sie wieder aufschauen, stößt sie zu Boden ein wilder Schreck. Der Meister ist nicht da! – Jetzt, da sie ihn nicht mehr sehen, rufen sie, schreien laut seinen Namen. Johannes nur ist ruhig und schaut in die Dunkelheit hinaus, befangen in einer Betäubung oder in einer Verzückung.

Der Gischt springt ihnen ins Gesicht, dass sie, fast betäubt, sich nur noch unwillkürlich festklammern an den wankenden Balken. »Leben oder sterben, ihn wollen wir nicht lassen«, sagt Jakobus. Aber der Meister ist dahin, als ob er nie gewesen wäre. – Mit dem Mute der Todesgefahr ergreifen sie neuerdings die Ruder und ringen mit dem Sturm. Der will seine Opfer nicht lassen. »Mit uns ist Gott!«, ruft Simon jäh und arbeitet mit seiner letzten Kraft. »Mit uns ist Gott!«, ruft Jakobus und stemmt das Ruder gewaltig in die Flut. – Nur Johannes rührt keinen Arm. Weit vorgebeugt über den Rand starrt er in die wilde, graue Unruhe hinaus. Dort im Nebel erblickt er einen lichten Kreis, in demselben erscheint eine Gestalt, die näher kommt, und siehe, auf dem Meere heran schreitet Jesus langsam dem Schiffe zu. Unter seinen Füßen glätten sich die Wogen, das Meer lichtet sich weithin, am fernen Ufer treten die Felstürme von Hipos hervor und hinter ihnen sinkt die Abendsonne nieder. – Jesus sitzt unter den Seinen und verweist ihnen mit gütigen Worten den Kleinmut.

»O wunderbar!«, ruft Jakobus aus. »Als du bei uns geweilt, sind wir kleingläubig gewesen, und als wir dich nicht gesehen, haben wir geglaubt.«

»Und euer Glaube hat geholfen«, sagt Jesus. Dann seine Hand auf die Achsel des Jüngers legend: »Was hat mein verzückter Johannes geträumt? Ich war nicht dort in den Nebeln, ich war mitten unter euch. Ich sage euch, Freunde: Blind ist, wer sieht, ohne zu glauben, und sehend ist, wer glaubt, ohne zu sehen.«

———————

Aus heiligem Dunkel hebt sich wieder ein irdischer Schein und zeigt mir das Leben zu Magdala am See. Dort geht es bewegt her. Fischer und Schiffer, Hirten und Handwerker aus der Stadt und Leute aus den umliegenden Ortschaften und Gebirgen sind zusammengekommen auf dem Platze, wo die Schiffe landen. Denn es ist die Mär verbreitet, dass der neue Prophet komme. Und so geht wieder der Menge klapperndes Gerede: Ein morgenländischer Magier sei es, der eine große Wunderkraft in sich trage und Kranke heilen könne. So habe sich zu Kapernaum eine ergötzliche Sache zugetragen. Wäre der Prophet dort gewesen und dem habe man einen gichtkranken Menschen auf dem Bette zugeschleppt, einen Bettler, der von seinen lahmen Beinen gelebt hat. Nun sei es, dass der Prophet keine Bettler leiden könne, die immer nur ihr Gebrechen zur Schau tragen, Armut heucheln, sich um nichts kümmern und doch gut leben wollen. Solchen soll der Prophet gerne das Bettlerwerkzeug wegnehmen, nämlich das Gebrechen, dass sie dann gezwungen sind zu arbeiten. Hat also den Gichtkranken geheilt und gesagt: »Jetzt geh und nimm dein Bett mit.« Und soll der Kranke gar verblüfft gewesen sein über die Wendung: Hin habe das Bett ihn getragen und zurück müsse er das Bett tragen.

Andere wollen wissen, der Prophet sei ein Ägypter und könne wahrsagen. Worauf jemand meint, wenn er nicht wahrsagen könnte, so wäre er kein Prophet.

»Beim Vater Abraham!«, ruft ein alter Fährmann aus. »Wenn die Propheten immer wahrgesagt hätten, wäre die Weltscheibe schon längst versunken und ertrunken im Meer! Ich kann auch wahrsagen: Wenn er kommt, so wird er da sein.«

»Dann wird er bald da sein«, lacht ein Fischerknabe, »denn er kommt schon.«

Ein Kahn schwankt heran, auf und nieder wuppt er und drinnen sitzen vier Männer.

»Welcher ist es?«

»Der mit dem schwarzen Bart.«

»Ei, füttere du Esel mit deinem Bescheid. Der mit dem Bart ist Jakobus, der Kahner vom Jordantal.«

»So ist es der mit der Glatze.«

»Aber Assam! Ihr werdet doch den Fischer Simon aus Bethsaida kennen, der allmonatlich einmal auf den hiesigen Markt kommt, um mit seinen Spottpreisen andern das Geschäft zu verderben.«

Als sie ans Land steigen, vermögen es die Fahrgenossen kaum, dem Meister den Weg zu bahnen durch das Gewühle. Die Leute sehen ihn und einige sind enttäuscht. Dieser Prophet ist ihnen nicht weit genug her. Wenn er's wirklich sein soll. Der Zimmermann aus Nazareth. Also doch! »Na, dann werden wir hübsch umsonst zusammengelaufen sein. Was er sagt, das wissen wir schon, und was er kann, das tut er nicht.«

»Er wird's schon tun. Dass in Kana auch getan. Wasserkrüge tragt herbei – lustig wird's heute.«

Immer lebhafter drängt die Menge heran, denn etliche sind weit hergekommen und wollen ihn in der Nähe sehen und auch sprechen hören.

Dazu nun hat sich gute Gelegenheit ergeben an diesem Abende. Es ist schon dunkel geworden; auf den Strandpfahl haben sie eine Pechfackel gesteckt, die gießt ein trübes rotes Licht über die wirbelnde Menge hin. Jesus will rasch voran und kann nicht. Ein verfolgtes Weib hat sich hingeworfen vor seine Füße. Ein junges Weib, das Haar aufgelöst, die Glieder zuckend vor Angst, so kniet es da und umschlingt seine Beine. Er neigt sich zu ihr nieder, will sie aufrichten, sie bleibt an seinen Füßen festgeklammert und kann sich nicht fassen. Jetzt heben sie an zu rufen: »Was will denn die Verführerin bei ihm, diese bethanische Schlange?«

Jesus legt seine Hand auf ihr Haupt. Er steht aufrecht und fragt laut: »Wer ist dieses Weib, dass ihr ein Recht haben wollet, sie zu beleidigen?«

»Wer sie ist? Da frage nur einmal den Jobsohn. Eine Ehebrecherin ist sie. Erst seit wenigen Wochen verheiratet mit dem alten braven Jobsohn, dem Freunde ihrer Eltern. Hintergeht ihn und läuft einem jungen Fant nach! Diese Dirne!« Man kann nicht alles anführen, was sie hingezetert haben auf das hilflose Wesen. Gerade die Weiber haben am lautesten geschrien; ganz besonders eine, die Frau eines Netzflechters, ist der sittlichen Entrüstung so voll gewesen, dass sie ihr Kleid zerreißt und die Fetzen hinschleudert auf die Sünderin. Was wilder Geifer je an bösen Wörtern erfunden – das sprudelt schrill hervor aus dem Mund dieser Anklägerin, in bitterer Klage, dass ein solches Geschöpf den heiligen Namen der Frau schände und in leidenschaftlichem Verlangen, dass die Missetäterin gesteinigt werde. Bald schreit es die Menge nach: »Steinigt sie!«, und ein junger Lastträger, der nahe der Frau des Netzflechters steht, blickt sich schon nach dem Stein auf der Straße, um nach der Sünderin zu werfen. Jesus schützt sie mit der Hand und ruft: »Berührt sie nicht! Wer von euch ist ohne Fehl!? Der komme und werfe auf sie den Stein!« – Verdrossen senken sie ihre Arme und die schon Steine in der Faust haben, lassen dieselben unbemerkt zu Boden sinken. Jesus aber wendet sich zum gehetzten Weibe und sagt: »Sie sollen dir nichts anhaben. Sage mir nur, was geschehen ist!«

»Herr!«, wimmert sie und umschlingt neuerdings seine Füße. »Gesündigt habe ich! Gesündigt habe ich!« Und schluchzt und weint, dass sein Fuß feucht wird von ihren Tränen.

»Gesündigt hast du!«, sagt er mit einer Stimme, deren milder Klang vielen ins Herz geht. »Gesündigt. Und nun tut es dir leid. Und du versuchst es nicht, dich zu rechtfertigen. Steh auf, steh auf. Deine Sünde wird dir vergeben sein.«

»Wie? Was?«, murrt das Volk. »Was haben wir verstanden? Der Ehebrecherin redet er gut? Ihre Schmach verzeiht er? Wahrlich, der Prophet wird Anhang finden.«

Als Jesus ihre Unzufriedenheit hört, spricht er laut: »Wisset, ich bin wie ein Hirte. Der Hirte geht aus, um verlorene Schäflein zu suchen. Er verscheucht sie nicht zu den Wölfen, er führt sie freundlich in seinen Stall heim, damit sie gerettet seien. Nicht über die Hochmütigen kann man sich freuen, nur über die Bußfertigen. Jene sinken nieder, diese steigen hinan. – Höret, was ich euch sage. Da ist einmal ein Mann gewesen mit zwei Söhnen. Der eine Sohn ist wohlgeartet und hütet den Besitz. Der andere ist unfügsam und sagt eines Tages zu seinem Vater: ›Gib mir von dem Besitz meinen Teil, ich will in die Fremde gehen!‹ Des ist der Vater betrübt, aber da der junge Mensch darauf besteht, so gibt er ihm seinen Teil und der Sohn zieht fort. Während daheim der eine Bruder arbeitet, erwirbt und spart, lebt jener in Lust und Freuden, vergeudet in der weiten Welt sein Vermögen und wird so arm, dass er sich als Schweinehirt verdingen und mit den Säuen die Trebern essen muss. Wird krank und elend und verachtet über die Maßen. Da erinnert er sich seines Vaters, dessen geringster Knecht in Überfluss leben kann. Verkommen und zerrissen kehrt er heim, kniet nieder vor seinem Vater und sagt: ›Vater, ich habe schwer gefehlt! Dein Sohn zu sein bin ich nicht mehr wert, so lasse mich dein niedrigster Knecht sein.‹ Da hat ihn der Vater aufgehoben, hat ihn an seine Brust gedrückt, hat ihn bekleiden lassen mit kostbarem Gewande, hat ein Kalb schlachten und, die Weinschläuche füllen lassen, um ein Festmahl zu geben, und hat all die Seinen zusammengerufen, dass sie sich mit ihm freuten. Alle sind gekommen, nur sein anderer Sohn nicht. Der lässt sagen: Er hätte zeitlebens seinem Vater treu gedient, doch wäre seinetwegen weder Kalb noch Bock geschlachtet worden. Er finde mehr Ehre darin, in der Kammer allein Brot und Feigen zu essen, als mit dem Müßiggänger und Verschwender am Festtische zu sitzen. Dem lässt der Vater sagen:

›Scheelsüchtiger Mensch! Dein Bruder war verloren und ist gerettet. Siehe zu, dass deine Missgunst nicht auch dich verloren macht. Komm und freue dich mit mir!‹ – Also sage ich euch, hat auch der Vater im Himmel mehr Freude an einem reumütigen Sünder als an einem hoffärtigen Gerechten.«

Jetzt ist ein Pharite vorgetreten aus der Menge, hat seinen Mantel würdevoll um den stattlichen Leib geschlagen und spricht den Satz eines jüdischen Weisen: »Nur der Gerechte besteht vor Gott!«

Darauf antwortet Jesus: »Wisset ihr nichts von jenem Zöllner, der ganz rückwärts im Tempel gekniet, und sich nicht vorgewagt hat zum Altar, weil er ein armer Sünder ist? Am Altar aber ist stolz ein Pharite gestanden und hat also gebetet: ›Herr Gott, wie danke ich dir, dass ich nicht so schlecht bin, wie der dort im Winkel!‹ Als sie aus dem Tempel gehen, ist des Zöllners Herz voll Gnade und des Phariten Herz ist leer geblieben. Habt ihr das verstanden?«

Darauf sind ihrer etliche zurückgewichen. Jesus langt nieder zur Büßerin und sagt: »Stehe auf, demütige Magd, und gehe in Frieden heim!«

Die Leute sind im Äußeren nun etwas stiller und im Inneren unruhiger geworden und haben angefangen, sich ein wenig zu bescheiden.

Dieweilen will Jakobus mit dem Fischer verhandeln um den Preis der Überfahrt. Simon verhüllt mit dem Mantel das Gesicht und sagt leise verweisend: »Spotte nicht. Ich habe Strafe genug. Ich schäme mich meiner Verzagtheit. Jetzt sehe ich es wohl, dass ich kein Fischer und kein Schiffer bin, sondern ein unnützer Mensch. Dieser Mann, den ihr Meister nennt – weißt du, was er in mir angerichtet hat? Wer ihn im Sturm gesehen hat und wer seine Rede über die Sünder gehört hat, der geht nicht mehr von ihm. Nein, so einen habe ich noch nicht gesehen. Wären nur auch der Fischer Manassus und seine Tochter Beka da und mein Bruder Andreas!«

»Sie werden schon kommen«, sagt Jakobus.

»Wie ist denn das, Jakobus«, fragt der Fischer, »dass du bei diesem Manne sein und mit ihm wandern darfst?«

»Das ist einfach, Freund. Ich folge ihm bloß. Mein kleines Gut soll haben, wer will. Ich folge ihm.«

»Aber wohin, Jakobus, wohin geht die Reise?«

Und Jakobus antwortet: »Ins Reich Gottes zum ewigen Leben.«

Jetzt tastet der Fischer mit unsicherer Hand nach dem Arm des Jakobus und sagt: »Ich will auch mit.« –

Noch ist die Stunde kaum vergangen und es entsteht neuer Lärm. Vom Hause des Netzflechters kommt er her. Der Netzflechter und ein Nachbar zerren des ersteren Weib heran, dasselbe, das vorhin so entrüstet gegen die Sünderin gewesen ist. Zum Propheten will es der eine schleppen, doch der Netzflechter sagt: »In solchen Dingen ist das ein schlechter Richter!«, und will gegen den See mit ihr. Die Leute aber drängen sie an Jesus heran und erzählen, was vorgefallen ist. Mit dem Lastträger Joel habe man dieses Weib ertappt … Die Beschuldigte schlägt um sich und leugnet heftig und beißt den Ehemann, der sie festhält, in die Hand. Andere kommen und bestätigen die Anklage, das Weib lästert, was vom Munde geht und bringt den Ehegatten durch Aufrufung *seiner* Laster zum Schweigen.

Jesus glüht vor Zorn. Laut ruft er aus: »Fluch den Heuchlern und Treulosen und Unzüchtigen! Ihrer ist das Gericht!«

Da kreischt die Ertappte auf: »Vom Gericht sprichst du? Der du selbst keine Gerechtigkeit hast! Oder ist das gerecht, wenn du von zwei Liebenden die eine segnest und der anderen fluchest?«

Und Jesus: »Ich sage es euch: Der Reumütige wird angenommen, der Unbußfertige wird verworfen.« –

Dann wendet er sich ab und schreitet nachdenklich dem Ufer entlang, dahin in der lauen Nacht. Doch wer ihm folgt, das ist Simon der Fischer. Der berührt seinen weiten Ärmel und fleht: »Herr, nimm auch mich an!«

Fragt ihn Jesus: »Was suchest du bei mir, Fischer Simon? Wenn jemand einen geschliffenen Kristall sucht und einen rauen Diamant findet, so wird er unmutig, weil er den Wert nicht kennt. Siehe dieses verstockte Weib, sie sagt, dass ich keine Gerechtigkeit hätte, weil ich strenge bin. Morgen können zehn der Verderbten rufen, übermorgen hundert, und in kurzer Zeit kann der, den sie heute preisen, von grimmigen Feinden umgeben sein und mit ihm die, so zu ihm halten. Mein Wort verdirbt es den Weltgierigen und meine Sanftmut reizt die Gewaltigen. Den Samen, den ich säe, werden sie mit Feuer und Schwert zerstören. Simon, dich habe ich nicht als den Stärksten gesehen auf dem Meere. Ich verlange nicht wenig. Willst du mit mir sein, so musst du alles lassen, was jetzt dein ist. Die Welt haben und mich zugleich, das kannst du nicht. Kannst du entsagen, kannst du vergessen, kannst du leiden, so komm mit mir. Kannst du auch sterben für mich, so komm.«

»Herr, ich gehe mit dir.«

»Kannst du das, dann ist die Last leicht. Dann hast du den Frieden, den in der Welt niemand findet.«

»Herr!«, ruft Simon laut. »Ich gehe mit dir!«

Diese Annahme haben auch andere gehört, die ihm nachgegangen waren am Ufer entlang. Sie staunen über die Worte, die sie da vernehmen, und die Sünderin, die er beschützt hat, will nicht mehr von ihm gehen. In der Ferne hört man noch das Gezeter der Verworfenen. Dann zerstreut sich die Menge allmählich. Jesus sucht eine Herberge für sich und seine Jünger.

———————

Einige Zeit nach diesem Tage sind mehrere, die unter jener Menge zu Magdala gewesen, beisammen im Hause des Rabbiten Jairi. Es ist eine Totenwache. Mitten im Saale auf einem langen Tische, in weißes Linnen gewickelt, liegt das Töchterlein des Rabbiten. Dieser ist so trostlos, dass seine Freunde sich nicht zu raten wissen. Er schreit vor Pein und lästert Gott und flucht den Menschen, die ihm nicht helfen können. Da meinen einige, man solle Jesus aus Nazareth rufen, den sie vorher mit seinem Gefolge ruhend gesehen unter den Zedern von Hirah. Sie erzählen sich Wunder, die er in jüngsten Tagen gewirkt hätte. An der Straße nach Kapernaum sei ein Mann gelegen mit seinem Söhnlein, das vom Geiste der Starrheit besessen gewesen. Das Kind sei hingefallen, habe an den Lippen Schaum gehabt und die Zähne und die Finger so ineinander gekrampft, dass es der Vater aus Verzweiflung hätte erdrosseln wollen. Er sei mit dem Knaben schon bei den Jüngern Jesu gewesen, die wären auch ratlos. So hätte er den Meister aufgesucht und ihm zornig zugerufen: »Kannst du was, so hilf ihm!« – »Lasse doch verhüten, dass wir nicht alle um ihn leiden«, soll der Prophet gesagt haben, und dann habe er das Kind heil gemacht. – Und sie erzählen noch anderes. Jenseits des Sees habe er einen Taubstummen sprechend und zu Bethsaida einen Blinden sehend gemacht. Vor allem aber drüben zu Naim, das wüssten doch alle, wie er den jungen Menschen, den sie schon auf der Totenbahre aus dem Hause getragen, aufgeweckt hat! – Ein Weinkelterer ist da, der weiß etwas von jener alten Frau, die den Propheten mit aller Deftigkeit gebeten habe, sie aus ihrem Siechtum zu erlösen. Darauf habe Jesus gesagt: »Alt seid ihr und wollt noch leben! Was gefällt euch denn an dieser Erde so sehr?« Und hätte sie geantwortet: »Auf dieser Erde gefällt mir nichts. Aber ich will nicht eher sterben, als bis der Heiland kommt, der mir den Himmel aufschließt.« – Und er: »Wenn dein Glaube so stark ist, Weib, den Heiland sollst du erleben.« Darauf sei sie aufgestanden und gewandelt. Solches habe er getan, aber er liebe es nicht, dass viel davon gesprochen werde. – So erzählen die Leute einander, die da versammelt sind an der Leiche des Mägdleins.

In der Gesellschaft ist auch ein alter Mann von der Art derer, die gerne allenthalben ihre Weisheit dartun. Der meint, zu solchen Wundern gehöre Glaube und Liebe, weiter nichts. Wer nicht daran glaube, dem helfe kein Wundermann; aber einer, den das Volk lieb habe, der wirke leicht Wunder. »Alles, was ihm misslingt, vergessen sie, und alles, was gut wird, merken sie auf und machen es groß. Was ist da weiter dabei?«

Dem antwortet einer: »Wichtig ist, dass man ihn lieben muss, und dazu zwingt nur geheimnisvolle Kraft. Geliebt zu werden, das kann keiner von selbst machen, das muss ihm gegeben sein.«

Auf solcherlei Gespräche – Wahrheit und Irrtum vermengend – beschließen sie, den Propheten ins Haus zu bitten.

Als Jesus eintritt, sieht er die trauernde Versammlung und den Rabbiten, der vor Schmerz an seinem Kleide zerrt, bis es reißt. Er sieht das Kind, das aufgebahrt ist auf dem langen Tisch und er fragt: »Was ließet ihr mich rufen? Wo ist die Tote?«

Der Rabbite schlägt das Linnen auseinander, dass das Mädchen offen daliegt. Jesus sieht es an, hebt ein wenig das Händchen, befühlt es und legt es sanft wieder hin. »Das Kind ist nicht tot«, sagt er, »es schläft nur.«

Da heben ihrer etliche zu lachen an. Sie würden doch erkennen, was lebendig und was tot ist!

Er tritt an sie hin und spricht: »Was ließet ihr mich rufen, wenn ihr mir nicht glaubt? Wenn ihr zusammengekommen seid, um bei Toten zu sein, so habt ihr hier nichts zu tun.«

Sie schleichen ärgerlich hinaus. Er wendet sich zu Vater und Mutter: »Seid nicht betrübt. Bereitet eurer Tochter etwas zu essen.« Dann nimmt er das Kind an der kühlen Hand und haucht hin: »Mägdlein! Mägdlein! Wache auf, es ist Morgen.«

Die Mutter stößt einen Schreckruf aus vor Freuden, denn das Kind schlägt die Augen auf. Er steht noch dabei und sie wollen gehört haben, wie er sagt: »Stehe auf, junges Menschenkind. Du bist ja noch zu jung, als dass du dir den Himmel schon erworben hättest. Der Vater lässt sich lange suchen, damit man ihn umso mehr lieb habe. Gehe nun deine Straßen und suche ihn.«

Als das Mädchen, an die zwölf Jahre ist es alt, auf den Füßen steht und über die Dielen wandelt, da fallen die Eltern fast über Jesus her, um ihn mit Dank zu erdrücken. Er ist abweisend: »Ich kenne euere Dankbarkeit. Ihr werdet tun, was ich nicht will. Ihr werdet hingehen an die Straßenecken und ausrufen: ›Er hat unser Kind vom Tode erweckt!‹, und sie werden kommen und verlangen, dass ich ihre Leiber heile, da ich doch gekommen bin, die Seelen zu heilen. Und sie werden begehren, dass ich tote Körper erwecke, da ich doch da bin, ihre Geister zum ewigen Leben zu führen.«

»Herr, wie sollen wir das verstehen?«

»Wenn es Zeit ist und ihr erfahren habt, wie wenig irdischer Leib und zeitliches Leben bedeutet, dann werdet ihr es verstehen. Wenn ich euer Kind, wie ihr sagt, vom Tode erweckt hätte, welchen Dank wäret ihr mir schuldig? Wisset ihr wohl, was der tut, der einen Zufriedenen zurückruft in das Elend? Welcher Heiland soll das tun?«

»Du hast selbst gesagt, Meister, dass dieses Kind noch zu jung sei, um sich den Himmel schon erworben zu haben.«

»Es hat ihn nicht erworben, es hat ihn umsonst gehabt im unschuldigen Herzen. Es wird eine Jungfrau werden und ein Weib und eine Greisin. Es wird den Himmel verloren haben und wird ihn suchen mit Angst. Wohl ihm, wenn es dann zum Heiland kommt und bittet: ›Meine Seele ist mir gestorben, Herr, erwecke sie zum ewigen Leben.‹ Wenn es aber nicht kommt – dann wäre ihm besser, heute nicht wach geworden zu sein.«

Die Mutter sagt in Demut: »Was du tust, Meister, das wird schon recht sein.«

Er geht an den Tisch, wo das Kind mit Behagen eine Speise verzehrt, legt ihm die Hand aufs Haupt und sagt: »Aus dem Himmel bist du auf die Erde gekommen, nun gib die Erde für den Himmel hin; der erworbene ist größer als der geschenkte.«

Solches will das Weib des Rabbiten Jairi vernommen haben, da geht Jesus zur Tür hinaus. Sie sind seine Anhänger geblieben bis nahe zu den Tagen der Verfolgung.

———————

Zur selben Zeit ist an der Straße nach Tiberias dem Mautner Levy nicht wohl gewesen. Eines Morgens haben seine Ortsgenossen ihm ein etwas missharmonisches Stündchen gebracht, von oben herab. Auf dem Dache seines Hauses haben sie mit Brettergeklapper, Pfannengeklirr dem Levy lebhaft angedeutet, in welchen Ehren er bei ihnen stünde, seit er im Dienste der Heiden den Straßenzoll einhebt und selbst am Sabbate noch Geld heischt.

Der hagere Mautner sitzt in einer Ecke seines Gemaches und sieht, wie der Staub niederfliegt von der Decke, die unter dem Gepolter zu schwanken scheint. Er sieht auch, wie die zum Fenster hereinscheinende Morgensonne durch den Stubenraum ein lichtes Band zieht, in welchem die Staubteile gleich kleinen Sternchen tanzen. Er hört und sieht und schweigt. Als die auf dem Dache sich ausgetobt haben, springen sie zur Erde, machen noch mancherlei ausdrucksvolle Gebärden gegen das Fenster und gehen davon.

Jetzt tritt aber aus dem Nebengemach ein kleines bewegsames Weib hervor, huscht gegen den Mann hin und sagt: »Levy, dir geschieht recht!«

»Ich weiß es, Judith«, antwortet er und steht auf. Seine Gestalt ist so schlank, dass er das Haupt nach vorne beugen muss, um nicht an die Decke zu stoßen. Sein Bart hängt in dünnen Strähnen erdwärts, er hat noch keinen grauen Faden, so fahl und müde das Angesicht auch ist.

»Sie werden dich steinigen, Levy, wenn du ein Römerknecht bleibst!«, ruft das Weib.

»Sie haben mich auch früher gehasst, solange ich kein Römerknecht gewesen«, sagt der Mann. »Seit jenem Laubhüttenfest zu Tiberias, da ich gesagt, der Mammon und die Genusssucht hätten das auserwählte Volk dem Gott Abrahams entfremdet und dem Jupiter unterworfen, seit jenem Tage hassen sie mich.«

»Du sammelst dir doch selber Mammon!«, wirft sie ihm vor.

100

»Eben weil sie mich hassen, muss ich mir gegen sie eine Macht gründen, auf dass ich bestehen kann, wenn niemand mit mir ist. Es ist die Macht, mit der der Verachtete seine grimmigsten Feinde besiegt. Du verstehst mich nicht? Siehe da!« Er bückt sich in die dunkle Ecke des Gemachs, lüftet dort einen alten Lappen, sodass man ein steinernes, mörserähnliches Gefäß erblicken kann. »Lauter Römer!«, setzt er schmunzelnd bei. »Bald eine kleine Armee. Und bis sie groß genug ist, werden die Nachbarn nicht mehr auf das Dach steigen, um mit Scherben dem Levy ein Loblied zu singen. Sie werden dazu Zimbeln und Harfen wählen.«

»Levy, ich will dir sagen, was du bist«, ruft das Weib und alle Muskeln zucken in ihrem roten Gesichte.

»Ich bin ein Zöllner, das weiß ich«, antwortet er gelassen und deckt den Lappen wieder sorgfältig über den Geldtopf. »Ein verachteter Zöllner, der dem angestammten Volke die Münzen aus dem Sacke nimmt, um sie an die Fremdlinge abzugeben, der Straßenzins einhebt von den Juden, die doch ihre Straßen selbst gebaut haben. Solch einer bin ich, meine Judith! Und warum bin ich römischer Publikan geworden? Weil ich mir Geld erwerben will, um mitten unter den Hassern bestehen zu können.«

»Levy, du bist ein Geizhals«, sagt sie, »du begräbst das Geld ins steinerne Loch, anstatt mir den griechischen Mantel zu kaufen, wie ihn Rebekka trägt und wie ihn Amala trägt.«

»Dann werde ich ein Geizhals bleiben«, antwortet er, »denn einen griechischen Mantel kaufe ich dir nicht. Fremde Kleiderzier führt uns Juden weit tiefer ins heidnische Verderben, als mein römisches Amt und meine römischen Münzen es tun können. Putzsucht, Hoffart und Lustleben, das ist Abgötterei, mein liebes Weib, und nicht das Zollamt an der Straße. Die Straßenschranke ist gar nicht schlecht zu einer Zeit, da unser Volk so sehr anfängt, seines Landes Flüchtling zu werden, in Handel und Wandel das Gute hinaus- und das Übel hereinzuschachern. Seit Moses Gesetz vom Ackerbau ist keine bessere Einrichtung geschehen, als die des römischen Straßenzolles. Was haben die Juden auf der Straße zu tun?«

»Das wirst du bald sehen«, sagt Judith. »Wenn ich von dieser Stunde in zwei Tagen den griechischen Mantel nicht habe, dann sollst du mich auf der Straße sehen, aber von hinten.«

»Du bist auch von hinten nicht übel«, antwortet Levy schalkhaft.

Draußen pocht der Hammer. Der Mautner blickt durchs Fenster und befiehlt seinem Weibe, die Straßenschranke aufzumachen. Sie geht hinaus, erhebt ein schallendes Geschrei und öffnet die Schranke nicht. Mehrere Männer waren des Weges gekommen, die stehen da und das Weib fordert den Zoll. Ein kleiner Mann mit Stirnglatze tritt hervor. Es ist der Fischer aus Bethsaida. Er gesteht, Münzen besäßen sie nicht. Darüber wird das Weib sehr aufgebracht, denn insgeheim ist ihre Absicht, von jetzt an auf eigene Faust den Pfennig einzuziehen, um so zu ihrem griechischen Purpur zu kommen, wie ihn die Rebekka trägt und die Amala.

Als Levy ihr Geschrei hört, geht er hinaus und sagt: »Lasse sie ziehen, Judith. Du siehst, dass es keine Händler sind. Sie werden den Weg nicht arg abnutzen, haben sie doch kaum Sohlen an den Füßen.«

Darauf schweigt Judith, guckt aber verstohlen auf einen der Männer hin, der in seinem blauen Mantel mit den über die Achseln niederwallenden Locken schlank aufrecht dasteht, ihr sein blasses Gesicht zuwendet und sie ernst anblickt. Welch ein Mensch! – Ist ihm, denkt sie, etwas an mir nicht recht? Vermisst er nicht etwa den griechischen Mantel, wie ihn andere Frauen schon häufig tragen?

»Woher des Weges?«, fragt der Mautner die Männer.

»Heute aus Magdala«, antwortet Simon, der Fischer.

»Dann ist es wohl Zeit, dass ihr ein wenig rastet in meinem Schatten. Die Sonne ist früh heiß geworden.«

Als Judith merkt, sie täten sich wirklich anschicken zur Rast, eilt sie rasch in ihr Gemach, behängt sich mit bunten Tüchern, mit einer glänzenden Armspange und mit einer Perlenschnur, die sie vor Kurzem von einem sidonischen Händler erstanden hat. Sie kommt wieder hervor und bringt ein Brett mit Feigen und Datteln. Der schlanke blasse Mann – Jesus ist's – gibt das Brett schweigend weiter, ohne von der Erfrischung etwas zu nehmen. Sein durchdringender Blick beunruhigt sie. Vielleicht ließe er sich wenden. Noch auffallender und dreister in ihrem Glanze stellt sie sich vor ihn hin.

»Weib«, sagt er plötzlich, »dort am Rain steht eine Distel. Sie hat ihre Stacheln am Stamm und an der Blüte, sie ist bedeckt vom Staub der Straße und zerfressen von den Insekten. Aber sie ist schöner als ein hoffärtiges Menschenkind.«

Judith zuckt heftig zusammen. Sie läuft ins Haus und schlägt hinter sich die Türe zu, dass die Wände ächzen. Der Mautner hat auf den Sprecher einen beifälligen Blick geworfen und seufzt.

Da spricht zu ihm Jesus: »Hast du sie lieb?«

»Sie ist doch sein Nächster!«, bemerkt ein heiter dreinschauendes Männlein in der Wandergesellschaft. Das schalkhafte Wort bezieht sich auf des Meisters gestrige Rede von der Nächstenliebe.

Levy nickt nachdenklich mit dem Haupte und spricht: »Jawohl, ihr Männer, sie ist mein nächster – Feind.«

»Sie ist euer Weib?«, fragt Simon.

Ohne darauf zu antworten sagt der Mautner: »Ich bin ein Zöllner – also gesegnet mit Misswollen so weit mein Auge reicht. Jedoch alle zusammen, die da draußen sind, machen mir nicht so viel Widerwärtigkeit, als der eine Nächste in meinem Hause.«

Einer der Männer legt ihm seine Hand auf die Achsel: »So siehe zu, Freund, dass sie nicht mehr dein Nächster ist. Geh mit uns. Auch wir haben unsere Weiber verlassen und sonst noch allerlei und sind mit dem gegangen. Kennst du ihn denn nicht? Es ist der Mann aus Nazareth.«

Der Zöllner stutzt. Dieser Mensch, von dem das ganze Land spricht, der Prophet, der Wundermann? Dieser junge freundliche Mensch soll es sein? Der so herbe predigt gegen die Juden! Habe ich, denkt Levy, nicht selbst einmal beinahe so gesprochen bei jenem Laubhüttenfeste? Und damit die Leute nur gereizt. Und diesem hören sie mit Andacht zu und laufen ihm nach. Ob auch ich es tue? Was hält mich? Kann mir, dem Verlästerten, nicht jede Stunde der Dienst gekündigt werden? Kann ich nicht heute so gut wie morgen aus dem Hause gejagt werden? Und das Weib, will es sich nicht immer von hinten besehen lassen auf der Straße? – Nur eines ist, von dem ich mich nicht trennen mag, aber das kann man mitnehmen. –

Nun wendet er sich an den Nazarener, hält ihm das Brett hin mit dem Rest von Obst: »Lieber Meister, nimm!«

Dieser spricht leise und sanft: »Hast du mich lieb, Zöllner?«

Der Mautner beginnt zu zittern, dass ihm beinahe das Brett von den Händen fällt. Dieses Wort! Und dieser Blick! Er vermag nicht zu antworten.

»Wenn du mich lieb hast, so komme mit mir und trage mit uns die Beschwerden.«

»Die Freuden, Herr, die Freuden!«, ruft Simon drein.

Zur Stunde ist des Weges heran ein Tross von Maultieren gezogen. Die Treiber schlagen mit geknoteten Stricken roh auf die Tiere los und fluchen darüber, dass schon wieder eine Zollschranke da sei. Der Mautner nimmt ihnen die vorgeschriebene Anzahl von Münzen ab und verweist ihnen die Misshandlung der Tiere. Die Antwort ist ein Peitschenhieb über sein Gesicht. Zornig erhebt Levy seinen Arm gegen die Treiber. Da tritt Jesus hinzu, drückt ihm den Arm sachte nieder und spricht: »War es ein Unrecht, was jener tat?«

»Ein Unrecht!«

»So mache ihm's nicht nach.«

Da ruft das vorwitzige Männlein dazwischen: »Wenn du mit uns gehst, Zöllner, so magst du wohl zwei Wangen haben, eine rechte und eine linke! Aber keinen Arm, hörst du?«

Diese Bemerkung hat sich beziehen sollen auf einen Spruch des Meisters, den er gerne sagt, wenn er waffenlos und wohlgemut einem grimmen Gegner gegenübersteht. Mehrere rügen die Anspielung mit strafenden Blicken.

»Aber es ist ja wahr!«, lacht das Männlein.

Der Meister sagt: »Lasset den Thaddäus sprechen, was er will. Hat er doch gestern die Wut eines Arabers geduldig über sich ergehen lassen.«

»Jawohl, weil sie kein Geld gefunden, haben sie den Thaddäus geschlagen.«

»Wenn sie fürder eines bei uns finden sollten, so wollen wir uns darum wehren«, sagt der Zöllner, »sonst hieße es, den Raub billigen.«

»Mautner, man merkt es dir an, dass du den Meister noch nicht lange kennst«, sagt das Männlein, welches sie Thaddäus genannt haben. »Wir und Geld, he!«

Da sagt der Meister: »Einer freien Seele tut der Mammon nichts. Aber er ist nicht wert, um darüber zu sprechen, geschweige, um seinetwegen zu streiten. Mit Gewalt wirst du den geschehenen Raub nicht ungeschehen machen. Widersetzest du dich, so kannst du den Räuber leicht auch zum Mörder machen.«

Nachdem sie also gesprochen haben, tritt der Zöllner in sein Haus. Der Entschluss ist gefasst. Friedfertig will er von seinem Weibe Abschied nehmen, dann das Geld in einen Sack tun und an seinen Leib binden. – Es ist das eine nicht geschehen, denn Judith war durch eine rückwärtige Tür geflohen, und es ist das andere nicht geschehen, denn Judith hatte den Steintrog geräumt und das Geld mit sich genommen.

Betrübt ist Levy aus dem Zöllnerhause hervorgekommen, vor Jesus hingetreten und hat seine Hände gegen Himmel erhoben: »Ich bin fertig, Herr, nimm mich an!«

Der Meister sagt: »Levy-Matthäus, auch du bist mein.«

Thaddäus kommt mit dem Obstbrette: »Bruder, sättige dich das letzte Mal an deinem Tische. Fürder halte dich an den, der die Vögel nährt und die Blumen kleidet.«

Als sie zusammen die staubige Straße fürbass gehen und der neue Jünger ihnen seinen Verlust mitgeteilt hat, ruft Simon heiter: »Ein Glückspilz bist du, Levy-Matthäus! Was anderen so schwer geworden hinzugeben, dir ist es von selbst davongegangen.«

Das Zollhaus ist an demselben Tage verlassen gestanden und die Vorüberziehenden haben sich gewundert darüber, dass heute der Weg frei liegt zwischen Magdala und Tiberias.

—————

Auf solche Weise haben sich um den nazarenischen Zimmermann immer mehr Jünger und Freunde gesammelt, die ihn nun begleiten wollen auf seinen Wanderzügen durch das Land. Denn Jesus ist entschlossen. Er hat nichts anderes im Sinne, denn als Wanderer den Menschen seine Botschaft vom himmlischen Vater und vom Gottesreiche zu bringen. Einige aus den Jüngern hat er sich besonders erlesen, dass sie überall für ihn die Aufnahme und die Herberge vorbereiten sollten. Auch sind die Ansammlungen des Volkes zu ordnen; und solchen, die des Meisters eigenartige Worte nicht verstehen können, sollen die Jünger als Erklärer und Ausleger dienen, soweit sie die neue Lehre selbst begreifen. Zu diesen Gesandten gehört Johannes der Zimmermann, der unter Jesus einst Lehrling gewesen, ein naher Verwandter des Meisters, wie es geschrieben steht. Andere seiner Jünger haben geheißen Jakobus, es ist der Kahnbauer, dann Simon, Andreas und Thomas, die Fischer, Levy-Matthä der Zöllner, Thaddä der Riemer, ferner – aber mein Gedächtnis ist schwach – Jakob, der kleine Hirte, der Töpfer Nathan und sein Bruder Philipp, der Herbergsvater aus Jericho, Bartholomä, der Schmied, und Judas, der Geldwechsler aus Karioth. Ähnlich wie Simon und Matthä hatten sich alle losgelöst von ihren Geschäften und Ämtern, um mit grenzenloser Hingebung ihm, den sie Herr und Meister nennen, zu folgen.

Wie soll ich es nun wagen, den Meister zu schildern! Seine Persönlichkeit ist nicht zu beschreiben. Sie lässt keinen kalt, den sie je begegnet ist. Sie ist berückend, nicht bloß in ihrer Demut und Milde, vielmehr noch in ihrer Tatkraft und in ihrem Zorne, wie man einen so heilig lodernden anderswo nicht gesehen hat. Die Leute können nicht satt werden, den Mann mit der schlanken herrlichen Gestalt anzusehen. Da ist sein Haupt mit den leicht gekräuselten, rötlich schimmernden Locken, die seitwärts und rückwärts weich und schwer hinabfluten bis zu den Schultern. Da ist seine breite weiße Stirn, die im Schatten der Mähne kein Sonnenstrahl bräunen kann. Von ihr geht, nicht wie bei den Juden, eher wie bei den Griechen, die Nase gerade und stark nieder und die vollen roten Lippen sind mit schütterem Barte umschattet. Und da sind die Augen, diese großen, die dämmernden Augen mit dem wundersamen Feuer. Ein Feuer, das feucht und warm leuchtet in den gewöhnlichen Tag hinein, aber zu seiner Stunde in wundervoller Glücksglut strahlt oder in Unmut sprüht, so schauerlich, wie die Hochsommer-Nachtgewitter des Libanon. Dieses Blickes wegen haben ihn viele das »Feuerauge« genannt. Er trägt ein schlichtes langes Kleid, doch weder Hut noch Stab. An den Füßen zumeist Sandalen, die er bisweilen umzubinden vergisst, denn in seiner Vergeistigung nimmt er die Rauheit des Erdenpfades nicht wahr. So wandert er auf den Steinen der Wüste wie auf den Matten der blühenden Täler. Wenn seine Genossen manchmal ächzen unter Stürmen oder Hitze und ihre Glieder zerreißen an den spitzen Steinen und an dem Gedorne – er bleibt ruhig und klaglos. Nicht wie jene Heiligen des Ostens sucht er die Beschwerden, aber er fürchtet sie auch nicht. Aller Äußerlichkeiten ist er ein Feind, weil sie vom Innenleben ablenken und in ihrer gefälligen Form den falschen Schein der Erfüllung wecken können. Recht gerne lässt er sich laden zu den Fröhlichen und ist mit ihnen froh; bei Mahlzeiten ein bereitwilliger Esser und Trinker bis zur Grenze der mäßigen Sättigung. Die Tafelfreuden würzt er mit Erzählen von Parabeln und Legenden, in denen er den Leuten die tiefsten Offenbarungen beizubringen weiß. Seit er das kleine Haus zu Nazareth verlassen, besitzt er nichts mehr von weltlichem Werte. Was er auf seinen Landwanderungen für sich und die Seinen bedarf, das fordert er von den Besitzenden. Sein Benehmen ist manchmal scheinbar herbe und mit bitterer Ironie gesalzen, auch dort, wo er mitleidsvoll unterweist und hilft. Selbst gegen seine Jünger, die er innig lieb hat – besonders den zarten Johannes – ist er stets erfüllt von dem Ernste seiner Sendung, aus schwachen Menschen beherzte gottesstarke Männer zu machen. So scharf, dass es auch der Blinde greifen kann, trennt er, was ihm recht, und was ihm zuwider ist. Verquickungen zwischen Gut und Böse kann er nicht leiden. Am widerwärtigsten sind ihm die Wortdeutler, Heuchler und Schleicher, da hält er es weitaus lieber mit offenbaren Sündern. Für seine Person nachgiebig, aber in seiner Lehre unbeugsam, das ist einer der Grundzüge. Alle persönliche Missgunst, alles Hassen, alles, was das Herz vergiften kann, hält er fern von sich. Seine Seele ist Vertrauen und Güte. So hoch preist er die Güte und so schwer verdammt er die Selbstsucht, dass einer seiner Jünger sagen kann, aus Güte sündigen führe näher zu Gott, denn aus Selbstsucht Gutes tun. – Die Anfeindungen und Widerwärtigkeiten, die ihm widerfahren, macht er zu einer Quelle der Seligkeit. – Seligkeit! Ist dieses Wort nicht mit Jesus in die Welt gekommen?

»Er spricht immer vom Seligsein«, sagt einmal einer zu Johannes, »was verstehst du nur unter Seligsein?«

Und Johannes: »Wenn es in dir ganz friedsam ist, sodass kein weltliches Begehren und keine Bitterkeit dich unruhig macht, dass alles in dir Liebe und Vertrauen ist, als ob du in der Ewigkeit Gottes ruhtest und dir nichts mehr widerfahren könnte – so ist es ungefähr das, was er Seligsein nennt. Aber kein Wort kann es sagen, nur wen's ergreift, der weiß es.«

Also ist in Jesus der stolze Mut der Gottgemeinschaft, den er jedem gibt, der mit ihm geht. Nun aber möchte ich gerne sagen: Wo Jesus am göttlichsten ist, dort ist er am menschlichsten. Im frohen Verzicht auf Weltgier, Weltgut und Weltsorge befreit er sich von jener Last, unter der die meisten Menschen unglücklich werden. In der Gottgemeinschaft ist er ein einfältiges Kind und weiser Lebenskünstler zugleich. Alle Angst vor Zufälligkeiten, Gefahren, Verlust und Sturz ist dahin. Alles geht nach seinem Willen, weil es der Wille Gottes ist und er genießt das Leben mit Unbefangenheit und reinem Sinn. Ist das nicht die natürlichste Menschlichkeit? Und kommt man nicht gerade mit dieser lebensfrohen Menschlichkeit der Göttlichkeit nahe?

In solcher Art nun ist er gewandelt unter jenem Himmelsstriche, auf dem altgeschichtlichen Boden, der das Heilige Land genannt wird bis ans Ende der Zeit.

Und nun kommt jener Tag. Jener große Sabbatmorgen.

Lange haben die grauen feuchten Dünste gelagert über den Tälern von Galiläa, am Libanongebirge sind Nebelbänke gehangen mit frostigem Regenschauer. Und nach dieser trüben Zeit geht ein reiner klarer Frühlingsmorgen auf. Von der steinigen Anhöhe aus gesehen liegt ringsum das blühende Land. In den Tälern frisches Grün, von blinkenden Bächen durchschlängelt. An den Lehnen, auf den Hügeln die Bestände der Pinien, Feigenbäume, Ölbäume und dunklen Zedern. An den Hecken Weinreben und betaute Rosensträucher. In den weichen Lüften vielstimmiger Vogelsang und der frische Hauch vom Meere her. Dort gegen Untergang das blaue Band des mittelländischen Gewässers und im Morgen durch ferne Felsscharten tief heraus schimmernd das Tote Meer. Im Mittag Steppengelände und die gelblichen Wälle, wo die Wüste beginnt. Und in der Abendrichtung das von dunklem Wald und lichten Wänden durchsetzte Libanongebirge mit seinen Schneehäuptern. Über allem ein großer sonniger Frieden.

Die Felsplatten der sanften Anhöhe sind besetzt mit Menschen, deren viele diese Flur nie gesehen hat. Und noch immer kommen sie heran von allen Weilern und Gehöften. Anstatt in die Synagoge zu gehen, wie es vorgeschrieben wäre, eilen sie dieser Berghöhe zu; anstatt weicher Ruhe zu pflegen, wie es ihr Behagen verlangte, kommen sie über Stock und Stein daher; anstatt den Freund, den Nachbarn zu besuchen, steigen sie selbander die Höhe heran. Denn alle wissen es, dass dort Jesus ist und sprechen wird. So stehen sie nun da oder lassen sich nieder auf die flachen Steine, Männer und Frauen, Alt und Jung, Arm und Reich. Viele sind bloß der Neugier voll und ergehen sich in vorwitzigen Gesprächen; andere scherzen miteinander; noch andere schweigen in Erwartung. Jene, die ihn schon kennen, flüstern erregt miteinander und Simon sagt zu Jakobus: »So stark hat mein Herz noch niemals geklopft, als heute.«

Da steht er auf der Höhe des Berges – Jesus.

Wenn es vorher in der Menge wie das dumpfe Brausen des Meeres gewesen war, so tritt jetzt eine Lautlosigkeit und Ruhe ein, als ob alle Menschen in seinem Anschauen zu Stein geworden waren. Er selbst steht in seinem langen, lichten Kleide in den blauen Himmel hinein wie eine weiße Säule. Die linke Hand gleitet ruhig herab, die rechte liegt an seiner Brust. – Leise, aber deutlich hebt er an zu sprechen. Nicht im hochgetragenen Predigerton, sondern rasch und feurig, in manchen Augenblicken kurz stockend, wenn die Gedanken sich sammeln zu einem großen Worte. Es ist nicht, als ob er die Rede sich früher ausgedacht oder aus Büchern gezogen hätte. Was seiner bluteigenen Natur entsprungen, was Ewigkeiten in ihm gezeitigt haben, im Sturme des Heiligen Geistes spricht er es heraus.

»– – Ich bin gesandt, dass ich euch rufe. Ich komme zu allen, aber zu den Armen zuerst. Zu den Betrübten, Gepeinigten komme ich, zu den Kranken, zu den Gefangenen, zu den Geschlagenen. Ich komme mit froher Botschaft vom himmlischen Vater.«

Nach diesem Eingange schaut er voller Demut weit hin in die große Natur – gleichsam, als trete er ihr das Wort ab, wenn sie Besseres wisse. Aber die Natur schweigt, alle Kreatur hat geschwiegen und aufgehorcht zur selben Stunde.

Dann hebt Jesus seine Augen über die Menge hin und beginnt zu sprechen, wie es vor ihm die Menschen nie gehört haben.

»Brüder! Freuet euch! Und noch einmal sage ich es: Freuet euch! *Im Himmel lebt ein gütiger Vater.* Seine Gegenwart ist überall, seine Macht ist ohne Grenzen, und wir sind seine Kinder, die er lieb hat. Über alle lässt er seine Sonne scheinen, keinen lässt er aus den Augen. Er sieht jedem ins dunkle Herz und ohne seinen Willen wird keinem auch nur ein Haar gekrümmt. In des Menschen Willen legt er das Seligwerden und das ewige Leben. Höret, was ich euch nun sage in seinem Namen: Ihr heilsuchenden Menschenkinder alle, kommet zu mir. Ich preise selig die Armen. Keine Erdenlast stört ihnen das Himmelreich. Ich preise selig die Leidenden, die Betrübten. Von der Welt enttäuscht, verlassen flüchten sie zum Leben in Gott. Ich preise selig die Gutmütigen und Friedliebenden. Ihr Herz wird nicht beunruhigt von Hass und Schuld, sie leben als frohe Kinder Gottes. Ich preise selig, die Gerechtigkeit lieben. Sie sind darin Gottes Bundesgenossen und werden Gerechtigkeit finden. Ich preise selig die Reinen. Keine verwirrenden Begierden trüben ihnen das Angesicht Gottes. Ich preise selig die Barmherzigen. Die mitleidende Liebe gibt Kraft und bringt Mitleid zurück in der Not. Und selig, dreimal selig seid ihr, wenn ihr Verfolgung leidet der Gerechtigkeit willen. Euer ist das Himmelreich. – Ihr alle, freuet euch und jubelt – kein Auge hat noch gesehen und kein Ohr hat gehört die Freuden, die euch bereit sind im Himmel. – – Höret nun meine Sendung. Viele sagen, ich wolle die alten Gesetze aufheben. So ist es nicht. Ich bin gekommen, die alten Gesetze recht und ganz zu erfüllen, aber nicht nach dem Buchstaben, sondern im Geiste. Nach dem Buchstaben erfüllen es die Schriftlehrer, die in den Tempeln predigen und das Volk führen wollen: Aber wenn ihr tut wie die, so werdet ihr nicht gerecht sein und das Reich Gottes nicht finden. – Die Schriftlehrer sagen, du sollst nicht töten. Ich sage, du sollst nicht einmal zürnen und schmähen. Wer zürnt und richtet, der wird selbst gerichtet werden. Deine frommen Opfergaben, sie nützen dir nichts, wenn du mit deinem Nächsten in Feindschaft lebest. – Im Gesetze der Alten heißt es, du sollst nicht ehebrechen. Ich sage, du sollst nicht einmal daran denken, die Ehe zu brechen. Lieber dich blenden, als dass dein Auge nach dem Weibe des Nächsten begehrt. Besser dein Licht ist verloren, als deine Reinheit. Lieber haue dir die Hand ab, als dass sie sich nach dem Eigentum des Nächsten ausstreckt. Besser deine Macht ist hin, als deine Seligkeit. – Im Gesetze heißt es, du sollst nicht falsch schwören. Ich sage dir, du sollst überhaupt nicht schwören, nicht bei Gott, nicht bei deiner Seele, nicht bei deinem Kinde. Ja oder Nein, das ist genug. – Nun saget, ob ich diese Gesetze aufhebe? Ich verlange vielmehr ihre strengste Erfüllung. Aber es *gibt* Gesetze, die ich aufhebe. Höret! Da heißt es: Aug um Aug', Zahn um Zahn. Ich sage, du sollst dich deinem Widersacher nicht feindlich entgegenstellen. Was du gerechterweise für dich tun kannst, das tue, weiter gehe nicht, es ist tausendmal besser, Unrecht zu leiden, als Unrecht zu tun. Mit Sanftmut besiege den Feind. Schlägt dich jemand auf die rechte Wange, so halte in guter Laune ihm auch die linke hin. Vielleicht bricht das seinen Grimm. Will jemand dir den Oberrock entreißen, so frage freundlich, ob er nicht auch den Unterrock brauchen könne. Vielleicht schämt er sich seiner Habsucht. Wenn dich jemand um etwas bittet, das du ihm gewähren kannst, so wende dich nicht ab, und wenn du zwei Röcke hast, so gib einen davon dem, der keinen hat. – Im Gesetze der Alten heißt es: Liebe deinen Nächsten, hasse deinen Feind. Das ist falsch. Den zu lieben, der mich liebt, und den zu hassen, der mich hasst, das ist leicht. Das tun auch die Gottlosen. Ich sage dir, liebe deinen Nächsten und liebe auch deinen Feind. – Höret ihr Brüder, und verkündet es auf der ganzen Welt, was ich euch jetzt sage: *Liebet eure Feinde, tuet Gutes denen, die euch hassen.*« –

Nun schweigt er und im Volke ist eine stumme Bewegung. Ein Wort ist hier gesprochen, wie es bisher in der Welt nicht vernommen worden. Eine Weihe ist zu dieser Stunde über den Erdball gegangen, wie sie seit der Erschaffung der Welt nicht gewesen.

Jesus fährt fort zu sprechen: »Tuet Gutes, denen die euch hassen; so tut auch Gott den Menschen, selbst wenn sie seiner spotten. Trachtet doch in allem dem Vater im Himmel ähnlich zu werden. – Was ihr Gutes tut, Gottes wegen tuet es und nicht der Menschen wegen. Deshalb ist das zweite Gebot so viel wie das erste, wenn es heißt: Liebe Gott mehr als alles und deinen Nahmenschen wie dich selbst. Aber mit deinen guten Werken sollst du nicht prunken. Wenn du Almosen gibst, so tue es heimlich und rede nicht davon, gleichsam, als wisse es nicht einmal deine linke Hand, was die rechte tut. Wenn du dich nicht befreiest von den Gütern der Welt, so kannst du Gottes Reich nicht finden. Aber wenn du fastest, so mache dabei kein trauriges Gesicht. Sei heiter, was brauchen die Leute zu wissen, dass du fastest! Wenn du den Tag Gottes nicht heiligst, so kannst du den Vater nicht sehen. Aber wenn du betest, so tue es verborgen in deiner Kammer. In stiller Demut bist du deinem Vater im Himmel am nächsten. Mache aus deinem Gebete nicht viele Worte, wie die Götzenanbeter. Nicht jeder, der seinem Vater beständig Herr, Herr schmeichelt, kommt zu ihm, sondern wer seinen Willen tut. Erhebe dein Herz im Vertrauen und ergib dich in den Willen dessen, der in den Himmeln ist. Ehre seinen Namen, suche sein Reich. Bitte um Verzeihung deiner Schuld und nimm dir vor, auch deinem Beleidiger zu verzeihen. Dann bitte um das Nötige für den Tag, um Stärke gegen Versuchungen und um Befreiung von aller Ungeduld und bösen Begier. – So sollst du beten, dann wirst du erhört werden. Denn wer recht bittet, der erhält, und wer fortwährend anklopft, dem wird aufgemacht. Oder wäre unter euch ein Vater, der seinem um Brot bittenden Kinde einen Stein reichte? Und wennschon der arme Mensch seines Kindes Bitte erfüllt, um wie mehr das der mächtige, gütige Vater im Himmel. Sorget nur nicht zu sehr nach dem täglichen Bedarf; solche Sorge verdirbt die reinen Freuden. Habt ihr die Lebensmittel aufgehäuft, dann kommt der Tod. Sammelt nicht solche Schätze, die vergänglich sind, sammelt geistige Güter, die euch besser machen und die euch der Vater aufhebt fürs ewige Leben. Das ist ein Vorrat, der auch euren Nachkommen in der Seele zugutekommt. Der Mensch ist so, dass er immer sein Herz an seine Güter hängt. Sind seine Güter bei Gott, dann wird auch sein Herz bei Gott sein. Wer für den Leib ist, der kann nicht für die Seele sein, weil man zweien Herren nicht dienen kann. Erwerbet für den Tag, was der Tag braucht und machet euch für weitere Tage keine Sorgen. Seid doch nicht bange, was ihr morgen essen, womit ihr euch im kommenden Jahre kleiden werdet. Vertrauet dem, der die Vögel nähret und die Blumen kleidet. Sollte der Vater im Himmel seine Menschenkinder nicht mehr lieben als die Sperlinge und die Lilien? Also vergrämt euch das Leben nicht mit Sorgen, seid fröhlich, fröhlich, fröhlich in Gott eurem Vater. Trachtet dem Himmelreiche zu, alles andere ist Nebensache und kommt dann von selbst. – Ich merke, Brüder, diese Worte gehen euch nahe. Aber sehet erst zu, ob der Lehrer nach seinen Worten auch lebt. Hütet euch vor Predigern, die anders leben als sie lehren, Wölfe, die den Schafspelz tragen. Wer je einmal vorgibt, in meinem Namen zu euch zu sprechen, dem schauet erst aufs Werk, wie dem Baume auf die Frucht. Nach dem Werke urteilt auf den Menschen, aber richtet nicht! Ehe ihr richtet, denkt, dass auch ihr gerichtet werden könntet! Wie ihr andere messet, so werdet ihr selbst gemessen. Wie oft aber, Freund, siehst du in deines Bruders Auge einen Splitter, während in deinem Auge ein ganzer Balken steckt! Lege erst deine eigenen Fehler ab, ehe du den des Bruders tadelst. – Der Weg, der zum Heile führt, ist freilich schmal, während man dem Abgrunde zur Linken ausweicht, kann man in den zur Rechten fallen. Damit ihr den schmalen Weg sicher trefft, so höret, was ich euch noch sage: *Alles, was ihr wollt, dass euch getan werde, das tuet auch anderen.* – – Nun, ihr Brüder und Schwestern im Lande der Väter, wer heimkehren muss zu seinem Berufe, der kehre heim und er gedenke der Botschaft, die ich gebracht habe. Wer sie bloß hören wollte und nicht leben, der wäre wie jener Mann, der ein Haus baut, aber aus Sand. Wer aber diese Lehre lebt, der baut sein Haus auf Felsen und kein Sturm kann es zerstören. Dieses Wort, ich sage es im Namen des himmlischen Vaters, wird alle Weisheit der Erde überdauern. Wer es hört und nicht befolgt, ist mir verloren, wer es befolgt, der wird ewig leben.«

Also endet diese Rede, die das größte aller Weltereignisse geworden ist. Vor dem letzten Satze sind viele erschrocken, denn das Wort haben sie ja gehört, aber sind zu schwach, es zu befolgen. Ihm ist ihre Verzagtheit nicht entgangen, und weil er niemanden ungetröstet ziehen lassen kann, so ist ihnen, als hätten sie noch ein Wort vernommen: »Das

Himmelreich gehört dem, der sich unablässig darum bemüht. Selig auch die Schwachen, die guten Willens sind.«

———————

Dieser Sabbat mit der Predigt auf dem Berge ist ein viel entscheidender Tag geworden. Die Leute haben sich nach derselben gar nicht zerstreuen wollen. Man drängt sich an Jesus, um sein Kleid zu küssen. Viele, die bisher zweifelnd gewesen, mögen nicht mehr von ihm weichen. Wohin er auch geht, sie wollen ihm folgen und sein Geschick mit ihm leben. Dieses Geschick muss ein glänzendes werden, denn er kann sagen, was er will, er reißt die Menge von der Scholle los, dass sie ihm Heerbann leisten. Sie hören ja nur seine Worte von der Sorglosigkeit. Wie wird es erst sein, wenn er die Weltmacht des Messias entfaltet! Die Bergrede – so meinen viele – sei eine Kraftprobe gewesen, dazu bestimmt, den Willen stahlhart zu machen für die heiligen Kämpfe ums Messiasreich, das auf Erden nun gegründet werden soll.

Aus Judäa sind Leute herübergekommen, aus dem Jordantale sind sie heraufgeeilt, aus dem Gebirge herabgeströmt. Aus den Seestädten Tyrus und Sidon wandern sie herüber und selbst aus Ländern weit hinter dem Meere sind etliche da, um zu sehen, ob es wahr sei, was das Volk allenthalben spricht. Geschenke bringen sie daher auf Eseln und Kamelen, wovon Jesus das für sich und seine Freunde Notwendige annimmt, den Überfluss ablehnt oder an die Menge verteilt. Denn viele sind, die hungernd bei ihm aushalten und von seinem Worte satt werden wollen. Dann heben sie an, Kranke herbeizuschleppen, wovon er einigen Heilung und allen Trost gibt. Aber je mehr sie von Wundern an Kranken und Krüppeln hören, je mehr Wunder begehren sie noch, sodass er unwirsch wird und immer wieder daran erinnern muss, dass er nicht der Leiber wegen gekommen sei, sondern der Seelen willen. Auch hat er ihnen angedeutet, dass er nicht der Messias sei, von dem man die Befreiung und Erhebung des Judenreiches erwartet. Aber das haben sie für Ausflüchte gehalten, für klugen Vorbehalt, da das Auftreten des Feldherrn wohl noch nicht an der Zeit sei. Bei jeder neuen Rede haben sie ihn mit neuer Begier umlagert und gehofft, er würde den Feldherrnruf aussprechen. Andere halten sich abseits und sinnen nach über den tieferen Geist seiner Worte und es müsse doch möglich sein, sie aufzufassen und ihnen nachzuleben. Anfangs finden sie es gar leicht und lustig, sorglos und verträglich zu sein. Besonders den Armen kommt es gelegen, aus der Not eine Tugend zu machen und dass ihre Trägheit und Saumseligkeit ein Verdienst sein soll. Aber schon nach etlichen Tagen merken sie, dass des Meisters Worte doch vielleicht anders verstanden werden müssen. Auch die Samariter horchen über die Grenze herüber nach der seltsamen Lehre vom Himmel auf Erden. Hatte die alte Schrift vom Seligwerden gesagt, so spricht dieser Jesus vom Seligsein.

Unter den Jüngern ist ein Geldwechsler aus Karioth. Doch der ist bisher nur an Sabbaten beim Propheten gewesen; in den Wochentagen hat er an seinem Geschäftstische Münzen gezählt und Zinsen berechnet. Aber das tut sich nicht gut, beim Rechnen muss er an den Meister denken und verrechnet sich; und ist er beim Meister, so muss er ans Geld denken und überhört das Wort. Eines muss er lassen, aber er kann sich nicht entschließen. Bei dieser Bergrede jedoch hat es sich entschieden, er geht nicht mehr zurück zum Wechslertisch, er bleibt bei Jesus, so felsenfest steht sein Glaube. Und ist ihm bei diesem Tausche so wonnig ums Herz, als hätte er an einen guten Mann Geld auf zweihundert Prozent ausgeliehen. Denn er wird Schatzmeister im Messiasreiche sein.

Die einzigen, die sich noch mehr oder weniger zurückhalten, sind die Galiläer. Dieselben haben den Propheten als Zimmermann gekannt und wissen nicht wie sie sich zu ihm stellen sollen. Andererseits sind Galiläer, die nach Jerusalem kommen, oder nach Joppe, stolz, wenn sie dort von ihrem Propheten sprechen hören, und sie spielen sich als seine Bekannten und Freunde auf, um bei der Heimkehr ihm doch wieder mit der alten Nichtachtung zu begegnen. Da sagt er einmal, es treffe wohl auch bei ihm zu, dass der Prophet im Vaterlande nichts gelte. Nach Nazareth ist Jesus um diese Zeit oft hinaufgekommen, stets begleitet von seinem wachsenden Anhange, sodass seine Mutter nie mehr ein vertrauliches Wort mit ihm hat reden können. Doch die Heimat verleugnet ihn. Die Jugendbekannten sind ihm geradezu ausgewichen als einem Sonderling und Landstreicher, »der sich gegen die Schrift vergeht, die Leute aufregt und von dessen weiterem Lebenslaufe man keine großen Ehren erwarten kann.« Der Rabbite hat in der Synagoge laut vor ihm gewarnt, als vor einen offenen Verführer. Mit heftigem Eifer hat er das Verderben geschildert, in das alle jene stürzen, die durch diesen gewissenlosen Menschen verleitet vom Glauben ihrer Väter abfallen. »Es gibt nur einen wahren Glauben!«, also hat er ausgerufen. »Und nur einen Gott, und das ist nicht der Glaube und Gott dieses Abtrünnigen, sondern der Glaube Moses und der Gott Abrahams, Isaaks und Jakobs. Und dieser Gott verflucht den falschen Propheten und seinen ganzen Anhang, sodass der Teufel über ihn Gewalt hat. Tief zu beklagen«, so setzt er bekümmert bei, »sind nur die Seinigen, besonders die unglückliche Mutter, die zur Schmach der Familie und zum Ärger des ganzen Landes einen solchen Sohn geboren hat.« Und dann lässt der Rabbite wieder die Hoffnung durchblicken, dass es vielleicht doch gelingen werde, den Verirrten, der so schwer gegen die Gesetze sündige, zur Vernunft zu bringen, wennschon nicht mit Liebe, so doch mit Ernst und Macht, auf dass er wiederum zurückkehre zum ehrlichen Handwerk, in dem er einst gottgefällig gelebt hätte.

Und da hat es sich wohl zugetragen, dass Maria, wenn sie aus der Synagoge nach Hause gegangen, von boshaften Nachbarn verhöhnt worden ist und man ihr zu verstehen gegeben hat, sie möge sich aus dem Staube machen, je eher je besser. Sie hat nichts gesagt, hat ihr weinendes Herz still sein geheißen.

Eines Tages ist Jesus am See bei einem Gesinnungsgenossen zu Tische geladen worden. Das Haus ist gefüllt mit Anhängern, die weder Platz noch Schüssel finden können. Sie warten auf Wunder.

Jesus ist wohlgemut und spricht davon, wie er sich wundere, dass die Leute kleinen Wundern nachjagten und die großen übersähen; da doch alles, was da lebt und uns täglich umgibt, helles unbegreifliches Wunder ist. Bei den Wundern, die man von ihm verlange, sei nicht das wichtigste, dass Steine zu Brot und Kranke gesund würden, sondern dass sie Vertrauen erweckten. Vertrauen sei der Wunderkräfte größte. – Als er noch redet, wird er hinausgerufen; unter den Zedern stehe jemand, der ihn zu sprechen wünsche. Zwei Verwandte von ihm sind da und die fragen ihn kurz und geradehin, was er vorhabe, ob er zurückzukehren gedenke nach Nazareth oder nicht. Wenn nicht, dann sei ihm Haus und Werkstatt verfallen, dass er es wisse.

Jesus antwortet ihnen: »Gehet und saget eueren Ältesten in Nazareth: Wer des Hauses bedarf, dem gehört es, wer die Werkstatt brauchen kann, der soll sie benutzen. Und lasset in Frieden ziehen den, der ein Haus bauen will, wo viele Wohnungen sind.«

Sie bleiben stehen und sagen: »Wenn du für uns taub und störrisch bist, so ist noch jemand da.« Und nun tritt die Mutter vor. Sie hat ein blaues Tuch über den Kopf geschlagen, abgehärmt ist sie und kann vor Schluchzen kaum sprechen. Sie nimmt ihn bei der Hand: »Mein Sohn! Wohin soll das führen? Kannst du es denn verantworten? Vom Glauben fällst du ab und nimmst ihn auch so vielen anderen.«

Darauf er: »Ich nehme ihnen den Glauben? Siehe, ich gebe ihnen das Vertrauen.«

»Aber Kind, ich kann's nicht fassen. Das ganze Land bringst du in Aufruhr. Die Leute verlassen ihre Häuser, ihre Familien, ihre Arbeit und laufen dir nach. Welchen Zauber hast du ihnen denn angetan?«

»Sie folgen der Botschaft«, sagt er. »Wie der Hirsch nach der Quelle, so dürsten sie nach Trost.«

»Trost nennst du das, wenn sie in der Wüste hungern und frieren?«, redet einer der Verwandten drein. »Trost nennst du es, wenn sie verkommen, bis ihnen die Lappen vom Leibe fallen und sie als Verbrecher in die Hände der Söldlinge geraten? Gib acht, es wird noch etwas geschehen, die Herren zu Cäsaria und Jerusalem werden sich das nicht gefallen lassen. Sie werden dem Volksaufwiegler schmachvoll das Handwerk legen – und recht haben sie!«

»Wer ist der Volksaufwiegler?«

»Der Volksaufwiegler bist du!«

Jesus staunt über das Wort und sagt: »Ich? – Ich, der ihnen sagt: Bescheidet euch! Liebet einander, tuet Gutes euren Feinden! Ich ein Volksaufwiegler?«

»Sie sagen, du wollest der Messias sein, der das Reich erobert.«

»Ein Reich, das nicht von dieser Welt ist.«

Maria fällt ihm in die Arme: »Mein lieber Sohn, lass' das gehen. Soll es anders werden, so wird's Gott auch machen ohne deiner. Sieh, wie einsam ist deine Mutter geworden in Nazareth! Komm mit mir in unser friedsames Heim und sei wieder mein guter, süßer Jesus. Und die da, siehe, sie haben dich lieb, es sind ja doch auch deine Brüder.«

Da streckt Jesus seinen Arm aus und weist auf seine Anhängerschaft, die sich am Hause drängt: »Das sind meine Brüder! Die mit mir den himmlischen Vater erkennen, das sind meine Brüder.«

Die Verwandten treten zurück und ringen ratlos die Hände. »Er ist von Sinnen! Von einem Dämon ist er besessen!«

Dem Volke, das über die Planke von der Straße hereinschaut, tut das verlassene Weib leid, man möchte gerne vermittelnd eingreifen, und da ruft hell eine Stimme: »Glücklich die Mutter, die einen solchen Sohn hat! Selig werden sie die Völker preisen!«

Ernst wendet sich Jesus um: »Selig sind, die dem Worte Gottes folgen!«

Der Mutter ist es bei diesen Worten, als habe ein Schwert ihr Herz durchbohrt. Die Leute schweigen und flüstern zueinander: »Warum ist er so hart gegen seine Mutter?«

Da antwortet ihnen Johannes der Jünger: »Er sieht das einzige Heil in Gott dem Vater. Viel Volk hat er zu ihm bekehrt, und gerade die er am meisten liebt, wollen die Botschaft vom Himmelreich nicht hören. Das schmerzt ihn und macht ihn herb.«

Jesus erhebt nochmals seine Stimme und spricht: »Wer mein Jünger will sein und seine Eltern und Geschwister glauben nicht an mich, der muss Eltern und Geschwister verlassen, um mir zu folgen. Wer Weib und Kind hat, die meine Botschaft verachten, der muss Weib und Kind verlassen und mir folgen, wenn er will mein Jünger sein. Wer Gott nicht mehr liebt als Mutter und Kind, als Bruder und Schwester, ja als sich und sein Leben, der ist Gottes nicht wert.«

Viele sind ob dieser Rede betrübt und murren untereinander: »Er verlangt zu viel.«

Da sagt Johannes: »Wem es ernst ist mit dem Glauben an den himmlischen Vater, der *kann* nicht anders sprechen. Er fühlt es wohl selbst, wie schwer es ist, alle Bande zu zerreißen. Merkt ihr es denn nicht, wie er mit sich ringt und sein eigenes Herz muss niederschlagen, dass es nicht über ihn Gewalt erlange! Er begehrt von seinem Jünger alles, weil er ihm alles gibt. Wir beginnen schon es zu erfahren, dass das, so er uns zu geben hat, mehr wert ist als alles, was wir dafür hingegeben.«

Seine Verwandten sind fortgegangen. Sie führen heftige Reden gegen Jesus. Das kann die Mutter nicht hören, sie bleibt zurück und steigt allein hinan den steinigen Weg. In ihrem tief betrübten Gemüte betet sie: »Gott Vater im Himmel, dein Wille geschehe!« – Und ahnt nicht, dass es das Gebet ihres Sohnes ist, dass sie in demselben Vertrauen und Trost findet wie er – dass sie eine Jüngerin Jesu geworden.

———————

Anderwärts ist Jesus Ruf so groß geworden, dass sich alles um ihn bewirbt. Die Armen bedrängen ihn, um an seinem Tische zu speisen, wo das Wort Fleisch geworden ist; die Reichen bitten ihn zu ihren Tafeln. Er lehnt von diesen die meisten ab, doch einige nimmt er an.

Solchen, die demütig im Hintergrunde bleiben, und doch Verlangen haben nach ihm, naht er selbst. Da lebt in der Gegend ein Mann, der keinen größeren Wunsch hat, als den Propheten zu sehen. Wie er nun hört, Jesus komme des Weges, hebt er an zu zittern und denkt, was tue ich? Ich möchte ihm ins Gesicht sehen und wage mich nicht vor ihn. Denn als Zollmann stehe ich überall schlecht angeschrieben und bin auch nicht viel wert. Dann ist er immer von vielen Leuten umgeben, ich aber bin klein gewachsen und sehe nicht über die Köpfe. Als nun Jesus naht, klettert er auf einen dürren Feigenbaum und lugt zwischen den Ästen hinab. Jesus sieht ihn und ruft laut: »Zachäus, steig vom Baum herab! Ich will heute bei dir einkehren.«

Der Zöllner springt vom Baume, geht hin und sagt gedrückt: »Herr, ich bin nicht wert, dass du in mein Haus trittst. Nur ein Wort von dir und mir ist wohl.«

Die Leute verwundern sich, dass der Prophet gerade diesen zweifelhaften Menschen bevorzugt. Zachäus ist ganz außer sich darüber, dass der Meister ihn kennt und gerufen hat. Alles, was sein Haus nur aufbringen kann, setzt er dem Gaste vor. Jesus jedoch sagt: »Das sind gute Dinge. Aber ich will das Kostbarste, was du hast.«

»Was ist das, Herr?«, fragt Zachäus erschrocken, denn er glaubt, ihm ja das Beste gegeben zu haben. »Alles, was ich habe ist dein.«

Da fasst ihn Jesus bei der Hand, blickt ihn liebevoll an und sagt: »Zachäus, gib mir deine Seele!«

Der Mann ist sein Folger geworden.

Ferner speist er eines Tages am Tische eines Mannes, der sehr gelehrt und ein großer Sittenrichter ist. Nebst vielen anderen Gästen sind auch mehrere der Jünger da und es werden teils gelehrte, teils leidenschaftliche Gespräche geführt über die Schrift. Jesus ist anfangs schweigsam, es mag ihm zu Sinn gekommen sein, um wie weit lieblicher es wäre, daheim am Herde der Mutter die Worte treuer Einfalt zu hören, als hier mit Geistesprotzen über leere Buchstaben zu streiten. Aber er wird bald ins Gespräch gezogen. Jemand hat das Gebot von der Nächstenliebe angeschlagen, und wie es oft geht, die einfachsten Dinge verwirren sich und werden unverständlich, sobald sie in die verschiedenen Meinungen der Weltweisen geraten. Da sagt nun einer von den Gästen: »Es ist merkwürdig. Gerade über die wichtigsten Dinge denkt man nicht nach, weil sie so klar sind. Und auf einmal, wenn man darüber nachdenkt, versteht man sie nicht. So weiß ich eigentlich auch nicht, wen ich lieben soll, wie mich selbst.«

»Deinen Nächsten!«, belehrt sein Tischnachbar, der Jünger Matthäus.

»Richtig, Freund! Wenn ich nur auch wüsste, wer das ist, mein Nächster. Es laufen einem im Tage allerhand Leute unter die Füße, und wenn mir einer das Bein stellt, so ist zurzeit der mein Nächster. In diesem Augenblicke habe ich gar zwei Nächste – dich und den Zacharias. Welcher von beiden ist der, den ich lieben soll wie mich selbst? Es steht doch nur von einem geschrieben. Und wenn du es bist, oder der Zacharias, weshalb soll ich ihn mehr lieben als den Meister, der weit oben an der Tafel sitzt, also nicht mein Nächster ist?«

»Mensch, das ist eine vorwitzige Rede!«, verweist der Jünger Bartholomä.

»So unterrichte mich!«, sagt der andere.

Der Jünger hebt an und will erklären, wer der Nächste ist, aber er kommt damit nicht recht weiter, es verwirren sich seine Gedanken. Mittlerweile ist die Frage bis zum Meister vorgedrungen. Wer ist recht verstanden – der Nächste?

Jesus antwortet und erzählt eine Geschichte. »Ist einmal ein Mann gewesen und der geht von Jerusalem hinab gegen Jericho. Der Weg ist einsam, es überfallen ihn die Straßenräuber, sie ziehen ihn aus, schlagen ihn und lassen ihn als tot liegen. Nach einer Weile wandert des Weges ein Erzpriester, sieht ihn liegen und da er merkt, dass es ein Fremder ist, eilt er weiter. Wieder nach einer Weile geht ein Hilfspriester heran, sieht ihn liegen, denkt: Ein Schwerverwundeter oder ein Toter, ich will eines Fremden wegen keine Ungelegenheiten haben – und geht vorüber. Endlich kommt einer aus dem verachteten Volke der Samariter. Der sieht den Hilflosen, bleibt stehen und hat Erbarmen mit ihm. Er labt ihn mit Wein, gießt in die Wunden Öl, hebt ihn auf und trägt ihn bis zur nächsten Herberge. Dort gibt er dem Wirte Geld, dass er den Leidenden pflege, bis er hergestellt wäre. – Nun, was meint ihr? Die Priester haben in ihm einen Fremden gesehen. Der Samariter aber seinen Nächsten.«

Jetzt erklären sie es sich: Dein Nächster, das ist ein Mensch, dem du helfen kannst und der gerade auf deine Hilfe angewiesen ist.

Nun mischt sich der Jünger Thomas ins Gespräch und bezweifelt, ob man es wohl von einem hohen Fürsten verlangen könne, dass er vom Pferde steige und einen elenden Bettler im Straßengraben aufhebe?

Frägt Jesus: »Thomas, wenn du einmal als hoher Fürst heranreitest und findest mich elend im Straßengraben liegen – wirst du mich liegen lassen?«

»Herr!«, schreit der Jünger erschrocken auf.

»Siehst du, Thomas. Und was du dem Ärmsten tust, das tust du mir.«

Nun frägt einer der Übrigen: »Soll man denn nur Armen Gutes tun, nicht auch Reichen und Vornehmen?«

Und Jesus: »Wenn du der Bettler an der Straße bist und es kommt ein Fürst vorübergeritten, so kannst du ihm nichts Gutes tun. Wenn aber sein Pferd strauchelt und er stürzt, so fange ihn auf, damit er sein Haupt nicht an einem Stein zerschlage. Denn er ist in diesem Augenblicke dein Nächster geworden.«

Da flüstern einige zueinander: »Es scheint manchmal, dass er verlangt, man müsse alle Menschen lieben. Das ist doch zu schwer.«

»Das ist sehr leicht, Bruder«, sagt Bartholomä. »Die Millionen Menschen, die du nie siehst, die dich nicht belästigen, zu lieben, das kostet nichts. So lieben auch die Heuchler und Worthelden. Doch während sie vorgeben, die ganze Menschheit zu lieben, oder das Volk, sind sie hart gegen den Nächsten.«

»Leicht ist es, Ferne zu lieben«, sagt nun Jesus, »und leicht ist es, die Gutmütigen und Nachgiebigen zu lieben. Wie aber, wenn dein Bruder dich beleidigt hat und dir immer wieder Übles tut? Nicht siebenmal sollst du ihm vergeben, sondern siebenundsiebzigmal. Gehe hin und weise ihn gütig zurecht. Hört er dich, so hast du ihn gewonnen. Hört er dich nicht, so wiederhole deine Mahnung. Hört er dich noch nicht, so suche einen freundlichen Vermittler. Hört er auch den nicht, dann lasse die Gemeinde entscheiden. Und erst, wenn du deinen Bruder gerettet und in Zufriedenheit siehst, sollst du wieder fröhlich sein.«

Als sie noch so reden, drängt sich ein junges Weib in den Saal, eine von solchen, die ihm überallhin folgen und ungeduldig vor der Tür schmachten, während der Meister im Hause auf Besuch ist. Tief geduckt, fast unbemerkt eilt sie herbei, hockt sich nieder vor Jesus und beginnt aus einem Gefäß ihm die Füße zu salben. Er lässt es ruhig geschehen; der Gastherr aber, der ihn geladen, denkt bei sich: Nein, Prophet ist das keiner, sonst müsste er wissen, wer es ist, der ihm jetzt die Füße salbt. Ist es nicht die Sünderin von Magdala? – Jesus errät seine Gedanken und spricht: »Freund, ich will dir etwas sagen. Ein Mann ist, der hat zwei Schuldner. Der eine ist ihm schuldig fünfzig und der andere fünfhundert Groschen. Da sie aber nicht zahlen können, so lässt er beiden die Schuld nach. Sage nun, welcher wird ihm am dankbarsten sein?«

»Natürlich, dem er am meisten nachgelassen hat«, antwortet der Gastgeber.

Und Jesus: »Du hast recht. Auch diesem Weibe ist viel nachgelassen worden. – Siehe, du hast mich geladen in dein Haus, deine Diener haben diesen Saal mit Rosenduft erfüllt, da doch die reine Luft zu den Fenstern hereinweht. Sie haben mit Glocken- und Saitenspiel mein Ohr gereizt, da doch der helle Vogelsang hereinklingt. Sie haben mir den Wein in kostbarem Kristall gereicht, da ich doch gewohnt bin, aus irdenen Schalen zu trinken. Dass mich aber von der langen Wanderung über die Steppe her die wunden Füße schmerzen könnten, daran hat niemand gedacht als dieses Weib. Sie hat viel Liebe, darum wird ihr viel verziehen.«

Der Sittenrichter muss schweigen. In der Jünger Runde hört man das Wort: Jesus der Christ. Weil Christ heißt der Gesalbte. Sie denken dabei an die Salbung der Füße, noch mehr aber an den verheißenen Gesalbten, den Messias, und sie erinnern sich wieder jener gewaltigen Bergrede, die ihre Seelen verwandelt hat.

Etliche jedoch sind da, die es nicht verwinden können, dass der Prophet mit dieser Gefallenen so gütig gewesen ist. »Wie anders«, so deuten sie es, »spricht er doch mit diesem jungen Weibe als mit seiner Mutter!« Und wie sie noch sehen, dass sie in seinem Gefolge ist und ihn begleitet überallhin, ihm die Sandalen anlegt, wenn die Pfade steinig sind, ihm den Mantel trägt, wenn es heiß ist, da sind sie äußerlich unmutig und heimlich gar zufrieden und hegen untereinander manch schalkhafte Rede. Jesus hat es wahrgenommen und dazu nicht geschwiegen.

»Seid ihr denn so niedrig und so verderbt«, ruft er ihnen einmal zu, »dass ihr zwischen Mann und Weib nichts als die Sünde sehet? Seid ihr unfähig auch nur zu denken, dass der Geist das Fleisch besiegen kann? Er kann es, und wieder sage ich, er kann es. Ja, noch mehr, wo das Leben im Geiste stark ist, da gibt es weder Mann noch Weib. Nicht jeder bedarf es.«

»Der Mensch ist schwach!«, sagen sie.

Darauf einer der Jünger: »So *werde* er stark. Er stärke seinen Willen, lege allen Wert und alle Kraft auf geistiges Leben und er wird sehen, wie die Sinne zur Ruhe kommen, wie er allmählich frei wird und Größeres vollbringt, als es Erdenkindern erreichbar scheint.«

Aber ihr Vorwitz ist noch nicht gedämpft und so frägt einer, weshalb Gott Adam und Eva erschaffen hätte, wenn er nur pure Geister haben wolle?

Darauf antwortet er: »So seid ihr. Zuerst tadelt ihr, dass der Menschensohn es mit Eva hielte und nun ärgert ihr euch, weil er im Weibe die Schwester sieht. Warum seid ihr denn so wachsam für das? Weil ihr nichts anderes denken könnt als Fleisch, weil ihr nichts anderes liebt als Sünde. Ihr Späher und Sittenschnüffler! Täglich würdet ihr der unnatürlichen Laster begehen, wenn es Gott nicht zurechtgesetzt hätte in Adam und Eva! Ihr Söhne des Lehm, so suchet die Gattin, aber nicht um Lüste zu pflegen, sondern um sie zu dämpfen. Jeder erfülle in seiner Weise die Absichten Gottes und reinige die Schwelle seiner eigenen Tür!«

Von diesem Tage an sind die Nörgler stumm geworden und keiner wagt es mehr, das geschwisterliche Verhältnis des Propheten zum Weibe aus Magdala auch nur mit einem Worte anzutasten. Aber es kommt die Zeit, da sie sagen, es sei schade, dass dieser ganze, herrliche Mann keine Familie hätte. Allenthalben, wo er sich zeige, liefen ihm die Kleinen zu und ein größerer Kinderfreund sei in Galiläa nicht zu finden. Und es erscheint manchmal vor seiner Seele ein trautsames Bild: Die Werkstätte zu Nazareth, und an Feierabenden sitzt er behaglich im Kreise von Mutter, Weib und Kind. Leicht wird er dieser Erscheinung Herr. – »Das können Unzählige. Ich muss das tun, was kein anderer kann.«

Eines Tages, als der Meister gegen Kapernaum hinabgeht, merkt er, dass die Jünger, die vor seiner hin schreiten, in einem leisen, aber lebhaften Wortwechsel begriffen sind. Sie streiten untereinander, welcher von ihnen wohl der Gott Wohlgefälligste sei. Jeder bringt mit Spitzfindigkeit seine Verdienste um den Meister vor, seine Opfer, seine Entbehrungen und Leiden und seine Befolgung der Lehre. Da tritt ihnen Jesus rasch näher und sagt: »Was führt ihr da für ein törichtes Gespräch? Indem ihr euch der Tugenden rühmt, beweist ihr, dass euch die größte mangelt. – Seid ihr die Gerechten, dass ihr so vorlaut dürfet reden?«

Darauf antwortet einer von ihnen zaghaft: »Nein, Herr, die Gerechten sind wir nicht. Doch hast du selber gesagt, dass im Himmel mehr Freude sei über Büßer als über Gerechte.«

»Über Büßer ist Freude, wenn sie *demütig* sind. Aber wisset ihr, über wen noch mehr Freude ist im Himmel?«

Denn mittlerweile hat sich das Volk herangedrängt. Frauen führen kleine Kinder an der Hand, tragen noch kleinere auf dem Arm, um ihnen den Wundermann zu zeigen. Andere der Knaben drängen sich zwischen den Beinen der Leute durch nach vorne, um ihn zu sehen und sein Kleid zu küssen. Man will sie zurückscheuchen, dass sie den Meister nicht belästigten. Er steht unter dem Feigenbaum und ruft laut: »So lasset doch die Kleinen zu mir kommen!« Und die Kinder, die rundgesichtigen, krausköpfigen, helläugigen springen heran, dass die Kleidlein fliegen, und umringen ihn, die einen frohgemut, die anderen scheu und beklommen. Er setzt sich auf den Rasen, er zieht die Kleinen an seine Seite, hebt die Kleinsten auf seinen Schoß. Sie schauen zuerst mit weit aufgerissenen Äuglein in sein freundliches Gesicht; er scherzt mit ihnen, da lächeln sie zart oder lachen hell. Und sie spielen mit seinen Lockenringeln und sie schlingen ihre Ärmchen um seinen Nacken. So vertraulich und vergnügt sind sie und so bewegsam umgaukeln die kleinen Geschöpfe den Propheten, dass die Menge in schweigender Freude dasteht. Aber auch Jesus ist von seliger Freude erfüllt, sodass er laut ausruft: »*Diesen* ist das Himmelreich!« – Wie Maienhauch weht das Wort hin über die Menge. Aber manchem wird bange, als der Meister beisetzt: »Sehet, wie sie sind: arglos, fromm und fröhlich. Ich sage es euch: Wer nicht wird wie ein Kind, der geht nicht ins Himmelreich ein! Und wehe dem, der eines dieser Kleinen verführt, dem wäre besser, man hätte ihm einen Mühlstein an den Hals gebunden und ihn ins Meer versenkt! Wer aber ein Kind aufnimmt um meinetwillen, der nimmt mich auf.«

Nun glauben es die Jünger zu erraten, über wen im Himmel Freude ist, und sie streiten nicht mehr über ihre Verdienste.

———————

Das Land Galiläa ist reich an Armen und arm an Reichen gewesen. Man hätte also meinen sollen, Jesus, der Armenfreund, wäre hier der rechte Mann. Und doch hat seine Lehre nicht Boden fassen können gerade in diesem Lande. Unter den vielen Armen sind die wenigen Reichen umso mächtiger, und diese haben ihren ganzen Einfluss auf das Volk aufgeboten, den Propheten von seiner Höhe zu stürzen und seine Tätigkeit zu untergraben. Die besten Werkzeuge der Hochgestellten sind die Rabbiten gewesen, und von diesen ist der Trugschluss verbreitet worden, dass ein Volk, welches dieses Mannes Grundsätzen nachlebe, in kurzer Zeit zugrunde gehen müsse. Denn die Armen, die freiwillig auf ihr Letztes verzichten, müssten noch ärmer, und die Reichen, die den Vorteil ausnützen, noch reicher werden. Dabei ist nämlich vorausgesetzt, dass nicht die Reichen, nur die Armen des Propheten Lehre annehmen, während wir wissen, dass sich Jesus besonders an die Reichen wendet, sie zur Umkehr ruft, und zwar auch zum Vorteile der Armen. Sie aber sagen: Die Reichen kehren nicht um, sondern verzehren den sanftmütigen Jesujünger, wie der Wolf das Schaf. Das leuchtet vielen ein und sie werden mutlos: Der Prophet meint es zwar gut, aber es kommt doch nichts dabei heraus.

Dazu wird bekannt, dass Jesus sich habe salben lassen. Sich salben lassen, das heißt der Gottgesandte, der Messias sein wollen! Und das geht wider die bestehende Ordnung, wider den König. – So deuten es die Prediger in den Synagogen, in den Häusern und auf den Straßen, verschweigen aber, dass die Salbung nur von einer niedrigen Person geschehen sei, um ihm die wunden Füße zu heilen. In Wahrheit ist es diesen Warnern nicht um das Volk und nicht um den König zu tun, sondern um ihren Buchstaben.

Als das Weib, das ihm die Füße gesalbt, merkt, dass er um sie Verdächtigung leidet, geht sie schweigend ihre gesonderten Wege. Kein Mensch hängt so heiß an ihm wie sie und keiner geht so still davon. Sie geht nicht mehr hinab nach Magdala zu dem alten Manne, den sie aus Mitleid geheiratet und aus Liebe – vergessen hat, sie geht zu Verwandten nach Bethanien. Seit der Prophet sie aufgehoben und vor allem

Volke gerechtfertigt hat, verschließt man ihr dort das Haus nicht mehr, sondern hat sie freundlich aufgenommen.

Jesus nimmt wahr, wie unter ihm der heimatliche Boden wankt, wie die Leute anheben, sich immer mehr von ihm zurückzuziehen, wie sie ihm die Herbergen versagen und Fallen legen. So zieht er nun mit denen, die ihm treu geblieben, hinaus in die Steinberge von Judäa. Unterwegs gewinnt er neuen Anhang und in der Wüste kommen Leute aus allerhand Völkerschaften herbei, mit Bündel und Stab, um den seltsamen Prediger zu hören. Die einen sind übersättigt von der dürren Phariten-Weisheit, die anderen sind enttäuscht von der schlechten Verwaltung des Landes, von den hohen Versprechungen der Römer, sind zerschlagen von dem wirtschaftlichen Niedergange der Arbeit, von der Erlahmung der Geister, von der Verrohung der Menschen. Etliche sind vor den Räuberbanden eines Barab geflohen, die in der Wüste ihr Unwesen treiben. – Nun sind sie da und hungern nach lebendigem Worte, um ihre verschmachtenden Seelen zu nähren. Johannes ruft ihnen entgegen: »Seine Lehre ist Nahrung. Das Wort wird Fleisch. Wer sein Fleisch isst und sein Blut trinkt, der wird nicht sterben!«

Sie wundern sich darüber. Wie soll man das nur verstehen, wer sein Fleisch isst und sein Blut trinkt?

Hierauf Johannes: »Das Wort wird wie Fleisch, es nährt die Seele. Unseren Vätern ist Manna vom Himmel gefallen und sie sind dennoch gestorben. In seinem Worte fällt uns ein Brot vom Himmel, das unsterblich macht.« Sie erinnern sich auch an einen anderen Ausspruch: Sein Fleisch ist wahrhaft eine Speise! Und erklären es sich so, dass der Menschenleib bestimmt sei, vom Geiste aufgezehrt zu werden, wie Docht und Talg von der Flamme. – Also muss der Mensch, um göttlich zu werden, das Göttliche menschlich nehmen.

Nun bleiben sie Tag und Nacht bei ihm, ihrer Tausende, und werden satt. Und viele bitten ihn, dass er Wasser über ihr Haupt gieße, zum Zeichen, dass sie seine Anhänger geworden sind und rein sein wollen.

Da ist es in einer Sternennacht der Wüste. In einer jener Sternennächte, da die Gestirne in funkelnder Klarheit niederleuchten und aus den Steinen ein bläuliches Schimmern und Qualmen hervorlocken, sodass es ist, wie ein Auferstehen verklärter Seelen. Einer der Jünger betrachtet diesen in heiliger Stille so gewaltig lodernden Sternenhimmel und sagt: »Brüder, mich schauert vor dieser Unermesslichkeit!«

Der andere Jünger: »Und ich freue mich über diese Unermesslichkeit.«

»Ich flüchte vor meiner Bangigkeit zum himmlischen Vater!«

»Und ich bringe dem himmlischen Vater meine Freude.«

Alles hat sich in weitem Kreise um Jesus gelagert. Man will ruhen, aber man kann nicht schlafen. Die Nacht ist zu feierlich.

Und nun beginnt einer leise zu reden: »Hier ist's wie im Reiche Gottes!«

Da hebt ein anderer sein Haupt, das auf dem unterstellten Arm gelegen ist und sagt: »Weißt du denn, wie es im Reiche Gottes ist?«

Jetzt schweigt jener, aber nach einem Weilchen antwortet er: »Zwar weiß ich das nicht, denke aber gerne darüber nach. Er spricht so oft vom Himmelreich. Ich möchte wohl doch Näheres davon wissen.«

»Fragen wir ihn.«

»Frage du ihn.«

»Ich wage es nicht.«

»Fragen wir den Johannes. Der kennt ihn am besten, der wird es schon wissen.«

Johannes ruht auf dem Sand und legt sein Haupt auf einen Stein. Die weichen Locken sind sein Kissen. Aber auch er schläft nicht. Sie schleichen hin und fragen ihn dreist, wo das Himmelreich sei, von dem der Meister so oft spricht. Ob unter der Erde, oder über der Sonne? Oder wann es anhebe, bald – oder in tausend Jahren?

Sagt Johannes: »Wie lange seid ihr schon mit ihm?«

»Der Wochen sieben.«

»Und ihr wisset noch nicht, wo das Himmelreich ist? Dann versteht ihr seine Sprache nicht.«

»Er spricht doch die Sprache unserer Väter.«

»Er spricht die Sprache des Reiches Gottes. Erinnert euch doch: Das Himmelreich ist, wo Gott ist. Gott ist, wo die Liebe ist. Wo die vertrauende, opferstarke, freudvolle Liebe ist.«

»Und wo ist diese?«

»Was denket ihr?«

»Die Liebe, denke ich, muss wohl im Herzen sein.«

Und darauf Johannes: »So wisset ihr auch wo das Himmelreich ist.«

Die zwei schauen einander an, scheinen es immer noch nicht genau zu wissen. Da geht Johannes zu Jesus, der auf dem Felsen sitzt und lange hinausgeblickt hat in die weite Nacht, als wäre sie voller Gesichte. Sein Antlitz ist so hell, als hätte sich in ihm der Sterne Schein vereinigt.

»Meister«, sagt Johannes. »Wir finden keinen Schlaf. Erzähle uns vom Himmelreich.«

Jesus wendet sich und auf seine nächsten Jünger weisend spricht er: »Euch ist es gegeben, das Geheimnis vom Himmelreich zu wissen. Den andern dort kann es nur durch Gleichnisse erklärt werden. Denn das Reich Gottes kann nicht aufgebaut werden aus Holz oder Stein wie ein Tempel, es kann nicht erobert werden wie ein Königreich, es kann nicht mit leiblichem Auge geschaut werden wie ein blühender Garten und man kann nicht sagen, da ist es oder dort ist es. Das Reich Gottes muss erstürmt werden mit der Gewalt des Willens, und wer stark und beständig ist, der reißt es an sich. Sein Auge und seine Hand muss ununterbrochen gerichtet sein auf diesen Pflug, der das Erdreich furchet für die große Ernte. Wer seine Hand an den Pflug legt und schaut auf anderes, der ist fürs Reich Gottes nicht geeignet. Aber dem, der es ernstlich sucht, kommt es über Nacht. Der Same, gestern auf den Acker geworfen, ist aufgegangen – der Mensch weiß nicht wie. Der Same ist das Wort von Gott, das ausgestreut wird hin nach allen Seiten. Ein Teil fällt auf den Weg, ihn fressen die Vögel. Ein Teil fällt in die Dornen, er wird erstickt. Ein Teil fällt auf seichte Erde, er geht auf, aber verdorrt in der heißen Sonne. Nur der kleinste Teil fällt auf gutes Erdreich und trägt große Frucht. So ist es mit der Gottesbotschaft. Die bösen Neigungen verzehren sie, die irdischen Sorgen ersticken sie, die glühenden Sinne verdorren sie, aber das nach Gott verlangende Menschenherz nimmt sie auf und in ihm wird das Wort zum Himmelreich.«

In der ruhenden Menge haben sich immer mehr Köpfe aufgerichtet. »Er spricht!« Da regt es sich und alles lauscht.

Jesus erhebt seine Stimme und fährt fort also zu reden: »Etliche von denen, die mich jetzt hören, haben das Himmelreich in sich. Aber seid wachsam! In der Nacht kommt der Feind und säet Unkraut. – Höret weiter. Das Wort ist wie ein Senfkorn. Das ist unter allen Samenkörnern das kleinste und wird doch der größte Baum. Vielleicht ganz unversehens ist dir ein Wort ins Herz gefallen. Du achtest seiner kaum, gehst darüber hinweg, aber es keimt heimlich, auf einmal ist die Erleuchtung da, und du hast das Himmelreich. Und dann ist es wie ein Sauerteig, der dein ganzes Wesen erregt und ändert. Und wie ein auf dem Acker verborgener Schatz ist das Himmelreich, der Mensch findet ihn, verkauft mit Freuden alles, was er hat und kauft diesen Acker. Und wie eine Perle ist es, für die ein Kaufmann alle Reichtümer hingibt. Aber es ist auch wie ein Lampenlicht, an das man immer Öl gießen muss, wenn es nicht verlöschen soll. Verlischt es, so hast du kein Licht, wenn plötzlich der Überfall kommt. – Und vernehmet auch das: Der Herr des Himmelreiches ist wie ein König, der dem Knecht auf vieles Bitten alle Schuld nachlässt. Der Knecht aber schenkt seinem Schuldner die Schuld nicht, sondern lässt ihn ins Gefängnis werfen. So ruft ihn der König vor seinen Richterstuhl und spricht: Ich habe mich über dich erbarmt und du hast dich über deinen Mitknecht nicht erbarmt. So werfe ich dich jetzt auf die Folterbank, bis du mir von deiner Schuld den letzten Heller bezahlt hast. Wer nicht nachlässt, dem wird nicht nachgelassen werden.«

Jesus schweigt und durch die Menge geht ein banges Zittern. Johannes kommt zu dem Manne, der ihn vorher gefragt hat und sagt: »Weißt du es nun, was er mit dem Reiche Gottes meint?«

»Ich ahne es.«

»Das ist einstweilen genug. Es ist die Gnade, die Seligkeit und das Gericht … Denke, er hat, um das Himmelreich zu zeigen, die Nacht gewählt. Denn es ist nicht eine Ausschau, es ist eine Einkehr. Mensch, wenn du das Himmelreich hast, so hast du's in deiner Seele. Ist es da nicht, so suchest du es anderswo vergeblich.«

»Aber«, wagt jetzt jemand zögernd zu sagen, »es muss doch auch noch anderswo sein. Der Meister sagt ja selbst: Vater im Himmel!«

Dem antwortet Johannes: »Das Himmelreich ist überall, wo du bist, wohin du kommst mit deinem Vertrauen und mit deiner Liebe. Denke nur nicht, dass du solche Geheimnisse mit deinem Verstand fassen müssest.«

Da hat jener nicht mehr gefragt.

Nun kommt ein Greis gewankt und der wagt sich an Jesus mit der Frage, was er tun solle? Er sei ein weltlicher Mensch, habe immer nur der Erde gelebt und nun höre er, für ihn sei es zur Umkehr zu spät. »Wie komme nun ich zum Himmelreich?«

Hierauf hat Jesus das Folgende gesagt: »Ein Mann nimmt Arbeiter auf für seinen Weinberg. Den einen nimmt er am Morgen auf, den andern um Mittag und den letzten gegen Abend, als das Tagewerk schon beinahe zu Ende geht. Und als es zur Auszahlung kommt, gibt er jedem gleich viel Lohn. Da beklagen sich die am Morgen und Mittag Aufgenommenen, sie hätten doch viel länger gearbeitet in des Tages Last und Sonnenhitze und sollten nicht mehr Lohn haben, als der, so erst am Abend eingetreten ist und kaum eine Stunde gearbeitet hat? Darauf spricht der Herr des Weinberges: Ich habe mit euch doch vorher den Lohn besprochen und er ist euch recht gewesen. Was geht es euch an, wenn ich dem andern etwas schenke! – – Wer spät zu mir kommt, der kommt geradeso zu mir, als der schon am Morgen da ist. Hauptsache ist, *dass* er zu mir kommt.«

Da hebt der Greis vor Freude an zu weinen darüber, dass er aufgenommen ist, so spät am Tage er auch in den Weinberg Jesu gekommen.

Weil der Meister jedem so willig zur Rede steht, so kommen in dieser Zeit noch andere zu ihm, bittend, dass er ihnen Unfassbares deuten möchte. Da hätte er einmal eine Geschichte erzählt vom König, der, nachdem die bestellten Gäste abgesagt haben, die Leute der Straße laden lässt zu seinem Hochzeitsmahl.

Diese erscheinen, aber einer hat kein Hochzeitsgewand an. Den lässt der König in die Finsternis werfen. Der Meister hätte damit wohl ein Gleichnis sagen wollen, aber sie könnten es nicht verstehen. Der König ist zu hart, er muss doch im Voraus wissen, dass Leute von der Straße kein Hochzeitsgewand am Leibe tragen.

Jesus schweigt, Jakobus redet: »Und die Geladenen müssen wissen, dass man zu einer Königshochzeit nicht in zerrissenen und beschmutzten Kleidern kommt. Geladen sind freilich alle, aber wer unrein und ohne Demut kommt, der wird wieder hinausgewiesen ins Dunkle. Unvorbereitet trete keiner ein.«

Auch noch ein anderes seiner Himmelreichgleichnisse beunruhigt sie. Das vom ungerechten Haushälter, den sein Herr lobt, weil er so klug für sich selbst gesorgt hat mit dem ihm anvertrauten Gelde. Dieser Verwalter weiß nämlich, dass er entlassen werden soll und lässt den Schuldnern seines Herrn heimlich einen Teil der Schuld nach, damit er dann bei ihnen gute Aufnahme finde. Und er hätte recht getan! – »Ja, kann man sich denn das Himmelreich kaufen mit Gütern, die nicht unser Eigentum sind?«

Spricht ein Maultiertreiber drein: »Ich denke mir bei dieser Geschichte gerade so: Keiner von uns hat auf dieser Erde ein Eigentum. Wir alle sind nur Verwalter der Güter, und wenn wir davon den Dürftigen hingeben, so sind wir zwar ungerechte Verwalter, weil wir etwas geben, das nicht uns gehört, und doch tun wir recht.«

Über diese Auslegung haben etliche die Köpfe geschüttelt, besonders Reiche und Schriftweise wollen sie nicht begreifen. Jesus aber sagt im

Gebete: »Ich preise dich, Vater, dass du vieles, was dem Weltweisen verborgen ist, dem Einfältigen enthüllest. Selig, die nicht an meiner Lehre Anstoß nehmen!«

Aber noch immer kommen die Jünger, um einander zu fragen, wenn ihnen etwas dunkel ist. So weiß Thomas auf einmal nicht, was der Meister unter dem Worte Wahrheit versteht. Er sei die Wahrheit. Man müsse Gott anbeten in der Wahrheit, und wer aus der Wahrheit sei, der verstehe Gottes Wort.

Was sagt Johannes, der jüngste unter ihnen? »Die Kinder der Welt nennen es Wahrheit, wenn sie mit dem Hammer einen Stein zerschlagen, und finden, dass er aus Kalk ist. Sie nennen es Wahrheit zu wissen, wie die Fische im Meer und die Würmer in der Erde sich unterscheiden und wie sie die Räume des Himmels mit Ziffern messen können. Sie nennen es Wahrheit, wenn festgestellt ist, dass ein Samenkorn keimt und des Menschen Leib nach dem Tode in Staub zerfällt. Wahrlich, das sieht jeder mit eigenen Augen. Aber ist denn das irdische Auge die Wahrheit? Und sagt er dann: ›Ihr sollet die Wahrheit *wissen*?‹ Nein, er sagt: ›Ihr sollet die Wahrheit sein.‹«

Die Wahrheit *sein*. Ohne Hehl und Falsch sein, treu und wahrhaftig in der Gesinnung sein.

So suchen sie einander zu fördern in dem Begreifen des Himmelreiches und mancher jubelt Tag und Stunde, weil er das – was die Weisen aller Zeiten gesucht – gefunden hat.

Der Armen, Verachteten und Unglücklichen versammeln sich immer mehr um ihn. Oft ist das wunderliche Wüstenlager gefüllt mit Kranken, Mühseligen und Verzagten. Viele sind mit schweren Bekümmernissen, aber von Hoffnung getragen, aus weiter Ferne gekommen; und nun, da sie ihn schlank und ernst dort stehen und in tiefen Worten lehren sehen, verlässt sie der Mut und sie getrauen sich nicht zu ihm. Sie sind voller Zagen. Da breitet er die Hände aus und ruft: »Kommet doch heran! Kommet alle zu mir, die ihr mühselig und beladen seid, ich will euch laben. Ich bin nicht gekommen, zu richten und zu strafen. Ich bin gekommen zu suchen, was verloren, zu heilen, was krank, und lebendig zu machen, was tot war. Ich bin gekommen zu den Traurigen, dass sie getröstet, zu den Gefallenen, dass sie erhoben werden. Ich gebe mich selbst für viele zur Erlösung. Von dieser Welt ist meine Macht nicht, ich bin Herr im Reiche Gottes, wo alle selig sind in vertrauender, freudiger Liebe. Kommet zu mir, ihr Irrenden und Vergehenden! Ich habe für euch die Freude und das ewige Leben.«

Die Jünger blicken einander erstaunt an. In solch erhabener Sanftmut hat er noch nie gesprochen. Das Volk hat sich schluchzend um ihn gedrängt, seine Worte sind vielen Öl auf die Wunden. Die wenigsten denken daran, wie es denn möglich sei, dass ein Mensch so spricht, so stolz, so liebreich und so göttlich. Gepackt von Begeisterung und Vertrauen geben sie sich ihm hin, in seiner Nähe werden Hungernde satt, Blinde sehend, Zweifelnde glaubend, Lahme gehend, Verzagte gestärkt, tote Seelen lebendig.

Simon ist immer hocherfreut, sooft neue Wanderer herbeikommen und wenn abziehende das Gelöbnis tun, des Meisters Lehren zu befolgen. Hingegen derb aufgebracht ist er, wenn sie sich abweisend verhalten, weil es ja nicht möglich sei, seine Forderungen zu vollbringen. Auf derlei mäßige Erregungen des Simon erzählt Jesus wieder eine Geschichte: »Ein Mann hat zwei Söhne, wovon er jedem befiehlt, auf seinen Acker zu gehen, um zu arbeiten. Der eine sagt: Ja, Vater, ich will sogleich hingehen. Nachher überlegt er, dass die Arbeit schwer sei und geht nicht hin. Der andere Sohn sagt dem Mann ins Gesicht, er wolle nicht auf den Acker gehen, die Plage sei zu groß. Wie er allein ist, denkt er: Ich will doch trachten, den Willen des Vaters zu tun, geht auf den Acker und arbeitet. Was dünkt euch, welcher von den beiden hat recht getan?«

Ein Schriftforscher antwortet: »Der ihm zugesagt, hinzugehen. Denn es steht geschrieben: Wer sich bereit erklärt, das Gesetz zu befolgen.«

Jesus ist über diesen Beweis verblüfft. Mit Wehmut sagt er: »Es ist erstaunlich, wie falsch sie die Schrift auslegen. Wahrlich, eher werden öffentliche Sünder in das Himmelreich finden als diese Schriftlehrer!«

Von dieser Stunde an hat Simon sich nicht mehr gefreut an leeren Zusagen und sich nicht mehr geärgert über die Ablehnung derer, die später vielleicht in Demut kommen, um die schwere Arbeit aufzunehmen. Geduldig, wie er einst am See mit dem Netze gewartet, wartet er auch jetzt, ob sie kommen wollen. Und so deutet er sich ein dunkles Wort des Meisters: Alle sind gerufen, viele kommen, wenige bleiben.

In Jerusalem, der Königsstadt, hat zu jener Zeit ein glücklicher Mann gelebt. Der hat alles gehabt, was das Leben sein macht: Große Reichtümer, mächtige Freunde und schöne Freundinnen, die ihm täglich das Haupt mit Rosen bekränzen. Sein Leben ist noch jung, von seinen Wünschen ist ihm jeder erfüllt, bis auf den einen, bis auf den, dass es immer so bleiben möchte. Und wenn zwischen den lauten Freuden bisweilen ein stilles Stündlein ist, da er zu sich selbst kommt und sein Glück betrachten und messen kann, da wird ihm bange. Ja, da ist ihm hart wehe geworden, denn täglich sieht man es an allen Orten, wie die Güter vergehen und die Bahren derer, die gestern noch vergnügt gewesen, hinausschwanken zu den Gräbern.

Nun hört dieser glückliche und bange Mensch, dass draußen in der Wüste ein Prophet sei, der das ewige Leben habe. Er wisse von unzerstörbaren Reichtümern und Glückseligkeiten und die halbe Welt liefe ihm zu, um deren teilhaftig zu werden. Also entschließt sich auch Simeon – das ist sein Name – diesen Mann aufzusuchen. Er verwahrt seine Edelsteine in eiserne Truhen, übergibt seine Paläste, Weingärten und Schiffe samt allen Knechten dem Verwalter, befiehlt seine Lieben dem Schutze der Götter und versammelt um sich seine Sklaven. Im weichen, hellen Gewande, das mit Gold und Kleinodien reich geschmückt ist, an der Seite das krumme Schwert, an dem Hute die flatternden Federn seltener Vögel, so reitet er auf hohem Rappen zur Stadt hinaus. Der Dienertross begleitet ihn; an seiner Seite reiten auf afrikanischen Lasttieren bewegsame Mohren, die Scheibe eines Sonnendaches über ihn haltend, mit blumigen Fächern Kühlung ihm ins Gesicht fächelnd. In goldenen Behältern bringen sie Früchte des Ostens und Südens, schmackhafte Tiere des Meeres und der Lüfte mit, köstlichen Wein, Räucherwerk und Kissen zum Schlummern. An einem Flecken begegnet dieser Zug schwarzen Gestalten, die einen Toten tragen. Auf hohem Brette in weißes Linnen gewickelt liegt er und darüber in den Lüften kreist ein Rabe. Simeon wendet sich unwillig ab, seine Natur erschauert vor allem, was tot ist. Münzen lässt er streuen in den Trauerzug, wie er am liebsten über alles Leid und alle Trauer eine bunte, mit Edelsteinen besetzte Hülle werfen möchte.

Als er ans Steingebirge kommt, beginnen die fremdländischen Tiere zu straucheln und bleiben zurück. Der Rappen setzt seine Hufe unsicher auf die klingenden Platten, sein Kopf bäumt sich schnaubend aus und er will nicht voran. Simeon hält Rat, wie er weiterkommen könne. Landleute führen Maultiere herbei und bieten sie an, er lehnt sie ab. Auf so verächtlichem Tiere will er nicht zum Propheten kommen, der den Schlüssel zu den unzerstörbaren Gütern und zum unaufhörlichen Leben hat. Seine Sklaven müssen eine Sänfte bauen, er legt sich unter glitzerndem Zelt auf weiche Kissen und so tragen sechs Mohren den Herrn in der Wüste dahin. Wo auf der Oase Rast gehalten wird, da ist es wie ein königliches Lager; in Kristallbechern reichen Diener ihm den Trunk der Quelle, flinke Köche bereiten ihm das Mahl, schöne Frauen, deren Haut zart wie Samt ist und braun wie Kupfer, strählen ihm das schwarze Haar, ergötzen ihn mit Harfenspiel und bewaffnete Knechte halten Wacht gegen den Wüstenhäuptling Barab.

Weil die Landschaft immer noch unwirtlicher wird, sodass trotz aller Mittel manche Beschwerde nicht ganz zu vermeiden ist, so erinnert Simeon sich an die Behaglichkeit in seinem Palaste zu Jerusalem und er denkt an Umkehr. Und doch zieht's ihn fort, dem Weisen entgegen, um das Unvergängliche zu erfahren. Über kahle Höhen her kommen Leute, die wissen schon zu erzählen von dem Lehrer, der am anderen Rande der Wüste sei, zeitweise allerlei Volk um sich versammelt habe und vom ewigen Gottesreiche spreche. Also schwankt die Sänfte weiter und kommt am nächsten Tag durch dürre Felsschluchten hinab in das Tal, das von wenigen Öl- und Feigenbäumen beschattet ist. Um einen solchen Feigenbaum stehen und hocken Leute beisammen, zumeist armselige, kummervolle Gestalten, Elende, wie sie heimlos und von Liebe verlassen umherirren. In schlechte Lappen gehüllt und gebeugt, so wenden sie ihre Gesichter dem Baume zu – denn dort steht er und redet.

»Seid nicht traurig und nicht verzagt. Ihr versäumt nichts an der lockenden Welt. Der Vater und sein Reich ist euer. Vertraut ihm, ihr seid sein. Erfreuet euch durch Liebe, es geschieht euch leichter, wenn ihr liebet, als wenn ihr hasset. Und bei allem, was euch zustößt, haltet euere Seele fest, sonst habt ihr nichts zu verlieren.«

Simeon hat die sonderbaren Worte deutlich gehört und bei sich gedacht: Sollte es dieser sein? Nein, unter eine Rotte von Gesindel setzt sich der Weise nicht. – Und doch sagen sie, er sei es. Simeon steigt aus seiner Sänfte, das wie ein Halbreifen gekrümmte Schwert zieht er mit einer Hand heran, dass es nicht rassele auf den Steinen. So drängt er sich sachte vor. Moderstaub der alten Gewänder, Schweiß der Menge – wie widerlich ist Armenleutegeruch! Die Versammelten weichen scheu zurück vor dieser lichten Herrengestalt, wie sie eine ähnliche in der Nähe des Meisters noch nicht gesehen haben. Jesus steht ruhig unter dem Feigenbaum und sieht den Fremdling kommen. Drei Schritte vor ihm bleibt dieser stehen, neigt sein Haupt, legt die Hand an die Stirn, also wie ein König den andern grüßt.

»Herr«, spricht der Fremdling und seine Stimme ist nicht scharf und grell wie sonst, wenn er seinem Gefolge Befehle gibt, vielmehr gedämpft und beklommen: »Herr, ich komme einen weiten Weg zu dir. Ich habe dich lange gesucht.«

Jesus streckt schweigend die Hand nach ihm aus.

Simeon ist erregt, er möchte sein Anliegen sogleich vorbringen, um bald wieder gen Jerusalem ziehen zu können, aber die Rede will nicht fließen. Stammelnd sagt er: »Herr! Ich höre, dass du vom ewigen Leben weißt, ich komme deshalb zu dir. Sage mir doch, wo ist es zu finden? Was soll ich tun, um das ewige Leben zu haben?«

Jesus tritt einen Schritt vor, blickt den Mann ernst an und sagt: »Willst du leben, so halte die Gebote des Moses.«

»Des Moses?«, antwortet der Fremdling verblüfft. »Aber das tue ich ja. Obschon ich von den Heiden stamme, so habe ich mich doch in diesen Dingen dem Volke angeschlossen, unter dem ich wohne. Indes, es ist nicht um das. Sie sterben. Aber ich möchte *immer leben.*«

Da spricht Jesus: »Willst du immer leben, so halte dich an den, der immer lebt. Liebe Gott mehr als alles und deinen Nahmenschen wie dich.«

»O Herr!«, sagt Simeon. »Das bestrebe ich mich ja zu tun. Und doch ist mir bange.«

Darauf Jesus: »Dir ist bange, weil du es tun solltest und tun möchtest und doch nicht tust. Du besitzest Paläste in der Stadt, Fruchtboden auf dem Lande, Schiffe auf dem Meere, beladen mit Kostbarkeiten aus aller Welt. Du besitzest tausend Sklaven. Bücher füllen deine Verwalter, wenn sie es aufschreiben, was du besitzest.«

»Herr, du weißt das alles?«

»Freund, dein Aufzug steht im Abglanz der Reichtümer. – Siehe diese Leute, die mir folgen. Sie haben ein schlechtes Kleid und eine frohe Seele, sie haben das Gottesreich in sich. Wenn es dir ernst ist, so musst du alles, was du hast, hingeben.«

»Hingeben? Alles was ich habe?«

»Das musst du hingeben und werden wie diese. Dann komm mit mir, ich führe dich zum ewigen Leben.«

Als Jesus solches und noch anderes gesprochen hat, senkt der Fremdling das Haupt und tritt langsam zurück. – Wie? Diesen niedrigen, bettelhaften Leuten soll ich gleich werden? Freiwillig aus meinem gewohnten Kreise niedersteigen in dieses grenzenlose Elend? Nein, das kann kein Mensch. Das kann kein Mensch. – – Er tritt in sein Gefolge zurück und ist sehr betrübt.

Jesus hat ihm sinnend, mit gütigem Auge nachgeblickt.

»Wer ist er denn?«, fragen die Jünger. »Er trägt nachgerade einen Königsmantel. Solche Seiden hat man noch nicht gesehen. Ist es ein Fürst aus dem Morgenlande? Wenn er gekommen ist, um uns zu beschenken, so vergisst er jetzt seines Vorhabens.«

Ohne die vorwitzigen Reden zu beachten, spricht nachdenklich der Meister: »Einen Reichen zu gewinnen für die Seligkeit, das ist schwer. Der Menschen Wille ist allzu schwach. Ihre Sinne schwelgen in Überfluss und ihre Seelen lassen sie verschmachten in Bangigkeit. Ja, meine Freunde, eher geht das Kamelhaar durch ein Nadelöhr, als der Reiche in unseren Himmel.«

Nicht in Bitterkeit, in Trauer vielmehr ist dieses Wort gesprochen. Und da tut jemand den Ausspruch: »Ja, wenn die Gebote zu schwer sind, dann werden Sünden daraus. Weil man sie übertreten muss.«

Blickt Jesus den Zagenden an und spricht: »Wozu bin ich denn gekommen? Wozu zeige ich euch denn, wie leicht die Last ist? Sehet ihr es nicht schon an euch selbst, wie befreit man ist, wenn das große Sorgen und Jagen aufgehört hat? Aber das werdet ihr erst recht erkennen, wenn die Gnade des Vaters kommt.«

Ihre Ohren hören es kaum. Der Glanz hat sie schon zerstreut und mit verlangenden Augen blicken sie dem Zuge nach, der langsam davongeht, mit seinen Pferden, Kamelen, Reisigen, Mohren und schönen Frauen. Ein altes höckeriges Israelitlein, das hinter einem Steinblock kauert, murmelt mit einiger Bosheit: »Mich dünkt, die möchten auch lieber mit dem Heiden ziehen, als hier auf die Gnade des himmlischen Vaters zu warten.«

Simeon liegt wieder auf seiner schwankenden Sänfte und sinnt. Er trachtet die unverrichtete Sache mit seinem Gewissen in Einklang zu bringen. – »'s ist ein Fantast, dieser Prophet. Das Gottesreich in uns, was soll das heißen? Einbildungen und Träumereien! Nur geeignet, die Leute träge und untüchtig zu machen. Eine Lehre für Habenichtse und Vagabunden. So sieht es aus, sein: Ewig leben! Solange er lebt, glaubt er recht zu haben, und ist er tot, so kann er's nicht mehr wissen, dass er unrecht hat. Und dabei die gesellschaftliche Gefahr. Der Besitzende nicht Eigentümer seiner Güter? Er müsste sie hingeben, an Arme verteilen? Dieses Gleichvielhaben oder Nichtshaben aller, das jeden Aufschwung ausschließt und alles in die jämmerliche Alltäglichkeit niederdrückt. Nein, das ist mein Heil nicht. Übrigens, einen Vorteil wird diese Wüstenreise für mich haben; setzt wird mir wieder wohler sein in meinem behaglichen Hause.«

Doch hat sich für ihn Gelegenheit ergeben, noch einen Blick in das Bereich zurückzuwerfen, dem er eben wieder den Rücken kehrt. Mehrere, von dem Glanze seines Zuges gelockt, sind ihm von Weitem gefolgt. Und auch drei der Jünger sind ihm nachgegangen, denen darum zu tun ist, ein Missverständnis zu schlichten. An einer Quelle, die aus der Felsenkluft rinnt und um sich grünen Rasen hat, haben sie den vornehmen Fremdling eingeholt. Mohren wollen ihnen die Annäherung wehren, aber Simeon erkennt sie als ganz ungefährlich und lässt sie vor sich.

Jakobus, der eine Jünger, sagt: »Hoher Herr, es ist schade! Ihr seid einer von den wenigen, die unseren Meister unverrichteter Sache verlassen. Ganz so hart wäre es nicht, wie Ihr etwa glaubt. Er selber sagt es, wer nur den rechten Willen hat, der ist nimmer verloren. Schon der Wille, ewig zu leben, führt dahin.«

»Wozu das?«, ruft Simeon aus. »Es ist ja nicht möglich, was er verlangt!«

»Muss man denn alles gar so wörtlich nehmen?«, sagt Jakobus. »Der Meister meint immer das allerhöchste Ziel und spricht in großen Worten, damit es besser im Gedächtnis bleibe.«

Simeon wehrt mit der goldbereiften Hand ab: »Alles hingeben, was man hat, alles hingeben! Bitter arm werden …!«

Darauf tritt der andere Jünger vor, stellt sich in seinem fahlen Gewande her und sagt: »Seht einmal uns an! Haben denn wir alles hingegeben? Wir haben nie viel mehr gehabt als heute und was wir gehabt haben, das haben wir auch jetzt noch. Unser Bruder Thomas hat nur einen Rock, weil er vollblütig ist, ich habe zwei Röcke, weil ich leicht friere. Hätte ich schlechte Beine, so würde mir der Meister gerne einen Esel gestatten, wie dem Thaddä. Jedem, was er bedarf. Ihr seid ein vornehmer Herr und bedürfet mehr als unsereiner, weil Ihr mehr gewohnt worden seid. Aber das, was ihr habt, könnt Ihr lange nicht alles selber aufbrauchen. Und doch bedürfet Ihr es, weil es die vielen Hundert Menschen brauchen, die Ihr beschäftigt, die für das Wohl des Landes arbeiten und die von Euch leben. Ich sage, dass Euch die Güter geradeso zu Recht gehören, wie mir der zweite Rock, und dass Ihr recht gut sein Jünger werden könnet.«

»Vielleicht schwatzest du zu viel, Philipp«, verweist Jakobus. »Wenn jemand eine Bußfahrt tun will nach dem ewigen Leben, da reist man nicht wie der Kaiser von Indien. Oder man weiß nicht, was man will. Glaubet mir, hoher Herr, Reichtum ist immer gefährlich, auch für das Leben. Der sicherste Schutz gegen Neid, Hass und Überfall ist die Armut.«

Ein dritter Jünger, Matthäus, ist noch da, der wendet sich mit seinem Worte zuerst nicht an den Fremdling, sondern an die Genossen und sagt: »Brüder! Es ist doch wohl so zu verstehen: Wer das Himmelreich haben will, der muss alles hingeben, was ihn mit Unruhe erfüllt. Sonst kann er nicht ganz beim Vater sein. – Ihr aber« – das sagt er zu dem Herrn aus Jerusalem – »Ihr wollet mit der Welt nicht brechen. Gut, dann tuet das eine und habet Euere Nebenmenschen lieb. Behaltet Euer seidenes Gewand, aber bekleidet auch die Nackenden. Behaltet Euer Pferd zum Ritte, aber schenket dem Lahmen eine Krücke. Behaltet Euere Würde, aber befreiet auch die Sklaven. Gebet den Knechten, was sie verdienen. Wenn Ihr aber glaubt, was sie aus den Äckern, aus den Berggruben, aus den Werkstätten hervorholen, das sei Euer, dann wehe Euch!«

»Ein Übriges wollte ich gerne tun«, meint Simeon.

»Gut, so saget jetzt den Sklaven, die Euch umgeben: Ihr seid frei. Wollt ihr mir noch weiter dienen, so will ich gut mit euch sein. Wollt ihr euerer Wege ziehen, so nehmet an Nahrung, an Gewand, an Lasttieren, was ihr bedürft. – Tut Ihr das, Fremdling?«

»Schwärmer! Schwärmer!«, schreit Simeon heftig auf. »Wie seht Ihr nur die Menschen! So sind sie nicht, so ist es nicht.«

»Aber es wird einmal so sein«, sagt Matthäus.

»Das ist ein Messias, der das Reich zerstört, anstatt es aufzubauen!«, ruft Simeon, springt auf sein Traglager und winkt zum Aufbruch.

Der Herrenzug bewegt sich langsam und mit zuckendem Glitzern dahin über die dunklen Steinheiden. Die Jünger blicken ihm schweigend nach.

Im gelben Sande liegt ein greises Männlein. Wie ein Berggeist, so zwergig und grau ist es. Dieser Greis ist daheim in dem weiten, öden Gestein. Er liebt die Wüste, wo die großen Gedanken wohnen. Er liebt die Wüste, wo er das Tor in das Nichts zu finden hofft. Jetzt, da auf der Rückkehr zum Meister die Jünger in seine Nähe kommen, windet er langsam seinen Oberkörper aus dem Sande und frägt: »Was sucht dieser Mann, mit dem ihr gesprochen habt?«

»Er sucht die Kraft, ewig zu leben.«

»Ewig zu leben?«, ruft hierauf der Greis verwundert. »Und deshalb lässt sich der Mann in der Wüste so herumschleppen? Was es doch für wunderliche Menschen gibt. Ich wollte gehen, weiß nicht wie weit, um mein Nirwana zu finden. Das ewige Leben wünsche ich nur meinen Feinden. Schon lange ist es her, dass man gesagt hat, ich wäre hundert Jahre alt. Seid ihr weise Männer, so belehret mich und saget, was muss ich tun, um das Nichtsein zu erlangen?«

Sie sind erstaunt. Das ist eine märchenhafte Erscheinung. Ein Seiender, der nicht sein will! Aber Matthäus weiß ihm zu antworten.

»Freund, dein Begehren ist bescheiden, doch in Erfüllung gehen kann es nimmer. Zum Nichtsein wirst du es nie bringen. Stirbst du, so verlierst du nur deinen Leib, aber nicht dich. Du wirst vielleicht nicht leben, aber du wirst sein, so wie du heute nicht lebst und doch bist. Atmen und Warten ist nicht leben. Leben heißt Erfüllung, heißt Liebe – heißt Himmelreich.«

»Mein Himmelreich heißt Nirwana«, sagt das Greislein und gräbt sich wieder in den Sand.

Als sie weitergehen, spricht Matthäus: »Er fürchtet das immerwährende Sein, weil er keinen Gott weiß. Aber er ist nicht so weit von uns, als der reiche Mann mit seinem Weltdurst.«

Simeon ist weitergezogen und hat gegen Abend die Oase Kaba erreicht. Dort lässt er für die nächtliche Rast ein Lager aufschlagen. Ringsum die Diener, die Lastträger, die Tiere, in der Mitte das Zelt, in dem er sein Mahl einnimmt, sich auf die Kissen streckt und von den Mädchen sich in den Schlummer fächeln lässt. Aber gut hat er nicht geschlafen. Schwere Träume: In Jerusalem brennt sein Haus, auf stürmischem Meere ist Schiffbruch, treulose Wächter erbrechen seine Kästen. Und dazwischen immer wieder der Ruf: Gib alles hin! – – Um Mitternacht wird er geweckt. Aber das ist kein Traum mehr, das ist grässliche Wahrheit. Mit gedämpftem Lärm drudert's und fludert's ums Lager herum, schwarze Gestalten mit glitzernden Waffen huschen, im Lager selbst rührt sich's nur kriechend am Boden. Vor Simeon steht, begleitet von Beduinen, die Fackeln und Messer tragen, ein schlanker, finsterer Mann.

»Erschrick nicht, schöner Herr«, so redet dieser den aufspringenden Simeon an, und man weiß es nicht, ist's Hochmut oder Würde, Güte oder Hohn. »Wir stören zwar deine Nachtruhe, kommen aber in keiner schlimmen Absicht, vorausgesetzt, dass du keine Umstände machst. – Gib alles, was du hast!«

In der ersten Bestürzung glaubt der Angefallene, er höre den Propheten – aber den Unterschied merkt er bald. Der Prophet und seine Jünger geben alles hin, was sie haben. Dieser Mensch nimmt alles hin, was andere haben.

»Dich kenne ich schon, stolzer Bürger von Jerusalem. Und ich bin Barab, der Wüstenkönig genannt. Du wirst keinen Widerstand versuchen. Dreihundert Mann halten in diesem Augenblicke Ehrenwache um dein Lager. Mit deiner Dienerschaft sind wir schon einig, ebenso mit deinen Schildknechten, sie haben nichts dawider.«

Also spricht der Häuptling und dem armen reichen Manne wird nun klar, was das bedeutet. Seine Knechte sind erschlagen, er steht vor der gleichen Gefahr. Wie hat jener Jünger des Propheten gesagt? Der Reichtum gefährde das Leben und die Armut beschütze es! Hätte er seinen Tross freigegeben mit dem, was sie bedürfen, und sich als schlichter Wanderer auf die Beine gestellt, so wären die Dolche der Räuber jetzt nicht gegen seine Brust gerichtet. In jäher Wut einen knirschenden Fluch stößt er aus: »So nimm, was du findest, und höhne mich nicht, du verruchte Wüstenbestie!«

»Gelassen, gelassen, lieber Herr!«, sagt der Häuptling, während die braunen Männer Teppiche, Gewänder, Waffen, Geschmeide und die goldenen Becher zusammenraffen und in große Säcke werfen. »Siehe, wir helfen dir aufräumen.«

»Fort mit dem Trödel«, ruft Simeon, »mich lasset zufrieden.«

Der Häuptling Barab grinst. »Mich dünkt, Freund, wir sind schon zu vertraut geworden mitsammen, als dass ich dich nach Jerusalem heimkehren lassen möchte. Du würdest dort allzu großes Verlangen nach mir haben und die Römer ausschicken, um mich aufzusuchen und in die schöne Königsstadt zu geleiten. Nach meinem Geschmack lebt es sich in der Wüste angenehmer. Sage mir bloß noch, wo meine Geldrollen verborgen sind, deren ein Herr wie du doch wohl immer mit sich führt. Nicht? Dann magst du schlafen gehen.«

Der ausgezogen ist, um das ewige Leben zu suchen, soll nun auch das zeitliche verlieren. In Todesangst, aus der Stirne kalten Schweiß, beginnt er mit dem Wüstenkönig zu feilschen um sein Leben. Er gebe dafür nicht bloß alles das, was sie hier fänden. Seltene Spezereien und Rauchwerk brächten ihm aus dem Osten die nächsten Karawanen, Gold in Barren, Diamanten und Perlen kämen mit den indischen Schiffen an, alles wolle er heraussenden in die Wüste und auch schöne Sklavinnen dazu, um mit den Geschmeiden ihren Busen zu schmücken. Nur das nackte Leben solle man ihm lassen.

Mit grinsendem Gesichte, die Stumpfnase runzelnd, gibt der Häuptling zu verstehen, dass man den Barab nicht mit Weibern und Versprechungen locke, dafür sei er nicht mehr jung genug; dass er aber auch keinen ziehen lasse, um den Henker auf ihn zu hetzen, dazu sei er noch nicht alt genug. Hingegen habe er andere Schwächen. Der schlanke, weiße Hals des edlen Bürgers, man wisse nicht, schmücke ihn besser Metall oder Seide. – Eine Seidenschnur zieht er aus der Manteltasche, dieweilen zwei Beduinen Simeon mürrisch festhalten.

Draußen im Lager ist mittlerweile der zweite Häuptling beschäftigt, unter Fackelschein die erbeuteten Schätze auf Kamele zu packen. Sooft er dabei über einen Toten stolpert, tut er einen Fluch, und als seine Arbeit verrichtet ist, sucht er den Genossen. Gefesselte Weiber jammern laut, aber nicht so sehr ihrer Gefangenschaft wegen – die versteht sich bei ihnen immer von selbst – als vielmehr, weil im Zelte drinnen ihr Herr ermordet werden soll. So entreißt dieser zweite Häuptling einem der Knechte die Fackel, eilt in das Zelt und kommt gerade zurecht.

»Barab!«, ruft er, den Henker zurückschleudernd. »Weißt du nicht mehr, was wir beschlossen haben? Wir töten nur Kämpfende, aber keine Wehrlosen!«

Barab zieht seine dürren Arme von dem Opfer zurück und mit weinerlicher Stimme beschwert er sich: »Dismas, du bist grausam! Soll ich alter Mann denn gar kein Vergnügen mehr haben?«

Sagt Dismas mit Bedeutung: »Wenn der Alte seine Zusage nicht hält, so wird die Mannschaft ihr Vergnügen haben wollen und zur Abwechslung einmal den baumeln sehen, der sich so gerne den Wüstenkönig nennt!«

Das hat gewirkt. Bei der größeren Neigung der Bandenmannschaft für Dismas hat es Barab nicht darauf ankommen lassen mögen.

Als es lichtet, wird dem Simeon ein Maultier vorgeführt. Einer seiner Sklaven, den verwundeten Arm in der Schlinge, wird ihm beigegeben, dass er zwei Brote und einen Mantel trage und das Tier leite. Und so tritt der Bürger von Jerusalem als beraubter und geschlagener Mann den Heimritt an in die Stadt, von der er eine Woche früher so glänzend ausgezogen war.

In der Königsstadt hat dieser Überfall großes Aufsehen erregt. Stürmisch verlangt man von der Wehrmacht Streifungen in der Wüste zwischen Jerusalem und dem Jordangebiete, aus welcher eine Freveltat um die andere gemeldet wird. Selbst die Rabbiten und Phariten predigen einen Feldzug, um die Steingebirge und Steppen einmal zu reinigen von den gefährlichen und verderblichen Horden, die sich dort herumtrieben. Die berüchtigte Bande der Häuptlinge Barab und Dismas – so sagen sie – sei lange noch nicht das Schlimmste. Viel bedenklicher gestalten sich die Zusammenrottungen von allerlei Volk um den sogenannten Messias aus Nazareth, der im Wüstenland, wo er sich sicher fühlt, aufrührerische Reden und Umtriebe hält. So wird beschlossen, dass große Abteilungen von Söldlingen hinausziehen, geführt von dem leidenschaftlichen Phariten Saul, einem Weber, der im Eifer für das Gesetz sein Gewerbe verlassen hat, um das Land von räuberischem und ketzerischem Gesindel zu befreien.

Zur Zeit ist es, dass der alte Räuberhäuptling Dismas in eine seltsame Zerknirschung fällt. Am verlässlichsten war es um seine verbrecherische Heldenhaftigkeit nie gestanden. Vor allem ist ihm das Abschlachten zuwider gewesen und hat er bei seinem Freigewerbe das Morden immer zu verhindern gesucht. Nun ist ihm aber auch das Beuten und Rauben zuwider geworden. In den Nächten sieht er den furchtbaren Jehova. Er denkt an den Wüstenrufer Joanes und meint, es sei Zeit zur Buße. So sagt er eines Tages zu Barab: »Weißt du es, Genosse, dass zurzeit auf der Oase Silam ein Fürst ruht, der noch viel größere Reichtümer mit sich führt, als jener Bürger aus Jerusalem? Ich kenne die Zugänge, kenne seine Leute und weiß Bescheid. Fassen wir diesen Herrn!«

»Man müsste dich ja den Geiern vorwerfen, Dismas, wenn du gar immer und ewig unnütz wärest.« Mit diesen Worten dankt ihm Barab und der Überfall ist beschlossen. Dismas führt die Horde gegen die Oase Silam. Auch Barab reitet mit, das Ross geschmückt mit bunten Federn, die Stirn gekrönt mit dem eisernen Reife. Denn, wenn es ein Fürst ist, bei dem er Besuch macht! – Dismas lagert die Bande unter einen Felsenabhang. Und als nächtlicherweile alles der Ruhe pflegt, um morgens früh mit frischer Kraft den Angriff auf das fürstliche Gefolge zu unternehmen, da steigt Dismas auf den Felsen und gibt das Zeichen. Die hinter den Wänden verborgene römische Söldnerschaft bricht hervor, metzelt nieder, was sich widersetzt, alles andere nimmt sie gefangen. Unter den Gefangenen Dismas und Barab. Als dieser sieht, dass er verraten ist, beginnt er in seinen Ketten zu rasen wie ein wildes Tier.

»Was willst du nur, Bruder?«, sagt Dismas zu Barab, der ihn so oft bitter verhöhnt hat. »Bin ich doch selbst gefangen. Hast du nicht immer gepredigt, dass der Stärkere recht habe. Siehe, diesmal haben die Römischen recht. Mich hast du einst verführt und gezwungen zu den räuberischen Beduinen, trefflicher Barab. Und jetzt habe ich dich verführt zu den starken Römern. Und die werden uns wahrscheinlich pfählen!« Als ob das eine rechte Ergötzlichkeit wäre, so lustig schlägt er dem Gefährten die Hand auf die Schulter, dass hart die Ketten klirren: »Ja, Bruderherz! Pfählen werden sie uns!«

Dann sind sie in Banden nach Jerusalem gebracht worden. Dort in den Kerkergewölben liegen sie lange Monde, den Tod erwartend. Dismas hat eine Bitte frei, der Selbstauslieferung wegen. Er erbittet sich Einzelhaft, um ungestört Rückschau halten zu können auf das verlorene Leben. Eine unabsehbare Reihe von dunklen, blutigen Gestalten ist in dieser Zeit an ihm vorübergezogen. Aber auch ein Lichtbild.

Ein einziges Lichtbild. Vor vielen Jahren ist es gewesen, er erinnert sich noch wundersam klar an jene ferne Stunde. Auf dem Lasttiere sitzt eine junge Mutter mit dem Kinde. Das Knäblein breitet die kleinen Arme, aus seinem Auge trifft ihn ein Blick.

Nie in seinem Leben hat ein Mensch ihn so angeblickt, so glühend liebreich, wie dieses Kind. Noch einmal, wenn er einen solchen Lichtstrahl sehen könnte vor dem Sterben! ...

———————

Als die um Jesus versammelte Volksmenge hört, dass Saul, der grimme Weber, mit einer Häscherschar durch die Wüste ziehe, hebt sie an, sich zu zerstreuen. Man fürchtet Unannehmlichkeiten. Das Rechte erkennen sie wohl, aber Verfolgung leiden des Rechten willen, das steht den meisten nicht an. Sie müssten doch wieder zurück zu ihren häuslichen Pflichten, zu ihren Familien, Gewerben und Handelsgeschäften, wo sie dann nach Möglichkeit der Lehre des Meisters nachleben wollten. Sie verlassen ihn, weil es ihnen scheint, seine Sache sei im Niedergange. Endlich sind es nur noch die wenigen Getreuen, die bei ihm aushalten. Einige davon in der Hoffnung, dass er doch einmal die Macht des Messias entfalten werde. Aber auch diese drängen jetzt darauf, er möchte mit ihnen in eine andere Gegend ziehen. Jesus hat keine Furcht davor, seinen Gegnern in Jerusalem Rechenschaft abzulegen, doch es ist zu früh, der Bau ist noch nicht vollendet. Er weiß es, dass er nicht mehr zurückkehren würde, denn je unanfechtbarer seine Rechtfertigung ist, je gefährlicher muss sie ihnen erscheinen. Er hat also mit seinem nun wieder klein gewordenen Gefolge die Steinberge verlassen und ist neuerdings in das heimatliche Galiläa gezogen.

Aber hier sind seine Widersacher, wie sie früher gewesen, die Häuser verschließen sich, wenn er naht, die Leute ziehen sich zurück, wenn er seine Stimme erheben will. Maria allein, mit der ganzen einfältigen Treue der Mutter: »Dass du endlich da bist, mein Kind! Nun bleibst du bei mir!«

Doch ist im Hause für ihn kein rechter Platz mehr. Ein fremder Geselle, aus Jericho zugewandert, war aufgenommen worden und hatte sich eingerichtet in der Werkstatt. Mit der Hacke und mit der Säge, die Jesus einst gehandhabt, bearbeitet er die Hölzer; am Herde und am Tische, wo Jesus einst gesessen, sitzt er und isst mürrisch das Vorgesetzte; in dem Bette, in welchem Jesus geruht, schläft er; aber wie es scheint nicht in jenen seligen Träumen, denn er ächzt und knurrt und ist beim Erwachen unzufrieden darüber, dass wieder gerade jene Arbeit auf ihn wartet, die er den Abend zuvor missmutig aus der Hand gelegt hat. Wie oft sieht ihm Maria schweigend zu und hat ihre Gedanken über den Unterschied zwischen diesem Gesellen und ihrem Jesus. Und wenn sie sich dann vorgestellt hat, wie dieser Mensch sorglos zu Tische und Bett gehen kann jeden Tag, während ihr Sohn in der Fremde vielleicht darbt und keinen Stein hat, um darauf sein Haupt zu legen ...

Nun ist Jesus endlich wieder da. »Meine Mutter«, sagt er zu Maria, »sprich kein unmutiges Wort zu diesem Aron. Siehe, er ist arm, ist unzufrieden und stumpf, hat von den Menschen noch wenig Gutes erfahren und dürstet, ohne es recht zu wissen, nach Güte. Wenn du mir des Morgens zur Reinigung Wasser reichen willst, so reiche es ihm. Wenn du mich des Mittags sättigen willst, so sättige ihn. Wenn du mich des Abends segnen willst, so segne ihn. Was das Wort nicht tut, das tut vielleicht die Liebe. Alles, was du mir, dem Fernen, Gutes zudenkst, das tue ihm.«

»Und du – willst nichts mehr von mir?«

»Mutter, ich will alles von dir und bin immer bei dir. In jedem Armen kannst du mir gut sein. Mir geziemt es, die Menschen herbe zu führen, sei du die Milde. Ich muss aus Geschwüren das tote Fleisch brennen, heile du die Wunden. Ich muss das Salz sein, sei du das Öl.«

Wie froh ist sie, dass er so zu ihr spricht. Denn das ist ja ihr Leben – gütig zu sein, zu helfen, wo sie kann. Nun weiht ihr Sohn dieses Wohltun gleichsam zu einem Bunde, ein Gedächtnis setzend für Mutter und Kind, wenn sie einander ferne sind. Seit er also ihre Liebe angerufen, fühlt sie sich nicht mehr so vereinsamt, fühlt sich wieder eins mit ihm, und eine Ahnung durchweht sie, als ob dieses blutende Mutterherz noch eine unvergleichliche Genugtuung erfahren würde in künftigen Zeiten.

Dann geht Jesus noch einmal durch das Heimatland, um zu sehen, ob der Same seiner Lehre doch vielleicht irgendwo aufginge. Aber das Erdreich ist kahl. Alles unfruchtbar. Nicht so sehr die Leidenschaft betrübt ihn, mit der er von vielen angefeindet wird, nicht so sehr das zornige Aufbäumen gegen ihn und sein Wort, als vielmehr die Gleichgültigkeit, das zähe, stumpfsinnige Kleben an täglichen Nichtigkeiten, die gänzliche Verständnislosigkeit, die Trägheit im geistigen Leben. Anfangs war es das Neuartige und Seltsame seines Auftretens gewesen, das sie einmal wachgerüttelt hatte – das ist vorüber. Ob alte oder neue Propheten, das ist ihnen gleich.

Es sei einer wie der andere, meinen sie, und sagen weder ja noch nein. – »Die Heißen und die Kalten«, so ruft Jesus eines Tages aus, »sie könnte ich annehmen, aber die Lauen speie ich aus. Wenn ich in den

Heidenländern gepredigt hätte, oder in den verderbten Seestädten Tyrus und Sidon, in Sack und Asche würden sie Buße getan haben. Hätte ich gelehrt zu Sodom und Gomorrha, die Städte stünden noch heute im Tageslicht. Diese Orte aber von Galiläa versinken in Sumpf und Schmach – sie spotten ihres Propheten. Wenn das Weltgericht kommt, dann wird es diesem Lande schlimmer ergehen als jenen Lasterstädten – Mein armes Bethsaida, du, und Magdala, du lieblicher Flecken! Und Kapernaum, du schöne Stätte! Wie lieb habe ich euch gehabt, wie hoch habe ich euch geehrt, bis in den Himmel habe ich euch erheben wollen. Und jetzt sinket ihr in den Abgrund. Betet ihn an, euren Mammon, in den Tagen der Not; einen anderen Trost für euch wird es nicht geben. Schlemmet, lachet heute und seid hart, morgen werdet ihr hungern und jammern: Wir haben alles versäumt. Glaubet mir, es wird ein Tag kommen, da ihr euch werdet rechtfertigen wollen vor mir: Herr, wir hätten dich ja gerne gespeist, getränkt, beherbergt, aber du bist nicht bei uns gewesen. Ich aber bin bei euch gewesen. Ich bin gewesen in den Hungernden, Dürstenden und Obdachlosen, ihr habt mich nur nicht erkennen wollen. Ich werde euch nicht verklagen bei dem himmlischen Vater, aber Moses wird euch verklagen, dessen Gebote ihr übertreten habt. Und der Vater, wenn ihr ihn anrufet, wird sagen: Ich kenne euch nicht.«

Den Jüngern zittert Herz und Hirn, da er diese zornigen Worte gesprochen. Aber sie wundern sich nicht, das Volk ist zu tief versumpft.

In einer der nächsten Nächte weckt er seine Genossen und sagt: »Stehet auf und lasset die anderen schlafen, sie gehen doch nicht mit uns, denn unser Weg wird schwer. Unser trachten die Feinde. Welcher von euch sich davor fürchtet, der mag sich wieder hinlegen.« Da legt sich mancher wieder hin und die mit dem Meister gehen, es sind deren zwölfe.

Und nun wandern sie über die Höhen von Kana, über die Berge von Gischale gegen Mitternacht hin und später gegen Sonnenuntergang. Die Jünger wissen nicht wohin, es genügt ihnen, dass sie bei ihm sind. Aber sie finden unterwegs manchen Gesinnungsgenossen und auch manch solchen, der aus Vorwitz den Meister in sein Haus lädt, um sagen zu können: Ich bin mit ihm bekannt. Vornehme Männer darunter, die seinen Worten mit größter Aufmerksamkeit lauschen und dann mit ihm feilschen, ob das Himmelreich nicht denn doch billiger zu haben wäre, als um den Preis der Welt. Worauf er stets antwortet: »Was nütze euch die Welt, wenn ihr keine Seele habt! Darin allein besteht das Geheimnis des Heiles, dass der Mensch seine Seele findet und bewahrt und zum Vater erhebt.« Oder er sagt es mit anderen Worten, Gott finde man im Geiste!

Und wenn die fremden Zuhörer dann fragen, was das heißt, im Geiste? – so deuten die Jünger: »Er meint das geistige Leben. Er will nicht, dass der Mensch im Körperleben aufgehe, er sagt, sein Ich liege in der geistigen Wesenheit und je mehr der Mensch geistig arbeite und in Vorstellungen lebe, die nicht aus der Erde sind, je näher komme er zu Gott, der ganz Geist ist.«

»Also sei der Schriftgelehrte wohl näher bei Gott als der Feldarbeiter«, wendet man ein. Darauf Johannes: »Ein Schriftgelehrter, der starr am Buchstaben hängt, ist fern vom Geiste. Ein Feldarbeiter, der seine Scholle nicht ausbeutet, sondern sinnt und denkt, wie sie besser und fruchtbarer zu machen sei, ist dem Geiste nahe.«

Auf dem Wege über Cädasa nach Tyrus liegt ein großer Meierhof. Als dessen Besitzer hört, der Prophet sei in der Nähe, sendet er Leute aus, um ihn zu suchen, ihn einzuladen, dass er im Meierhof einkehre, wo er sicher sein werde vor den Nachstellungen der Phariten. Er ist aber selbst einer und hat vor, den Mann auszuforschen, ihn vielleicht des Hochverrates zu überführen und dann der Obrigkeit einzuliefern. Jesus lässt durch den Boten sagen, er wolle gerne die Gastlichkeit annehmen, wenn er auch seine Gefährten mitbringen dürfe. Das ist zwar nicht im Plane des Phariten, denn erstens tut es ihm leid um Speise und Trank, so diese vielen Leute bei ihm verzehren würden, und zweitens wäre es schwer, bei solcher Bedeckung Hand an den Aufrührer zu legen. Um aber den einen zu bekommen, bleibt ihm nichts übrig, als auch die anderen mit anzunehmen. Sie werden ehrerbietig empfangen und bewirtet. Der Gastherr zeigte eine große Freude darüber, den »Erretter des Judenlandes« unter seinem Dache beherbergen zu dürfen und ist entzückt über des Meisters Grundsätze. Zu seinen Ehren gibt er eine große Festtafel mit den gewähltesten Speisen und köstlichsten Getränken, wobei die etwas ausgetrockneten Jünger tüchtig zugreifen und der Meister, der nie eine frohe Stunde verdirbt, heiter mittut. Als die Zungen gelöst sind, will der Gastherr sachte beginnen mit verfänglichen Anspielungen und Fragen, da kommt ihm der Gast zuvor.

Jesus hat nämlich bemerkt, dass – während im Saale so schwelgerisch getafelt wird – unten im Hof darbende Leute herbe abgewiesen werden, sodass sie hungrig und verbittert davonschleichen. So sagt er plötzlich, zum guten Wein geziemten sich schöne Geschichten und er werde eine erzählen. »Das wäre vortrefflich«, ruft der Gastherr. Und Jesus erzählt: »Ist einmal ein reicher Mann gewesen, der hat die kostbarsten Kleider getragen und die üppigsten Speisen und Getränke genossen und hat in hellen Freuden gelebt. Da kommt eines Tages vor seine Tür ein kranker, halb verhungerter Mensch, bittend um ein wenig der Brosamen, die von dem Tische abfallen. Der vornehme Herr ist aufgebracht darüber, dass die Kummergestalt sich unterfange, sein Vergnügen zu stören und er lässt die wütigen Hunde los. Die Tiere hetzen den Armen aber nicht davon, sondern belecken seine Geschwüre, und er kriecht verschmachtend in eine Höhle. An demselben Tage, als dieser Elende gestorben ist, kommt der Tod auch zum reichen Mann, wirft seinen gemästeten Leib ins Grab und seine Seele in die Hölle. Und als diese arme Seele dort die grausamsten Peinen leidet, den nagendsten Hunger und den brennendsten Durst, da wird diese Pein noch gesteigert. Denn der Blick des Verstorbenen tut sich auf ins Paradies und bei Abraham sieht er den Mann sitzen, den er vor seiner Tür hatte verschmachten lassen. Er sieht dort prangen die saftigen Früchte und rieseln die klaren Quellen. Da ruft er hinauf: Vater Abraham! Ich flehe, befiehl dem Mann, der neben dir sitzt, dass er seine Fingerspitze ins Wasser tauche und damit meine Zunge kühle, denn ich leide unerträgliche Qual. Hierauf spricht Abraham: Nein, mein Sohn, das wird nicht geschehen. Du hast auf Erden dein Gutes empfangen und hast des Armen vergessen. Jetzt vergisst er dein. Zwischen deiner und seiner ist kein Weg mehr. Da wimmert der Mann in der Hölle: Wehe, wehe, wehe! So lasse es doch meinen fünf Brüdern wissen, die auf der Erde noch leben, dass sie barmherzig seien gegen die Armen und nicht dorthin kommen, wo ich jetzt bin. Und Abraham spricht: Sie haben auf der Erde die Propheten, diese sagen es ihnen alle Tage. Da jammert der Mann: O Vater Abraham, die Propheten hören sie nicht. Wenn du doch einen von den Toten auferwecken wolltest, dass er zu ihnen redete davon, wie der Unbarmherzige gestraft wird, dann würden sie glauben. Und Abraham: Glauben sie den Lebendigen nicht, wie sollen sie erst den Toten glauben.«

Der Gastherr hat während dieser Erzählung des Meisters seine Hand mehrmals nach dem Becher ausgestreckt, aber sie allemal zurückgezogen. Er ist nun wortkarg, auch ist ihm die Lust vergangen, dem Propheten Fallstricke zu legen. Unbemerkt stiehlt er sich aus dem Saale, geht hinab zu dem Verwalter und ordnet an, dass von nun an kein Dürftiger ungelabt von der Tür gewiesen werden dürfe.

Einer seiner Freunde, der auch bei der Tafel gesessen, ist ganz vergnügt darüber, dass dieser Volksverführer sich eine große Blöße gegeben habe. »Du hast es doch verstanden? Die ganze Geschichte ist nichts, als eine Aufreizung gegen die Besitzenden.«

»Das lasse jetzt gut sein«, sagt der Gastherr und kehrt sich von ihm ab. Dann geht er hin, versorgt den Propheten und seinen Anhang mit Lebensmitteln und gibt ihnen Weisungen für die weitere Reise, wie sie etwaigen Verfolgern am besten entkommen könnten. Lange blickt er ihnen nach. – Sie haben auf der Erde die Propheten und hören sie nicht. – Mit diesem ginge er nun am liebsten selbst. Seine kleine Seele ist gefangen worden von dem, den er hatte fangen wollen.

An anderen Orten ist es unseren Flüchtlingen nicht so gut ergangen. Dem Bußprediger geht ein schlimmer Leumund voraus, es heißt, er sei ein Fresser und Weinsäufer. Jesus erfährt davon und sagt: »Joanes, der Rufer, hat gefastet. Von dem haben sie gesagt, er sei von einem Dämon besessen. Nicht das Essen und nicht das Fasten ist ihnen zuwider an den Propheten, sondern die Wahrheit, die sie sagen.«

Dann kommen sie zu Ortschaften und Gehöften, wo sie rasten wollen und nicht aufgenommen werden. Das erzürnt den Meister. Der Staub ihres Bodens sei nicht würdig, an den Füßen derer kleben zu bleiben, die gekommen, um das Reich Gottes zu bringen. Die Herzlosen würden verstoßen werden! – Aber der Zorn ist klagende Liebe gewesen. Wenn ein Zerknirschter ihm naht, so hebt er ihn mit beiden Armen zu sich auf, macht ihm Mut, lehrt ihn gütig zu sein, spricht ihm Freude am Leben zu und weist ihn heim in die heiligen Abgründe seines eigenen Wesens, Einkehr in sich!

Einkehr in sich! Das ist der ewige Wegweiser, den Jesus allen Gottsuchern aufgestellt hat.

———————

Endlich ist Jesus mit den Seinen ans Meer gekommen.

Als dieses unabsehbar vor ihnen liegt und auf blauem Grunde die weißen Flügel der Schiffe stehen und in weitester Ferne die gerade Linie gezogen ist zwischen Wasser und Himmel und das Firmament dort so geheimnisvoll dunkel aufsteigt, da haben sie neuen Mut und Simon macht den Vorschlag, ob sie nicht sollten hinübersegeln zu den heiteren Griechen und zu den starken Römern.

»Warum nicht gar zu den wilden Galliern und schrecklichen Germanen!«, ruft Bartholomäus etwas unmutig über solche Abenteuerlichkeit.

»Schon seit Jungheit steht mein Sinn nach Rom«, sagt Simon.

Und Jesus: »Suchet eure Kraft im Heimatboden. Hier im Lande der Propheten wachse der Baum, unter dessen Zweigen die Vögel des Himmels wohnen werden. Dann sollen die Winde kommen und den Samen hintragen in die ganze Welt.«

In den Häfen von Tyrus und Sidon finden die Jünger, die bisher noch nicht weit herumgekommen waren, eine neue Welt. Leute und Güter aus allen Himmelsstrichen, sonderbare Gestalten und Sitten. Da arbeitet man mit nie gesehener Emsigkeit in den Warenhütten, an den Werften, auf den Schiffen, und andere geben sich einem steten Nichtstun hin, trotten halbnackt am Meerstrande entlang, betteln mit schreiender Zudringlichkeit im Hafen oder liegen schamlos auf den sonnigen Flezen herum. Siehe, die Aussätzigen, sie hocken da und zeigen mit Behagen ihre Wunden. Einer der Jünger blickt fragend auf den Meister, ob er sie nicht heilen wolle? Vielleicht würden sie dann an ihn glauben.

»Ihr wisset es doch«, verweist er, »wollen sie geheilt werden, um zu glauben, so sage ich, sie sollen glauben, um geheilt zu werden.«

In diesen Städten sind auch zu sehen Herren und Könige aus allen Ländern, umgeben von berückendem Glanz und buntem Gefolge; feilschen andere hier um Gewürze, Seiden und Tierhäute, so feilschen sie um Würden und Ehren. Und es sind da Weise und Lehrer aus allen Völkern; auf öffentlichen Plätzen halten sie Reden, ihre heimatlichen Propheten und Götter preisend. Der Inder verkündet seinen Brahma, der Magier schreit vom heiligen Feuer, der Semite eifert von seinem Jehova, der Ägypter singt von seinem Osiris, der Grieche feiert seinen Zeus, der Römer ruft seinen Jupiter und der Germane spricht in rauen Tönen von seinem Wotan. Zauberer und Sterndeuter treiben sich umher und preisen ihre Künste und Wissenschaften an. Auf Felsblöcken stehen nackte Heilige, von Mücken und Wespen umsummt, stumm wie Bildsäulen leiden sie die Qualen, ihren Göttern zum Ruhme. – Die Jünger Jesu sehen und hören all das mit Verwunderung, erschreckend, dass es so viele Götter geben soll auf der Welt! Als sie dann bei Sidon in einem Zedernhain unter sich beisammen sind um den Meister, sinnt einer von ihnen ganz auffallend vor sich hin und dann sagt er: »Mir ist ein Gedanke gekommen. Sei es Brahma, der ruhende, oder Osiris, der leuchtende, oder Jehova, der zürnende, oder Zeus der liebende, oder Jupiter, der ringende, oder Wotan, der siegende, oder unser Gott Vater. – Mich dünkt, am Ende kommt doch alles auf dasselbe hinaus.«

Über diese dreiste Rede erschrecken sie und schauen auf den Meister, eine heftige Zurechtweisung erwartend. Jesus schweigt eine Weile, dann spricht er ruhig die Worte: »Tuet Gutes denen, die euch hassen.«

Sie fassen es kaum, was er gesagt hat, wie er mit diesen Worten den unausdenkbaren Unterschied angedeutet, der zwischen seiner und den anderen Lehren besteht.

Sie sprechen noch, da reitet des Weges auf hohem Rappen ein junger Mann mit noch bartlosem Gesichte und verwegenem Blick. Als er die Gruppe der Nazarener sieht, hält er sein Pferd an; es will kaum stehen bleiben, stampft mit den Beinen und wirft schnaubend den Kopf in die Luft.

»Ist das nicht der Mann mit dem Himmelreich?«, frägt höhnend der Reiter.

Tritt rasch Jakobus vor: »Herr, lass' dein Spotten sein. Weißt du denn, ob du es nie wirst brauchen können?«

»Ich?«, sagt der hochmütige Reiter. »Ich ein Himmelreich, das man nicht sehen, nicht hören und nicht greifen kann?!«

»Aber fühlen, Herr!«

»Jener ist es dort!«, ruft der Reitersmann und deutet auf Jesus. »Nein, Nazarener, dein leeres Himmelreich glaube ich nicht.«

Hierauf sagt Jesus: »Vielleicht glaubst du einst mein leeres Grab.«

»Wir werden uns noch sehen!«, sagt der Reiter, gibt dem Rosse die Sporen, dass es sich aufbäumt, und galoppiert davon. Bald nichts als eine Staubwolke sehen die Jünger. Matthäus blickt betroffen auf seine Genossen. »Habt ihr ihn erkannt? Ist das nicht Saul, der grimme Weber, gewesen? Man hat schon gestern gesprochen in der Stadt, dass er mit einer Legion von Söldnern angerückt sei, um die Nazarener einzufangen.«

Da dringen sie erschrocken: »Meister, lass' uns fliehen.«

Er ist nicht gewohnt, vor eifernden Phariten davonzugehen, doch ein anderer Grund ist vorhanden, seine arglosen Jünger aus dem

Dunstkreise dieser Weltstädte zu führen. Simon behauptet immer wieder, das nächste Osterfest an der Tieber, das müsste nicht übel sein, denn vor den Heiden in Rom wolle er sich weniger fürchten als vor den Juden in Jerusalem. – Er ahnt noch nicht die kommenden Tage.

»Nicht in Rom«, sagt Jesus, »vielmehr in Jerusalem wollen wir das nächste Osterlamm essen.«

Kurze Zeit darauf wandern sie hinaus und die lärmende Seestadt lassen sie hinter sich liegen. Da die Straßen immer unsicherer werden, so steigen sie die Schluchten hinan und nehmen den Weg über das Gebirge.

Vom hohen Olymp herab kommen die Götter, vom Sinai kommt das Gesetz, vom Libanon kommt das Licht. – Denn hier ist die große Offenbarung geschehen, die meine zagende Seele nun schauen soll.

———————

Das, was nun kommt, ist geschehen auf der Wanderung in dem Gebirge des Libanon. Eines Tages rasten sie unter einer alten wetterstarren Zeder. Durch die borstigen Büschel des Genadels tropft der Regen von einem Ast zum andern nieder auf die Hütte, unter deren breiten Krempen die Gestaltlein hocken, die Beine an sich gezogen, die Arme über der Brust gekreuzt. Milde und etwas missmutig schauen sie hinaus in den feuchten Nebel, aus dem die nahestehenden Wipfel und Felsgebilde noch hervortreten. Den älteren der Männer sind Haar und Bart grau geworden, aber auch die Gesichter der jüngeren sehen gealtert aus. Denn die Widerwärtigkeiten sind groß. Aber die Glut in den Augen ist nicht erloschen. Ihre langen Stecken haben sie aus der Hand gelegt; die Säcke, die einigen am Rücken hängen, sind runzelig und leer. Dort ein Baumstamm, der so mächtig ist, dass ihn drei Männer kaum hätten umfassen können, und der eine weiße, rissige Rinde hat, dass es ist, als hätten Geister in ungeläutertes Silber geheimnisvolle Zeichen eingemeißelt. An diesem Stamme, ein wenig abseits von den Jüngern, ruht Jesus. Auf seinem Haupte ist kein Hut; wie immer, so liegt sein reiches nussbraunes Haar auch heute über die Schultern hinab. Sein unbeschreiblich schönes Gesicht ist noch blässer als sonst. Er lehnt sich an den Baumstamm und schließt die Augen.

Die Jünger glauben, er schlafe und um ihn nicht zu wecken, sehen sie einander an und reden schweigend. Ihre Seelen sind voll von Eindrücken der Erlebnisse in letzter Zeit. Die Verfolgung im Heimatlande, die Lockungen der weiten Welt und die Ratlosigkeit für die Zukunft. Mancher von ihnen mag bei dieser träumerischen Rast wohl auch zurückdenken an sein früheres Leben. Wer wird jetzt meinen Kahn führen? Wer wird meine Obstbäume pflegen? Wer wird in meiner Werkstatt arbeiten? Wer wird auf dem einträglichen Mauthause sitzen? Wer wird mein Weib, meine Kinder versorgen? Es war dann ein Siegeszug gewesen durch das Land, und endlich eine Flucht. Die Menschen hatten den Meister nicht erkannt. Wenn er es nur einmal laut und deutlich aussprechen wollte, wer er ist! – Einstweilen sieht es verzweifelt aus. Als ob sie einem Aufwiegler, Verführer und Antijuden nachgelaufen wären! Wie soll der Antijude König der Juden werden? Wenn er nur endlich sagte, wer er ist!

Auf den Bergen liegt noch Schnee. Vom hohen Hermon herab starren die Eiswüsten. Blicken unsere Wanderer über ihre Häupter, so sehen sie starrendes Gewände in wilder Zerrissenheit; schauen sie niederwärts, so sehen sie Abgründe, in denen Wasser donnern. Über der starren Einsamkeit schwimmt ein Adler und aus den verwitterten Zedern pfeifen Geier. Die Männer von blühenden Gestaden des galiläischen Meeres haben dergleichen Schrecknisse noch nie gesehen. Simon ist so entzückt, dass er da Hütten bauen will, sich, den Brüdern und dem Propheten. Die andern Jünger schauern und hätten gerne den Meister zur Umkehr bewegt. Dieser hebt sein Haupt, weist mit der Hand gegen das Hochgebirge hin und spricht: »Was zaget ihr, Kinder! Wenn die Geschlechter übersättigt und stumpf sein werden, dann wird solche Wildnis den Menschen wieder erfrischen.«

Simon und Johannes nicken sehr zustimmend, doch die anderen verstehen es nicht, wie so vieles, das er – der für alle Zeiten spricht – gesagt hat.

Sie hüllen sich enger in die Mäntel und steigen an, wo kein Pfad ist und doch ihr Weg geht. Der Meister ist vorausgegangen, sie folgen ihm durch Gestrüppe und über Gestein; dass er sich verirren könne, kommt ihnen nicht in den Sinn. Aber endlich an einer kahlen Felsgruppe, die hoch über dem Gewipfel der Zedern steht, müssen sie neuerdings rasten. Einige unter ihnen, besonders der junge Johannes, sind gar erschöpft. Matthä langt in seinen Hanfsack und zieht ein kleines Rindenstück

Brot hervor, zeigt es den Genossen und sagt leise, dass es der Meister, der höher oben auf dem Steine sitzt, nicht sollte hören können: »Das ist alles. Wenn wir keine Menschenstatt finden, so müssen wir verschmachten.«

Da sagt Simon: »Ich verlasse mich wieder auf den, der in der Wüste so oft das Volk gesättigt hat.«

»Heute machen uns Worte nicht satt«, bemerkt Andreas und erschrickt über sein eigenes. Nun legt Bartholomä die Hand auf den Arm des Matthä und sagt: »Bruder, dieses Brot gib dem Meister.«

»Glaubst du, ich sei ein Tor, dass ich es etwa selber essen wollte?«, begehrt Matthäus auf. Erhebt sich, geht zum Meister und gibt ihm das Brot.

»Habt ihr schon gegessen?«, fragt dieser.

»Meister, wir sind alle satt.«

Jesus blickt ihn durchdringend an und nimmt das Brot.

In dem Augenblicke ist's, dass unter den Männern ein Freudengeschrei ausbricht. Es haben sich plötzlich die Nebel zerrissen, der Blick ist frei hinaus in die sonnige Welt. Und tief da unten liegt sie dahin, die blaue bewegungslose Fläche, bis hinaus, wo sie schnurgerade den Himmel schneidet. Im fernsten Himmel leuchtend stehen Wolken wie goldene Tempelzinnen. Hierhin am Strande die weißen Punkte und Kettchen der Ortschaften und dann ausgesät die Sternchen der Segelschiffe. Das Bild ist so weit und so sonnig, dass sie jubeln müssen.

»Von da herein über das Wasser sind die Heiden gekommen«, sagt Matthä.

»Und da hinaus werden die Christen ziehen«, setzt Simon bei.

»Wer sind denn das, die Christen?«, fragt Bartholomä.

»Des Gesalbten Anhänger!«

»Sie werden hinausziehen und die Römer vernichten!«, spricht Jakobus.

»Pst!«, flüstern sie und legen ihre Finger an den Mund. »Solche Reden gefallen ihm nicht.«

Er scheint es nicht gehört zu haben. Er ist aufgestanden und hat schweigend hinausgeblickt. Dann ist er zu diesem und jenem hingetreten, um in ihren Gesichtern zu lesen, wie es mit dem Mute stünde, ob sie ihn schon verloren hätten, oder ob sie gestärkt wären im Angesichte der Herrlichkeit Gottes, die sie ringsum erblicken. Simon ist sehr nachdenklich geworden. Er denkt an des Meisters Worte und an die

Wunder, die sie in ihm gewirkt haben. Von aller Weisheit, die er je gehört, keine ist so groß und licht, wie diese göttliche Lehre! Sie erschafft einen Himmel, der früher nicht gewesen. Und doch! – Warum man nur so schwach bleibt? Er hat sich seitwärts gewendet und nickt bedenklich mit dem Kopfe.

»Was man doch mit seinen eigenen Leuten für Kummer hat!«, murmelt er.

Da lacht Jakobus und spricht: »Mit deinen eigenen Leuten? Wo sind denn die? Ich sehe von deinen Leuten immer nur einen, und der bist du selbst.«

»Eben dieser macht mir Sorge«, sagt Simon. »Denn wisse, der Racker ist feige. Das kann ich ihm nicht vergessen. Die Plötzlichkeit übermannt ihn. Vor Wochen unten in Kapernaum, als die Söldner nahen, und in Sidon, als plötzlich der Weber da ist. O Freund und Bruder! Wenn es gilt, mit ihm beständig Not und Schmach zu teilen, da bin ich dabei, da habe ich Mut. Aber in einer jähen Gefahr zu stehen, dazu fehlt mir das Herz. Und so einer will würdig sein, mit dem Meister zu gehen.«

»Wir sind Fischer, aber keine Helden«, entgegnet hierauf Jakobus. »Ich wüsste nicht, welcher Mut größer ist, der zu einem elenden Leben oder zu einem raschen Tode.«

»Ich muss euch nur gestehen, Brüder«, redet nun auch Andreas drein. »Ich werde nicht klug – mir gefällt es nicht. Kann mir einer sagen, was aus uns werden soll?«

Simon wird abgelenkt. Bruder Philipp ist herangekommen und zupft ihn am Ärmel. Ein Stück Brot steckt er ihm zu. Simon nimmt, um es dem Matthäus zu schenken.

»Was soll denn das?«, fragt dieser.

»Ich habe es vom Philipp, bin's nicht bedürftig.«

»Aber, Mensch!«, sagt Matthä. »Das ist jenes Brot, das ich vorhin dem Meister gegeben habe.«

Also ist das Stück Brot im Kreise herumgegangen, vom Matthä zum Meister, von diesem zum Johannes, dann weiter von einem zum andern, bis es wieder in die Hände des Matthä kommt. Als sie völlig verblüfft sind darüber, dass keiner des Brotes bedürfe, da lächelt der Meister und spricht: »Nun, ihr seht ja so gerne Wunder. Da seht ihr wieder eins. Zwölf Mann mit einem Brote gespeist!«

»Das hat nicht das Brot getan, Herr! – Das hat auch nicht das Wort getan!«

»Nein, Freunde, das hat die Liebe getan.«

Von Bäumen fallen einzelne Tropfen; andere hängen an langen Nadeln und funkeln. Wie dort unten das Meer ausgebreitet liegt, so haben sich nun auch die Gipfel der Berge enthüllt, die Schneekuppen und die Felszinnen und die Eisfelder bis weit in die Gegend von Mitternacht hinein. Eine große Stille ist und ein milder Hauch, sodass es den Männern traumhaft werden will auf dieser Bergrast. Einigen ist, um zu schlummern. Andere denken in die Zukunft, was ihnen noch bevorstehen würde – und lassen sich sanft sinken in den Willen Gottes.

Und auf einmal, als es so ist, da erhebt Jesus ein wenig sein Haupt und sagt leise, aber so, dass es die nächsten vernehmen: »Ihr höret die Leute viel über mich sprechen, obschon sie vor meinem Angesichte schweigen. Was sagen sie?«

Erschrocken sind die Jünger über diese plötzliche Frage und einer gibt zur Antwort: »Die Leute reden allerhand.«

»Was sagen die Leute von mir? Wer sagen sie, dass ich sei?«, fragt er.

Sie blicken ihn befangen an. Es scheint ihnen seltsam, dass der Meister jetzt sich um der Leute Reden kehrt.

»Wer sagen sie, dass ich sei?«

Nun sagt einer: »Sind alle schon dahin, für die sie dich halten. Sie glauben immer das Unerhörte am liebsten.«

Da er aber noch den fragenden Blick hat, so werden sie gesprächig und erzählen: »Der sagt, du seiest der Prophet Jeremias. Der andere, du wärest der Elias, von dem sie doch wissen, dass er aus feurigem Wagen in den Himmel gefahren ist. Oder sie sagen gar, du wärest der Rufer Joanes, den Herodes hat ermorden lassen.«

Da hebt Jesus sein Haupt noch etwas mehr in die Höhe und spricht: »Das sagen die Leute. Nun aber ihr? Was glaubt denn ihr, wer ich bin?«

Das ist wie ein Blitzschlag. Sie schweigen alle. Er sieht doch, dass sie ihm gefolgt sind und weiß auch warum. Sollte er ihre Bedenken wahrgenommen haben? Sollte er denn auf einmal zu zweifeln beginnen, ob sie wohl an ihm sicher wären? Oder ist er es selbst nicht an sich? – So geheimnisvoll bange ist das. Und da sie schweigen, fährt er fort zu sprechen:

»Ihr habt euch mir angeschlossen, als ihr arglos gewesen, als die Menschen ihre Mäntel ausgebreitet zu meinen Füßen und mir die Ehren des Messias haben gegeben. Als ich das Reich Gottes verkündet, seid ihr bei mir gewesen. Und als jene sich von mir zurückgezogen, weil mein Weg gefährlich worden und mein Haupt verachtet, seid ihr bei mir geblieben, und als meine Worte sich anders haben erfüllt, als ihr sie verstanden, nicht zur Macht der Welt, nur zur Erniedrigung – da seid ihr bei mir geblieben, seid mir gefolgt in die Verbannung zu den Heiden und in die Bergwüsten. Wer bin ich denn, dass ihr so treu bei mir aushaltet?«

Sie sind so erschüttert, dass keiner ein Wort hervorzubringen vermag. Jesus spricht weiter:

»Ich werde wieder hinabsteigen nach Galiläa, aber ich werde dort keinen Stein finden, auf dem sie mein Haupt in Frieden ruhen lassen. Alle die mit mir sind, werden um meinetwegen Verfolgung leiden. Ich werde den Jordan entlang bis Judäa gehen und nach Jerusalem hinauf, wo meine mächtigsten Feinde sind. Diesen werde ich vor das Angesicht treten und Gericht halten über sie. Mein Wort wird sie durchbohren, aber mein Fleisch werden sie in ihrer Gewalt haben. Schande und Schmach werde ich leiden und den schimpflichsten Tod. Das wird geschehen in kurzer Zeit. – Werdet ihr auch dann noch bei mir bleiben? Woher kommt euer Vertrauen? Wer glaubt ihr denn, dass ich bin?«

Jetzt springt Simon vom Boden auf, ruft laut und hell: »*Du bist Jesus der Christ! Du bist der Sohn des lebendigen Gottes!*«

Feierlich klingt es hin in alle Ewigkeiten: Jesus Christus, der Sohn Gottes!

Er hat sich aufgerichtet. – Leuchtet nicht ein Glanz um sein Haupt? – Leuchten nicht die Himmel? – Ihre Augen zittern, sodass sie die Hand darüber müssen halten, um nicht geblendet zu sein. Aus dem Lichte klingt es, sie hören eine Stimme: »Er ist mein Sohn! Er ist mein geliebter Sohn!« Sie sind außer sich, schier leblos ihre Leiber; denn die Seelen sind in der Höhe. – Da tritt Jesus aus dem Lichte und zu ihnen herab. Sein Angesicht ist nicht wie sonst, es geht Unerhörtes in ihm vor. Auf den Jünger tritt er langsam zu, mit ausgebreiteten Armen: »Simon! Was du gesagt, hast du das von dir? Das hat dir ein Höherer eingegeben. Ein solches Vertrauen ist die Grundfeste des Reiches Gottes; darum sollst du von nun an Petrus, der Fels, genannt werden. Auf dich gründe ich meine Gemeinde, was du in meinem Namen auf Erden tuest, das soll auch im Himmel gelten.«

Simon blickt um sich. Wie? – denkt er im heimlichsten Herzen, ich bin erhoben über die anderen? Keiner der Brüder ist mir gleich? Das macht, weil ich demütig bin. – Jesus wendet sich zu allen und sagt: »Rüstet und stärket euch, es kommen schlimme Tage. Sie werden mich töten.«

Als er das gesprochen, fasst Simon-Petrus mit beiden Händen seinen Arm und ruft in Leidenschaft: »Bei Gottes Rat, Meister, das soll nicht geschehen!«

Darauf Jesus rasch und strenge: »Geh hinter mich, Satan!«

Sie blicken um sich. Welch ein Umschlag plötzlich? Wem ist dieses harte Wort vermeint? Simon weiß es wohl, er geht hinab, verbirgt sich hinter junge Zedern. Dort weint er und zittert vor Herzweh.

»Johannes, er hasst mich!«, stöhnt der Jünger und birgt sein Gesicht in das Kleid des jungen Genossen, der herbeigekommen ist, um ihn zu trösten. »Johannes! Weil ich hochmütig gewesen bin. Er sieht unsere Gedanken. Er hasst mich!«

»Nein, Simon, er hasst dich nicht, er liebt dich. Denke nur, was er vorher zu dir gesagt hat. Das vom Felsen. Du solltest ja doch wissen, wie er ist. Kalte Wasser muss er gießen, dass ihn das Feuer der Liebe nicht verzehrt. Und du hast etwas berührt, womit er selbst schwer fertig wird – ganz sicher. Mich dünkt, er trägt etwas, wovon wir alle nichts wissen. Als ob er jetzt den Willen des Vaters darin sähe, zu leiden und zu sterben. Davor entsetzt sich sein junges Fleisch und nun kommst auch noch du und erschwerst ihm den Kampf. – Steh auf, Bruder, wir wollen stark und wohlgemut sein und bei ihm aushalten.«

Und als sie gesammelt und gerüstet sind zur weiteren Wanderung, schaut Jesus in die Runde seiner Getreuen und sagt mit feierlichem Ernst: »In kurzer Zeit werdet ihr mich nicht mehr sehen. Ich gehe zum Vater. Auf euren felsenfesten Glauben baue ich mein Reich und euch allen gebe ich die Schlüssel zum Himmel. In Gott sind Himmel und Erde eins und alles, was ihr tut auf Erden, ist auch im Himmel getan.«

Solches ist geschehen auf einer Höhe des Libanongebirges, als Jesus mit seinen Jüngern dort gerastet hat.

Und dann geht es wieder der Heimat zu. Aber nicht um dort zu bleiben, nur um sie noch einmal zu sehen. Nach Tagen der Beschwernisse, die sie kaum fühlen, des Mangels, den sie nicht empfinden, sind sie hinabgekommen in die blühenden Niederungen, wo in den weichen Lüften der Duft der Rose und der Mandelblüte ist. Wieder im heimatlichen Gelände, wo sie aber so fremd und missachtet geworden sind, dass sie den Straßen ausweichen und auf Nebensteigen wandern müssen. Als sie in der Nähe von Nazareth durch eine Schlucht gehen, unter dünnen Schatten von Ölbäumen, da halten sie an. Müde sind sie und legen sich unter die Bäume. Jesus geht noch ein wenig weiter, bis wo man hinabblicken kann auf den Ort. Dort setzt er sich auf einen Stein, stützt das Haupt auf die Hand und schaut sinnend über das Gelände hin. Über allem liegt ein Fremdes und Feindseliges. – Nein, er ist nicht gekommen, um zu zürnen. Etwas anderes muss getan werden. Offenbar ist es ihm geworden, dass er ein Pfand werden muss zur Beglaubigung der Botschaft.

Über das Steingerölle her kommt mühsam ein Weib geschritten. Es ist seine Mutter. Sie hat erfahren, dass er mit den Jüngern vom Gebirge herabgestiegen ist und hat gedacht, dass sie durch die Schlucht kommen würden. So steht sie jetzt vor ihm. Ihr langes Obergewand hat sie als Schutz vor der Sonne über den Kopf gelegt, sodass das abgehärmte Gesicht im Schatten ist. Über die eine Wange quillt ein Strähn ihres schwarzen Haares hervor, den sie mit einem Finger zurückschiebt und der doch immer wieder hervorsinkt. Beklommen schaut sie auf ihren Sohn, der müde auf dem Steine ruht. Sie zögert, ihn anzusprechen. Noch tritt sie ihm um einen Schritt näher und sagt dann ohne Weiteres, als wäre nie etwas zwischen ihnen gestanden: »Ganz nahe ist dein Haus, Kind, und hier rastest du so unbequem.«

Er schaut sie gelassen an. Dann gibt er zur Antwort: »Frau, ich will allein sein.«

Sie sagt sanftmütig: »Bei mir daheim ist jetzt die größte Einsamkeit.«

»Wo sind die Verwandten?«

»Sie wollen dich wieder heimbringen, sind seit Wochen auf dem Wege, um dich zu suchen.«

Jesus weist mit einer Handbewegung nach seinen schlafenden Jüngern hin: »Diese haben mich nicht wochenlang gesucht, sie haben mich am ersten Tage gefunden.«

Als wollte sie ablenken davon, dass er wieder auf die Klage komme, die Seinen verstünden ihn nicht, sagt nun die Mutter: »Die Leute sind schon lange unwillig darüber, dass in unserer Werkstatt keine Arbeit mehr fertig wird, sie wollen zum Neuen gehen, der sich in unserer Gasse angesiedelt hat.«

»Wo ist der Werksgeselle Aron?«

Sie antwortet: »Zu wundern ist es nicht, dass keiner bleiben will, wenn selbst die Kinder des Hauses davongehen.«

In Erregung spricht er: »Ich sage dir, Weib, verschone mich mit deinen Vorwürfen und alltäglichen Sorgen. Ich habe anderes zu tun.«

Da hat sie sich gegen die Felswand gewendet, um ihr Schluchzen zu verbergen. Erst nach einer Weile sagt sie leise: »Dass du so hart sein kannst gegen deine Mutter! Nicht um meinetwegen ist es mir, das kannst du glauben. Mir ist alles vergangen auf der Welt. Aber du! Die ganze Verwandtschaft bringst du ins Unglück und dir selbst willst du alles zerstören. Noch einmal, bei deinem hingeschiedenen Vater, bei deiner unglücklichen Mutter, bitte ich dich: Lass den Glauben der Väter stehen! Ich weiß ja gleichwohl, dass du es gut meinst, aber andere fassen es nicht und es taugt nimmer, was du tust. Lasse doch die Leute selig werden, wie sie wollen. Sind sie bisher zu Abraham gekommen, so werden sie auch fürder den Weg finden zu ihm – auch ohne deiner. Lasse dich mit den Rabbiten nicht ein, das ist noch jedem schlecht bekommen. Denke an den Rufer Joanes! Überall reden sie davon, wie man auch dir nachstellt. O mein geliebtes Kind, sie werden dich zuschanden hetzen, sie werden dich umbringen!« – An die Wand klammert sie sich mit krampfigen Fingern und kann nicht weitersprechen vor bitterlichem Weinen.

Jesus hat den Kopf nach ihr gewendet und sieht sie an. Und als vor ihrem Schluchzen der ganze Leib schüttert – da steht er auf und tritt zu ihr hin. Und nimmt ihr Haupt in seine beiden Hände und zieht es an sich.

»– Mutter! Mutter! – – Mutter!« Tonlos, gebrochen ist seine Stimme: »Du meinst, ich hätte dich nicht lieb. Weil ich manchmal so herb sein muss, denn alles ist gegen mich, auch mein eigenes Blut. Aber ich muss den Willen des himmlischen Vaters erfüllen. Trockne deine Zähren, siehe, ich habe dich lieb, mehr als ein Menschenherz fassen kann. Weil die Mutter es doppelt leidet, was das Kind leidet, so ist dein Leiden noch größer als das desjenigen, der für viele sich opfern muss. – Mutter! Setze dich auf diesen Stein, dass ich noch einmal mein Haupt auf deinen Schoß lege. Es ist meine letzte Rast.«

So legt er sein Haupt auf ihre Knie und sie streicht mit zarter Hand über seine langen Locken. So glückselig ist sie mitten in ihrem Schmerze, so namenlos glückselig, dass er wieder an ihrer Brust ruht, wie einst als Kind.

Er aber fährt fort so zu sprechen, sanft und leise: »Dem Volk habe ich vergeblich gepredigt den Glauben an mich. Dir brauche ich ja doch nicht zu predigen, denn die Mutter glaubt an ihr Kind. Alle werden sie gegen mich zeugen. Mutter, glaube ihnen nicht. Glaube deinem Kinde. Und wenn die Stunde kommt, da ich erscheinen werde mit ausgespannten Armen, nicht auf der Erde und nicht im Himmel, glaube an dein Kind. Wisse dann, dass dein Zimmermann das Reich Gottes gebaut hat. Nein, Mutter, weine nicht, mach dein Auge klar. Dein Tag wird ewig sein. Die Armen, die von allen Himmeln Verlassenen werden weinen zu dir, der Gebenedeiten, Gnadenreichen! Alle Geschlechter werden dich preisen.« Er küsst ihr Haar, er küsst ihre Augen und schluchzt selbst. – »Mutter, und nun geh. Diese dort beginnen zu erwachen, sie sollen die Betrübnis nicht sehen.«

Aufgestanden ist er von dieser süßen Rast. Die Jünger erheben – einer nach dem anderen – ihre Köpfe.

»Hast du auch ein wenig geruht, Meister?«, fragt ihn Simon.

Er antwortet: »Besser als ihr.«

Ein ausgesandter Bote kommt mit dem Korb, sie bezahlen ihn mit einem Goldringlein – dem letzten, das sich noch gefunden hat an einem Finger der Wandernden. Dann halten sie Mahlzeit und frohlocken dabei über Gottes schöne Welt und ihre Gaben. Dann erheben sie sich zur weiteren Wanderschaft. Wohin? – Gegen die Königsstadt.

Hinter den Steinen steht Maria und blickt ihm nach, solange er zu sehen ist im Flimmern der galiläischen Sonne.

—————

Also geht es gen Jerusalem zum Osterfeste. Nach langer Knechtschaft in Ägypten hatte einst Moses die Juden befreit und sie wieder dem Vaterlande zugeführt. Zur dankbaren Erinnerung versammeln sich alljährlich um die Zeit des ersten Frühlingsvollmondes viele Tausende zu Jerusalem, wallfahrten in den Tempel, verzehren nach alter Sitte das Osterlamm mit bitteren Kräutern und einem Brote, das ohne Sauerteig ist, wie einst das Manna in der Wüste. Wohl gibt es bei solchem Zusammenlauf Handel und Wandel, wie auch Ergötzungen und Schaustellungen aller Art. So pflegt in dieser Zeit auch die Hinrichtung von

Verbrechern stattzufinden, damit dem Volke ein abschreckendes Schauspiel geboten werde, nach den Worten des Rabbiten im Tempel: Wer das Gesetz verletzt, soll nach dem Gesetze bestraft werden.

»Einmal möchte ich mir so etwas doch mit ansehen«, sagt der Jünger Thaddä zu den Brüdern, als sie nun unterwegs sind. »Ich meine so ein Hochgericht.«

»Dazu wird in Jerusalem leicht Gelegenheit sein«, antwortet Andreas und setzt mit leichtem Spotte bei: »Verbrecher pfählen sehen, die richtige Belustigung für arme Leute. Dazu braucht man kein Geld. Und doch kenne ich nicht leicht ein kostspieligeres Vergnügen.«

»Wie geht das eigentlich zu mit dem Pfählen?«, will Thaddä wissen.

»Das ist leicht zu beschreiben«, belehrt Matthäus. »Denke dir einen aufgerichteten Pfahl, der in der Erde steckt und oben einen Querbalken hat. Da wird nun der arme Sünder nackend und mit ausgestreckten Armen angebunden. Ist er eine Weile so dagehangen vor dem Volke, dann bricht man ihm mit Keulenhieben die Knochen. Bei schweren Verbrechern kommt's auch vor, dass die Glieder mit Eisennägeln an den Pfahl geheftet werden.«

Thaddä wendet sich mit Schauer ab. »Gott versuche mich nicht, dass ich dergleichen je sehe!«

»Dünkt euch nicht schon das Reden darüber ein Frevel?«, sagt ein anderer. »Jeder bitte Gott, dass es niemals einen treffe von seinen Verwandten oder Bekannten. Sind allesamt arme Sünder. Bis unser Meister das Reich aufrichtet, wird diese grausame Todesart wohl abgeschafft werden. Meint ihr nicht?«

»Dann werden *alle* Todesarten abgeschafft«, sagt Simon-Petrus. »Schläfst du denn, wenn er vom ewigen Leben spricht?«

»Aber er hat doch selbst gesagt, dass sie ihn töten werden!«

»Dass sie ihn töten wollen, wird er gemeint haben. Bis er ihnen nur erst die Macht zeigt!«

So reden sie manchmal unter sich, halb in Schalkheit und halb in Einfalt, aber stets hinter dem Rücken des Meisters. –

Seit jener Begebenheit auf dem hohen Berge ist mit Jesus eine Veränderung vorgegangen. Wie wenn er seines göttlichen Berufes sich jetzt erst ganz klar geworden wäre, so ist es. Als habe er es jetzt erst recht in sich erlebt, dass er der Gottgesandte ist, der von Ewigkeit her berufene Sohn des himmlischen Vaters, zur Erde herabgestiegen, um die Menschheit aufzuwecken und in ein seliges Leben zu retten zum Vater.

Er fühlt, dass ihm die Macht Gottes gegeben ist, die Seelen zu richten. Die Dämonen fliehen vor ihm, keiner menschlichen Gewalt ist er untertan. Mit der Geschichte seines gesunkenen Volkes bricht er, die durch Gelehrte und Priester gefälschten Schriften des Altertums zerreißt er. In seiner Einheit mit dem himmlischen Vater, dem allmächtigen, ewigen Gott, weiß er sich als Herr aller Gewalt im Himmel und auf Erden.

So ist es mit ihm geworden seit jenem Licht auf dem Berge. Aber diese Erkenntnis macht ihn noch demütiger in seiner Menschengestalt, auf die eine so ungeheure Wucht gelegt worden ist, und noch liebevoller gegen alle, die er in grenzenloser Armut, Verwirrung und Gebundenheit sieht, in Blindheit und Trotz dem Verlorensein hingegeben – und doch voll weinender Sehnsucht nach dem Heile.

Aber auch das Verhältnis seiner Jünger zu ihm ist ein anderes geworden seit jenem Tage. Wenn sie früher, obgleich ehrerbietig, so doch vertraulich zu ihm gestanden sind – jetzt verhalten sie sich untertäniger, schweigsamer und die Ehrerbietung ist zur Ehrfurcht geworden. Die Liebe bei einigen hat sich fast zur Anbetung gesteigert. Und doch fallen sie immer wieder zurück in die Ungebärdigkeit und in die Verzagtheit. Besonders einer ist dabei, der sich vieles nicht zu reimen weiß. Als sie nun – um den Heeresstraßen auszuweichen – jenseits des Jordanflusses hinziehen durch wüste Gegenden unter Beschwerden und Entbehrungen aller Art, da kann der Jünger Judas sich nicht entbrechen, seine Bedenken auszupacken. Als Säckelwart der kleinen Gesellschaft hat er jetzt schlechterdings nichts zu tun, so hat er Zeit, hinter dem Rücken des Meisters Unmut auszustreuen. Was denn das sei, dass der Messiaszug immer noch nicht den richtigen Glanz entfalten wolle? Die Todesgedanken deutet er sich so: Der Bettelprophet stirbt, der glorreiche Messias erhebt sich! Doch, warum erst in Jerusalem? Warum wird nicht schon unterwegs dahin Anstalt getroffen, warum werden die Würden nicht jetzt schon ausgeteilt?

Seine Volkstümlichkeit ist tatsächlich wieder im Zunehmen und als sie in bewohntere Gegenden kommen, eilen die Leute zusammen. »Der Prophet reist durch!« Da strömen sie herbei und bringen Lebensmittel mit, aber auch Kranke und Krüppel, ihn bestürmend, dass er sie heile. Von dem Gebotenen nimmt er nur das Nötigste an, die verlangten Wunder aber wirkt er nicht. Er verbietet seinen Jüngern, davon auch nur zu sprechen. Er ist erzürnt über die Menge, die ohne Wunder nicht glauben, die Zeichen der Zeit nicht verstehen will. »Wenn sie im Westen eine Wolke sehen aufsteigen, alsbald sagen sie, es kommt Regen. Wenn der Südwind bläst, wissen sie im Voraus, dass es heiß wird. Aber die Zeichen einer neuen, aufsteigenden Welt verstehen sie nicht. Wenn sie die *geistigen* Vorzeichen nicht begreifen, andere sollen ihnen nicht gegeben werden. Oder wollen sie das Zeichen des Jonas sehen, der drei Tage lang im Bauche des Walfisches gelegen? Gut, so sollen sie sehen, wie des Menschen Sohn nach dreitägigem Begrabensein wiederaufersteht zum Leben.«

Zu solchen Reden schüttelt Judas den Kopf. »Das bringt uns nicht weiter.« Die anderen jedoch, besonders Johannes, Jakobus und Simon, denken nicht ans Messiasreich, nicht an Erdenmacht, ihre Herzen sind erfüllt von Liebe zum Meister. Und trotzdem haben sie immer wieder ihre Versuchungen. Oft sprechen sie untereinander von jener anderen Welt, wo Jesus ewiger König sein wird und sie – die jetzt unerschütterlich zu ihm halten – die Herrlichkeit mit ihm teilen werden. Und stellen sich allen Ernstes die Ämter und Würden vor, in denen sie dort prangen werden und kommen richtig wieder einmal darüber in Streit, wer unter ihnen der erste sein würde. Jeder rühmt sich seines Vorzuges. Jakobus will ihm in Galiläa die meisten Freunde zugeführt haben. Simon beruft sich darauf, dass er der erste gewesen, der in ihm den Sohn Gottes erkannt hätte. Johannes erinnert an sein Vorrecht vom Hause aus und dieweilen er einst als Zimmermannsjunge unter ihm gearbeitet. Johannes hätte noch sagen können, wie der Herr besonders ihn am meisten lieb habe, doch er sagt es nicht. Hingegen besteht Simon umso heftiger darauf, dass der Meister ihn einen Felsen genannt habe, auf den er seine Gemeinde errichten wolle.

Als Jesus ihr wunderliches Wortgefecht hört, tritt er zu ihnen und frägt, wovon sie doch so eifrig redeten?

»Meister!«, sagt Jakobus kühnlich. »Wie gerufen kommst du uns. Wir möchten gar zu gerne wissen, wer im ewigen Reiche unter den Deinen der erste sein wird? Siehe, Bruder Johannes und ich möchten in deiner nächsten Nähe sein, einer zu deiner Rechten, der andere zu deiner Linken. So, dass wir dich zwischen uns hätten, wie wir dich jetzt zwischen uns haben.«

Hierauf spricht Jesus: »Nicht das erste Mal, dass ihr diese Torheit treibt. Ihr wisset nicht, was ihr verlangt. Ich sage euch das: Bis ihr erst getan habt, was ich tue, und gelitten habt, was ich leiden werde, dann mögt ihr kommen und fragen.«

Sie antworten: »Herr, wir wollen tun, was du tust und leiden was du leidest.«

Dieses entschlossene Wort hat ihm gefallen; von dem himmelweiten Unterschied zwischen ihm und ihnen hat er nichts gesagt. Sie sind kindisch, sie können das nicht fassen. So sagt er nur: »Überlasset das dem, der euch den Platz anweisen wird. Denn jeder Herr hat wieder seinen Herrn, nur einer hat keinen über sich. Bedenket das: Hat gleichwohl ein Diener treu und schwer gearbeitet, so wird er des Abends trotzdem nicht auf dem obersten Platz der Tafel sitzen und früher als sein Herr anfangen zu essen, sondern er wird erst dem Herrn die Speisen bereiten und ihm den Schemel unter die Füße rücken. Bei euch sei es so: Wer der Größte sein will, der soll den anderen dienen. Auch ich bin nicht da, um mir dienen zu lassen, vielmehr um zu dienen und mich aufzuopfern für andere und mein Leben hinzugeben als Lösegeld für viele.«

Es ist ihnen bange, dass er so oft und immer öfter von der Hingabe seines Lebens spricht. Was soll das bedeuten? Wie kann er andere retten, wenn er selbst zugrunde geht? Das mag sich begeben in Feuers- und Wassernot. Allein um ein Volk zu befreien und es zu Gott zu führen, wie soll das mit Aufopferung des eigenen Lebens geschehen können? Ja die Heiden, die haben freilich ihre Menschenopfer. – Judas hat wieder besondere Gedanken. Der Meister sei durch die Misserfolge herabgestimmt. Oder er wolle seine Anhänger bloß einmal prüfen, ob sie die Kraft hätten, mit ihm durch Dick und Dünn zu gehen. Wäre erst der Ernst da, dass er sich behaupten muss, dann würde er schon dreinfahren mit allen Blitzen der Himmel, um die Feinde zu vernichten und die Seinen zu verherrlichen. Habe er doch selbst gesagt, der Glaube sei so stark, dass man mit ihm Berge versetzen könne, so werde es ihm ein Leichtes sein, zur rechten Stunde die Gewalt zu zeigen.

Auf diesen festen Glauben des Judas erinnert der Jünger Thomas daran, wie des Meisters Worte über den Glauben eigentlich gelautet hätten: »Wer zu diesem Berge sagt, hebe dich weg und wirf dich ins Meer, und zweifelt nicht, sondern glaubt, dass es geschieht, so wird es ihm geschehen. Merket wohl, ihm wird es geschehen. Ob den Berg auch andere, die nicht glauben, ins Meer fallen sehen, dass hat er nicht gesagt.«

»Du denkst also, Bruder Thomas«, so spricht hierauf Bartholomä, »dass Dinge, die durch den Glauben geschehen, nur für den Glaubenden allein geschehen. Nur ein inneres Erlebnis, aber als solches für ihn wirklich, weil er es mit dem geistigen Auge geschehen sieht. Für andere jedoch nicht wirklich. Dann, Freund, wären wir verloren. Denn er glaubt, dass die Feinde fallen und sieht sie fallen. Aber sie leben doch und vernichten uns.«

»Das sind wohlfeile Reden«, sagt der standhafte Judas. »Er hat Lahme gehend und Tote lebend gemacht, das haben alle gesehen. Auch solche, die nicht glauben. Gebet acht! Wird der Meister nur erst bis zum Äußersten gedrängt, dann sollt ihr sehen, was er tut!«

Dieser Meinung schließen sich auch andere an und sie folgen – dem Messias.

Allein immer wieder werden sie aufs Neue beunruhigt auf ihren langen schlechten Straßen durch die Wüste und über Fruchtgelände. Auf letzteren hat es manchen guten Tag gegeben und da will es auch nicht immer stimmen. Sie haben gehört, dass der Meister die Kräfte und Genüsse der Welt verwirft und sehen doch wieder, wie er stark und heiter auf Erden dahinwandelt Recht spät wird's ihnen klar, dass beides sich miteinander vertragen kann. Er genießt, was harmlos und ohne andere zu schädigen – aber er legt keinen großen Wert darauf. Seine Sinne sind ihm gerade gut genug, um in der Natur das Walten des Vaters zu erkennen und in dieser Erkenntnis glücklich zu sein. Er verneint die Welt nicht, er vergeistigt und vergöttlicht sie. Die irdischen Stoffe sind ihm Bausteine fürs Himmelreich. So finden die Jünger trotz aufsteigender Zweifel sich immer wieder zurecht und so haben sie bei sich beschlossen, die Welt zu verachten und das Leben zu lieben.

Eines Tages sind sie in eine Ortschaft gekommen, in der auffallend große Tatkraft herrscht. Auf den Feldern pflügen sie, in den Werkstätten hämmern sie, emsige Karrenschieber und schwerfällige Kamelführer betreiben Handel und Wandel. Und es ist Sabbat! – Ob in diesem Flecken Heiden wohnen? – fragen sich die Jünger. Nein, es ist ein rein jüdischer Ort und die Bewohnerschaft ist so gut gesinnt, dass sie selten ein Ostern vorübergehen lässt, ohne in einer Schar nach Jerusalem zu reisen. So waren ihrer auch einmal vor vielen Jahren dort gewesen, als im Tempel ein junger Mensch gesprochen hatte, dessen Worte sie nimmer vergessen haben. Wenn es zum Wohle der Nebenmenschen sei, so könne man auch am Sabbat arbeiten! Also hatte jener Jüngling mit großer Eindringlichkeit gepredigt. Nun ist wohl unbestritten jede Arbeit dem Menschen zum Wohle und komme der Gemeinde zugute. Damals haben sie angefangen und seither lassen sie die Arbeit nicht einen Tag ruhen. Die Folge davon ist ein großer Wohlstand.

Als Jesus sieht, dass seine Auslegung von damals zu Jerusalem so arg missverstanden ist, oder aus gewinnsüchtiger Absicht missdeutet, da gerät er in Entrüstung und auf dem Marktplatz beginnt er so zu sprechen: »Ich sage euch, das Reich Gottes wird von diesen Wucherern genommen und einem Volke gegeben werden, das seiner wert ist.« – Zum Wohle der Nebenmenschen! Hängt denn das Wohl von Gütern ab, die einer besitzt? Diese Güter hetzen den Menschen, verhärten sein Herz und machen es beständig beben vor Verlust und Tod. Und das nennt ihr zum Wohle! – »Da ist einmal ein reicher Mann gewesen, der hat nach der Jahre Jagen und Hasten seine Scheunen voll und denkt, von nun an kann ich mir wohl sein lassen und das Leben genießen. Und siehe, in der nächsten Nacht stirbt er und muss seine Güter, denen er Leib und Seele zum Fraß gegeben, solchen hinterlassen, die sich darob streiten und befeinden und seiner spotten. Ich sage euch, wenn ihr die ganze Welt gewinnt, aber eure Seele verlieret – so ist alles verloren!«

Als er so gesprochen hat, tritt ein steinalter Greis zu ihm und sagt: »Rabbite! Du bist arm und hast leicht reden. Du weißt nicht, wie schwer es für den Reichen ist, dass er aufhöre, seinen Reichtum zu vermehren. Auch ich bin einmal arm gewesen, o schöne Zeit! Dann bin ich unversehens zu Gelde gekommen, habe mich dessen gefreut und angefangen zu fürchten, ich möchte es wieder verlieren. Und bei dem Bedarf meines Hauses, der noch schneller als das Vermögen wächst, kommt es mir vor, das Geld könne nicht reichen und je mehr man habe, je notwendiger sei es, noch mehr zu erwerben. Nun bin ich ein alter Mann und habe dreißig Säcke voll Gold und weiß, dass ich meinen Reichtum nicht mehr genießen kann. Aber das Erwerben und Sammeln kann ich nicht lassen – eher lasse ich das Atmen.«

Diesem Greise erzählt Jesus eine kleine Geschichte: »Kinder sind am Wege, schlagen einen fremden Knaben bunter Scherben weg, die sie sammeln. Und als sie deren einen großen Haufen beisammen haben, kommt der Wegaufseher und wirft mit dem Spaten die Scherben in den Graben. Die Kinder erheben ein Klagegeschrei. Er aber sieht, dass an einigen der Scherben Blut klebt und fragt: Woher habt ihr sie genommen? Da erblassen die Kinder vor Schreck und er führt sie vor den Richter.«

Das versteht der Greis. Er geht hin und entschuldigt alle, die durch ihn zu Schaden gekommen sind, und auf dem Heimweg beginnt er wieder zu sammeln.

Am nächsten Tage kommt Jesus mit den Seinen in eine andere Ortschaft. Hier ist alles still, die Bewohner liegen unter den Feigenbäumen herum, obschon nicht Sabbat ist. Da fragt Jesus: »Warum arbeiten sie nicht?«

Und einer des Ortes antwortet: »Wir möchten gerne arbeiten, haben aber kein Werkzeug. Es mangelt der Spaten, der Pflug, die Sichel und die Axt, denn unser Schmied feiert. Und gerade er könnte die besten Messer schmieden. Andere Schmiede gibt es hier nicht.«

Zu diesem Schmiede gehen nun unsere Wanderer. Der Mann sitzt in seiner Kammer, liest in den Heiligen Schriften und betet. Nun fragt ihn einer der Jünger, weshalb er nicht arbeite, da doch Werktag sei.

Dem antwortet der Schmied: »Seit ich den Propheten gehört habe, ist bei mir immer Sabbat. Denn man soll nicht nach irdischen Gütern streben und nicht sorgen für den morgigen Tag, sondern das Reich Gottes suchen.«

Da geht auch Jesus in die Hausflur und erzählt, sodass es der Schmied hören kann, von dem Manne, der eine Reise gemacht hat: »Bevor er davonzieht, ruft er seine Knechte zusammen und übergibt ihnen Geld, dass sie damit wirtschaften sollen. Dem einen gibt er fünf schwere Goldstücke, dem andern zwei und dem dritten eins. Sie sollten nach eigenem Ermessen damit haushalten. Als dann nach langer Zeit der Herr wieder heimgekommen ist, begehrt er von den Knechten Rechenschaft, wie sie die Goldstücke verwertet hätten. Bei dem ersten haben sie sich verzehnfacht. Das freut mich, spricht der Herr, weil du in wenigem treu bist, will ich dir vieles anvertrauen – behalte das Geld. Der andere Knecht hat das Geld verzweifacht, auch den lobt der Herr und schenkt ihm Einsatz und Gewinn. Dann fragt er den dritten Knecht, was er mit seinem Goldstück angefangen. Herr, antwortet der Knecht, es ist ohnehin nicht viel gewesen, ich habe es nicht aufs Spiel setzen mögen. Ich hätte freilich ein zweites Goldstück gewinnen, aber ich hätte auch das eine verlieren können. Darum habe ich nicht damit gewirtschaftet, sondern es an einem sicheren Ort vergraben, damit ich es dir getreu wieder zurückgeben kann. Da entreißt ihm der Herr das

Goldstück und gibt es dem, der das seinige verzehnfacht hat. – Dem Trägen und Saumseligen soll das Wenige, was er hat, genommen werden, und dem gegeben, der es zu verwerten weiß!«

»Verstehst du es?«, fragt Matthäus den Schmied. »Die Goldstücke, das sind die Fähigkeiten, die Gott dem Menschen gibt, diesem mehr, jenem weniger. Wer seine Talente brach liegen lässt, ohne sie auszunutzen, der ist wie jener Mann, der Kraft und Geschick hat, das Eisen zu bearbeiten, der aber den Hammer weggelegt hat und müßig brütet über Schriften, die er nicht verstehen kann.«

»Wie ist denn das«, sagt nun jemand, »wer arbeitet, der wird ausgezankt, und wer nicht arbeitet, der wird es auch.«

Dem klopft Matthäus auf die Achsel: »Freund, alles zu seiner Zeit! Und nicht das tun wollen, wozu dir das Talent fehlt, sondern das, wofür du es hast.«

Der Schmied legt Buch und Gebetriemen hin und ergreift den Hammer.

Aber noch kommt ein Mann herbei und führt Klage darüber, dass diese neue Lehre doch nichts tauge. Er habe ihr nachgelebt und seinen Besitz verschenkt, weil er ihm Sorgen gemacht. Nun, seit er arm sei, habe er noch mehr Sorgen. So wolle er wieder anfangen zu erwerben.

»Tuc das«, sagt Jakob der Jünger, »achte nur auf das eine, dass daran nicht dein Herz hängen bleibt und dein Besitz nicht dich besitzt!«

Und wieder andere kommen: »Herr, ich bin Schiffszimmerer! Herr, ich bin Goldschmied! Herr, ich bin Bildhauer! Sollen wir denn nicht unser ganzes Herz unserem Beruf zuwenden dürfen, um etwas Rechtes zu leisten? Wenn wir mit dem Herzen nicht dabei sind, so wird nichts Rechtes.«

»Ei freilich«, sagt der Jünger, »sollet ihr eure Kräfte und Talente anspannen, um etwas zu leisten. Aber nicht des Werkes und nicht des Lobes wegen, sondern Gottes und der Menschen willen, denen ihr dienet. Und freuet euch von Herzen, dass Gott durch euch seine Werke schaffen will.« –

Einmal tritt ein Landmann zu Jakobus heran und spricht über das Beten. Der Meister habe gesagt, man solle nur kurz beten, nicht viel reden wie die Heiden, der Vater wisse schon, was uns nottue. Nun, so habe er einmal gebetet, kurz und ohne viel Worte zu machen, aber er sei nicht erhört worden.

Hierauf sagt Jakobus: »Erinnerst du dich nicht, was der Meister erzählt hat von jenem Manne, zu dessen Tür in der Nacht ein Freund kommt und um Brot bittet? Er ist schon im Bette, achtet nicht auf das Klopfen des Freundes und ruft endlich: Geh und lass mich schlafen! Der Freund aber fährt fort zu klopfen und zu klagen, dass er Brot bedürfe und beginnt ganz ungestüm an der Tür zu rütteln. Das dauert fort, bis es dem Manne im Bette lästig wird. Fast unmutig steht er auf, nimmt ein Brot und gibt es dem Freunde zum Fenster hinaus. Hat er schon nicht dem Freund aus Liebe gegeben, so doch um ihn loszuwerden. – Der Meister hat damit sagen wollen, dass man durch Beharrlichkeit im Beten vieles erreicht.«

Auf diese Belehrung des Jüngers wird jener unwirsch und sagt: »Also wie! Das eine Mal sagt er, man solle kurz und nur mit wenigen Worten beten, das andere Mal wieder, man solle nicht ablassen zu beten, bis man erhört sei.«

Und Jakobus: »Freund, du missverstehst wieder. Sagt er: Du sollst wenig beten? Nein, er sagt: In kurzen Worten sollst du beten. Aber ohne Unterlass, von ganzem Herzen und im Vertrauen, dass der Vater dich endlich erhört. Und je länger er auf seine Hilfe warten lässt, je größer muss dein Vertrauen werden, denn er weiß, warum er dich warten lässt und gibt dir endlich mehr, als um was du gebeten. Wenn jener schon Brot gegeben hat, um die Belästigung loszuwerden, um wie mehr wird erst der Vater dem Kinde geben, das er liebt.«

Hierauf jener: »Auch so habe ich gebetet, anhaltend und im Vertrauen, und bin doch nicht erhört worden.«

»Um was hast du denn gebetet?«

»Wisse«, sagt der Landmann, »ich habe einen Nachbar, der mir vom Baum immer Feigen stiehlt, ohne dass ich ihn dabei erwischen kann. So habe ich gebetet, dass er einmal vom Baum fallen und sich die Glieder brechen möchte. Aber ich bin nicht erhört worden.«

Nun muss Jakobus laut lachen über den törichten Mann, der den gütigen Vater um Rache bittet.

»Bitte ihn doch um die Kraft, dem Nachbar zu verzeihen und ihm die Feigen zu schenken, die er nötiger zu haben scheint, als du – und er wird dich ganz sicher erhören.«

»Und wenn«, spricht der Jünger weiter, »vom Beten, ohne Unterlass die Rede ist, so heißt das nicht, fortwährend die Hände falten und fromme Worte sprechen, es heißt vielmehr seine Gedanken stets mit

Sehnsucht dorthin zu richten, wo Gott und die ewigen Dinge sind, und alles in unserem Leben, die kleinen wie die großen Angelegenheiten, in Ehrfurcht und Vertrauen mit diesem Maßstabe zu messen.«

Darauf antwortet ein Vorlauter: »Wie kann ich denn mein Korn, das ich verkaufen will, mit Gott messen?«

»Wenn du denkst, ich will den Käufer nicht übervorteilen mit gemischtem feuchtem Korn, sondern ihm gute Ware geben, denn so ist's Gottes Wille und ich will durch Betrug nicht meine unsterbliche Seele schädigen – so heißt das, dein Korn und deine Handlung an Gott und Ewigkeit messen.«

»Aber siehe!«, ruft der andere aus. »Mein Geschäftsfreund hat mir auch schlecht gemessen, als er mir Öl verkauft und unterhalb Wasser gegeben hat. Und in der Schrift heißt es doch: Wie dir gemessen wird, so sollst du wieder messen.«

Als sie weiterziehen, schüttelt Jesus das Haupt. Dass seine einfache Lehre doch so vielen Missverständnissen begegnen kann! Besonders bei solchen, denen der Wille dazu mangelt, die nichts denken können, als ihre Begierden und das Behagen ihres Leibes. »Nein«, ruft er schmerzlich aus, »das Wort fassen sie nicht. Ein Beispiel muss ihnen gegeben werden, das sie sehen und tasten können, ein Beispiel, das sie nie vergessen werden.«

———————

So haben sie ihren langen Weg allmählich zurückgelegt. Keiner Verfolgung sind sie auf diesen entlegenen Strecken begegnet. Vielmehr haben sie gesehen, wie einiger Same aufgeht – mit Unkraut vermischt. Nach einer Nacht, da sie unter Sykomoren und Feigenbäumen gelagert haben, gelangen sie zu jener letzten Höhe. Jesus geht voraus. Obschon von der Wanderschaft ganz erschöpft und seine Füße wanken wollen, geht er voraus. Die Jünger kommen hintendrein und wie sie auf der Höhe sind, tun ihrer etliche einen hellen Schrei. Ihnen gegenüber, auf der Hochebene des anderen Berges liegt die Königsstadt! Im Morgensonnenstrahle liegt sie da wie aus rotem Golde gebaut, alles überragend der zinnenreiche Tempel Salomons.

Mehrere der Jünger haben Jerusalem bisher noch nie gesehen, ein Gefühl begeisterter Ehrfurcht bewegt sie im Anblicke dieser Heiligen Stadt der Könige und der Propheten, und hier – so denkt Judas und manch anderer – hier wird für uns die Herrlichkeit beginnen. Unter Ölbäume setzen sie sich hin, um auszuruhen, ihre Kleider zu ordnen, und einige salben sogar ihr Haar. Dann verzehren sie Feigen und von der Frucht des Johannesbaumes. Sorge macht ihnen der Meister. Die Anstrengungen der letzten Zeit haben ihn hergenommen, seine Füße sind wund. Aber er sagt nichts. Die Jünger sind unter sich eins, dass sie so nicht einziehen können. Jakobus geht hinab den Hang, wo er Hütten sieht, und fragt dort an, ob nicht irgendwo ein Reitpferd aufzutreiben sei, oder wenigstens ein Kamel, auf welchem ein Reisender in die Stadt reiten könnte. Es würde schon entlohnt werden.

Ein gekrümmtes Greislein ist da, umtrippelt hastig den fremden Mann und versichert mit reichlichen Worten, dass weder Pferd und Kamel vorhanden sei, wohl aber ein Esel. Und dieser Esel wäre nicht zu haben.

Des Messias Einzug auf einem solchen Tiere? Nein, so fangen wir nicht an. Also des Jüngers erster Gedanke. Da fällt ihm ein, dass es alte Propheten vorausgesagt haben: Einziehen würde er auf einem Esel. – Jakobus erklärt sich also bereit, den Esel anzunehmen.

»Du nimmst ihn an und ich gebe ihn nicht her«, sagt der Alte und hat ein verschmitztes Lächeln. »Um dieses Tier hätte ich ewig Leid, wenn ihm etwas zustieße. Das ist kein gewöhnlicher Esel, mein Freund!«

»Es ist auch kein gewöhnlicher Reiter, der seiner bedarf«, sagt Jakobus.

Der kleine Greis lässt sich doch herbei, den Jünger in den Stall zu führen. Dort steht am Krippengitter das Tier, und wirklich eines von guter Art. Nicht grau ist es, vielmehr glänzend braun und glatt, die Beine schlank, die Ohren zierlich spitz und um die großen, klugen Augen hat es lange Grannen.

»Ist es nicht von der Farbe eines echten Arabers?«, sagt der Greis.

»Es ist ein schönes Tier«, gibt Jakobus zu. »Um einen Silberling und viele Ehre wirst du es ziehen lassen. Um Mittag kann es wohl wieder zurück sein.«

Darauf das Greislein: »Es ist billig zu bedenken, dass sich unsereiner um die Fremdenzeit etwas verdienen will. Machen wir zwei Silberlinge!«

»Einen Silberling und Ehre!«

»Machen wir zwei Silberlinge ohne Ehre«, feilscht das Greislein. »Ein Traber für Fürsten, sage ich dir! Im ganzen Judenlande findest du nicht wieder solches Blut. Wisse nur, dass es hoher Abstammung ist!«

»Auf diese Ehre können wieder wir verzichten«, sagt Jakobus, »wenn es nur hübsch aufrecht bleibt.«

Nun erzählt der Greis: »Ums Jahr, als der herodianische Kindermord gewesen – ein wenig über dreißig kann's her sein. – Du weißt ja, dass da drüben zu Bethlehem das Messiaskind gelegen ist, in einem Stall bei Ochs und Esel. Auf demselben Esel ist das Kind ins Ausland geritten, sie sagen, nach Ägypten oder wohin. Siehe und von jenem Esel stammt dieser ab.«

»Wenn es so ist«, spricht Jakobus lebhaft, »dann ist das eine wunderbare Fügung!« Und leiser ins Gesicht sagt er es dem Greise: »Der Mann, der heute auf diesem Esel einziehen soll in Jerusalem, ist der Messias, der dazumal im Stalle geboren worden.«

»Ist es der Jesus aus Nazareth?«, fragt der Greis. »Dem vermiete ich das Tier um einen halben Silberling. Hingegen bitte ich, dass er mir mein Weib heile, sie hat die Gicht seit Jahr und Tag.«

So werden sie einig und Jakobus bringt den Esel auf die Höhe des Ölberges, wo sie noch beisammensitzen und nicht satt werden können, hinzuschauen auf Jerusalem. Nur Jesus ist in sich gekehrt, betrübt blickt er auf die leuchtende Stadt.

»O Jerusalem!«, so spricht er leise vor sich hin. »Wenn du diese Zeit wahrnähmest! Wenn du erkennen wolltest, was zu deinem Heile ist. Aber du erkennst es nicht und ich sehe den Tag, da grimme Feinde deine Mauern stürzen werden, sodass kein Stein auf dem andern liegen bleibt ...«

Johannes legt seinen Mantel aufs Tier, das Jesus nun besteigt. Er reitet talwärts, seine Jünger folgen ihm.

Und nun geschieht etwas Außerordentliches. Schon als sie ins Tal Kidron hinabkommen, wo die Straßen sich kreuzen, eilen Leute herbei und rufen: »Der König kommt! Der Sohn Davids kommt!« Bald laufen auch andere aus den Gehöften, aus den Gärten und gehen an den Straßenrändern gleichen Schrittes dahin und rufen: »Der Messias ist es! Hochgelobt sei Gott, er ist gekommen!«

Man weiß nicht, wer die Nachricht von seiner Ankunft verbreitet hat, weiß auch nicht, wer zuerst das Wort »Messias« gerufen – wenn es nicht etwa Judas, der Jünger, gewesen ist. Gezündet hat es wie ein

Lauffeuer, überall Jubelgeschrei erweckend. Als Jesus hinausreitet gegen die Stadt, wird die Menschenmenge schon so groß, dass der Esel nur langsam traben kann, und als er durch das Stadttor einzieht, können die Gassen und Plätze das Volk kaum mehr fassen. Ganz Jerusalem weiß es plötzlich: Der Prophet aus Nazareth ist da! Fremde aus den Provinzen drängen sich vor, die ihn anderswo schon gesehen und gehört haben. Die den armen Flüchtling verspottet haben, jetzt, da er gehobenen Hauptes einzieht in die Königsstadt und das Messiasgeschrei die Luft erfüllt, jetzt sind sie stolz auf ihn und berufen sich auf Begegnungen mit ihm und auf seine Bekanntschaft. Die Hände strecken sie ihm entgegen. Viele werfen ihre Kleider auf den Weg, der Esel trabt darüber hin. Mit Ölzweigen und Palmfächern winken sie ihm zu und aus hundert Kehlen erschallt es: »Sei gegrüßt! Sei gegrüßt! Sei gegrüßt, du lange Erwarteter, du heiß ersehnter Retter!« Ordner machen mit langen Stäben die Straße frei, die zum Goldenen Hause führt, zum Schloss der Könige. Aus allen Türen und Fenstern rufen sie: »Bei mir kehre ein! Unter mein Dach kehre ein, Heiland des Volkes!« Aber der Strom ergießt sich gegen das Goldene Haus. Die Jünger, die knapp hinter ihm her sind und sich nicht fassen können, werden umringt, bestürmt, mit Palmen befächelt, mit jungen Rosen bestreut. Simon-Petrus hat sich gleich als zum Meister bekannt und kann es nicht hindern, dass man ihn auf die Schultern hebt, sodass er sich duckt und flehentlich bittet, ihn zu Boden gleiten zu lassen, weil er nicht höher ragen wolle als der Meister und weil es ist, als hielten viele über die Köpfe her ihn für den Messias. Klüger hat es Johannes gemacht, der gebückt und schnaufend das Tier führt, sodass man ihn für nichts weiter als den Eseltreiber hält. Alle Übrigen seines Anhanges genießen die Ehren des Meisters wie ihre eigenen. Haben sie doch auch das Elend treu mit ihm getragen. »Jerusalem, du bleibst Jerusalem!«, sagen sie vom Jubelsturm umbraust und berauscht. »Wo uns auch gut gewesen – so hoch ist es nirgends hergegangen, als hier in Jerusalem!« – Judas kann sich nicht genug zugute tun darob, dass der Meister trotz seines ärmlichen Aufzugs erkannt worden. »Ich habe es ja immer gesagt, dass er sein Wunder wirken wird, wenn es Zeit ist.«

»– Und mir ist doch bange«, sagt Thomas. »Sie schreien mir viel zu laut. Es sind Kehllaute, aber keine Brusttöne.«

»Verzieh' dich, du hast immer Bedenken.«

»Ich verstehe mich ein wenig auf die Leute. Müßiges Stadtvolk ist bald entzückt, dass will sich ergötzen und jeder Anlass ist ihm dazu recht.«

»Thomas!«, verweist ihm Matthäus. »Wenn das Demut wäre von dir, dass du der Ehre nicht achtetest. Aber es ist Zweifel. Da sieh dir dort den dicken Knoblauchkrämer an, der bringt mehr Glauben aus der Kehle. Hörst du: – Heil dir, Davids Sohn! ruft er und ist schon heiser geworden vor lauter Freudengeschrei.«

Thomas schweigt, eilt gebückt und ärgerlich zwischen der Menge dahin. Das Heilrufen erfüllt schon die ganze Stadt, und die Straßen, durch die der Zug sich bewegt, sind wie lebendige Palmenhaine. Aller Verkehr ist erstickt, alle Fenster und Dächer sind voll von Menschen und alles reckt die Hälse nach dem Messias.

Jesus sitzt, beide Füße nach einer Seite gelegt, auf dem Tiere, mit der rechten Hand den Leitriemen haltend. Ernst und gelassen blickt er vor sich hin, nicht anders, als ritte er im Staubgewirbel der Wüste. Als vor ihm hoch über Dächern die Zinnen des Königsschlosses ragen, wendet er sein Tier in eine Seitengasse – dem Tempelplatze zu. Zwei Hüter am Eingange des Tempels winken heftig mit den Armen, dass die Menge vorüberziehe. Aber sie stockt, der Zug hält und Jesus steigt vom Esel.

»Nicht in das Goldene Haus? In den Tempel will er?!« So fragen sich viele überrascht. »In den Tempel?!«

»Zu den Rabbiten und Phariten? Dann seht einmal zu, was wir erleben werden!«

———————

Mit ernster Entschlossenheit, ohne einen Blick es auf das jubelnde Voll zu werfen, steigt Jesus rasch die Stufen zum Tempel hinan. Ein Teil der Menge drängt ihm nach, der andere zerstreut sich allmählich. Aber die Rufe: »Gepriesen sei, der heute gekommen!« sind den ganzen Tag nicht verstummt.

Als er in den Vorhof des Tempels getreten, steht er still und schaut bestürzt drein. Da gibt es ja Leben und Bewegung! Hunderte von Leuten aller Arten tummeln sich durcheinander, in bunten Röcken, in härenen

Tüchern, mit hohen Mützen und flachgewundenen Turbanen. Unter gellendem Geschrei bieten sie allerhand Waren feil, die da ausgebreitet sind: Teppiche, Ampeln, Leuchter, Abbildungen des Tempels und der Bundeslade, Obst, Tonkrüge, Gebetsriemen, Räucherwerk, Seidengewand und Schmucksachen. Geldwechsler preisen ihre hohen Zinsen, den Vorteil des römischen Geldes, brechen ihre Goldrollen und lassen sie in Schalen auseinanderrieseln, um die Augen der Wallfahrer zu reizen. Kauflustige drängen sich durch, besichtigen spottend die Waren, feilschen, lachen und kaufen. Dazwischen huschen Rabbiten umher in langen Kaftanen und weichen Schuhen, die man nicht hört. Die Häupter haben sie bedeckt mit Samtkäppchen, aus denen pechschwarze oder auch eisgraue Locken sich herabringeln; unter den Armen große Pergamentrollen, – denn es beginnt der Sabbat – so huschen sie mit würdevollen und zugleich lauernden Mienen umher, feilschen hier und da mit Krämern oder Krämerinnen, verschwinden hinter Vorhängen und erscheinen wieder.

Als Jesus von der Schwelle aus dieses Treiben eine Weile beobachtet hat, überkommt ihn die Entrüstung. Die Geschäftigen mit seinen Armen auseinanderschiebend, bahnt er sich den Weg. An der nächsten Bude rafft er ein Bündel von Gebetsriemen auf, schwingt sie über die Köpfe und ruft so laut, dass es alles übertönt: »Ihr Schriftlehrer und Tempelhüter, seht ihr es nicht? Die ihr sonst so trefflich Bescheid wisset im Buchstaben. In der Schrift steht geschrieben: Mein Haus ist zum Beten! Und ihr habt Salomons Tempel zu einer Krämerbude gemacht!« – Das kaum gesagt, stürzt er mit der Hand einen Tisch und stößt mit dem Fuß mehrere Bänke um, dass der Trödel durcheinanderkollert auf dem Steinboden, unter den Füßen der zurückweichenden Menge. Sprachlos starren sie ihn an und er fährt fort zu donnern: »Ein heiliger Zufluchtsort der Bekümmerten und Leidenden soll mein Haus sein, spricht der Herr. Und ihr macht eine Mördergrube daraus, erstickt mit Gewinngier die Seelen. Hinaus, ihr Feilscher und Schächer, ob ihr mit Waren schachert oder mit der Schrift!« Hoch schwingt er die Riemen, auch über die Schriftlehrer und Rabbiten schwingt er sie, sodass sie ihre Köpfe ducken und durch Vorhänge und Tore entfliehen. Aber im Nebenhofe versammeln sie sich, die Rabbiten, Phariten und Tempelhüter, rasch beratend, wie sie diesen wahnwitzigen Menschen ergreifen und unschädlich machen könnten. Doch siehe, zu den Toren strömt Volk und immer mehr Volk herein in den Vorhof, umringt den zürnenden

Propheten und jubelt: »Gepriesen, Nazarener, der du gekommen bist, den Tempel zu reinigen! Heil und Preis dir, heiß ersehnter Retter!«

Als die Templer merken, wie es steht, erheben auch sie ihre Stimmen und rufen: »Gepriesen sei der Prophet! Heil, dem Nazarener!«

»Alles ist gewonnen!«, flüstern die Jünger, sich nun auch vordrängend, einander zu. »Auch die Rabbiten jubeln ...!«

Diese Rabbiten und Templer haben eilig nach Schergen geschickt, machen sich jetzt an Jesus und beginnen, als die Menge ruhiger geworden ist, mit ihm Gespräche zu führen.

»Weiser Mann«, sagt einer zu ihm, »wahrlich, du erscheinst zu guter Zeit. Es sind Zustände gekommen über unser armes Volk, dass man nicht mehr weiß, wo aus, wo ein. Du bist der Mann, der sich nicht kehrt nach unten und nicht nach oben, dessen Richtschnur die Gerechtigkeit ist. Sage, was meinst du doch: Sollen wir Juden dem römischen Kaiser die Steuern zahlen oder sollen wir sie verweigern?«

Jesus merkt, wo das hinaus will und verlangt, dass man ihm eine Münze zeige. Sie wundern sich, dass er kein Geld in der Tasche hat und halten ihm eine der römischen Münzen vor, wie sie im Lande laufen.

»Von wem kommt diese Münze?«, frägt er.

»Wie du siehst, vom römischen Kaiser.«

»Und wes' ist das Bild auf der Münze?«

»Des Kaisers.«

»Und wes' ist die Inschrift auf der Münze?«

»Des Kaisers.«

»Wessen ist also die Münze?«

Sie schweigen. Sagt Jesus: »Gebet Gott, was von Gott kommt und dem Kaiser, was vom Kaiser kommt.«

Solche, die die Falle durchschaut haben, brechen über diesen Bescheid in Beifall und Jubel aus und reißen auch die Menge wieder dazu hin. Die Templer knirschen insgeheim, dass er der schlauen Schlinge entkommen ist. Sie haben so gerechnet: Sagt er, gebet dem römischen Kaiser die Steuern, so weiß das Volk, er ist nicht der Messias, vielmehr ein Knecht der Fremden. Und sagt er, gebet dem Kaiser die Steuern nicht, so ist er ein Aufwiegler und man lässt ihn festnehmen. Nun aber hat er Kaiser und Volk auf seiner Seite und sie müssen ihn gewähren lassen.

»Es geht ausgezeichnet!«, flüstern die Jünger sich zu. »Sie bitten ihn schon um seinen Rat, wollen nichts mehr tun ohne seiner.«

Die Schriftausleger haben ihn in ihre Mitte genommen, sie wollen nicht ruhen, bis er überlistet wäre. So frägt ihn einer: »Großer Weiser, glaubst du, dass es eine Auferstehung von den Toten gibt?«

»So ist es«, antwortet er.

»Dass die Ehe zwischen Mann und Weib unlöslich ist und dass ein Weib gleichzeitig nur einen Mann haben darf?«

»So ist es.«

»Und dass nach dem Tode des einen Teiles der andere wieder heiraten darf?«

»So ist es«, sagt Jesus.

»Du hast recht, Herr«, redet ein Dritter drein. »Wie aber ist es, wenn ein Weib hintereinander sieben Männer hat, weil ihr einer um den anderen gestorben war? Wenn sie nun alle von den Toten auferstehen, so hat das Weib sieben Männer auf einmal, jeder ist ihr rechtmäßiger Mann und sie darf doch nur einen haben?«

Man ist in höchster Erwartung, was er antworten werde, denn die Frage scheint unlösbar. Und Jesus spricht: »Einer, der so frägt, der kennt weder die Schrift noch die Kraft Gottes. Die Schrift verbürgt uns die Auferstehung und die Kraft Gottes das ewige Leben im Geiste. Bei den Geistern aber gibt's keine Ehen – so fällt diese Frage in nichts zusammen.«

Neuerdings Beifall und Jubel, von allen Seiten winkt man ihm mit Tüchern zu. Die Schriftlehrer ziehen sich missmutig zurück, den Häschern abwinkend, die im Hinterhofe bereit gewesen waren.

———————

Nach diesem Empfang in Jerusalem und nach diesem Tempelsieg am ersten Tage getrauen die Jünger sich, fest und selbstbewusst aufzutreten in der Königsstadt. Jesus bleibt ernst und schweigsam. In einem verlassenen Hause, das vor dem Tore steht, herbergen sie. Die Jünger sehen nicht recht ein, weshalb er sie nicht in einen Palast geführt habe. Einstweilen möchten sie gerne die Einladung reicher Leute annehmen, um die Huldigungen fröhlich zu genießen, doch Jesus hält sie zurück.

Es sei das Osterfest nahe, da gebe es anderes zu tun als sich huldigen und den Kopf beräuchern zu lassen, den man sehr bald in aller Nüchternheit benötigen würde. Nehme er von den Einladungen schon eine an, so sei es die aus Bethanien, wo er treuere Freunde wisse als in Jerusalem. Einstweilen habe er im Tempel noch etwas zu sagen.

Als er am nächsten Tage wieder hinaufgeht, ist die Halle zum Drücken überfüllt von Volk, Rabbiten und Schriftlehrern. Die einen sind gekommen, um endlich seine Verherrlichung zu erleben, die anderen, um ihn zu vernichten.

So tritt ihn einer aus dem Pharitenkreise an und fragt ihn ganz plötzlich, welches das größte Gebot sei?

Jesus steigt auf den Rednerstuhl und spricht: »Ich bin eben gefragt worden, welches das größte Gebot sei. Wohlan. Ich bin nicht gekommen, neue Gebote zu geben, sondern die alten zu erfüllen. Das größte Gebot ist: Liebe Gott mehr als alles und deine Nahmenschen wie dich selbst. Auch jene, die mich gefragt haben, eure Lehrer und Schriftausleger, sagen dasselbe, doch was sie tun, das stimmt nicht mit dem, was sie sagen. Den Worten dieser Leute möget ihr glauben, aber ihren Werken dürfet ihr nicht folgen. Von euch verlangen sie das Schwerste, sie selber rühren keinen Finger. Und was sie etwa Gutes tun, das tun sie vor den Leuten, um gerühmt zu werden. Bei Festlichkeiten haben sie gern den ersten Platz und wollen von allen Seiten gegrüßt werden als die Verkünder der Schrift. Die Ehre geben sie nicht Gott, sondern sich selbst. Ich sage euch: Wer sich erhöht, der wird erniedrigt werden.«

Einige der Phariten unterbrechen ihn und haben Widerspruch. Denen wendet er sich zu, Gesicht gegen Gesicht, und erhebt noch lauter seine Stimme: »Ja, ihr Schriftlehrer, nach außen wollt ihr glänzen. Nach außen haltet ihr eure Gefäße rein und eure Wolle weich, inwendig seid ihr voll Bosheit und Raubgelüste. Ihr, die ihr auf den Lehrstühlen Sitten predigt, seid wie jene Gräber, die auswendig mit Blumen geschmückt, inwendig aber voller Fäulnis sind. Die Väter schmäht ihr, weil sie die Propheten verfolgt haben; die Propheten, die der Herr heute sendet, tötet ihr, oder lasst sie verschmachten. Und wenn sie tot sind, baut ihr ihnen glänzende Grabmäler. Fluch euch, ihr Heuchler! Anderen wehrt ihr die Bringer des Heiles, ihr selbst steinigt sie. Ihr selbst geht nicht ins Himmelreich und anderen, die hinein wollen, verschließt ihr es. Fluch euch, ihr Scheinheiligen, die ihr unter dem Mantel der Liebe die Häuser der Witwen, das Habe der Waisen an euch zieht! Fluch euch, ihr Kriecher, die ihr zu Land und Wasser, in Schulen und Krankenhäusern umherreiset, um Leute für euren Glauben zu werben! Und haben sie euren Glauben angenommen, so ängstigt ihr sie mit dem ewigen Feuer und machet Höllenkinder aus ihnen. Ihr Narren und Betrüger, die ihr lehrt, unter heimlichem Vorbehalt zu schwören, den Wortlaut gelten zu lassen und nicht die Meinung! Ihr Toren und Irrlehrer, die ihr das Volk auf kleinliche Nebendinge lenkt, auf Äußerlichkeiten und Gebräuche, anstatt auf die Hauptsache, auf die Gerechtigkeit, auf die Barmherzigkeit, auf die Liebe! So unsinnig ist das, als wollte einer die Mücke säugen und das Kamel verschlucken. Ihr Schlangen und Natterngezücht! Ewigen Fluch euch! Wenn Gott selbst seinen Sohn sendet, so werdet ihr ihn kreuzigen und werdet heucheln, wir taten es des Volkes willen, denn er war der Verführer. Aber wisset, dass der Gottgesandten Blut von euch gefordert werden wird! Die Zeit ist nicht mehr fern und das Blut eurer Kinder wird in Bächen durch die Straßen Jerusalems fließen!«

Während Jesus so gesprochen, zittern seine Jünger. In solch glühendem Zorn haben sie ihn noch nie gesehen. Aber es ist zu früh! Er hat noch keine Soldatenmacht, um sich zu wehren, wenn sie ihn jetzt ergreifen. Die Menge ist erregt in hohem Grade und ihr Beifall wächst zum Sturme an. Viele kreischen vor Entzücken, dass solche Worte endlich gesprochen werden, andere tun drohende Gebärden gegen die Templer. Diese – die Rabbiten und Phariten haben wohl schon allerhand Einwände gegen die furchtbaren Anklagen zungenfertig gehabt, doch scheint es ihnen klüger zu sein, den Ausfall des »Volksgunstjägers« keiner Antwort zu würdigen und einstweilen rasch, unbemerkt durch Hintertüren zu entkommen.

Der weite Platz vor dem Tempel ist ein Meer von Menschenköpfen. Was möglich, das hat sich hineingedrängt, der allergrößte Teil des Volkes umwogt den gewaltigen Bau und fortwährend schreien grelle Stimmen: »Auch wir wollen ihn hören! Er soll herauskommen, soll im Freien predigen, dass wir ihn sehen. Heil dem Messias! König! Er soll herrschen im Goldenen Hause und soll herrschen in Salomons herrlichem Tempel!«

Als Jesus im Gewirre aus dem Tempel tritt, hört er das Geschrei und steigt auf den Sockel einer der Riesensäulen, die den Bau umstehen. Und hier erhebt er neuerdings sein Wort und im Angesichte der Stadt schleudert er es hin über die Menge.

»Des herrlichen Tempels rühmt ihr euch? Ich sage euch, von diesem Bau wird kein Stein auf dem anderen bleiben. Denn ihr habt gehäuft Missetat auf Missetat. Keinen finde ich dürstend, aber trunken seid ihr alle. Das Maß ist voll geworden und dieses gegenwärtige Geschlecht wird es noch erleben. Wenn die Drangsal kommt über das Land, dann fliehe auf den Berg, wer im Tale ist, und wer auf dem Felde ist, der kehre nicht zurück in die Stadt, und wer auf dem Dache ist, der steige nicht herab, um etwa den Rock zu holen aus seinem Hause. Feuer und Schwert würden ihm begegnen. Wehe den hoffenden Frauen und den Kindern in jenen Tagen, sie werden rufen: Berge, fallet über uns, begrabet uns. Ein Jammer und Wehklagen, wie es unter der Sonne nie gewesen ist und nie sein wird. Ein unermesslicher Zorn wird sein über diesem Volke, Jerusalem wird zerstört und seine Bewohner in Gefangenschaft fremder Völker geführt werden. Und also wird das Gericht sein, je nachdem die Menschen guten oder bösen Willens gewesen. Von Zweien, die auf dem Acker sind, wird der eine angenommen, der andere verworfen werden. Von Zweien, die in einem Bette liegen, wird der eine erhört, der andere verlassen werden. Die Fruchtgarben werden in die Scheune kommen und das Unkraut ins Feuer.«

Ein Beben haben diese Worte angerichtet in der Menge und einer der Jünger ringt verzweifelt die Hände: »Das kann nicht gut enden!«

Nun wird seine Stimme milder: »Aber verzaget nicht. Die Tage dieses Elendes sollen abgekürzt werden, ich will darum bitten. Wo Aas ist, dort sind auch Adler, aus dem Volke der Sünder werden sich Blutzeugen Gottes erheben. Wie nach hartem Winter die Bäume treiben und sprossen, so wird aus dem geläuterten Volke das Himmelreich aufblühen. Denn es wird die frohe Botschaft hindringen durch die ganze Welt und selig alle Völker, die sie annehmen!«

»Der Himmel auf Erden?«, frägt jemand aus der wogenden Menge hervor. Jesus antwortet: »Der Himmel auf Erden, wie ihr ihn wollt – niemals! Denn die Erde ist zu schwach, um den Himmel zu tragen. Auch sie wird einst untergehen und der Untergang Jerusalems wird nur ein Gleichnis gewesen sein. Vorher werden viele Trübsale geschehen. Falsche Propheten werden kommen und sagen: Wir sind der Welt Heiland! Ihr Geist und ihre Wahrheit wird die Leute blenden, aber es wird nicht der Heilige Geist und nicht die ewige Wahrheit sein. Eine große Müdigkeit und Verzweiflung wird kommen über die Seelen und sie werden dürsten nach dem Tode. Und wie die Menschen allmählich ihr Licht, ihre Vernunft verlieren, so werden in den Himmeln die Gestirne verlöschen, das Meer wird über das Land treten und das Gebirge ins Meer versinken. Aber in den dunklen Himmeln wird das feurige Zeichen des Gottessohnes erscheinen.«

»Welches ist dieses Zeichen?«, frägt von unten heraus ein graubärtiger Rabbite.

»Wer Augen hat, der wird es bald sehen auf der Schädelstätte ragen, jenes Zeichen, mit dem der Herr einst kommen wird zu richten. Seine Engel werden ihn verkünden in den Lüften, aber nicht in seiner Niedrigkeit wie einst zu Bethlehem; er kommt in aller Kraft und Herrlichkeit, mit der er zur Rechten des ewigen Vaters waltet. Und er wird den Seelen ihre Leiber zurückgeben und vergelten den Treuen mit ewiger Freude, den Verstockten mit ewiger Verwerfung.«

In der Menge fragen bange Augen und flüsternde Worte: »Wann wird dieses geschehen?«

»Wachet, Kinder! Tag und Stunde weiß niemand als Gott allein. Diese Welten werden vergehen, ihr seht es jeden Tag. Alles ist im Wandel, nur die Botschaft vom Vater wird ewig bleiben.«

Der Eindruck, den diese Rede des Propheten auf das Volk gemacht, ist ein ungeheurer gewesen. Aber die Leute schreien nicht mehr, sie jubeln nicht mehr, sie blicken nicht mehr so frohgemut wie tags zuvor auf zu seinem Angesichte, zu dem Feuerauge, das so zornig lodert. Schweigsam sind sie geworden oder flüstern nur, einer zum anderen. – »Ob er es verstanden hätte?«, frägt dieser leise den Nachbar. Jeder hat verstanden – aber jeder etwas anderes. Jeder ist erfüllt von den Worten, in jedem gären sie, und wo beim Auseinandergehen Gruppen dahinschreiten, da besprechen sie des Propheten Rede und manche beginnen darüber zu streiten.

»Viel erwarte ich nicht von diesem Messias«, sagt ein Herbergsvater zu seinen Gästen. »So viel mich dünkt, hat er mehr Schlimmes als Gutes in Aussicht gestellt. Wenn er nichts Besseres bringt, als den Untergang Jerusalems und das Weltgericht, dann hätte er wohl daheimbleiben können in seinem Nazareth.«

»Nein, vom Weltgericht bin ich nie ein großer Freund gewesen«, ruft ein Häutehändler aus Jericho.

»Es bleibt doch dabei«, schreit ein Kamelhaarschneider, »aus Galiläa kommt nichts Gutes!«

»Und aus dem Judenlande auch nicht«, lacht ein unpatriotischer Schiffsmann aus Joppe. »Ich sage das, bevor wir unsere jüdischen Fürsten und Rabbiten nicht alle verjagt haben und durch und durch römisch geworden sind, erwarte ich nichts. Roms Kaiser ist der wahre Messias. Alle anderen sollte man pfählen.« – Solcherart sind die Geister entfacht. Die Templer reiben sich vergnügt die Hände.

»Er ist nicht klug genug, um gefährlich zu sein. Das Gesetz allerdings, das wird ihn kaum fangen nach dem, was er gesagt hat.«

»Aber das Volk wird ihn richten«, spricht einer der Ältesten, »das Volk selbst. Gebt acht, ich werde wahrsagen!«

»Nein, in der Tat, Schönredner ist das keiner«, lässt sich ein Aufseher vernehmen. »Dem Pöbel schmeichelt er gar nicht und meine Missachtung für den Nazarener ist heute geringer als gestern. Fällt er in den Augen der Menge, so steigt er in den meinen.«

»Mich macht der Mann glauben, dass er sich schon selbst aufgibt. Habt ihr seine Anspielung auf die Schädelstätte gehört?«

»Mein Seel', in etwas soll ein berühmter Prophet doch recht behalten«, spottet einer der Oberpriester. »Ich glaube, man ersuche den Hohen Rat, dass er für Ruhe sorgen lasse zum Feste. Ihr versteht mich.«

»Es wäre aber doch nicht unbedenklich, jetzt bei dem großen Volksandrang.«

»Nach meinem Dafürhalten hat er genug Wasser in das Strohfeuer gegossen«, sagt der Oberpriester. »Kein Finger wird sich rühren, wenn wir ihn nehmen.«

»Lassen wir erst das Fest vorübergehen. Die Menge ist unberechenbar!«

»Wir haben ihm nachgestellt durch das ganze Land und hier im Tempel soll er uns öffentlich lästern dürfen? – Nein, die Menge fürchte ich nicht mehr. Bedenklicher ist das Gesetz.«

———————

In einem Engtal am Fuße des Ölberges ist der kleine Ort Bethanien gelegen. Dort steht ein reiches Haus. Es gehört einem Manne, der seit vielen Jahren krank ist; früher der Verzweiflung nahe, ist er nun – seitdem er Anhänger des Nazareners geworden – gottergeben und wohlgemut. Die unheilbare Krankheit kommt ihm beinahe süß vor, denn sie hat alle beunruhigenden Weltwünsche und Hoffnungen zerstört und auch die Befürchtungen. In friedlicher Abgeschiedenheit gibt er sich dem inneren Reiche Gottes hin. Er denkt kaum noch, dass er krank ist, wenn er in seinem Garten sitzt und hinausblickt in das stille Weben der Natur. Er fühlt so ganz die Seligkeit des Himmelreichlebens und hat Dankgebete dafür, dass ein solches Leben kein Tod zerstört, dass es ewig ist, weil es von der unsterblichen Seele in die Ewigkeit hinübergetragen wird.

Aber auch zwei Hausgenossen haben es erfahren. Magdalena, die Schwester seines Weibes, die Gefallene von Magdala, wohnt in seinem Hause, seitdem sie sich vom Meister hat trennen müssen. Nun hört sie es mit freudigem Schreck, dass Jesus in Jerusalem ist. In eine noch größere Erregung darüber kommt ihr Bruder Lazar. Der Jüngling behauptet dreist, an ihm habe der Meister das Größte vollbracht. Er kann nicht genug davon reden und wird ganz unwillig, wenn sie seine Erzählung nicht wie die allerneueste Neuigkeit aufnehmen, obschon sie vor Monaten geschehen, als Jesus in der Wüste Juda gewesen war. Sie haben das Ereignis bewundert über alle Maßen, aber endlich, wenn das größte Wunder alle Tage erzählt wird, so wird es eben alltäglich. »Soll's nur ein anderer erleben, das Sterben!«, ruft Lazar manchmal, ein lebhaftes Gespräch unterbrechend, in die Gesellschaft hinein. »Wenn du daliegst und kalt wirst. Sie legen dir das Leichenhemd an, binden dir die Tücher ums Haupt, strecken dich aufs Brett und klagen, dass du gestorben seist. Du bist auch gestorben, aber es ist anders, als du dir das gedacht hast. Du weißt davon, du bist dabei, wenn sie dich in den Sack stecken und in die Gruft tragen und vor Schmerz ihre Kleider zerreißen. Du bist dabei, wenn dein Leib eingewölbt wird in die feuchte ewige Nacht und zu wesen anhebt. Deine arme Seele krampft sich zusammen zu einem Hilferuf, aber die Brust ist tot und die Kehle ist tot. Und in dieser Todesangst, sie will nimmer aufhören, tritt ein Mann herbei, legt dir die Hand aufs Haupt und sagt: Lazar, steh auf! – Und die Pulse heben an zu zucken und die Glieder werden warm und du stehst auf und lebst! Und lebst! Weißt du, was das heißt, leben?«

Da muss Magdalena manchmal an den Bruder herantreten, um zu beruhigen und zu sagen, einen toten Leib zum Leben erwecken das sei groß, aber eine tote Seele lebendig machen, das sei noch größer!

Nun, diese Familie zu Bethanien hat heraufgeschickt nach Jerusalem und den Meister einladen lassen, dass er mit zweien seiner Reisegefährten in sein Haus komme, um nach schwerer Wanderung einmal ein wenig in häuslicher Sicherheit der Ruhe zu pflegen. Jesus findet es auch an der Zeit, einstweilen die Stadt zu verlassen und nimmt die Einladung an. Nur sind ihm seine Jünger leid. Jedem von ihnen wäre das gastliche Haus zu gönnen, um nach langem wieder einmal mit dem Meister fröhlich zu sein, wie sie glauben, dass dazu nach dem Siege wohl auch Ursache wäre. Als es die Jünger merken, dass nur zwei ihn begleiten können, sind sie betrübt, da doch alle das harte Los mit ihm hatten teilen müssen.

»Hat euch bei mir je einmal etwas gefehlt?«, frägt er. »Habt ihr Mangel gelitten?«

»Nein, Herr, niemals!« Denn sie haben an seiner Seite den Mangel nie empfunden. Nun freut der Meister sich ihrer Uneigennützigkeit, denn die zehn entscheiden, der Jüngste und der Älteste sollten mit ihm gehen, das wäre billig. So sind Johannes und Simon Petrus auserkoren. Die übrigen haben Unterkunft bei Bürgern der Stadt. Da ist Joseph von Arimathea, der um Jerusalem Besitzungen hat, er nimmt Jünger auf. Da ist der reiche Simeon, der damals in die Wüste gezogen war, um das ewige Leben zu gewinnen und dabei beinahe das zeitliche eingebüßt hätte. Er ist seither über den Wert der Güter anderer Meinung geworden, wenigstens will er Dürftige mitgenießen lassen, er nimmt Jünger auf. Jakobus hat drüben in Bethphage, am rückwärtigen Hang des Ölberges, zu tun, wo er den Esel gemietet. Dorthin nimmt er auch den Andreas mit. Das Tier war wohl schon zurückgestellt, aber noch nicht entlohnt worden. Das Greislein kommt ihnen sehr freundlich entgegen. Über die Maßen sei er stolz, dass sein edler Brauner zu so hohen Ehren gekommen. Er sei selbst in der Stadt gewesen und habe gehört, wie der Prophet es denen im Tempel eingetränkt! Das sei der schönste Tag seines Lebens gewesen. Wenn der Herr nun auch komme und sein Weib von der Gicht heile, dann wäre er bekehrt.

Das sei schon auch darum erfreulich, meint Jakobus, weil ohnehin kein Geld vorhanden, um den halben Silberling zu bezahlen. Das Greislein tut vor Überraschung einen Pfiff. Er sehe nun wohl, dass die Leute recht hätten, die auf keinen Galiläer was halten!

Um die Ehre der Landsleute zu retten, haben sie sich erboten, im Garten zu arbeiten, bis der Esel völlig abgedient wäre. So haben denn die beiden Jünger drauflosgegraben und vielleicht seines Gleichnisses von den Arbeitern im Weinberge gedacht. Dabei besprechen sie auch die Vorgänge in Jerusalem und wie sie selbander im Goldenen Hause als Minister des Messias sich wohl sein lassen könnten, statt hier zu schwitzen.

Als Jesus mit Johannes und Petrus nach Bethanien kommt, lässt der Gastherr Amon sich auf seinem Rollwagen ihnen entgegenschieben und ruft seine Frau Martha, dass sie eilen möge, um den Ankömmlingen die Ehrerbietung zu bezeigen. Doch, dazu hat eine Hausfrau keine Zeit, sie hat noch in den Stuben, im Tafelsaal und überall nachzusehen, ob es in Ordnung ist, nötigenfalls selbst nachzuhelfen. Im Hofe tummeln sich Kinder des Gesindes herum und es ist überall eine warme Heimlichkeit. Plötzlich eilt der schlanke schmale Lazar herbei und legt sich dem Meister vor die Füße. Dieser erkennt ihn und sagt: »Lazar, du hast dein Leben, um aufrecht zu sein.« Da ist der Jüngling aufgestanden. Und dann naht – zögernd und zagend – Magdalena. Er begrüßt sie schweigend.

Auch sie schweigt. Doch als sie bei Tische sitzen, da kniet sie wieder vor ihn hin und ölt ihm die Füße. Mit ihrem Haare trocknet sie ab und weint. Der Wohlgeruch des Öles erfüllt den ganzen Saal, sodass Petrus zu seinem Nachbar lispelt: »Was solch eine Salbe Geld kosten mag! Wenn sie es den Armen geschenkt hätte, wäre es ihm wohl lieber gewesen.«

Das hat Jesus gehört. »Was ist dir nicht recht, Petrus? Sie tut mir Gutes, solange ich noch da bin. Wenn ich nicht mehr bei euch sein werde, die Armen habt ihr immer noch. Sie hat mir ein Zeichen der Liebe getan, das ihr nimmer vergessen werden soll.«

Petrus schämt sich und sagt leise zum Nachbar: »Er hat recht. Es geschieht oft, dass die Leute eine gute Tat unterlassen und sagen, ich gebe dafür etwas den Armen. Sie sagen es, tun aber weder das eine noch das andere. Er hat recht.«

Dann haben sie gegessen und getrunken im heimlichen Kreise und sind fröhlich geworden. Magdalena hatte sich zuerst ganz unten hinsetzen wollen, der Meister aber verlangt, dass sie zu seiner Rechten sitze. Nun hängen ihre schwärmerischen Augen an seinem Gesichte und es ist gleichsam, als saugten sie jedes Wort, das er spricht, von seinem Munde auf. Jesus ist wieder unermüdlich im Erzählen von Legenden und Parabeln, in deren jeder ein großer Gedanke liegt. Wenn er sonst vor dem Volke herbe die menschlichen Torheiten rügt, hier behandelt er sie mit ernsthafter Laune und mit einem warmen Mitleide, dass in allen Zuhörern das Herz auflebt. Der sieche Gastgeber ist selig und winkt immer seine Hausfrau herbei, um den Worten des Meisters zu lauschen. Doch Frau Martha kann sich nicht genug tun, die Herstellung der Speisen zu überwachen, zu vervollkommnen, die Gäste zu bedienen und ärgert sich über die Schwester Magdalena, die sich's an seiner Seite so gut sein lässt und sich um nichts kümmert. Da, als sie wieder mit einem Gericht kommt, legt Jesus seine Hand sanft auf ihren Arm und sagt: »Martha, du emsige! Lass doch einmal deine sorgenvolle Geschäftigkeit und setze dich zu uns. Wir werden ja satt an den köstlichen Dingen und du kümmerst dich noch immer. Mache es doch wie deine horchende Schwester, sie hat das bessere Teil erwählt, das geistige Brot statt des leiblichen.«

Hat sich nun auch Frau Martha ein wenig hingesetzt, auch ihr Auge hängt an seinem Munde, doch weniger daraufhin, was er spricht, sondern wie ihm die Speisen munden. Er merkt es und sagt lächelnd: »Jedes tue Gutes nach seiner Art.« Und er fährt fort in anmutiger Form die Geheimnisse des Himmelreiches zu offenbaren. Aber immer unterbricht Martha die Rede mit Bemerkungen über die Speisen, mit Aufträgen, die sie den Dienern gibt, bis Jesus fast unwillig wird und sie herb anlässt: »Weißt du denn noch immer nicht, dass ich euch nähren will? Das Wichtige allein ist die Seele!«

Dann sprechen sie auch vom Tag. Amon hat ihm artig seinen Glückwunsch dargebracht zu dem großen Siege in Jerusalem.

»Sieg nennst du das?«, fragt Jesus. »Amon, kennst du die Menschen so wenig? Den Messias-König sehen sie an mir, der morgen das Kaiserreich besiegen wird. Mein Reich ahnen sie nicht, die Verblendeten! Reden, die niederreißen, sind ihnen zum Vergnügen, und Reden, die aufbauen sollen, verlangen sie nicht zu hören. Es ist ein schales Volk, das nur mit Not und Drangsal erweckt werden kann. Aber erweckt wird es werden!«

Nach Tische ruht er auf Kissen, den zartesten, die Frau Martha hat aufbringen können im Hause. An seiner Brust lehnt das Lockenhaupt des jungen Johannes, zu seinen Füßen sitzt Magdalena. Nebenan auf einem Teppich liegt Petrus, weiterhin im Rollstuhl sitzt Amon, der von Frau Martha sich das weiße Haar streicheln lässt. Besonders selig ist heute auch Johannes. Nie hat er den Meister so sanft und mild gesehen, und dennoch bedrückt den Jünger etwas. Auf die frühere Bemerkung über das Volk zielt er: »Meister, wenn sie wüssten, wie sehr du sie lieb hast!«

»Das *sollten* sie doch wissen.«

»Wie du zu ihnen redest, Herr, da können sie es nicht wissen.«

»Wie ich zu ihnen rede?«, sagt Jesus und streicht mit der Hand über des Jüngers weiches Haar. »Das ist ganz mein Johannes! Er kann es immer noch nicht fassen, dass man Büffel nicht mit Pfauenfedern streichelt. Zu herbe bin ich ihm bei diesen Heuchlern, Verstockten und Lauen. Wenn ich jene zurückweisen muss, die täglicher Vorteile wegen Wunder von mir verlangen; wenn ich ihre ängstlich verhüllten Seelengeschwüre bloßlegen muss – da bin ich herbe. Und wenn ihre kindische Weltsucht, ihr Hängen an Nichtigkeiten zu zerstören sind, da bin ich herbe. Und wenn sie prahlen mit ihren Vorurteilen und Lieblosigkeiten und aus Habsucht und Feindseligkeit die Schwachen mit Füßen treten, so stolz darauf, wie die Heiden, die ihren Götzen Menschenopfer bringen, da wollte ich eine Geißel aus Skorpionen haben, um sie zu züchtigen. Wenn aber Verlassene zu mir kommen, und büßende Sünder vertrauend bei mir Zuflucht suchen, nein, Johannes, da bin ich doch nicht hart?«

Zu den offenen Fenstern klingt vom Hofe herauf heller Kinderlärm. Da wendet sich Jesus zur Hausfrau und sagt: »Martha! Gut und fein hast du mich bewirtet in deinem Hause. Willst du mir nicht noch ein Nachfest veranstalten?«

»Was wäre das, Meister? Nichts, was du wünschest, soll mir unerreichbar sein.«

»Die Kleinen – lass sie heraufkommen.«

»Mein armer, guter Knabe, er wird sich heute die Augen ausweinen, nicht hier zu sein. Er ist in Jerusalem.«

»So sei er dort unter Gottes Schutz. Die im Hofe spielen, lasse sie heraufkommen.«

Und dann trippeln sie schüchtern zur Tür herein, zwei schwarze Mädchen und ein blonder Knabe, der ein geschnitztes Kamel in der Hand hat. Als Jesus seine Arme nach ihnen ausbreitet, kommen sie heran, sind bald zutraulich und halten die roten Mäulchen auf, in die er ihnen Früchte vom Nachtisch legt. Petrus, der auf seiner Teppichbank gerne ein Schläfchen gemacht hätte, ist über die kleinen Gäste nicht gerade erbaut, freut sich aber, dass der Meister so seelenvergnügt mit ihnen kost und scherzt. Wenn er sich derlei gönnen wollte, dachte der Alte, weder ihm noch uns würde es schaden. Über schlechte Ehen ist er oft erzürnt, wie wenn er ihnen das Beispiel einer guten gäbe? Weitum brauche er vielleicht nicht zu suchen. – Noch andere Gedanken beunruhigen den Jünger, allein über gewisse Dinge ist es schwer, mit ihm zu sprechen.

Da sagt Jesus zum Knaben: »Benjamin, setze dich nun einmal auf dein Kamel, reite zu jenem Manne dort hinüber und frage ihn, weshalb er so schweigsam ist.« Dieser Aufforderung, sich an der Unterhaltung zu beteiligen, kommt Petrus nach, aber nicht auf das Glücklichste. »Meister«, sagt er unsicher, »was mir anliegt, das stimmt schlecht zu diesem schönen Tag.«

Solche Bemerkungen, meint Frau Martha launig, seien schon die rechte Art, um in einem trauten Kreise den Frohsinn zu erhöhen. Petrus ist nicht der Mann, ein Geheimnis lange in sich niederhalten zu können. Er sagt gegen den Meister gewendet: »Heute früh, oben in der Stadt, habe ich etwas reden gehört und sie tun dir immer unrecht.«

»Was ist denn wieder geredet worden, Petrus?«

»Sie sagen dem Propheten nach, das wäre auch einer von solchen, die schöne Worte haben und nichts tun. Nicht einmal die Kranken wolle er heilen, die ferne her zu ihm kommen.«

»Das reden sie?«

»Ja, Herr, so sagen sie – allerhand so.«

Jesus hebt das Haupt und blickt munter in den Kreis. Dieweilen er eines der Mädchen auf dem Knie schaukelt, spricht er gelassen hin: »Also, dass ich nur spreche und nichts tue, sagen sie. In ihrem Sinne haben sie recht. Ich bete nicht, meinen sie, weil sie es nicht sehen. Ich faste nicht, weil man weniger als wenig nicht essen kann, außer man sitzt einmal im Überfluss, wie bei Frau Martha. Ich gebe nicht Almosen, weil mein Säckel leer ist. Was tue ich also Gutes? Ich arbeite nicht, weil in ihren Augen meine Arbeit nicht zählt. Ich wirke nicht stets Leibeswunder, weil ich gekommen bin, die Seelen zu heilen. Amon, sage, möchtest du deinen Herzensfrieden vertauschen gegen gesunde Beine?«

»Herr!«, ruft Amon lebhaft aus. »Wenn sie sagen, dass du nichts Gutes tust, so sollen sie bloß einmal im Hause des alten Amon zu Bethanien anfragen. Du bist gekommen unter mein Dach und meine Seele ist gesund worden.«

»Und mir hast du Auferstehung und Leben gebracht?«, schreit Lazar leidenschaftlich vom unteren Ende des Saales her.

»Und mir – mehr als das«, spricht Magdalena, feuchten Auges blickt sie auf zu ihm, beugt sich nieder, küsst seine Füße.

Alsbald ruft auch Petrus aus: »Eine Eintagsmücke war ich gewesen und er hat mich zum Menschen gemacht. Er tut mehr als alle Rabbiten und Ärzte und Feldheeren zusammen!«

Da wendet diesem sich Johannes zu: »Bruder, und warum hast du das denen zu Jerusalem nicht gesagt? Hast du dich vor ihnen gefürchtet?«

»Ist dieser Mann feige?«, frägt der Knabe, mit dem Fäustchen nach Petrus deutend. »Ei, so hilf uns doch, wenn wir im Hof Löwe und Schaf spielen!«

Jesus schüttelt den Kopf über solche Reben und sagt: »Nein, feige ist mein Petrus nicht, aber etwas schwankend noch für einen Fels. Wer sich in solchem Alter noch zu erziehen vermag fürs Reich Gottes, wahrlich, der ist kein Schwächling.«

Frau Martha, die aufgestanden ist, um für das Abendbrot zu sorgen, meldet von draußen herein, die Mutter der Kinder habe gerufen, sie sollten in ihre Stube kommen, um die Haggadah zu lesen. Die Kleinen verziehen missmutig ihr Gesichtchen.

»Die Haggadah lesen!«, knurrt der Knabe träge gedehnt, viel zu geringschätzig für das heilige Osterbuch.

»Liesest du denn nicht gerne von Gott, mein Kind?«, fragt Jesus.

»Nein«, antwortet der Knabe trotzig.

Johannes kneift ihn an der roten Wange: »Schlingel! Von Gott sollten brave Jungen immer gerne hören.«

»Aber nicht immer lesen!«, begehrt der Kleine auf.

»Die Haggadah ist langweilig zum Totwerden.«

Hierauf Jesus: »Auch das ist schon einer der Unglücklichen, denen Gott verleidet wird mit den Buchstaben. Bliebet ihr nicht lieber bei mir, Kinder, als die Haggadah zu lesen?«

»Ja, ja, wir bleiben bei dir!« Und alle drei hängen an seinem Halse.

Frau Martha berichtet der Mutter: »Sie lesen die Haggadah mit sechs Armen!«

In diesem frohgemuten Stillleben sind der Tage zwei vergangen, da spricht Jesus zu den Jüngern: »Es ist vorüber, wir gehen hinauf nach Jerusalem.«

Das Fest soll in der Königsstadt begangen werden und Jakobus hat schon einen Saal bestellt, in dem der Meister mit seinen zwölf Getreuen feierlich Ostern halten will. So beginnen die Jünger sich wieder um ihn zu versammeln. Aber sie kommen mit besorgten Mienen. Auf ihren Gängen durch die Stadt haben sie unerfreuliche Erfahrungen gemacht. Die Volksstimmung hat völlig umgeschlagen, man redet weniger mehr vom Messias als vom Aufwiegler und Volksverführer, genau nach der Tonart wie in Galiläa. Nur dass hier die Ausdrücke leidenschaftlicher sind und begleitet von drohenden Gebärden. Thomas hat vor dem Stadttore, wo der Felshügel sich erhebt, zwei Zimmerleuten zugeschaut, die an langen Pfählen Querbalken festnageln. Er will wissen, was sie machen, und erhält zur Antwort, dass zum Feste Missetäter gepfählt würden. Auf näheres Befragen erfährt er nur, dass es Wüstenräuber waren.

»Wüstenräuber?«, redet ein Vorübergehender drein. »Was ist das, Wüstenräuber? Wüstenräuber gibt's jedes Jahr. Diesmal werden ganz andere Leute in die Höhe gehoben werden!«

»Ja, wenn man sie erst haben wird«, gibt ein weiterer dazu. »Sein Gefolge, das soll sich zwar noch umherducken in der Stadt, er selbst ist geflohen. Ein wahrer Spaß, wie die Häscher umherlaufen und wissen nicht wohin.«

Thomas verlangt nicht mehr zu hören, er macht sich davon.

Auch Judas hat Ähnliches vernommen, nur noch deutlicher, sehr klar, es handelt sich um den Meister. – So weit also ist es! Und alles falscher Lärm gewesen. Noch sind aus den Straßen die Ölzweige und Palmenblätter nicht ganz zerstampft, die Zeugnis geben vom Messiasjubel vor vier Tagen. Und heute? Heute suchen ihn die Häscher! Aber – ist er nicht selber schuld? Den Feinden in den Rachen laufen und sie ärgern und lästern – sonst nichts. Hat er auch nur eine Falte seines Mantels gerührt, um zu zeigen, wer er ist? Dass er über das Meer geschritten ist, dass er Tote erweckt hat, wer glaubt es noch? Gelächter, wenn man's erzählt. Warum tut er *jetzt* nichts? Ein einziges Wunder und wir wären gerettet. Vielleicht, dass er es mit Absicht zum Äußersten kommen lassen will, damit seine Macht umso leuchtender sein wird. Sie ergreifen und fesseln ihn, führen ihn unter des Gesindels Lustgeschrei hinaus – und plötzlich vom Himmel kommt die Engelsschar mit glühenden Schwertern, die Feinde stürzen zu Boden, der Messias steigt verklärt auf den Thron. Das wird geschehen, muss geschehen. Je eher, je besser für uns alle. Wie man es nur beschleunigen könnte? Es scheint, seine Unentschlossenheit muss zur Entscheidung gedrängt werden. Ich wollte, sie hätten ihn schon, damit wir herrliche Ostern halten könnten. – Das sind so die Gedanken des Jüngers Judas von Karioth. Durch die abendlichen Straßen schreitet er halb verloren hin. Die Zinnen und Türme stehen ins trübe Rot der untergehenden Sonne hinein. Mehrere Söldnertruppen begegnen ihm, ein Hauptmann hält ihn an und fragt, ob er nicht aus Galiläa wäre?

»Mich dünkt, ihr fragt dem Propheten nach«, antwortet Judas, »nein, ich bin es nicht.«

»Aber du weißt um ihn, ich merke es.«

Judas holt aus der Brust einen tiefen Atemzug, als ob er etwas sagen wolle. Sagt aber nichts und geht seines Weges dahin. So kommt er in das Haus, wo sie um den Meister bereits versammelt sind.

Der Saal ist geräumig und düster. Eine einzige Ampel hängt nieder über dem großen weiß gedeckten Tisch, der in der Mitte steht und um den sie sich schon zusammengesetzt haben. Der Meister so, dass ihn alle in der Runde gut sehen können. Vor ihm steht ein breiter Teller mit dem gebratenen, unzerteilten Osterlamm. Daneben in flachen Schalen das Osterkraut. Weiter hin auf dem Tische stehen die Schalen und liegen die Brote, wie sie zur Erinnerung an das Manna in der Wüste ohne Sauerteig zu diesem Feste gebacken werden. Näher in der Tafel Mitte steht ein Becher mit rotem Wein. Sie schweigen oder sprechen gedämpft zueinander, sodass die Schritte des eintretenden Judas, wie leise er auch auftritt, einen Hall geben. Fast erschrickt er vor diesem Hall. Dann grüßt er mit stummem, tiefem Kopfneigen und setzt sich hin. Gerade dem Johannes gegenüber, der zur Rechten des Meisters ist, sowie zu dessen Linken Petrus.

Ein schweigender Ernst. Das erste Ostern in Jerusalem! – Jesus nimmt eines der Brote, bricht es und legt die Stücke hin. Jakobus zerteilt das Lamm in dreizehn Teile.

»Dreizehn sind uns bei Tische!«, flüstert Thaddä zu seinem Nachbar Bartholomä. Dieser schweigt. Sie essen nicht, sitzen da und schweigen. Die Ampel flackert, sodass der rötliche Schein auf dem Tische sachte hin und her zuckt – Nun erhebt Jesus das Wort und beginnt zu sprechen.

»Esset und trinket. Die Stunde kommt.«

Johannes legt die Hand zärtlich auf die seine und fragt: »Was meinst du, Herr, dass du sagst, die Stunde kommt?«

»Freunde«, sagt Jesus. »Ihr werdet nicht begreifen, wie das sein kann, was in dieser Nacht geschehen wird. Sie werden kommen und mich zum Tode richten. – Ich werde nicht fliehen, denn es muss so sein. Ich habe Zeugnis zu geben vom Vater im Himmel und seiner Botschaft, indem ich bereit bin, dafür zu sterben. Würde ich nicht sterben wollen für meine Worte, so wären sie wie Sand in der Wüste. Würde ich nicht sterben wollen, so wären meine Freunde nicht gerechtfertigt und sie müssten an mir irrewerden. Ein guter Hirte gibt sein Leben für seine Herde.«

»Meister«, sagt nun Thomas und seine Stimme zittert, »nicht, wenn du lebst, nur wenn du stürbest, müssten wir an dir irrewerden.«

Da blickt Jesus betrübt im Kreise umher und spricht: »Einer unter euch wird irre, da ich noch lebe.«

»Wie meinst du das, Herr?«, frägt Judas.

Und Jesus: »Des Menschen Sohn geht seinen Weg, der von Ewigkeit ihm gezeichnet ist. Doch jenem wäre besser, er wäre nie geboren worden. – Einer der Meinen wird mich verraten noch in dieser Nacht.«

Wie von einer Wucht schwer getroffen, so sind sie einen Augenblick stumm. Dann brechen sie aus: »Wer ist es? Wer ist es?«

»Einer von den Zwölfen, die an diesem Tische sitzen.«

»Meister, was trübt dir dein Denken?«, so ruft jetzt Petrus. »Untreu ist keiner!«

Und zu diesem Jesus: »Simon Petrus! Und ein anderer an diesem Tische wird mich verleugnen, noch ehe am Morgen der Hahn kräht!«

Da schweigen alle, denn es ist ihnen sehr bange geworden.

Nach einer Weile fährt er fort so zu sprechen: »Wie im Rate des Vaters beschlossen worden ist, so geschieht es. – Für euch aber beginnt jetzt die Zeit der Arbeit. Ihr werdet meine Apostel sein, die Sendboten, die in die weite Welt ziehen, um allen Völkern zu sagen, was ich euch gesagt habe. Ihr sollet das Salz der Menschheit sein und sie mit Weisheit durchdringen. Ihr sollet der Sauerteig sein, der sie erregt. Anderen habe ich gesagt, tuet die guten Werke heimlich, euch sage ich: Lasset euer Licht leuchten, damit sie ein Vorbild haben. Seid klug wie die Schlangen und lasset euch von Heuchlern nicht betrügen; seid wie kundige Wechsler, die nur echte Münzen annehmen, falsche aber zurückweisen. Seid ohne Falsch wie Tauben und gehet hin, arglos wie Schafe, die unter Wölfe gehen. Haben sie mich verfolgt, werden sie auch euch verfolgen. Wo ihr für andere Frieden säet, wird für euch das Schwert aufgehen. Es wird auch sein, dass euer Friedenswort Unfrieden stiftet; ein Bruder wird gegen den anderen streiten, Kinder werden sich gegen ihre Eltern erheben – weil die einen für mich und die anderen gegen mich sind. Aber es kommt die Zeit, da sie eins sein werden, eine Herde unter einem Hirten. Dann wird auf Erden ein großes Feuer sein, das des Eifers für den Geist und für die Liebe. Ich wollte, dass es schon brennte! – Verzaget nicht, dass ihr so, mit eurer Einfalt und schwerer Zunge, der Sprachen unkundig, hinausziehen sollet in die fremden Länder. Zur Stunde, da ihr reden sollet, wird mein Geist aus euch reden in allen feurigen Zungen. Schwieget ihr, so müssten die Steine reden, so wichtig ist das, was gesagt werden muss. Ihr müsset reden zu den Niedrigen von der frohen Botschaft; ihr müsset reden zu den Mächtigen, die Gewalt haben, euren Leib zu töten, doch nicht eure Seele. Es werden Tage der Versuchung und der Verfolgung kommen, ich will den Vater unablässig bitten, dass er euch bestehen lasse. – Seid nicht betrübt. Wenn ich jetzt nicht hinginge, so könnte der Geist nicht in euch kommen. Das Sichtbare ist ein Feind des Unsichtbaren. – Ich habe viel in Gleichnissen zu euch geredet, damit es besser in eurem Gedächtnisse bleibe. Ich hätte euch noch vieles zu sagen; mein Geist wird zu euch reden und in ihm werdet ihr alles leichter fassen, auch wenn ich nicht in Gleichnissen rede. Auf euch baue ich meine Gemeinde, erschließet das Reich Gottes allen, die es suchen. Was ihr in meinem Namen tut auf Erden, das wird auch im Himmel Geltung haben beim Vater. – Und nun gebe ich euch meinen Frieden, wie ihn die Welt nicht geben kann. Ich bleibe mit meinem Geiste und mit meiner Liebe bei euch.«

Diese großen Worte sind gesprochen. Ein feierlicher Friede ruht auf den Herzen. Judas ist hinausgegangen. Die Übrigen sitzen schweigend und blicken voll unbegrenzter Innigkeit auf den Meister. Sie können es nicht fassen, was er gesagt hat, aber das fühlen sie, es sind Worte, vor denen die Erde bebt und die Himmel sich neigen.

Und nun geschieht etwas Außerordentliches. Es ist kein Wunder, es ist mehr als ein Wunder. Jesus steht vom Tische auf, bindet ein Vortuch um, nimmt ein Wasserbecken, kniet hin vor einen und den andern und wäscht ihnen die Füße. Sie in ihrem Staunen lassen es geschehen. Als er zu Petrus kommt, sagt dieser: »Nein, Meister, du sollst nicht mir die Füße waschen.«

Hierauf Jesus: »Wenn ich es nicht tue, so bist du nicht mein.«

Und Petrus: »Wenn es so ist, dann wasche mir auch Kopf und Hände, o Herr, damit es klar wird, wie sehr ich dein bin.«

Dann Jesus: »Ihr nennet mich den Herrn und ich wasche euch die Füße. Das geschieht, damit ihr wisset, unter Menschen gibt es keinen Herrn, nur Brüder, die einander dienen sollen. Sehet, ich habe euch lieb. Einen größeren Beweis seiner Liebe kann niemand geben, als wenn er stirbt, damit die Seinen leben. So hinterlasse ich euch dieses Vermächtnis: Brüder, liebet euch untereinander. Wie ich euch liebe, so liebet euch untereinander.«

Überwältigt von diesen Worten sinkt Johannes ins Knie und legt schluchzend das Haupt auf seinen Schoß. Und Jesus sagt noch einmal: »Kinder, liebet euch!«

Dann setzt er sich mit ihnen wieder zu Tische. Alle sind schweigend. – Jesus nimmt ein Brot in die Hand, hebt es ein wenig himmelwärts, dass es gesegnet sei, und bricht es entzwei. Dann reicht er zur Rechten und zur Linken die Stücke hin und spricht: »Nehmet hin und esset. Es ist mein Leib, der so für euch wird hingegeben.«

Sie nehmen es hin. Hierauf ergreift er den Becher mit Wein, hebt ihn gegen Himmel, dass er gesegnet sei, reicht ihn zur Runde und spricht: »Nehmet hin und trinket. Es ist mein Blut, das so für euch wird vergossen.«

Und als alle daraus getrunken haben, sagt er noch die Worte: »Dies tuet zu meinem Andenken.«

———————

Als nach diesem Mahle die Jünger auseinandergehen, ist ihnen trotz aller Bangigkeit nicht bewusst, dass es der Abschied gewesen. Sie suchen ihre Herbergen auf. Nur Johannes, Petrus und Jakobus begleiten in dunkler Nacht den Herrn, als er hinausgeht zur Stadt, hinabsteigt in das Tal bis zum Fuße des Ölberges. Dort ist ein großer Garten. Zwischen den Sebenbäumen und hängenden Zypressen liegen weiße Steine, auf dem Rasen sprießt frisches Frühlingsgras. Jesus sagt zu den Seinen: »Ruhet hier ein wenig.« Er selbst geht tiefer in den Garten hinein. Der Himmel ist von einem dünnen Wolkentuche bedeckt, sodass das Mondlicht fahl auf der Erde liegt. Die Stadt dort auf dem Berge ragt finster und starr, lautlos alles, nur den Bach Kidron hört man rieseln vom Tale her. Jesus steht und schaut zwischen den dunklen Bäumen gegen Himmel. Sein Atem geht schwer, auf seiner Stirn steht Schweiß. Eine große Angst ist in ihm, eine Angst, die er bisher nicht gekannt. Hat er nicht oft des Todes gedacht und sich mit ihm vertraut gemacht in Gedanken? Weiß er nicht, dass der himmlische Vater ihn aufnimmt? – Jetzt gehört er noch diesem süßen Leben, und noch stehen ihm die Wege offen, dem Tode zu entrinnen. Ist seine Seele denn so krank geworden, dass sie bedrängt wird in der Vorstellung, wie der Feind schon aus ist, um ihn zu ergreifen? Kann er denn nicht noch über den Berg gehen, gegen Jericho, in die Wüste, ans Meer? Nein, fliehen nicht. Freiwillig vor die Richter will er treten, um für das, was er gesagt hat, einzustehen. Aber – dieses Hintreten vor die Macht, die er beleidigt hat, heißt nichts anderes als sterben. In solchen Jahren sterben müssen! Wenn es auch ruft: Du verlierst nichts an dieser Welt! – die Natur empört sich gegen das Sterben. – Er lässt sich nieder auf die Erde, dass sein Haupt den Rasen berührt, so als ob die Erde mit heißen Armen ihn an sich zöge. – »Muss es denn sein, o Vater? – Gerne wäre ich noch bei den Menschen geblieben, um sie mir näher zu bringen. Wer soll die Meinen führen, die noch schwach sind. Behüte du sie vor allem Bösen, aber nimm sie nicht von der Welt. Sie sollen leben und deinen Namen verbreiten. Wenn es möglich ist, so lasse mich bei ihnen. Wenn es aber sein muss, so nimm mir diese Angst und steh mir bei. Aber nicht verlangen kann ich, mein Gott, nur demütig bitten. Ist es dein Ratschluss, dass ich alle menschlichen Qualen durchleide, so geschehe dein Wille. Nimm dieses Opfer für alle, die dich erzürnt haben. Verlangst du es, so nehme ich die Sünden der Welt auf mich und büße sie, dass du versöhnt seiest. Aber wenn es abzuwenden ist, Vater, mein

Vater im Himmel, so hab Erbarmen mit deinem Sohn, der dein Erbarmen verkündet hat.« – So betet er und in seinem grenzenlosen Weh verlangt ihn nach den Seinen. Er geht hin und findet sie schlafend. Arglos wie Kindlein schlafen sie und wissen nichts von dem schrecklichen Kampf. Den Petrus weckt er auf und sagt: »Mir ist traurig zum Vergehen. In dieser Stunde solltet ihr doch mit mir wachen.«

Der Jünger rafft sich träge und schwer auf und rüttelt die anderen. Als Jesus die Armen sieht, denkt er: Was sollen die mir? Er lässt sie, nochmals geht er hin, um allein mit sich fertig zu werden. Und nochmals betet er: »Hilf mir, Herr Gott, verlass mich nicht!« Aber die Himmel schweigen, die Einsamkeit ist nicht zu ertragen und neuerdings kehrt er zu den Jüngern zurück. Sie schlafen schon wieder. So fest und so friedsam ruhen sie, sind müde von der harten Welt. – So mögen sie schlafen. – Von seiner Stirn rinnen Tropfen, wie Blut, so tropfen sie zur Erde. Ein drittes Mal wendet er sich zum Vater: »Dich allein rufe ich in meiner Verlassenheit. Niemand hört von meiner Pein. Sie schlafen und von der Straße her klirren die Speere. Herr Gott, sende deine Engel, dass sie mich schützen!«

Kein Blatt regt sich und kein Hauch, der Himmel bleibt starr und stumm.

– Das ist die schweigende Sprache Gottes. Ich ergebe mich seinem Willen …

———————

Judas – da er noch im Saale gesessen als einer der Zwölfe – hat nicht mehr jedes seiner Worte vernommen, so wirr und wild war es in ihm schon geworden. So ist er aufgestanden, hat den Saal verlassen und taumelt durch die öden Straßen der Stadt. Einer, der an diesem Tische sitzt, wird mich verraten! Er kennt also des Menschen Gedanken. Damit ist ihm alle Macht gegeben. Aber er weiß es nicht, er wird es nicht inne, er muss erst gezwungen werden, seine Macht zu gebrauchen. Anderes kann Judas nicht mehr denken. Der eine Gedanke, mit dem er sich vorher wie spielend vertraut gemacht, beherrscht Kopf und Herz mit ganzer Gewalt. Er geht durch das hallende Stadttor, das zu dieser Osterzeit nicht verschlossen ist. In einem Buschwerk will er die Nacht verbringen, siehe, da wandelt auf der Straße der Meister vorüber mit den Dreien. Judas reckt sein Haupt zwischen dem Gezweige hervor, um ihnen nachzublicken. Sie wandeln zu Tale. Geht das Bethanien zu? – Jetzt fährt's in ihn. Hastig rafft er sich auf und eilt geradewegs zum römischen Hauptmann.

»Ich weiß, wo er ist.«

»Du willst wohl Geld dafür haben, Jude?«

»Darum sage ich es nicht.«

»Und du sagst es doch.«

»Weil ich es nicht mehr erwarten kann. Ihr werdet ihn kennenlernen!«

»Also, wo weilt er?«

»Ich will mit den Söldnern gehen. Es sind um ihn mehrere, auf einen werde ich zugehen und ihm die Wange küssen. Derselbe ist es.«

»Wie viel verlangst du für diesen Liebesdienst, Kanaille?«, frägt der Hauptmann.

»Wenn Ihr mich beschimpft, gut. Suchet ihn nur allein. Ich weiß, was ich will.«

»Also, was willst du? Sind dir dreißig Silberlinge genug?«

»Der Mann ist mehr wert.«

»Ich feilsche nicht.«

»Gebt was ihr wollt. Mich dünkt, er wird euch noch teuer zu stehen kommen.«

Der Handel ist abgemacht. Judas, der Säckelwart, tut die Münzen in den gemeinsamen Beutel und denkt, hätten wir's früher gehabt, was wir jetzt kaum mehr nötig haben! Dann nimmt ihn ein Trupp von Söldnern in seine Mitte und mit Fackeln trabt der Zug zur Stadt hinaus und hinab in das Tal Kidron. Er überschreitet den Bach, am Eingang des Gartentores will er vorüber gegen Bethanien hin. Ein flüchtig spähender Blick des Judas bemerkt im Mondesdämmer Gestalten, die unter einem Busch auf dem Boden liegen. Er steht still, lauert und erkennt die Brüder. Alsbald winkt er den Söldnern, leise in den Garten zu treten. Leise auftreten, das ist wohl Sache der Verräter, aber nicht der Krieger. Trab und Schwertergeklirr weckt die Jünger. Das ist ein anderes Werken, als das milde Mahnen des Herrn! – Sie springen auf und eilen hin, wo er auf den Knien liegt.

Judas tritt vor und sagt: »Hab ich euch denn erschreckt?« Dann geht er auf Jesus zu: »Du wachest noch, Meister?« Er neigt sich grüßend hin, küsst ihn leicht auf die Wange und denkt in zitternder Erwartung: Messias-König, nun offenbare dich!

Da stürmen die Söldner heran. Es hat sich schon Pöbel dazu geschlagen mit Stangen und Knütteln, so wie man gewalttätigen Verbrechern naht. Jesus tritt ihnen einige Schritte entgegen und bietet seine Hände dar, dass sie ihn blinden. Johannes wirft sich dazwischen, er wird zur Erde geschleudert. Jakobus ringt mit zweien, Petrus reißt einem Krieger das Schwert aus der Scheide und haut auf einen Tempelknecht ein, dass das Ohr vom Leibe fliegt.

»Was unterfängst du dich!«, ruft Jesus dem Jünger zu. »Schlägst du drein, so töten sie dich. Nicht mit dem Schwert, mit dem Worte werdet ihr siegen. – Du aber, Volk von Jerusalem! Als wäre ich ein Mörder, so grimmig ziehst du gegen mich aus. Noch nicht fünf Tage ist es her, und mit Palmen und Psalmen hast du mich in die Stadt geleitet. Was habe ich inzwischen getan? Im Tempel bin ich gesessen, mitten unter euch, warum habt ihr mich nicht ergriffen?«

Da spotten sie: »Ist es dir heute etwa nicht früh genug? Kannst du deine Himmelsleiter nicht mehr erwarten? Geduld, sie ist schon gezimmert.«

Als die Jünger solche Andeutungen hören und der Meister sich gelassen hingibt, da weichen sie zurück. Die Stangen und Speere klingen aneinander, die Menge johlt, die Fackeln qualmen – und so wogt der Zug gegen die Stadt hinauf. Judas steht hinter einem Baumstamm, lugt zwischen dem Geäste hin auf den schauerlichen Zug und seine Augen quellen aus dem Gesichte vor Entsetzen.

————————

Um Mitternacht werden die Richter geweckt. Die jüdischen Oberpriester, dass sie ihn beschuldigten, die heidnischen Richter, dass sie ihn verurteilten. Der Oberpriester Kaiphas verlässt seine Kissen sehr gern; er ist vergnügt darüber, dass sie ihn endlich haben, aber die Anklage – so meint er – möge der Oberpriester Annas machen, der sei jünger, mit den römischen Gesetzen vertrauter und werde die nicht unschwierige Sache am besten vollführen. Er, Kaiphas, sei zur Zeugen- und Siegelschaft zu jeder Minute bereit. Annas freut sich unbändig, dass dieser

Galiläer, der im Tempel das Pharitentum so beispiellos geschmäht hat, endlich dingfest ist. Es sei geraten, noch in dieser Nacht mit ihm fertig zu werden, ehe sich das Volk einmischen kann, auf das nie ein Verlass ist. Was jedoch die Anklage betrifft, so müsse wohl die ganze hohe Priesterschaft von Jerusalem zusammentreten, um den heiklen Fall zu beraten. Der Mann sei offen gestanden nirgends recht zu fassen. Seine Volksreden, sein Auftreten im Tempel genügten leider noch nicht, man müsse ihn einer Missetat überweisen, womöglich einer staatlichen, wenn ihn dieser Heide, der römische Statthalter, verurteilen soll.

So kommen sie zusammen bei Kaiphas zur Beratung. Große Packen von Schriften haben sie unter dem Arm, worin alles Bedenkliche, das seit dem ersten Auftreten des Nazareners bekannt geworden, verzeichnet steht. Besonders die galiläischen Rabbiten haben Bände geliefert, um ihn zu verdächtigen. Doch dem Statthalter würde das alles nicht genügen. Man muss den Kernpunkt scharf herausarbeiten.

So wird Jesus vorgeführt. Seine Hände sind gebunden, sein Kleid verunreinigt und zerrissen, sein Gesicht zerschlagen. Der Pöbel hat seinen Mut schon an ihm erprobt. Er steht ruhig da. Keine Angst ist mehr in ihm, nur Betrübnis liegt in seinem Auge. Sie blättern in den Schriften und sprechen leise untereinander. Es wird bekannt gemacht, wer Zeugenschaft gegen ihn vorzubringen habe, der solle sich melden. Es meldet sich niemand, sodass die Priester sich verdutzt anblicken. Wer ihn schon schlägt und anspeit, der wird doch wissen warum!

Ein schief gewachsener Mann tritt endlich vor. Er sei seines Zeichens zwar nur Kamelhändler, aber er wisse etwas. Die Geschichte vom Walfisch! Dieser Galiläer habe gesagt, so wie der verschluckte Jonas nach drei Tagen aus dem Walfisch hervorgegangen sei, so würde er drei Tage nach seinem Tod aus dem Grabe hervorgehen. Dann habe dieser Mensch auch gesagt, den Tempel Salomons, zu dessen Bau man siebenundvierzig Jahre lang gebraucht, könne er zerstören und in drei Tagen wieder aufbauen. Man werde noch andere Zeugen bringen, dass er es gesagt hat.

Einige meinen jetzt, wenn sonst nichts wäre, diese Walfisch- und Tempelgeschichte sei eitel Großsprecherei und sonst nichts.

»Gotteslästerung sind sie!«, ruft Kaiphas aus. »Alles was er sagt, hat einen versteckten Sinn. Er hat nichts anderes gemeint, als dass er drei Tage nach seinem Tode wiederauferstehen wird, um das Judentum zu zerstören und ein neues Reich aufzurichten.« Dann wendet er sich an Jesus: »Hast du das gesagt?«

Jesus schweigt.

»Also, er leugnet es nicht, er hat es gesagt. Der Zorn Jehovas, der schwer lastet auf Israel, durch diesen Lästerer und falschen Propheten ist er herabbeschworen worden. Und der Verderber leugnet es nicht.« Dann wendet Kaiphas sich gegen das Volk, das sich im Vorhof immer mehr ansammelt. »Wer noch etwas gegen ihn weiß, der kann vortreten und sprechen.«

Da rufen mehrere Stimmen: »Er ist ein Gotteslästerer, er ist ein falscher Prophet, er hat den Fluch Jehovas auf uns gebracht!«

»Hört ihr's?«, sagt der Oberpriester. »Das ist Volkes Stimme! – Doch um der strengsten Gewissenhaftigkeit zu genügen, geben wir ihm selbst noch einmal das Wort, damit er sich rechtfertige. – Jesus von Nazareth! Viele wissen, du hättest gesagt, dass du Christus seiest, der Gottgesandte. Antworte klar und unzweideutig. Ich frage dich: Bist du Christus, der Sohn Gottes?«

»Du sagst es«, antwortet Jesus.

Nochmals und mit gehobener Stimme frägt Kaiphas: »Bei allem, was dir heilig ist, schwöre fest auf deine Worte. Bist du der Gottessohn?«

Und darauf spricht Jesus zum Oberpriester: »Wenn du es nicht glaubst, da ich wie ein armer Sünder vor dir stehe, so wirst du es glauben, wenn ich herabkomme in den Wolken des Himmels zur Rechten des allmächtigen Gottes!«

Als Jesus diese Worte gesagt hat, wendet Kaiphas sich gegen die Versammlung: »Was wollt ihr noch mehr? Wenn das keine Gotteslästerung ist, dann lege ich mein Amt ab. Dann haben wir andere, die weniger gesagt, viel zu strenge bestraft. Was soll mit ihm geschehen?«

Mehrere Priester zerreißen zornig ihr Gewand und rufen: »Er soll sterben.«

Dieser Ruf pflanzt sich fort in einem vielstimmigen Schrei weit in die Straßen hinaus. Sofort unternehmen die Priester das Nötige, damit das Urteil noch in der Nacht gefällt und womöglich vollzogen werden könne vor dem Feste, ohne Aufsehen.

Wenn der Judenkönig Herodes noch was mitzureden hätte, der würde sich dieses Nebenbuhlers aus Nazareth mit einem Fingerzucken entledigen; aber man muss zum römischen Statthalter. Also wird in der Nacht auch Pontius Pilatus geweckt. Dieser, ein Römer, ist vom

Kaiser nach Jerusalem gesetzt, um das Judenland zu halten trotz Herodes, dessen jüdisches Königtum nichtig geworden ist. Das störrische Judenvolk dem Kaiser zu verwalten, dieses Amt – so sagt er oft – habe ihm sein Unstern zugewiesen. Er wäre lieber im feinen Rom geblieben, dessen Götter er immer viel liebenswürdiger gefunden hat als den widerhaarigen Jehova, um den sich allerlei Sekten so zanken, bis nun auch dieser Nazarener dazu kommt. Als Pilatus aus dem Schlafe gestört den Anlass wahrnimmt, flucht er. »Schon wieder die törichte Geschichte mit dem Nazarener, der in Begleitung einiger Bettler auf einem Esel in Jerusalem einreitet und sagt, er sei der Messias. Das Volk lacht dazu. Und das soll ein politischer Fall sein? Man soll ihn zum Tempel hinausjagen und die Leute schlafen lassen.«

Vor seinem Fenster aber lärmt die Menge: »Er ist ein Gotteslästerer! Ein Betrüger und Verführer. Ein Aufruhrstifter. Er soll gerichtet werden!« Pilatus weiß nicht, was er tun soll. Da kommt noch seine Gemahlin herbei und beschwört ihn, diesem Jesus von Nazareth nichts anzutun. Sie habe einen schrecklichen Traum gehabt von ihm. Er sei gestanden in einem weißen Kleide, so leuchtend wie der Mond. Dann sei er hinabgestiegen tief in einen Abgrund, wo die Seelen der Hingerichteten klagen, habe sie aufgerichtet und zur Höhe geführt. Dann hätten grimmige Engel mit großen schwarzen Flügeln die Richter herbeigeschleppt und in den Abgrund gestürzt. Darunter sei auch er, Pilatus, gewesen und noch jetzt schalle ihr in den Ohren sein Wehgeschrei.

»Mach mir den Kopf nicht noch wirrer mit deinem Gerede!«, herrscht er sie an. Der Lärm auf der Straße wird immer drohender.

Jesus ist erschöpft und hat sich im Hofe des Pilatus, von Bütteln umgeben, auf einen Stein gesetzt. Die Menge kommt heran und treibt mit ihm Hohn und Spott. Den roten zerschlissenen Mantel eines Beduinen haben sie ihm umgehangen als Königspurpur, aus einer Dornhecke des anstoßenden Gartens haben sie eine Krone geflochten und sie auf sein Haupt gesetzt. Ein dürres Rohr haben sie gebrochen und es ihm in die Hand gegeben zum Zepter. Mit Speichel haben sie seine Wange gesalbt. Und dann neigen sie sich vor ihm bis zur Erde und singen mit kreischenden Stimmen: »Wir grüßen dich, Gesalbter, Messias-König!« Und strecken ihm die Zunge vor.

Jesus sitzt da und lässt gelassen alles über sich ergehen. Mit betrübtem Auge blickt er die Zudringlinge an – nicht in Verachtung, nur voll Mitleid.

Seine bis zu Tode erschreckten Jünger sind nun freilich auch herbeigekommen, halten sich aber hinter den Mauern. Petrus knirscht über den ruchlosen Verrat, der begangen worden ist und kann's nicht ausdenken, was dieser Judas getan hat. Angstvoll steht er im letzten Hofe, wo es dunkel ist. Da prallt eine Magd auf ihn, die zum Brunnen will, um Wasser zu schöpfen.

»Auch so einer!«, ruft sie aus. »Was stehst du nur da herum? Geh doch und huldige deinem König!«

Petrus will sich gegen den Ausgang wenden.

»Du bist«, spricht sie weiter, »doch auch einer von diesen Galiläern!«

»Was geht mich Galiläa an!«, sagt er.

Ruft ein Türsteher dazwischen: »Freilich ist er auch ein Galiläer, man sieht's doch an seinem Gewand. Er gehört zum Nazarener.«

»Ich kenne ihn nicht!«, versichert Petrus und will enteilen.

Der Türsteher hält ihm den Schaft seines Speeres vor die Füße.

»Gemach, Jude! Dort auf dem Thron sitzt dein König. Huldige ihm, bevor er in die Wolken fliegt!«

»Lasst mich zufrieden, ich kenne diesen Menschen nicht!«, ruft Petrus und eilt davon. Als er zum Tore hinausläuft, kräht gerade über ihm auf der Planke ein Hahn. – Petrus stutzt. Hat er beim Abendmahl nicht von einem Hahn gesprochen? »Und ein anderer wird mich verleugnen in dieser Nacht, noch ehe der Hahn kräht!« – Jetzt wird es dem alten Jünger klar, was er getan hat. Aus Angst, mitergriffen zu werden, hat er sich von seinem Herrn losgelogen. Von ihm, der ihnen alles gewesen, alles, alles! Nun in seiner Not lassen sie ihn allein, haben nicht einmal den Mut, sich als seine Anhänger zu bekennen. O Simon! sagt er zu sich selbst, du hättest auf deinem See bleiben sollen, anstatt einen Gotterwählten zu spielen! Er mir sein Himmelreich und ich ihm das! – So zerrissen ist sein Leben jetzt, dass er hinausschleicht in die Öde. Dort wirft er sich auf Gestein, ringt die Hände und kann nicht aufhören zu weinen.

Endlich ist Jesus hinaufgebracht worden in den Saal zum Statthalter. Als Pilatus ihn in der unerhörten Vermummung sieht, beginnt sich in ihm die Laune zu regen. Er will nicht umsonst des Schlafes verlustig geworden sein. Wohlan, die Juden haben heute ihren Messias-König gehöhnt, so will er sie mit ihm höhnen.

Die Anklagen hat er entgegengenommen, aber er findet nichts. »Wie?«, sagt er zu den Oberpriestern und ihrem Anhang. »Euren König soll ich verurteilen? Ja, was denkt ihr denn?!« Dann – anstatt den Angeklagten mit seiner richterlichen Würde zu zerschmettern, will er sich mit ihm in ein Gespräch einlassen. So armselig der Nazarener jetzt dasteht, etwas muss doch an ihm sein, dass er die Massen derart hat erregen können. Er will ihn ein wenig kennenlernen. Er richtet an ihn mit freundlicher Art spöttische Fragen, ob er von Gott wirklich etwas Besonderes wisse? Ob er es ihm nicht mitteilen wolle, denn auch Heiden wären bisweilen begierig nach dem Himmelreiche. Wie man es anfangen müsse, einen Gott zu lieben, den noch niemand gesehen hat? Oder welcher unter den Göttern denn der wahre sei? Auch möchte er für sein Leben gerne wissen, was Wahrheit überhaupt sei?

Jesus antwortet ihm nicht mit einem Worte.

»Der Tugend des Stolzes scheinst du mir nicht zu entbehren«, spricht Pilatus weiter, »siehe und das gefällt mir an dir. Du weißt übrigens doch, vor wem du stehst? Vor dem, der die Macht hat, dich zu töten oder freizugeben.«

Jesus schweigt.

Die Menge, die bereits den großen Hof erfüllt, wird immer lauter und ungebärdiger. Rabbiten huschen umher, um das Feuer zu schüren und man verlangt das Todesurteil. Da zuckt Pilatus die Achseln. Er verstehe dieses Volk nicht. Er könne doch keinen schuldlosen Menschen zum Tode bringen lassen! Den Nazarener, mit allem, wie er angetan ist, lässt er hinaustreten auf den Söller. Er selbst nimmt einem Sklaven die Fackel aus der Hand, um das Bild des Erbarmens zu beleuchten. »Seht!«, ruft er hinab auf die Menge. »Welch ein armer Mensch!«

»An den Pfahl mit ihm! Ans Kreuz mit ihm!«, lärmt die Masse.

»Wenn ihr«, sagt Pilatus immer in seinem spitzen Tone, »wenn ihr euer Osterschauspiel schon nicht entbehren wollet, so geht hinaus, es werden ohnehin Verbrecher gepfählt an diesem Tage. Was sagt ihr zu Barab, dem Wüstenkönig? Jerusalemiten! Lasset es mit einem König genug sein.«

»Diesen Jesus wollen wir am Pfahl sehen!«, tobt die Menge.

»Aber beim Jupiter, weshalb denn? Ich finde keine Schuld an ihm.«

Tritt einer der Oberpriester scharf zu ihm hin:

»Wenn du diesen Gotteslästerer freigibst, diesen Aufwiegler, der – wie er sagt – das Judenvolk von der Knechtherrschaft erlösen will, der die teuflische Gewalt der Rede hat, die Massen hinzureißen, wenn du diesen Menschen wieder in das Volk mischest, dann bist du deines

Kaisers ärgster Feind. Dann werden wir den erhabenen Herrn um einen Statthalter bitten, der so treu dem Kaiser ist, als wir es sind.«

»Ihr wollet kaiserlicher sein als Pontius Pilatus?!« Dieses Wort schleudert er ihnen zu, mit Verachtung ihre Gestalten messend. Sooft Rom eines ihrer verbrieften Standesrechte streift, bäumen sie sich auf; sooft sie Macht bedürfen, um ihre volksfeindlichen Sonderzwecke durchzusetzen, kriechen sie vor Rom. Die kennen kein Volk und keinen Kaiser, ihr Tempelgesetz ist ihnen eins und alles. Und wollen dem Statthalter vorschreiben, kaiserlich zu sein! – Aber die Menge brüllt. Im Hofe wogt mit Gewalt der Sturm. Tausend Stimmen, grollende, schreiende, kreischende, verlangen den Tod des Nazareners. In demselben Augenblick schickt zu Pilatus seine Gemahlin und lässt ihn erinnern an ihren Traum. Schon gedenkt er, den Angeklagten auf der Stelle freizugeben. – Da taucht dort unten über den Köpfen im Zwielichte der Fackeln und des anbrechenden Morgens ein dunkler Körper auf. Einer jener Henkerspfähle ist's, mit Querbalken, wie sie draußen an der Schädelstätte gezimmert werden, nur klobiger und ragender. Man hat das Kreuz herbeigeschleppt und als es die Menge ansichtig wird, bricht sie in verstärkter Wut aus: »Gekreuzigt! Gekreuzigt! Jesus oder Pilatus!«

Jesus oder – Pilatus, hört er.

»Jesus oder Pilatus!«, schallt es weiter, von Hof zu Hof, von Straße zu Straße.

»Hörst du es, Statthalter?«, frägt ihn einer der Oberpriester. »Es kann für nichts mehr gebürgt werden. Du siehst, man ist wach geblieben in dieser Nacht. Das Volk ist rasend!« Damit ergreift er den Gerichtsstab und hält ihn dem Pilatus hin. Dieser ist blass geworden im Angesichte der offenen Empörung. Er winkt mit den Armen, er wünsche zu sprechen. Soweit dämpft sich der Lärm, dass er die Worte rufen kann, heiser ruft er sie hin: »Ich kann an diesem Menschen nichts Böses finden. Aber ihr wollt ihn kreuzigen. Gut, so falle sein Tod auf euer Gewissen!« In ein Wasserbecken taucht er absichtlich nach jüdischer Art die Hände, damit jene, die nicht hören, es sehen können, triefend hebt er sie vor dem Volke auf: »Meine Hände sind rein von seinem Blute. Ich übernehme keine Verantwortung.« – Dann ergreift er den Stab, bricht ihn mit denselben Händen entzwei und wirft die Stücke Jesus zu Füßen.

Da erhebt sich ein Jubelsturm. »Heil dir, Pilatus! Heil dem Statthalter des großen Imperators! Heil dem großen Statthalter des Imperators!«

Die Oberpriester verneigen sich demütig vor ihm und die Büttel ergreifen den Verurteilten.

———————

Von verwegenen Jungen getragen, schwankt das große Kreuz über den Köpfen der Menge hin und her. Alles sucht diesem unheimlichen Holze auszuweichen; stößt einer lachend den Nachbar zum Kreuze hin, so schnellt dieser kreischend wieder ins Gedränge zurück. Und dabei beständig das Gejohl: »Heil Pontius Pilatus! Ans Kreuz mit dem Nazarener!« Jesus wird aus dem Saale in den Hof geführt und die Büttel müssen ihn schützen vor der Volkswut. Sie führen ihn dem Kreuze zu.

Ein Hofwächter zeigt sich, gaukelt mit den Armen heftig umher und schreit: »Hier wird nicht gepfählt! Hinaus mit ihm! Hier wird nicht gepfählt!«

»Zur Schädelstätte!«

Als die Jungen merken, sie könnten den Pfahl wieder dort hintragen müssen, wo sie ihn geholt, lassen sie ihn zur Erde fallen, dass es dröhnt, und laufen davon.

»Er soll sein Holz selber tragen!«, rufen mehrere; den Bütteln ist das recht, sie binden ihm die Hände los und legen das Kreuz auf seine Schulter. Er knickt ein unter der Last. Sie schlagen ihn mit Stricken wie ein Lasttier; er schwankt mit zitternden Schritten wegshin, das Kreuz so auf seiner rechten Schulter tragend, dass der eine Holzarm an der Brust niederliegt, mit den Händen festgehalten. Der Schaft wird auf der Erde nachgeschleift. Um seinen Leib haben sie einen Strick geschlungen, an dem sie ihn führen. Heftig reißen sie ihn voran, sodass er stolpert und mehrmals zu Boden fällt. Die Menge hintendrein sucht ihm alles anzutun, was sie glaubt, dass ihm wehtun kann. So schwankt Jesus dahin, unter diesem wuchtigen Holze gebeugt, das Gewand voller Straßenlehm, das Haupt von den Dornen versehrt, dass die Blutstropfen niederrieseln an seinem wirren Haar, über sein zerrissenes Gesicht. Noch nie war eine so armselige Gestalt hinausgeschleppt worden zur Schädelstätte, noch nie war ein armer Sünder auf seinem Todeswege so grausam verachtet worden. Und noch nie hat aus dem Antlitze eines Verurteilten so viele Hoheit und Sanftmut geleuchtet, als aus diesem Gesichte. Dort an der Ecke stehen etliche Frauen aneinandergedrängt, die aus Neugierde so früh aufgestanden sind, um den Zug zu sehen. Doch als sie ihn sehen, da wird ihnen anders zumute, in lautes Klagen brechen sie aus über die unerhörte Grausamkeit. Zu diesen erhebt Jesus seine liebende Hand, als wollte er abwinken: »Während eure Männer mich morden, zerfließt ihr in Wehmut. Klaget nicht um mich, klaget um euch und beweinet eure Kinder, die der Eltern Sünden büßen werden!« Eine der Frauen achtet nicht des rasenden Pöbels, ihr weißes Tuch reißt sie vom Haupt und neigt sich zum Kreuztragenden, um an seinem Gesichte Schweiß und Blut zu trocknen. Als sie dann in ihr Haus zurückkehrt, um das Tuch ins Wasser zu legen, da sieht sie daran – das Antlitz des Propheten. Und aus den entstellten Zügen ist es, als blicke ihr Güte und Dank entgegen für das Liebeswerk. Allsogleich laufen die Frauen zusammen, um das Wunder zu sehen und das Tuch mit solchem Bilde an sich zu feilschen. Aber die Eigentümerin verschließt es in ihrer Kammer.

Nachdem Jesus unter dem Kreuze das dritte Mal zusammengestürzt ist, vermag er nicht mehr sich zu erheben. Die Büttel zerren und stoßen ihn, die begleitenden römischen Söldner sind zu stolz, um diesem elenden Juden den Richtpfahl zu tragen. So wird die Menge aufgefordert, dass jemand hervortrete, den armen Sünder aufrichte und das Holz weiter schleife. Hohngelächter ist die Antwort. Aus dem nächsten Haustor springt ein derber Schuster und verlangt geifernd, dass man diese Kreatur hinwegschaffe vor seiner Tür. Es scheueten sich die Kunden!

»So lasset ihn doch einige Augenblicke rasten!«, mahnt einer der Soldaten, auf den Hingefallenen weisend, dessen Brust in kurzen heftigen Atemstößen wogt.

Da schwingt der Schuster seinen Riemen und schlägt auf den Erschöpften los. Dieser rafft sich auf, um wieder einige Schritte weiter zu wanken. Steht jäh ein Greis, uralt und verwittert da. Er ist gekommen aus der Wüste, wo die großen Gedanken wohnen. Er ist gekommen, um zu sehen, ob Jerusalem noch aufwärts steige oder niederwärts sinke. Das Sinken will er schauen, denn sein Sehnen ist Ruhe.

Dieser Greis steht vor dem Schuster und sagt ihm leise: »Enkel des Uria! Diesem Ärmsten verweigerst du die kurze Rast. Du selbst wirst ewig rastlos sein. Allen Jammer der Menschheit wirst du miterleben und nimmer ruhen können. In dir wird der Fluch deines Volkes sich erfüllen, herzloser Jude!«

Zur selben Stunde ist es, dass der Bürger Simeon einsam in seinem Hause sitzt, über sein Geschick nachdenkt und betrübt ist. Seit jenem Wüstenritt, von dem er geschlagen und beraubt nach Hause gekommen ist, hat er vieles an sich geändert nach den Worten des Propheten, bei dem er Seligkeit gesucht. So unmöglich es ihm damals geschienen, es ist doch manches möglich geworden. Er hat seine Sklaven freigegeben, seine Frauenschar entlassen, das Übermaß seiner Güter an Dürftige verschenkt und auf allen Glanz verzichtet. Und doch ist er nicht glücklich, sein Herz ist kahl und leer. – Darüber sinnt er, als von der Straße herauf das Geschrei der Volksmenge dringt. Was ist das so früh am Tage? Er blickt hinab, sieht über den Häuptern die Spieße der Kriegsknechte blinken und wie einer der armen Sünder, die an diesem Tage hingerichtet werden sollen, hinausgebracht wird. Abwenden will sich Simeon von diesem widerlichen Anblick, als er noch sieht, wie der Mensch selbst den Pfahl schleppt und von Bütteln misshandelt immer wieder darunter zusammenbricht, dass das Kreuz klingend auf den Stein schlägt. – In diesem Augenblick erfasst es ihn. Ohne zu denken eilt er auf die Straße, drängt sich vor zu dem Gequälten, um ihm aufzuhelfen. Und als er dem Armen ins zerrissene Antlitz schaut, über das eine Träne niederrinnt, da packt ihn so das Mitleid, dass er sich unter das Kreuz stellt, es auf seine Schulter nimmt und weiter trägt. Neuerdings bricht das Gejohle des Pöbels los, Schimpf und Straßenkot spritzt hin über Simeon. Er achtet es nicht, er merkt es nicht. Ganz ist er versunken in das, was er tut, ganz geht er auf im Verlangen, dem Unglücklichen, der neben ihm dahin wankt, die Last tragen zu helfen. Ein wundersames Gefühl ist in ihm, eine heiße Freude, die er bisher nicht gekannt. All seiner Tage Freuden sind nicht zu vergleichen mit dieser Seligkeit, immer und immer hätte er mögen so hingehen neben dem elenden Menschen und tragen helfen und ihn lieben ...

Ist es das? Ist es das, was man *Leben* nennt? Zu sein, wo die Liebe ist? Zu tun, was die Liebe will?

Im stillen Hause zu Nazareth war die Bangnis immer größer geworden. Da denkt Maria, sie wolle zum heiligen Fest nach Jerusalem reisen, im Tempel ihr Leid Gott zum Opfer bringen und ihn anflehen, dass er ihren verirrten Sohn erleuchte und ihn wieder zu dem Glauben der Väter zurückführe. Unterwegs über Samaria und Judäa gedenkt sie vergangener Tage, da sie mit dem treuen Joseph diese Pfade gewandelt war gegen Bethlehem, und der unbegreiflichen Dinge, die dazumal geschehen sind.

Sie kommt in das Tal, wo die graue dürre Erde ist. Der Ort, wohin Adam und Eva nach Vertreibung aus dem Paradiese versetzt worden waren. Sie denkt an der ersten Eltern ungeratene Kinder und sie sieht im Geiste einen kleinen, lieben Enkel Adams, der ganz unschuldig ist und doch das Elend der Erde mit den Schuldigen tragen muss. Der Knabe stellt sich traurig an die Hecke und guckt in das verlorene Paradies hinein. Dort am Baume der Erkenntnis steht ein weißer Engel, der sieht das Kind und er hat Leid. Er bricht vom Baume einen Zweig, reicht ihn dem Knaben hinaus und sagt: »Siehe, hier hast du etwas vom Paradiese. Stecke den Zweig in die Erde. Er wird Wurzel schlagen und wachsen und immer neue Keime treiben, bis einst aus seinem Stamm der Thron des Messias wird gebaut werden.« – »O Gott, wo ist dieser Stamm und wo ist der Thron des Messias?«, seufzt Maria und zieht wegshin.

Als sie nach tagelangen Beschwerden am Morgen in der Stadt ankommt, sieht sie, wie durch Gassen und Straßen die Leute nach einer Richtung hinströmen. Sie frägt den Herbergsvater, was denn das wäre? Er entgegnet, ob sie nicht auch hinauswolle, um den Hinrichtungen beizuwohnen?

»Gott bewahre mich davor!«, antwortet Maria. »Glücklich jeder, der nicht hinaus muss.«

»Siehe, hier kommen sie ja!«, ruft der Herbergsvater froh überrascht. »Sie kommen hier vorbei. Ich glaube gar, es ist der Messias-König! Ach, wie hätte ich die Fenster mindestens um je einen Silberling vermieten können!«

Das Weib aus Galiläa will zurück ins Haus, da drängt es von diesem her und sie wird mit der Menge gegen die Gasse geschoben, wo sie plötzlich vor ihm steht. Vor Jesus, ihrem Sohn. – Als er so die Mutter sieht, will ihn der Rest seiner Kraft verlassen, doch er bleibt aufrecht. Einen Blick unsäglicher Betrübnis und Liebe wendet er ihr zu, einen kurzen Blick, in dem alles liegt, was in solcher Begegnung das Kind der Mutter zu sagen hat. Dann zerren sie ihn vorüber mit Stößen und Flüchen.

Maria steht wie versteinert. Tränenlos ist ihr Auge, betäubt ihr Haupt, erstarrt ihr Herz. – Das hat mir Gott vorbehalten! So kann sie noch denken, dann wird sie im Gedränge willenlos und taumelnd weiter geschoben. Alles ist ihr versunken in einer blauen Nacht, nur Sterne tanzen vor ihren Augen.

Endlich ist der Zug durch die Gewölbe des Doppeltores hinausgekommen in das Freie. Über der starrenden Gegend liegt ein feuchtes, blasses Licht. Ganz nahe zur Rechten ragt der Steinhügel. Dort geht es lebhaft her. Emsige Arbeiter graben auf der Höhe tiefe Löcher, andere bereiten Pfähle für zwei Wüstenräuber. Diese wilden Gesellen sind schon halb entblößt und die Henkersknechte schlingen Stricke, um sie an die Hölzer zu binden. Es sind der hagere braune Barab und der blasse tiefäugige Dismas. Der eine starrt mit seinen Habichtsaugen grimmig drein, ballt die Fäuste und will die Fesseln zerreißen. Der andere ist gebrochen und sein Haar hängt nach vorne wirr herab. Hinter dem Turme der Stadtmauer sind Jünger herangekommen, aber entsetzt wieder zurückgewichen, bis auf Johannes, Jakobus und Petrus. Auch Petrus ist nun entschlossen, sich als Anhänger des Jesus von Nazareth zu bekennen, und koste es das Leben. Doch niemand kümmert sich mehr um diese fremden Leute. Auch den Judas haben die Jünger hinter den Felsbüheln huschen gesehen, er ist furchtbar verstört, ein Jammerbild der Verzweiflung. So über alle Maßen entrüstet sie gegen den Verräter gewesen, dieses Elendgespenst bricht ihren Zorn, er ist ihnen nur noch ein Wesen des Grauens.

Simeon hat das Kreuz bis zur Höhe getragen. Und als er es dort niederlegt und dem neben ihm herangewankten armen Sünder noch einmal ins Gesicht schaut, erkennt er den Propheten. Erkennt den Mann der Wüste, den er einst angesprochen hat um das ewige Leben. Von seinen Worten damals hat er wenige befolgt, aber keines vergessen. Nun ahnt er, dass die Lehre dieses Mannes, wer ihr nachleben könnte, zur inneren Glückseligkeit führen muss. Und dieser Lehre wegen soll der Mann hier hingerichtet werden?

Der Hauptmann herrscht Simeon an, sich zu entfernen. Dann legen zwei Henkersknechte Hand an Jesus, um ihn zu entkleiden. Einen einzigen raschen Blick gegen Himmel schlägt er auf, dann schließt er die Augen und lässt es ruhig geschehen. Die Büttel haschen nach dem Kleide, balgen sich darum und weil sie sich nicht einigen können, welchem es gehören soll, so würfeln sie. Dabei beschuldigen sie einander der Fälschung und wollen sich neuerdings balgen. Da hastet der Trödler Schobal herbei und meint grinsend, es wäre nicht der Mühe wert, dass sie sich die Köpfe einschlügen des alten Rockes eines armen Sünders wegen. Das Kleid sei zerrissen und blutig, es sei keinen Groschen gut, doch um den Streit zwischen tapferen Landsknechten zu beenden, biete er der Groschen vier, die sie in Frieden unter sich teilen könnten. So ist der Rock dem Schobal zugeschlagen worden. Dieser geht sofort mit dem Kleid in der Menge herum: Es sei der Rock des Propheten, der eben gepfählt werde! Wer von diesem Tag ein Andenken haben wolle? Der Rock koste nicht einmal die Hälfte seines Wertes, um zwölf Groschen sei er zu haben!

Ein Mann trägt im Korbe lange eiserne Nägel herbei. Dieser Nazarener wird nicht angebunden, sondern angenagelt, denn er habe einmal gesagt, er steige vom Kreuz herab. Als sie merken, dass Jesus einer Ohnmacht nahe ist, bietet man ihm einen Labetrunk aus Essig und Myrrhen. Er winkt dankend ab und wie er anhebt umzusinken, fangen ihn die Henkersknechte auf und legen ihn ans Kreuz.

Die Menge drängt plötzlich nach rückwärts. Viele wollen es nicht sehen, das, was jetzt geschieht. Sie verstummen. Das hat man sich anders gedacht. Seine Sanftmut, mit der er alles erträgt, die Qualen, den Hohn, den vor Augen stehenden Tod – diese heldenhafte Sanftmut fällt wie ein Berg auf ihre harten Herzen. Solche, die ihn sonst verachtet, jetzt möchten sie ihn hassen, aber sie können nicht. Sie sind ohnmächtig vor dieser zerschmetternden Sanftmut. – Welch ein Schall jetzt! – Das Klingen des Hammers, der auf Eisen geschlagen wird. »Wie das Blut spritzt!«, flüstert jemand. Zwei Hämmer schlagen auf Nägel, und bei jedem Schlage zucken Erde und Himmel. Aller Atem ist erstarrt in der Menge und es verstummt das Lärmen der nahen Stadt. Nichts als das Klingen der Hämmer. Da gellt im Volke plötzlich ein durchdringender Schrei. Ein fremdes Weib, das ihn ausgestoßen und das zu Boden sinkt.

– Immer nach rückwärts wogt die Menschenmasse, keiner will in den ersten Reihen stehen und doch streckt sich jeder, um über die anderen hinwegzusehen. Man sieht, wie Stangen sich heben und wieder senken. Hart und scharf erschallt der Befehl des Hauptmannes, da richtet es sich auf. Zuerst erscheint über den Häuptern der obere Balken, er trägt eine weiße Tafel. Dann sieht man die Querbalken, an denen zuckende Menschenarme hängen, dann das Haupt, sich in krampfigen Schmerzen bewegend. Und so taucht das Kreuz mit dem nackten Menschenleibe in die Lüfte empor. Langsam hebt es sich, von Stangen gestützt, und als es aufrecht steht, lässt man des Kreuzes Fuß in die Grube prallen, so heftig, dass mit dumpfem Gestöhne der Körper schüttert. Die Nägelwunden an Händen und Füßen reißen klaffend weit, das Blut rinnt in dunklen Strähnen über den blassen Leib, am Stamme herab und tropft zur Erde. Und da schallt aus dem Munde des Gekreuzigten der helle Schrei: »O Vater, verzeih ihnen, verzeih ihnen! Sie wissen nicht, was sie getan haben!«

Im Volke erhebt sich sonderbares Gemurmel, und jene, die den Ruf nicht verstanden haben, lassen ihn von Nebenstehenden wiederholen. »Für seine Feinde bittet er? Für seine Feinde? Für seine Feinde betet er?!«

»Dann – dann ist es kein Mensch gewesen!«

»Die ihn geschmäht, verleumdet, verhöhnt, geschlagen, gekreuzigt haben – denen verzeiht er? Sterbend denkt er an die Feinde und verzeiht ihnen? – So ist es doch, wie er gesagt hat. Wahrlich, dann ist es der Christus! Ich habe es gleich gedacht, es ist der Christus. Schon am letzten Sabbat habe ich es gesagt!« Solche Stimmen werden laut. Im Gedränge schlüpft der Trödler Schobal umher und bietet den Rock des Messias aus um zwanzig Silberlinge.

»Wenn es der Messias ist«, ruft ein heiserer Rabbite, »dann mag er sich gerade einmal selbst befreien. Einer, der anderen helfen will und sich selbst nicht helfen kann, ist ein schlechter Messias.«

»Nun, Meister«, ruft ein Pharite, »wenn du den zerstörten Tempel wieder aufbauen willst, nun ist es Zeit. Steig' vom Kreuz herab und wir glauben dir.« Ein wehmutstiefer Blick des Gekreuzigten auf die beiden Spötter, sie verstummen. Als sei plötzlich eine Stelle der Schrift in ihnen lebendig geworden: Für euere Missetaten muss er verbluten!

Als alles vom Kreuze zurückgewichen ist und die Henkersknechte sich anschicken, auch die beiden Wüstenräuber aufzurichten, schwankt das Weib hin, das vorher der Ohnmacht unterlegen, sie schwankt, vom Jünger Johannes geführt, dem hohen Kreuze zu und umarmt den Stamm, sodass das Blut auf sie niederrinnt. Als ob sieben Schwerter ihr Herz durchbohrt hätten, so über alles Ermessen groß ist ihre Pein. Jesus schaut nieder, wie dumpf ist seine Stimme, als er nun spricht: »Johannes, nimm dich der Mutter an! – Mutter siehe, Johannes, dein Sohn!«

Erhebt sich in der Menge Gemurmel: »Seine Mutter? Seine Mutter ist das? O armes Weib! Und der junge, schöne Mensch sein Bruder. Diese armen Leute! Seht, wie er sie jetzt aufrichtet, wie er sie tröstet!«

Mancher fährt sich mit der Hand über die Augen und die Weiber schluchzen. Und es hebt ein dumpfes Klagen an durch das Volk zu gehen. Durch dasselbe Volk, das vorher so wütend seinen Tod verlangt hat. Und sie sprechen untereinander.

»Lange wird er nicht mehr leiden.«

»Nein, ich vertrage sonst etwas. Alle Ostern bin ich dabei, aber diesmal –«

»Wenn ich nur wüsste, was auf der Tafel geschrieben steht.«

»Die über seinem Haupte ist? Ich merke, mich verlassen meine Augen.«

»Inri!«, ruft jemand.

»Inri? Es ruft jemand Inri.«

»Die Buchstaben stehen auf der Tafel.«

»Aber der Mensch heißt doch nicht Inri.«

»Etwas anderes, mein Lieber. Das ist ein Spott von Pilatus. *Jesus Nazarenus Rex Judaeorum.*«

»Bleib mir mit dieser verdammten Römersprache vom Leib!«

»Auf gut hebräisch: Jesus von Nazareth, König der Juden.«

»Freunde, das wird wohl etwas anderes heißen!«

»Jetzt haben sie ihn in der Mitte«, sagt einer, denn die beiden Räuber sind zu seiner Rechten und zu seiner Linken aufgerichtet worden. Der zur Linken reckt seinen Hals und mit verzerrtem Gesicht spottet er nach Jesus hin: »Mich dünkt, Nachbar, du bist auch einer von denen, die man nur deshalb henkt, weil sie die Schwächeren sind. Springe vom Pfahl, schlage drein und die Kotseelen werden dich vergöttern.«

Dem gibt Jesus keine Antwort. Hingegen hat er sein Haupt nach jenem gewendet, der ihm zur Rechten hängt. Dieser sieht den Augenblick nahen, wann ihm die Beine gebrochen werden. In seiner Todesangst und in seiner Reue um das verlorene Leben, wendet er sich dem zu, den sie Messias und Christus nennen. Und als er den Blick sieht, den Jesus auf ihn richtet, da geht durch das Herz des Missetäters ein wundersames Schauern. Wie der Gekreuzigte ihn anschaut, brechenden Auges – o Gott! – das ist jener unvergessliche heilige Blick, der ihm einst in der Jugend Tagen von einem Kindlein geschenkt worden war. Dismas hebt an zu weinen und sagt: »Herr, du bist vom Himmel! Wenn du heimkommst, gedenke mein!«

Und Jesus spricht zu ihm: »Allen Büßern Gnade! Dismas, heute noch wirst du mit mir beim himmlischen Vater sein!«

»– Er ist vom Himmel!«, murmelt es im Volke. »Er ist vom Himmel!« Einer der römischen Krieger wirft seinen Speer weg und ruft in höchster Erregung: »In aller Wahrheit, das ist der Sohn Gottes!«

»Der Sohn Gottes! – Der Sohn Gottes! Löset ihn los! Gottes Sohn ist es, der am Kreuze hängt!« Wie eine dumpfe Lawine rollt dieser Ruf durch die Menge. Wie ein Schreckruf, wie das Innewerden eines ungeheuerlichen Irrtums, des ungeheuerlichsten, der seit Bestehen der Welt begangen worden. Der dort am Kreuze hängt, es ist der Sohn Gottes!

Weiter unten in der Steinkluft ein armer Sünder. Mit dürren Fingern wühlt er sich aus dem Boden hervor, mit aufflackernden Augen schaut er aufs Kreuz hin. Aus seiner Brust quillt wie ein blutiger Brunnen das Gebet um Gnade. Und neben ihm kniet eine Frau und faltet die Hände gegen das Kreuz hin.

Und ringt die Hände dem Weibe zu, das unter dem Kreuze steht und fleht um Gnade für das Kind ...

Die Buchstaben I.N.R.I. über dem Kreuze heben an zu leuchten. Und in den Lüften eine Stimme:

I.N.R.I. – *Jesus Nähe rettet ihn!*

»Der Gottessohn! Der Gottessohn!« Nimmer verstummt der Ruf. »Der Gottessohn am Kreuze!«

»Der Rock des Gottessohnes! Um hundert Goldstücke den Rock!« Der alte Schobal schreit es aus, das Kleidungsstück mit dem Stock in die Höhe haltend wie eine Fahne. Zu dieser Fahne schwört der Trödler, denn der Wert der Ware ist seit einer Stunde um das Tausendfache gestiegen. »Hundert Goldstücke für den Rock des Gottessohnes!« Aber er hat höchste Zeit, sich davonzumachen, das Volk von Jerusalem ist entrüstet über den Krämer, der im Angesichte des sterbenden Heilandes Geldgeschäfte betreibt. Das gute, fromme Volk von Jerusalem!

Von den Oberpriestern ist keiner zu sehen, sie haben sich verzogen. Nur der heisere Rabbite ist da, der laut Psalmen betet, gleichsam als Zuspruch für den Sterbenden.

»Halte du deine Lästerklapper zu!«, schreit diesem jemand unters Kinn hinein. »Ihr habt ihn umgebracht.«

»Ihr? Wer ihr?«, frägt der Rabbite mit gut gespielter Harmlosigkeit.

»Ihr, die Schriftausleger und Templer, habt ihn zum Tode gebracht und niemand anderer als ihr!«

Hierauf antwortet der Rabbite gar ernsthaft: »Besinne dich, Freund, was du sagst, ob du deine Anklage gegen den würdigen Stand auch verantworten kannst vor dem furchtbaren Jehova. Wir Templer ihn zum Tode gebracht! Jedermann weiß, wer ihn verurteilt hat. Fremdlinge, die immer unseres Volkes Verderber gewesen sind. Jedermann weiß, wer ihn auf Verlangen des Volkes gekreuzigt hat!«

Auch dem wird es dringend, sich aus dem Staube zu machen. Immer lauter werden die Stimmen: Volk und Richter sind von den Oberpriestern gedrängt worden! Diese sind schuld! –

»Schweigt! Er lebt noch!«

Alle Blicke haften am Kreuze.

Jesus wendet sein Haupt der Menge zu und stöhnt verschmachtend: »Durst! Durst!«

Der Hauptmann lässt einen Schwamm in Essig tauchen und ihn durch einen Stab hinaufreichen, dass der Sterbende die Labnis sauge.

Zwischen den Steinen liegt ein junges Weib mit aufgelöstem Haar. Es kniet und stützt seine Ellbogen auf die Erde, leise wimmernd: »O Heiland, o Heiland! Die Sünden!«

Noch einen Blick hat er auf die Seinigen. Dann hebt er rasch das Haupt und stößt gegen Himmel den Schrei aus: »Vater, nimm meinen Geist an! Mein Vater! Verlass mich nicht! –« Starr schaut er empor, mit weit geöffneten Augen starrt er in den Himmel auf – dann knickt das Haupt ein und hängt herab über die Brust.

Johannes sinkt zur Erde, verdeckt mit den Händen sein Gesicht. Es ist vollbracht!

Die Menge ist fast bewegungslos geworden. Sie stehen und starren und haben bleiche Gesichter. Die Stadtmauern sind fahl, die Sträucher sind grau, die jungen Blüten sind blass und schließen sich. Am Himmel steht die Sonne glanzlos wie ein Mond und ihre Schatten sind gespenstig. Geschreckte Dohlen und Fledermäuse schwirren umher und umflattern die Kreuze in dieser ungeheuerlichen Dämmerung. Auf dem Hügel springen Felsen auseinander und Totenschädel rollen den Hang hinab. – Und die Menschen, als ob sie die Sprache verloren hätten, so stehen sie stumm und starren einander an.

»Jetzt ist etwas geschehen!«, sagt ein alter Mann für sich hin.

Sachte fängt es an in der Menge sich zu regen, unsicher anfangs, aber bald bewegter und lauter.

»Was ist jetzt geschehen?«, fragt ein Nebenstehender.

»O Freund! Was jetzt geschehen ist, das hat die Welt aus dem Gleichgewicht geworfen. Was es ist, das weiß ich nicht, aber es hat die ganze Welt aus dem Gleichgewicht geworfen. Ist es nicht das Weltende, so ist es der Weltanfang.«

»Inri! Inri!«, ruft die Stimme eines schaudernden Wahnsinnigen.

Dann beginnt ein Durcheinanderschreien: »Was ist das? Es wird Nacht! – All meiner Tage ist mir nicht so bang gewesen, wie jetzt!«

»Seht ihr es, das Kreuz – wie es wächst! Höher, immer höher auf! Immer höher auf! – Ich kann nicht hinschauen. Das riesengroße Kreuz!«

Nun kommen Nachrichten. »Im Tempel ist eine Säule geborsten! Der Vorhang zum Allerheiligsten – mitten entzweigerissen! Draußen an der Gräberstätte sind Grüfte aufgesprungen und die Toten mit weißen Tüchern noch umhüllt – steigen hervor!«

»Das Weltende!«

»Der Weltanfang!«

»Jesus Christus!«

Wie Frühlingsföhn über die Steppe, so braust es hin durch die Menschenmenge: *Jesus Christus!* Durch ganz Jerusalem hallt das Wort, durch das weite Judenland schallt es hin, das urgewaltige Wort – ein feuriger Sturm umbrandet, umleuchtet es den Erdball bis auf den heutigen Tag.

Am Kreuze, auf dem der tote Meister hängt, haben die Seinigen sich versammelt. Es sind ihrer jetzt mehr als gestern, auch solche darunter, die in der Nacht noch »Kreuziget ihn!« geschrien haben. Die Jünger stehen aufrecht, schweigend, ohne Klage. Maria die Mutter an Johannes Seite, daneben Magdalena. Eine wunderbare Herzensruhe ist in sie gekommen, sodass sie sich selber fragen: »Wie ist denn das möglich? Ist nicht unser Jesus gestorben?«

»O Brüder«, sagt Petrus, »mir ist, er lebt!«

»Er in uns und wir in ihm«, sagt Johannes.

Unruhig ist nur Bartholomä. Mit Beklommenheit fragt er den Bruder Jakobus, ob dieser denn nicht auch verstanden hätte: Vater, verlass mich nicht? – Jakobus gedenkt eines anderen Wortes und eines anderen Bruders. Er geht vom Kreuze weg, um den Judas zu suchen. Er will ihm sagen, dass der Meister noch im Sterben seinen Feinden verziehen hat, er will ihm mitteilen des Heilandes Vermächtnis: Den Sündern Gnade!

Seit dem Frühmorgen, als der Meister im Hause des Statthalters zum Tode gesprochen worden, ist Judas planlos umhergeirrt. Er hatte zum Hauptmann wollen, um sich dem Gerichte zu stellen als einen falschen Zeugen und Spion, als einen, der Menschen um Geld verkauft. Des verlacht man ihn und lässt ihn stehen. Dann läuft er zu einem der Oberpriester, um zu schwören, dass seine Angabe so nicht gemeint gewesen, dass sein Herr kein Übeltäter ist, vielmehr der Gesandte Gottes, der seine Feinde zertreten wird. Er wolle ihn nicht angegeben haben und den Verrätersold stelle er dem Templer zurück. Dieser zuckt die Achseln, ihn gehe das nichts an, er habe kein Geld gegeben und nehme auch keines. Da wirft Judas ihm die Silberlinge vor die Füße und rast davon. Sein langes Haar flattert im Winde. Hinter der Stadtmauer huscht er dahin, um dem Zug zuvorzukommen und sich an der Schädelstätte statt des Meisters pfählen zu lassen. Aber das ist zu spät, er hört die Hammerschläge klingen. Ins Tal Kidron geht er hinab. Da ist es ganz menschenleer, denn alles ist auf der Richtstätte. Ausgestoßen ist Judas, selbst von der schaugierigen Menge ausgestoßen, hingeworfen als Verräter. Furchtbar, unausdenkbar, was er getan! – Wehe, warum hat er sich nicht geoffenbart? Sanft wie ein Lamm ist er vor den Richtern gestanden, geduldig, wie keiner noch so gesehen worden, hat er das Holz getragen. Oder ist es am Ende doch *das*? Den Feinden nicht widerstreben, sein Geschick mit Gottes willen tragen, für des Vaters Botschaft das Leben lassen – ist am Ende doch *diese* Herrlichkeit die Sendung des Messias? – Und ich? Ich habe ihn in einer anderen sehen wollen. Und habe den Irrtum begangen, größer als alle Irrtümer aller Toren zusammen. Und nun ausgestoßen aus der Gemeinschaft der Gerechten und ausgestoßen aus der Gemeinschaft der Sünder. Dem Zuchtlosen und dem Mörder Verzeihung, dem Verräter nicht. Besser, der wäre nie geboren worden, – er hat es ja selbst gesagt. Andere dürfen in den Wüstenhöhlen ihre Sünden abbüßen, dürfen ihre Missetaten mit dem Blute löschen – und ich außerhalb aller Liebe und aller Sühne für ewige Ewigkeiten verworfen! – So des Judas unendliche Klagen. Den ganzen langen Tag hat er sich hingetrieben hinter Mauern und Büschen, in Höhlen sich verborgen. Da plötzlich schießt es in ihm auf: Das ist ungerecht. Ich habe an ihn geglaubt. Dass ich so fest an ihn geglaubt habe! Der ein *solches* Vertrauen verwirft! Kann der Gottmensch ein solches Vertrauen verwerfen? Nein, er ist es nicht, er ist es nicht ...

Mit diesem Hinschleudern der letzten Stütze ist sein Geschick entschieden. Als es dunkel wird, huscht er an einem Meierhof vorbei. Dort an der Wand hängen Bindestränge, einen davon rafft er an sich und eilt den Berg hinan. Hinter Jerusalem über den Höhenrücken geht die Sonne unter wie eine große, rote, glanzlose Scheibe. Noch einmal zieht es sein Auge, das letzte Mal, dem Lichte zu, dem verlöschenden. Und in diesem roten Runde steht groß und dunkel ein Kreuz. Das auf der Schädelstätte hochragende Kreuz – mitten im trüben Sonnenball. Riesig und dunkel steht es in der blutigen Scheibe – – grauenhaft! Unerträglich dem verzweifelnden Judasherzen. Wie auf wilder Flucht springt er hin gegen einen dürren Feigenbaum. – Hinter ihm her ist Jakobus. Dieser hat ihn vorher den Hang hinan klettern gesehen, hat mit dem Flügel seines Mantels gewinkt: »Bruder! Ich bin es, der Jakobus! Vom Meister komme ich. Höre, Bruder! Den Sündern Gnade! Allen Büßern Gnade! Höre es!« Fast atemlos hinauf und hin zum Feigenbaum. – Beine und Arme hängen schlaff nieder, der Mund schief gezogen, zwischen den Lippen die Zunge hervor. Der Abendwind schaukelt sachte den Körper. – Der Unselige hat auf des Heilands Gnade nicht gewartet.

Gegen Ende desselben Tages ist es auch, dass jener morgenländische Greis, der aus der Wüste ist, wo die großen Gedanken wohnen, der müde Greis, der dem Enkel des Uria zweimal den Fluch ewiger Unrast zugerufen hat, dass dieser in Jerusalem zu einem Steinmetz geht. Es dünkt ihm doch Zeit, sich einen Grabstein zu bestellen. Und auf diesen Grabstein sollen eingemeißelt werden die Buchstaben I.N.R.I.

»Hast du dich auch zum Nazarener geschlagen?«, fragt ihn der Steinmetz.

»Weshalb fragst du das?«

»Weil es die Inschrift seines Kreuzes ist.«

»Es ist die Inschrift meines Grabes«, sagt der Greis, denn es heißt:

»IM NIRWANA RUH' ICH«

Als alles dieses geschehen ist, geht Joseph der Arimathäer, ein derber, freimütiger Jünger Jesu, zum Statthalter Pilatus, um ihn zu bitten, dass des Propheten Leib noch an demselben Abend begraben werden dürfe.

»Ist er denn schon gebrochen?«, fährt ihn Pilatus an.

»Herr, das braucht es nicht. Er ist tot.«

»Ich traue euch nicht.«

»Es ist richtig, Herr. Der Hauptmann hat ihm den Seitenstich gegeben. Nicht ein Tropfen Blut.«

»Ich bin vor euch gewarnt worden«, sagt Pilatus ungnädig. »Ich werde einen Aufseher hinschicken und das Grab bewachen lassen.«

»Wie es dem Herrn beliebt.«

»Der Mann soll ja gesagt haben, dass er am dritten Tage aus dem Tode auferstehen werde. Man vermutet, dass seine Freunde ihm dazu gerne helfen würden.«

Joseph stellt sich knapp vor den Statthalter hin und sagt: »Herr! Was berechtigt dich zu einem solchen Argwohn? Sind wir Juden denn ganz rechtlos geworden in unserem Vaterlande? Nicht genug, dass dieser beste aller Menschen, dieser Gottmensch verurteilt wird, ohne auch nur den geringsten Schein von Recht, verdächtigt man auch noch die Seinigen, als wären sie Betrüger und Leichenräuber.«

»Dafür müsset ihr euch bei euren Priestern bedanken«, sagt Pilatus mit kaltem Hohn.

»Diese Kaste kennen wir«, versetzt Joseph, »und du kennst sie auch, Statthalter. Aber du fürchtest dich vor ihr. Unser Meister wäre mit ihnen fertig geworden. Du aber bist ein schwankendes Rohr. Mancher unserer großen Männer ist zugrunde gegangen an römischem Übermut, unserem Herrn hat römische *Feigheit* das Leben gekostet.«

Den Statthalter durchzuckt es, aber er bleibt kalt. Mit der Hand winkt er ab: »Lasset mich endlich einmal zufrieden mit dieser Geschichte. Machet, was ihr wollt mit ihm. An die Grube kommen Wächter und ich – habe heute der Judennasen mehr als genug gesehen.«

Damit ist der Arimathäer entlassen. Zwar ungnädig, aber mit der Gestattung, den teuren Leichnam zu bergen.

Mittlerweile ist den beiden Wüstenräubern die Qual geendet worden. Und Dismas befreit vor Barab, an den ihn ein dämonisches Geschick das ganze Leben lang gefesselt hatte. Jesus ist zwischen sie getreten und hat den Unbußfertigen von dem Bußfertigen geschieden. Zwar ihre Leiber sind in die gleiche Grube geworfen worden, die Seele Dismas wird zum geladenen Stelldichein gefunden haben.

Als nun der Arimathäer vom Statthalter zurückkehrt, wird zur späten Stunde Jesus vom Kreuze gelöst und mit Tüchern zur Erde gelassen. Nachdem der Leib mit köstlichem Öle gesalbt worden, wickeln sie ihn in weiße Linnen und tragen ihn hinab in den Garten Josephs. Dort haben sie ihn zur stillen Nacht ins Grab gelegt.

Ein heiliger Frieden atmet auf Erden und am Himmel leuchten die Sterne wie Ampeln zur Ruhe des Herrn.

———————

In der Nacht, die diesem schwersten aller Erdentage gefolgt ist, hat Maria, die Mutter, wohl nicht geschlafen. Und doch hat sie ein Gesicht geschaut, wie es noch keinem Wachenden vor die Seele getreten. Als sie so hingesunken am Steine lehnt und ihr Auge am Kreuze ruht, das hoch und starr in den Himmel aufragt, da ist es ein Baum voll weißer und roter Blüten. Es ist, als sei er entsprossen jenem Zweig vom Paradiesesbaum, den der Engel einst über die Hecke hat gereicht ...

Er steht mitten in einem lieblichen Rosengarten, von Düften, Wasserrieseln und Vogelsang durchzogen und über allem ein wonniges Licht. Zu diesem Eden wandern aus einem weiten Abgrunde unübersehbare Menschenscharen. Sie steigen aus dunklen Tiefen langsam und feierlich hinan zur lichten Höhe. Ganz voran ein Paar, der Urvater Adam, Arm in Arm mit Eva. Gleich hinter diesen Abel, Arm in Arm mit Kain. Dann schon in dichteren Reihen die Allväter, die Richter und Könige, die Propheten und Sänger, darunter Abraham und Isaak, Jakob und Joseph, Salomon und David, Zechias und Josias, Eleazar und Joachim und ganz hinten – allein wandelnd ein Greis, der sich stützt an den Stab, aus dem Lilien sprießen – Joseph, ihr Ehemann. Ihm eilt es nicht, er bleibt stehen und sieht sich um nach Maria.

Sie ziehen ein ins Paradies.

Das hat Maria geschaut, dann bricht der Tag an.

———————

Strenge nach den Vorschriften war das Grab des Nazareners gehalten worden. Vor die Felsnische, in welcher der Leichnam gelegen, haben sie einen schweren Stein gewälzt, den der Hauptmann auf Wunsch des Statthalters an allen Ecken und Enden versiegelt hat. Am Eingange sind zwei scharf bewaffnete Kriegsknechte aufgestellt worden mit dem Auftrage, jeden Verdächtigen vom Grabe zurückzuweisen. Und nun, nach der Beisetzung am dritten Tage, geht in Jerusalem eine unerhörte Neuigkeit um. – *Der Nazarener ist auferstanden!*

Am Morgen dieses Tages – so wird erzählt – sind zwei Frauen zum Grabe gegangen, die Mutter des Gekreuzigten und dessen Jüngerin Magdalena. Anfangs sind sie überrascht, dass die Wächter fehlen, und dann sehen sie, der Stein ist weggewälzt. Die Felsnische ist leer, nur das weiße Linnen ist noch da, in das er gewickelt gewesen. Es liegt am Rande der Gruft und seine Enden hängen hinab. Die Frauen heben an zu weinen, dass man ihnen auch den Leichnam weggenommen, da sehen sie einen weißen Knaben stehen und hören, wie er spricht: »Der, den ihr suchet, ist nicht hier. Er lebt und geht mit euch nach Galiläa.«

Wie in einem wonnesamen Traum, so sind die Frauen vom Grabe hindangetaumelt. Da steht ein Mann im Garten, den sie anfangs für den Gärtner halten. Sie wollen ihn fragen, er tritt ihnen freundlich entgegen, – Mit jugendlich schönem, leuchtendem Angesichte, kein Makel und keine Wunde, außer an den Händen die Nägelspuren. So steht er vor ihnen. Sie erschrecken, sie hören, wie er sagt: »Der Friede sei mit euch! Ich bin es.« – Weil es so sonnenhell ist, halten die Frauen ihre Hände vor die Augen und wie sie wieder aufblicken, haben sie ihn nicht mehr gesehen.

Das Grab des Nazareners ist leer! Alles pilgert aus der Stadt, um zu sehen. Seit der Kreuzigung hat sich im Volke die Stimmung ganz gewendet. Kein Schmähwort mehr und viele schlagen heimlich an ihre Brust. Die Oberpriester sind versammelt und befragen die Wächter, wie das zugegangen. Diese wissen nichts vorzubringen.

»So saget doch wenigstens aus, dass ihr geschlafen habt und dass ihn seine Anhänger gestohlen haben müssten.«

»Würdige Herren!«, antwortet einer der Wächter. »Dass wir geschlafen hätten, können wir zweimal nicht sagen, einmal, weil es nicht wahr ist und das andere Mal, weil wir bestraft würden.«

Hierauf einer der Templer: »Ihr könnt es aber trotzdem sehr gut sagen. Denn geschlafen habt ihr doch sicher in eurem Leben einmal. Und der Strafe wegen wollen wir es beim Statthalter schon durchsetzen, dass euch nichts geschieht.«

Die tapferen Römer dünkt es am klügsten, mit der Obrigkeit sich nicht zu überwerfen und das auszusagen, was sie am liebsten hört. Also die Wächter haben geschlafen und mittlerweile ist der Leichnam entwendet worden von seinen Jüngern, um sagen zu können, er ist auferstanden. Das wird bekannt gemacht und die Nachrichten von der Auferstehung des Nazareners sind verklungen.

Die Jünger selbst haben es nicht glauben können. Etliche von ihnen haben sogar kurzweg gemeint, Pilatus und seine Hintermänner dürften am besten wissen, wohin der Leichnam geraten sei. Andere hingegen sind von einer Begeisterung erfüllt, wie nie zuvor, von einer schöpferischen Kraft, die ihnen Bilder der legten Tage mit qualvoller Deutlichkeit vor Augen stellt.

Nun ist es, dass zwei der Jünger hinauswandern nach dem Orte Emmaus. Sie sind betrübt und besprechen unterwegs das unfassbare Unglück, das sie getroffen hat. Da gesellt sich ein Fremder zu ihnen fragt sie, weshalb sie so traurig wären?

»Wir gehören zu den Seinen«, antworten sie.

Weil er darauf schweigt, als ob er es nicht verstanden hätte, so fragen sie, ob er denn ganz fremd sei in Jerusalem und nicht wisse, was sich in den letzten Tagen dort begeben hat?

»Was hat sich denn also begeben?«, fragt er.

Er würde doch gehört haben von Jesus, dem Propheten, der so große Taten vollführt und ein neues, wunderbares Wort Gottes verkündet hat. »Vom himmlischen Vater voller Liebe, vom Himmelreich im eigenen Herzen und vom ewigen Leben. Es ist wohl nicht anders, als dass in diesem Verkünder Gott selbst Menschengestalt angenommen hat, um ihnen ein vollkommenes Leben vorzuleben. Und diesen Gottmenschen nun hat man hingerichtet in Jerusalem.« Seither seien sie grenzenlos verlassen und deshalb wären sie traurig. Er habe zwar versprochen, dass er aus dem Tode auferstehen werde als Bürge für seine Botschaft von der Menschen Auferstehung und dem ewigen Leben. Nun sei aber schon der dritte Tag. Es gehe freilich wohl ein Gerede, dass heute morgens zwei Frauen ihn sollen gesehen haben mit den Nägelwunden. Aber solange sie nicht selbst ihre Hand in seine Wunden legen könnten, wäre es nicht zu glauben und es werde wohl auch bei ihm so sein, wie bei allen Entschlafenen.

Hierauf spricht der Fremde: »Wenn der Auferstandene zu euch nicht kommt, wie er den Frauen erschienen ist, so geschieht es nur, weil euer Glaube zu schwach ist. Wenn ihr schon ihm nicht glaubt, aus den Weissagungen sollte euch doch bekannt sein, wie Gottes Gesandter leiden und sterben muss, weil man nur durch dieses Tor zur seligen Herrlichkeit gelangen kann.« Unter solchem Gespräche sind sie nach Emmaus gekommen, wo die beiden Jünger einkehren wollen im Hause eines Freundes. Der Fremde, dünkt sie, wolle noch weiter wandern, aber er ist ihnen lieb geworden auf dem Wege, deshalb laden sie ihn ein, mit ihnen ins Haus zu treten: »Herr, bleib bei uns. Der Tag neigt sich, es will schon Abend werden.«

Also ist er mit ihnen eingekehrt. Und was ist nun geschehen? Als sie bei Tische sitzen und der Fremde das Brot genommen hat, flüstert einer zum andern: »Siehe, wie er das Brot bricht! Ist das nicht unser Jesus?«

Und wie sie ihn in namenloser Freude umarmen wollen, sehen sie, dass sie unter sich allein sind.

So haben es zwei Jünger erzählt und niemand glaubt lieber als der Trödler Schobal; nun will er dreihundert Goldstücke für den Rock des Auferstandenen.

Am wenigsten sicher der Urständ ist Thomas. »Warum nur?«, frägt der Jünger. »Ist er denn des leiblichen Lebens wegen gekommen? Hat er nicht alles auf das geistige Leben gesetzt? So wird der wahre Jesus Christus im Geiste bei uns sein.«

In diesem Vertrauen sind jene Jünger, die mit dem Meister aus Galiläa gekommen, wieder heimgereist in ihr Land. Dort hat sich auch einiges geändert. Die Verurteilung des Nazareners, ohne eine Schuld an ihm zu finden, hat die Galiläer arg entrüstet. Sein großes Sterben hat sie aufgeschreckt. Nein, ein gewöhnlicher Mensch war es nicht gewesen, dieser ihr Landsmann! An seinen Anhängern wollen sie nun gutmachen, was sie an ihm gesündigt. So werden die Jünger in Galiläa gut aufgenommen und man möchte ihnen die Lebensstellungen wieder einräumen, die sie zwei Jahre vorher verlassen haben. Johannes hat die Mutter heimgebracht und zieht mit ihr ins stille Haus von Nazareth. Die Übrigen versuchen es ebenfalls mit der Alltagswelt, aber sie können nichts, als immer nur an den Meister denken, und wo auch nur zwei oder drei von ihnen zusammenkommen, ist er im Geiste unter ihnen.

Eines Tages sind sie beisammen in einer Hütte am See. Sie sprechen von seiner Gottessohnschaft, und mehrere, die sich nun auch ein wenig in der Schrift umgesehen haben, führen Beweise an. Die Prophezeiungen, die in ihm eingetroffen sind, die Psalmen, die er erfüllt hat, die Wunder, die er gewirkt hat. Und dass er nach seinem Tode gesehen worden ist von vielen.

Darauf sagt plötzlich Thomas: »Mit dem, Brüder, weiß ich nicht viel anzufangen. Auch andere Dinge sind geweissagt worden, Wunder gewirkt haben auch die Propheten, und auferstanden? Was hilft es mir, wenn er doch nicht leiblich bei uns ist?«

Sie erschrecken sehr. Sie beben vor Schreck. Nicht des Meisters, sondern des Bruders wegen. Thomas aber spricht weiter: »Warum nennt ihr nicht das größte Zeichen, das wahre Zeichen seiner Gottheit? Warum sprecht ihr nicht von seinem Worte? Von der Gotteskindschaft, von der Feindesliebe, von der Erlösung? So hört mich doch, was ich sage, was wir alle erlebt haben und zu jeder Stunde erleben. Er hat uns von der Weltgier losgelöst, er hat uns die Liebe und die Freude gelehrt, er hat uns sicher gemacht des ewigen Lebens beim Vater im Himmel. Das hat er durch sein Wort getan. Für dieses Wort ist er gestorben und in diesem Worte wird er leben. Dieses göttliche Wort, ihr Brüder, ist mir der Beweis von seiner Gottsohnschaft. Ich bedarf keines anderen.«

»Kinder!«, sagt Johannes. Zwar ist er unter ihnen der jüngste, aber er sagt: »Kinder! Lasset solche Reden. Der Glaube ist das Wissen des Herzens. Sind wir nicht von Herzen selig, dass wir den Vater gefunden haben, so nahe bei uns, so treu mit uns, so ewig für uns, dass uns nichts mehr geschehen kann? Diese Leiber fallen hin, aber er ist die Auferstehung und wer an ihn glaubt, der stirbt nicht. Er hat die Menschenkinder so sehr geliebt, dass er seinen eingeborenen Sohn hingegeben, damit jeder, der an ihn glaubt, ewig lebe. Darum sind wir so selig, weil wir in Gott sind und Gott in uns ist.«

Also hat sein Lieblingsjünger gesprochen in wonniger Verzückung. Da leuchtet es in ihnen auf und sie sehen die unermessliche Bedeutung dessen, der in Menschengestalt unter ihnen gelebt hat.

Überall, wo sie gehen und stehen, klingen ihnen im Ohre seine Worte. Die Verheißung, dass er ihnen nach Galiläa folgen wird, ist erfüllt, sein Geist ist mit ihnen, sie sind dessen sicher geworden. Aber dieser Geist lässt ihnen die Ruhe des Alltags nicht, er ist wie Sauerteig, der ihr Wesen erregt, er ist wie ein Funke, der sie zu hellem Brand entzündet und ihnen die feurigen Zungen gibt zur Verkündung der frohen Botschaft. Sie müssen fort. Keiner will es zuerst sagen und auf einmal sagt es jeder: Wir müssen in die weite Welt. – – Ohne viel Vorbereitung, mit Mantel und Stab, so wie sie mit ihm gewandelt, ziehen sie davon. Nach Jerusalem wollen sie zunächst, um an seinem Grabe noch einmal zu stehen, und dann fort nach allen Richtungen hin, um Jesus, den Sohn Gottes, zu predigen.

Also bin ich am Ende meines Gesichtes. Nur von der Begegnung muss ich noch sagen, die so merkwürdig und so folgengroß geworden ist. Eines Tages, da die Jünger auf ihrer Wanderung nach Jerusalem unter Mandelbäumen rasten, sehen sie im Tale einen Trupp von Reitern. Es sind Landsknechte mit einem Hauptmann. Dieser scheint die Jünger bemerkt zu haben, denn er sprengt auf seinem Rappen heran. Die Jünger erschrecken ein wenig und Thaddä, der gute Augen hat, sagt: »Gnade uns Gott, das ist der grimme Weber!«

»Wir wollen ihn ruhig erwarten«, sagen die Brüder und bleiben stehen. Als der Reiter ganz in ihrer Nähe ist, steigt er rasch vom Pferde und frägt: »Seid ihr des Jesus von Nazareth?«

»Wir sind seine Jünger«, antworten sie freimütig.

Da fällt er vor Petrus, dem Ältesten, aufs Knie, breitet die Arme aus und ruft: »Nehmt mich an! Nehmt mich an! Ich will würdig werden, sein Jünger zu sein.«

»Aber, wenn ich recht erkenne, bist du doch Saul, der ihm nachgestellt hat«, sagt Petrus.

»Nachgestellt, verfolgt, ihn und die Seinen!«, spricht der Reiter und rasch von den Lippen stürzen seine Worte. »Vor zwei Tagen noch ausgezogen gegen solche, die gesagt haben, er sei auferstanden. Immer muss ich denken an diesen Menschen, der so unheimlich in die Seelen greift. Tag und Nacht muss ich an ihn denken und an vieles, was er gesagt hat. Und wie ich auf der Steppe dahinreite im Abenddämmern, siehe, da ist über mir ein Licht, dass das Pferd sich bäumt, eine weiße Gestalt steht vor mir und seine gegen Himmel erhobene Hand hat ein Wundmal. Wer bist du, dass du mir den Weg vertrittst? rufe ich ihn an. Und er antwortet: Ich bin der, den du verfolgst! – Euer Auferstandener ist's gewesen. – Warum verfolgst du mich, Saul, was habe ich dir getan? – Lebendig steht vor mir, euer Jesus, der Christ! – Ja, ihr Männer aus Galiläa, nun glaube ich, er ist auferstanden. Und wie ich sein Wort bisher verfolgt habe, so will ich von nun an helfen, es zu verbreiten Brüder! Nehmt mich an!«

Das ist mein Anbild von der Bekehrung des Saul zum Weltapostel. Er schickt nun den Rappen ins Tal zurück und geht in Freude und Demut mit den Galiläern gegen Jerusalem.

Als sie nach einigen Tagen auf den Ölberg kommen, wo sich dem Blick das erste Mal die Königsstadt darbietet, sehen sie es: Auf dem Felsen steht – Jesus. In der Gestalt, wie er immer gewesen, steht er da und den Jüngern ist es zumute wie sonst, wenn sie bei ihm haben können sein. Sie umgeben ihn im Kreise und er blickt sie gütig an. Und plötzlich hören sie, wie er mit leiser Stimme fragt: »Habt ihr mich lieb?«

»Herr«, antworten sie, »wir haben dich lieb.« –

Er frägt noch einmal: »Habt ihr mich lieb?«

Sie sagen: »Herr, du weißt es, dass wir dich lieb haben.« –

Dann frägt er zum dritten Mal: »Habt ihr mich lieb?«

Und sie rufen alle zugleich: »Es ist unaussprechlich, o Herr, wie sehr wir dich lieb haben!«

»So geht nun hin. Gehet zu den Armen und tröstet sie, zu den Sündern und richtet sie auf. Zu allen Völkern gehet und lehret sie alles, was ich euch gesagt habe! Wer an mich glaubt, der wird selig sein. *Ich bin der Weg, die Wahrheit und das Leben.* Ich gehe nun zum Vater ein. Meinen Geist und meine Gewalt hinterlasse ich euch: Den Augen das Licht, den Zungen das Wort, den Herzen die Liebe. Und den Sündern Gnade – –«

Noch haben sie ihn so sprechen gehört und ist doch sonst niemand da als sie, die Jünger. Auf dem Steine sind zwei Fußstapfen eingeprägt. Schweigend atmen die Himmel. Sie sinken auf ihr Angesicht und schauen es, wie er aufsteigt zu den Wolken, wie er entschwebt im Lichte und wie er eingeht zum Vater, zu dem auch wir einst kommen werden durch unseren Heiland Jesus Christus.

Herrgott Vater!

Ich danke dir, dass du mir gegönnt hast, das Leben, Leiden und die Urständ deines eingeborenen Sohnes zu betrachten und an seinen Worten und Verheißungen mich zu laben in dieser angstvollen Zeit. In den Qualen der Ungewissheit, die schrecklicher sind als der Tod, habe ich Mut geschöpft aus dem großen Gleichnisse des Lebens und Trost erhalten aus der Erscheinung meines Erlösers. Die heiligen Büßer haben meine Hoffnung gestärkt. Um des gekreuzigten Heilands willen, o Herr, lege Erbarmen in das Herz meines Königs. Sterben, wenn es Gott will, wie Dismas starb. Nur Verzeihung. Im Namen Jesus rufe ich zu dir, o Vater, um Gnade! Um Gnade für den Sünder. Amen.

Schluss

Das also ist die Schrift. Ein Handwerksmann hat sie geschrieben in der Armensünderzelle. Das Schlussgebet war genau an dem Tage, als es sich nach seiner Verurteilung das sechste Mal wochte.

Konrad schreckte ein wenig auf.

So tief hatte er sich die letzte Zeit in das Heilandsbild versenkt, dass er fast in ihm aufging. In den Tagen hatte er daran geschrieben, in den Nächten davon geträumt. Zu Bethlehem war er gewesen an der Krippe. Am See Genezareth wandelte er, in der Wüste von Judäa nächtigte er und reiste dann nach Sidon, übers Gebirge nach Jerusalem. Auf dem Ölberg stand er, in Bethanien und beim Abendmahl saß er an Jesus Seite. – – Gefangen hier im Strafhause, verurteilt zum Tode! – Beinahe ließ ihn in diesem Augenblick der Gedanke gleichgültig. Hatte er nicht erst das große Sterben aus Golgatha erlebt? Dagegen versinkt alles andere. Ihm war, als habe er den Tod bereits hinter sich. Der Auferstandene füllte sein Herz aus. Er konnte sich nicht trennen von den heiligen Erinnerungen. Da plötzlich der Gedanke: Wenn's kommt, ich werde stark sein. Seine Mutter hatte ihm einst erzählt von jenem römischen Scharfrichter. Der hatte einen Christenjüngling enthaupten sollen, war aber von so heftigem Mitleid erfasst worden, dass er in Ohnmacht fiel. Der Jüngling labte ihn und sprach ihm Mut zu; so wie er selbst die

Pflicht habe, zu sterben, so habe der Scharfrichter die Pflicht, zu töten. – Aber dann sagte sich Konrad: Du bist der Schuldige und darfst dich mit einem Heiligen nicht vergleichen. Wärest du wohl Büßer und Held genug, so zu tun? Wärest du es? – Mit Jesus süß zu sterben, aber noch süßer, mit ihm zu *leben*.

Vom Kerkermeister wurde er befragt, ob er denn nicht wieder einmal in das Freie gehen wolle?

In das Freie? Ei ja so, in den Hof hinaus, wo aller Kehricht zusammengeworfen wird. Auch der Menschenkehricht. Nein, er danke. Er wolle in der Zelle bleiben. Lange könne es ja nicht mehr dauern.

»Lange kann's nit mehr dauern«, sagte der Alte. Aber dass der verwundete Kanzler mittlerweile gestorben war, das sagte er nicht. Konrad hätte es nach der größeren Zärtlichkeit des »alten Bären« ahnen können, dass seine Angelegenheit nicht glänzend stand.

»Wenn Sie recht brav sind«, sagte der Alte, »so sollen Sie das nächste Mal unter grünen Bäumen spazieren gehen.«

»Also doch? – Doch?!« Konrad dachte an die Begnadigung und wurde aufgeregt. Über seine Wangen zuckten rote Flecken.

»Was Sie meinen, das noch nit. Wissen's zum König ist halt ein weiter Weg. Aber kommen kann's jede Stunde. Ich wart auch schon mit Schmerzen drauf. Wissen's, Ferleitner, ich nehm nachher meinen Abschied.«

Zur selben Zeit erschien in der Zelle wieder einmal der Pater. Er pflegte allemal mit heiterer Miene und frohem Gottesgruß in diese dunkle Kammer zu treten. Trost zu bringen, das war ja sein Amt. Wenn er es nur immer richtig anzufangen wüsste. Zumeist, wenn der stattliche Mönch erschwitzt hereinkam, trocknete er sich mit dem blauen Sacktuch das Gesicht und pries mit lauter Stimme den Gefangenen glücklich in seinem kühlen Gemache. Diesmal jedoch erschrak er. Wie sah der Häftling aus? Abgemagert bis zum Gerippe, zwischen den fleischlosen Lippen quollen die Zähne hervor; die Augen waren groß aufgetan und in ihnen leuchtete ein wundersames Feuer.

»Da Sie mich schon gar nimmer rufen lassen wollen, lieber Ferleitner, so muss ich freilich wohl einmal ungerufen kommen, um zu sehen, was Sie treiben. Sie waren doch nicht krank?«

»Ist vielleicht die Entscheidung da?«, fragte der Sträfling.

»Dass ich nicht wüsste«, antwortete der Mönch. »Wie ich sehe, stört man Sie in der Arbeit.«

Denn Konrad hatte versäumt, seine Blätter wegzuräumen. So musste er nun auch gestehen, dass er sie geschrieben habe.

»Ist es denn hier nicht zu dunkel zum Schreiben?«

»Man gewöhnt sich daran. Anfangs war's dunkel, aber es ist immer heller geworden.«

»Am Ende gar – das Testament?«, fragte der Pater mit gehobenen Brauen. Es hätte launig sein sollen.

»So etwas Ähnliches.«

»Schau, schau! Also zu testieren haben Sie!«

»Ich nicht. Ein anderer.«

Der Pater blätterte in den Schriften, las hie und da eine Zeile, schüttelte ein wenig seinen geschorenen Kopf und sagte: »Es sieht in der Tat aus, als wäre das so etwas, wie das Neue Testament. Haben Sie aus dem Evangelium abgeschrieben?«

»Nein, ein solches hatte ich nicht, geistlicher Herr. So habe ich mir selber eines machen wollen.«

»Ein Evangelium? Sich selber machen wollen? Sie? Nur gerade so aus sich heraus?«

»Das nicht. Oder vielleicht doch ein wenig. So nach alten Erinnerungen. Für die Irrtümer werde wohl freilich ich verantwortlich sein.«

»Na – jetzt bin ich aber neugierig geworden«, rief der Pater aus. »Dürfte man die Sachen nicht lesen?«

»Es wird nicht der Mühe wert sein. Aber ich habe mir nicht anders zu helfen gewusst.«

»Sie haben sich dabei wohl angestrengt, Ferleitner?«

»Nein gar nicht. Eher erfrischt, wenn man so sagen könnte. Mir tut's leid, dass ich schon fertig bin. Habe dabei an sonst nichts gedacht – alles vergessen.«

So hat ihn das Feuer verzehrt, dachte sich der Mönch.

»Wollen Sie mir erlauben, Ferleitner, dass ich die Sachen mit mir nehme für ein paar Tage?«

Er gestattete es schüchtern. Doch als der Mönch die Blätter zusammengerollt in den äußeren Kuttensack gesteckt hatte, sodass die Rolle ungefügig hervorstand, und als er damit davongegangen war, da schaute Ferleitner traurig in das Leere und hatte Heimweh nach seiner Schrift. So selig war er gewesen über ihr, wochenlang. Wie wird ein Geistlicher darüber denken? Da wird alles falsch sein. Solche Leute sehen den lieben Herrgott ganz anders als unsereiner. Und wenn er's gar verkritisiert, dann ist die Freude weg.

Er musste seine Blätter übrigens nicht lange entbehren. Schon am nächsten Morgen brachte der Pater sie zurück. Er habe am Abend angefangen zu lesen und die ganze Nacht daran gelesen. Aber mit seiner Meinung wollte er nicht recht heraus. Und Ferleitner fragte auch nicht. Schier unbehilflich saßen sie beisammen am rauen Brettertisch und nicht einmal der Mönch wusste, wie das, was er vorbringen wollte, zu sagen wäre. Nach einer Weile hob er das Paket der Schrift, legte es wieder hin und meinte, dass vom kirchlichen Standpunkte aus natürlich allerlei dagegen einzuwenden sei. »Auch den Geschichtsphariten, wie der Verfasser sagen würde, dürfte manches nicht recht sein. Ich weiß, Ferleitner, Sie haben mich ja gebeten um das Evangelienbuch. Hätte ich gewusst, dass Sie so weit sind, würde ich es gerne gebracht haben. Nun, vielleicht ist es besser so. Ich muss Ihnen schon sagen, Konrad Ferleitner, dass ich mich schon lange über nichts so gefreut habe, als über diese Ihre Betrachtungen und – man kann auch sagen – Dichtungen. Nach Fehlern sollen jene jagen, die sich an Fehlern freuen. Das Wichtigste ist der lebendige Glaube und der lebendige Jesus. Und das ist da. Mein Sohn!« Er legte dem Gefangenen eine Hand aufs Haupt. »So von Herzen fromm ist das empfunden, ich wollte dir das Sakrament darauf reichen. Ja, Konrad, du bist schon gerettet. – Tu nur fleißig beten.«

Konrad verdeckte mit den Händen sein Gesicht. Er weinte still. Er war so glücklich darüber, was der Priester da gesprochen.

»Ich habe sogar gedacht«, setzte nach einer Pause der Pater bei, »dass diese Aufschreibungen auch andere lesen könnten, die nach einem einfältigen Gotteswort suchen und nichts Rechtes finden können. In Krankenhäusern und Armenherbergen und Gefangenhäusern gibt es genug solche Leute. Besonders auch, die in deinem Falle sind. Hättest du etwas dagegen einzuwenden?«

»Mein Gott, warum nicht«, antwortet Konrad, »wenn diese Schriften anderen Unglücklichen so wohltun könnten, als sie mir wohlgetan haben! Aber ich weiß nicht – 's ist auch nicht so gemeint. Ich habe nur zu mir selber sprechen wollen.«

»Natürlich müsste dies und das noch geändert werden«, sagte der Pater. »Wir wollen die Schrift doch zusammen einmal durchsprechen.«

»Glauben Euer Hochwürden« – fast lauernd sagte es der Gefangene – »dass – dazu noch Zeit sein würde?«

»Besonders auch einen recht guten und passenden Titel müssten wir finden. Denken Sie, dass das Kind auch einen Namen haben muss.«

»Ich habe gerade einmal die Buchstaben I.N.R.I. darübergeschrieben.«

»Ist etwas wunderlich. Man wird nicht wissen, was damit anfangen. Wenigstens würde noch ein zweiter, ein Untertitel nötig sein.«

»Mir ist der Titel auch gleichgültig«, sagte Konrad. »Vielleicht wüssten Sie etwas.«

»Ich werde nachdenken. Darf ich die Schrift noch einmal mitnehmen? Gut, so will ich mich nun in meinen alten Tagen erst literarisch versuchen. Wenn der Tischlergesell ein ganzes Buch schreibt, so wird der Franziskanermönch wohl wenigstens einen Titel dazu finden können. – Hast du vielleicht sonst etwas auf dem Herzen, mein Sohn? Nicht. Na – dann Gott mit dir. Ich komme recht bald wieder.« An der Tür wendete er sich noch einmal um: »Sage mir, gibt dir der Profoss wohl auch genügend zu essen?«

»Mehr als ich bedarf.«

Draußen waren die heißen Sommertage. Konrad wusste nichts davon, dachte nicht daran. Da kam der Kerkermeister mit der Erlaubnis, er dürfe ausnahmsweise eine halbe Stunde im Baumgarten spazieren gehen. Konrad nahm das ziemlich gleichgültig an, dann wurde er von einem Aufseher hinausgeführt. Die gewölbten Gänge entlang taumelte er fast, hatte es schier verlernt, so gerade für sich hinzuschreiten. Er hielt sich am Arme des Begleiters und sagte: »Mir ist ganz ungleich.«

»Halten Sie sich nur ruhig an, es geschieht Ihnen nichts.«

»Kommen wir ganz hinaus, ganz ins Freie?«

»Sie werden jetzt täglich eine halbe Stunde im Baumgarten spazieren gehen.«

»Ich weiß nicht«, sagte Konrad mit Zagen, »ich fürchte mich – vor der Sonne.«

Da waren sie schon unter freiem Himmel, im weiten, hellen, grünen Lichte. Er musste stehen bleiben. Eine Weile bedeckte er mit der Hand die Augen, dann schaute er auf und bedeckte wieder die Augen. Und hub an zu zittern. Der Aufseher schwieg und führte ihn. So schwankte er hin unter den hellen Schatten der Wildkastanien. An beiden Seiten weite, goldgrün leuchtende Flächen mit Blumen und Rosen, deren lodernde Farben zitterten wie die Luft über einem Feuer. Darüber der blaue Himmel mit der furchtbar herrlich funkelnden Sonne. Und alles durchklungen von Vogelgesang. O Leben! Leben! Er hatte ja schon vergessen, was das heißt, leben! Er stöhnte auf. Es konnte ein Klageruf gewesen sein oder auch ein Jauchzen. Dann setzte er sich auf eine Bank und ruhte erschöpft und schaute hinaus. Und schaute hinaus in das unermessliche Licht. Über seine welken Wangen rannen still die Tränen.

Nach einer Weile machte der Aufseher Miene, voranzuschreiten. Konrad erhob sich unsicher und sie gingen langsam weiter. Zu einer weißen Marmorbüste kamen sie, die in einer Runde von leuchtenden Blumen auf dem Steinsockel stand.

Konrad blieb stehen, legte seine Hand über die Augen, blickte auf die Büste und fragte:»Wer ist denn das?«

»Das ist der König«, antwortete der Aufseher.

Konrad betrachtete den Kopf lange. Und dann sagte er leise und sehr bewegt:»Wie freundlich er dreinschaut! Wie freundlich er mich anschaut!«

»Ja, es ist ein guter Herr.«

Da begann es sachte im Herzen des armen Sünders zu jubeln. Die Welt schön. Die Menschen gut. Das Leben ewig. Und über allem der himmlische Vater ...

Der Aufseher blickte auf die Uhr:»Die Zeit ist abgelaufen.«

Konrad wurde zurückgeführt in seine Zelle. Er stolperte über die Schwelle und stieß an den Tisch, so dunkel war es. Aber in seiner Brust zitterte und jubelte es fort. Die Welt schön. Die Menschen gut ...

Dann – leise, ganz sachte und leise kam wieder die Bangigkeit. Müde war er, legte sich ein wenig hin aufs Stroh. Da knarrte das Türschloss. Konrad erschrak und stand auf. – Was kommt jetzt? Was kommt? –

Der Pater trat ein, rasch und munter. Die Schriftrolle in der Hand schwingend, rief er:»*Frohe Botschaft! Frohe Botschaft!*«

Konrads Hände zuckten nach der Brust.»Frohe Bot –? Doch? Doch? – Leben? Wieder leben?« So rief er aus, hell klingend. Dann stand er einen Augenblick unbeweglich, dann – setzte er sich auf die Holzbank.

»Ja, mein Sohn«, sagte der Mönch.»Frohe Botschaft wollen wir die Schrift nennen. I.N.R.I. Frohe Botschaft eines armen Sünders. Das stimmt aufs Evangelium, das passt köstlich, nicht wahr? Ja, nicht wahr?« Er hielt inne und stutzte.»Ferleitner, ist Ihnen etwas?«

Konrad war an die Wand gesunken, den Kopf eingeknickt auf die Brust. Er röchelte. Der Pater langte rasch nach dem Wasserkrug, um den Ohnmächtigen zu laben. Und er zankte gutmütig darüber, dass er sich gleich so niederwerfen lasse und netzte ihm die Stirn. Da merkte er, wie es in der Brust Konrads stille ward, und das Auge, wie es verglaste. Er rief um Hilfe. Der Kerkermeister erschien. Er sah es, stockte einen Augenblick – – – um dann leise zu sagen: »Gut ist's.«

Dann war es still. Und plötzlich rief der Alte fröhlich aus: »Gut ist's: Brav bist, Herrgott!«

Als hernach der Franziskaner durch die langen Gänge schritt, in Wehmut Gott dankend für das selige Wunder dieses Missverständnisses, begegnete ihm am Tore der Gerichtspräsident. Schwerfällig, mit jedem Schritt sich auf den Stock stützend, kam er heran. Als er den Mönch sah, ging er auf ihn zu. »Lieber Pater«, sagte er heiser, »Sie werden leider eine recht schwere Nacht haben. Der Delinquent Ferleitner wird einen Priester brauchen. Morgen sechs Uhr früh muss er dran.«

Ein kurzes Schweigen. Dann antwortete der Pater: »Herr Gerichtspräsident! Delinquent Konrad Ferleitner braucht keinen Priester und keinen Richter mehr. Er ist begnadigt.«

Lightning Source UK Ltd.
Milton Keynes UK
UKHW010634160921
390678UK00002B/347